不在冬天说分手

周海亮 — 著

天津出版传媒集团
百花文艺出版社

图书在版编目（CIP）数据

不在冬天说分手 / 周海亮著 . -- 天津：百花文艺出版社，2016.6

ISBN 978-7-5306-6925-9

Ⅰ. ①不… Ⅱ. ①周… Ⅲ. ①长篇小说 – 中国 – 当代
Ⅳ. ① I247.5

中国版本图书馆 CIP 数据核字（2015）第 314847 号

责任编辑： 魏 青

出版人： 李勃洋
出版发行： 百花文艺出版社
地址： 天津市和平区西康路 35 号 **邮编：** 300051
电话传真： +86-22-23332651（发行部）
+86-22-23332656（总编部）
+86-22-23332478（邮购部）
主页： http://www.baihuawenyi.com
印刷： 北京航天伟业印刷有限公司
开本： 710 × 1000 毫米 1/16
字数： 230 千字
印张： 23
版次： 2016 年 6 月第 1 版
印次： 2016 年 6 月第 1 次印刷
定价： 32.00 元

目 录

c o n t e n t s

第一章 桃花朵朵开

后来的日子里，子彤不只一次地想，假如当时她拒绝了林宇非，她的生命里，注定会失去很多，又注定会得到很多。失去她得到的，得到她失去的。或者，失去她本该失去的，得到她本该得到的。更或者，失去她不该失去的，得到她不该得到的。每隔一段时间，她的结论就会被毫无逻辑地彻底推翻一次。

推翻这些结论的，正是子彤自己。

1

第一眼看到林宇非，子彤只把他当成一个风流帅气的纨绔子弟。这样的男孩多自命不凡，靠着老子赏他的本钱和人脉，混得一点身家，然后在漂亮女孩面前吹嘘：我能有今天，都是辛辛苦苦打拼的结果……

“我能有今天，都是辛辛苦苦打拼的结果。”林宇非拥着乔娜，走向安检通道，“居安思危，忆苦思甜，到北京咱俩得省着点花钱。”

乔娜在前，林宇非在后。他从口袋里掏出钱包、手机和硬币，扔进塑料筐，然后高举双手做投降状。他不像是在向安检员投降，更像是在向乔娜投降。

过完安检，林宇非将钱包、手机和硬币揣回口袋。一枚硬币掉落地上，林宇非弯腰去拣，乔娜说：“不要啦。”拉了他的手，往前冲。银光闪闪的一元硬币，在地面上滚动着，直奔子彤而来。子彤顿住脚，硬币恰好靠上她的鞋子。就那么歪歪扭扭地站着，不再滚动，也不倒。

子彤弯腰拣起硬币。林宇非扭过头，冲她喊：“我的钱……”

乔娜笑着，扳回他的脑袋。嘈杂的人群中，子彤甚至能够听见他的脖子被乔娜扳出“咔咔”的声音。

冲林宇非扬扬手，吹一声口哨，手腕优雅地一抖，硬币滑进坤包。

登机口那里还有三个空座，林宇非和乔娜每人占据一个。林宇非打开手机，眼珠子死死地盯住股票 K 线图；乔娜塞上耳机，闭上眼睛，节奏强烈的《江南 style》灌得她摇头晃脑。子彤看看四周，犹豫一下，也坐过去。林宇非的身体“张”得就像一只蛮不讲理的螃蟹，子彤距离他非常之近。

这让子彤很不舒服。

“这位英雄，贵姓？”子彤说。

“姓林。”林宇非头也不抬，“林宇非。宇宙的宇，非诚勿扰的非。”

“你是不是觉得自己很魁梧？”

林宇非抬头，看看子彤，笑，收腿，坐直身体。“刚才是你拣走我一块钱？”

“你们不要了。”子彤隔着林宇非的肩膀看看乔娜。

“还给我。”林宇非说。

“想都别想。”子彤说，“上一次拣到钱，还是我读小学的时候。”

“那应该是三年以前的事情了。”林宇非坏笑着，“充其量是五年以前的事情。”

子彤虽长了一张娃娃脸，但绝非娃娃到看起来只读中学。林宇非自以为是的幽默让她有点恼火。

“去北京？”林宇非问她。

子彤眨眨眼睛，算是回答。

“旅游？”

子彤连眼睛都懒得眨了。

“穿得这么休闲，背个大相机，肯定是去旅游。”林宇非盯着子彤，“咱们可以搭个伴。”

乔娜站起来，虎着脸命令林宇非：“去给我买杯奶茶！”

“不是刚喝完吗？”

“又想喝了，不行？”乔娜瞪着林宇非，“看到美女就不想挪窝了？”

用“美女”来形容子彤，乔娜自觉很是慷慨。子彤鼻子小，嘴巴小，眼睛更小。读小学时，即使她在课堂上睁大眼睛，老师也会以为她在偷偷睡觉。打个比方，用熄灭的火柴棍在她眼睛的位置轻轻画一下，就是她的眼睛。绝不能描。一下都不能。再描，就大了。

子彤小巧的五官搭配在一起，再点缀一粒粉刺，两个酒窝，三点雀斑，就有了漂亮的感觉。“漂亮感”是很奇怪的，一些平常的东西，搭配得好，就会中看，好看，耐看，就会有“漂亮感”。比如青萝卜搭配胡萝卜和白萝卜，比如青辣椒搭配红辣椒和黄辣椒，比如小桥搭配流水和人家，比如狗尾草搭配蓝天和白云，比如子彤的圆鼻子搭配细眼睛和红嘴唇。加之子彤的皮肤光滑白皙，身材娇小匀称，因而“漂亮”二字，子彤自觉还担得起 。

林宇非起身去买奶茶，乔娜以六十分之一秒的速度抢占了他的位置。“我叫乔娜，”她向子彤伸出手，“宇非的女朋友。”

“女朋友”三个字不仅咬得很重，还带着钩刺。似乎她的舌头就是鱼钩，不管是谁，一旦被钩住，再也挣脱不开。

做完自我介绍，林宇非手捧两杯热气腾腾的奶茶回来。他将奶茶递给乔娜和子彤，子彤不客气地接过，“嗞嗞溜溜”地喝。

“宇非就是这样，特关心女孩子。”乔娜看着林宇非，表情复杂，“是不是啊宇非？”

林宇非咧开嘴，笑出六颗牙齿。

上飞机才发现，三个人的座位竟然挨着。仍然是乔娜在左，林宇非在中间，子彤在右。乔娜要与林宇非换一下座位，林宇非说：“飞机上怎么能随便换座位？”

“你换不换？”乔娜瞪着漂亮的眼睛。

“当然，换。”林宇非站起来，偏过身体，“怎么这么多事？”

子彤掏出电话，刚要关机，电话却叫起来。是吕啸打过来的，高亢的铃声就像声嘶力竭的咆哮。

“子彤你在哪里？”说起话来，非但不见咆哮，反而带着哭音。

“飞机上。”子彤冷冷地说，“想去北京散散心，可能得十天半个月的。”

“子彤，都是我不好。我不该冲你发脾气。”

“飞机马上要起飞，我得关机……”

“你一个人？”

“逮了个帅哥。”子彤瞅瞅身边的林宇非，“他好像对我有点意思。”

那边开始沉默，子彤关机大吉。再瞅瞅林宇非，笑得嘴巴咧到了耳朵后面。

子彤瞪他一眼，他还在笑；子彤系好安全带，他还在笑；飞机在跑道上滑行，他还在笑；飞机冲上天空，他还在笑。不管他怎么笑，子彤和乔娜就是不理他，终于他自觉无趣，止住笑，却又歪头盯着子彤：“常去北京？”

“有何贵干？”

“搭个伴儿？”

子彤看他。

“是这样，我和乔娜打算先在北京痛痛快快地玩几天，然后注册一个公司。”林宇非说，“如果你对北京熟悉，可以给我们俩当个导游。”

“长脸不能当导游？”乔娜插话说。

“他哪有时间陪咱们乱逛？”林宇非说，“反正是玩嘛。年轻人，认识就是朋友。”

乔娜撇撇嘴，表情揶揄。

子彤最看不惯女人这种表情。这算什么？对林宇非的嘲笑？对她的嘲笑？本该拒绝林宇非的，然此时，她耸耸肩膀，不置可否。

“如果我心情不好，就会游山玩水。”林宇非接着说，“纵情山水之间，什么烦心事都会忘掉。比如，跟男朋友吵架……”

“可是乔姐好像不太高兴。”子彤看看乔娜。

“搭个伴儿，好事情。”乔娜嚼着口香糖，斜着美目，“可是你叫我乔姐……我好像没那么老吧？”

“我八八年。”子彤说。

“我也是。”乔娜说。

"八月。"

"不会吧？"

"初八。"

乔娜霎时灰了表情。"比你大两天。"她说，"我妈就不能多憋我两天？"

走出机场，林宇非招来一辆出租车，对乔娜和子彤做一个"请"的姿势。

子彤问："干吗？"

林宇非说："一起找酒店啊！"

子彤看看乔娜，乔娜看看林宇非，林宇非看看司机，司机冲子彤喊："这里不好停车的……我说您倒是快上车啊！"鬼使神差般，子彤钻进出租车。她看到一架飞机的灰色身影从低空一掠而过。

此时的北京，华灯初上。

后来的日子里，子彤不只一次地想，假如当时她拒绝了林宇非，她的生命里，注定会失去很多，又注定会得到很多。失去她得到的，得到她失去的。或者，失去她本该失去的，得到她本该得到的。更或者，失去她不该失去的，得到她不该得到的。

每隔一段时间，她的结论就会被毫无逻辑地彻底推翻一次。

推翻这些结论的，正是子彤自己。

2

他们入住的酒店有一个独特、怪异并且骚情的名字——"如狼似虎连锁酒店"。

是出租车司机帮他们推荐的。司机说住酒店不能光听名字，得看性价比。“温馨、整洁、价格低廉是如狼似虎连锁酒店的主要特点，”司机的嘴角翻滚着澎湃的唾沫，却发出赵忠祥那样极富磁性的美妙声音，“如狼似虎连锁酒店，入住一次，难忘终生。春天到了，冰雪消融，狗熊撒欢，这是一个交配的季节……”

林宇非表情暧昧地瞅瞅乔娜。乔娜扭过头，看着窗外。“够恶心。”

正好，还剩三个房间。

林宇非对乔娜说：“要不咱们开两个房间吧？两个房间，子彤一个，咱俩一个。”

乔娜说：“按你的意思，三个人挤一个房间更好。”

林宇非说：“我什么意思？”

乔娜说：“你很没意思。”

林宇非灰着脸，要下三个房间。三个房间并排，林宇非本想住在中间，乔娜一把抢过他手里的房卡，又将自己的房卡甩给他。

她将林宇非和子彤隔开。她敏感得有些过分。

林宇非在左，乔娜在中，子彤在右。候机室、飞机上和出租车上的位置再一次被复制。

洗完澡，子彤接到吕啸的短信。还是老一套说辞，说他不该冲子彤发脾气，说他更不该发完脾气以后不向子彤道歉；说他现在肠子都悔青了悔蓝了悔紫了悔黑了，说他恨不得马上飞到子彤身边，把她搂在怀里亲个够；说他非常牵挂非常思念子彤，希望子彤能够早点回来，回来时别忘了给他捎两只北京烤鸭和两瓶红星二锅头。最后，他说：“我承认我骂你有些变态。可是后来我想，我之所以变态，就是因为太爱你，太迷恋你了。不信你看，‘恋’这个字，上半部取自‘变态’的‘变’，下半部取自‘变态’的‘态’，两个字结合得天衣无缝，就像你和我。”

子彤愣了愣，冲手机瞪瞪眼睛，又抡起巴掌左右开弓，将手机猛扇了一通。就算被扇着，手机也不肯消停，扇到三十个耳光的时候，吕啸又将短信发过来：千万别忘了北京烤鸭和红星二锅头啊。于是，本想停手的子彤又给它加上三十个耳光。

手机“呜啦呜啦”地号起来。却不是吕啸打过来的。打来电话的，是冷馨。

冷馨说，昨天晚上，她又做噩梦了。

“江岸没陪着你？”子彤有些心痛。

“他在。可是没有用。”冷馨说，“这么多年，每一天夜里，我都会做梦。每一个梦里，我都会被人追赶。周围没有一个人，下着大雨……我光着脚，没命地跑，闪电将我击中……”

“相信我，会好起来的。”

“我打你电话，可不是向你诉苦的。”冷馨轻轻笑起来，“今天江岸向我求婚了。”

“那个榆木疙瘩向你求婚了？”

“他说相恋这么多年，也该同床共枕了。可是我知道，他向我求婚，是想治疗我的心病。从此以后，他就是我名正言顺的丈夫了，我没有理由再怕他，再拒绝他了。”

“你怕的不是他，而是你的过去。”

“我知道。”

“你答应了？”

“当然。”

又聊了点别的，就挂了。子彤为冷馨欣慰和忧伤。

门铃响起，猫眼里往外看，林宇非披着睡衣，弯着腰，一只手装作不经意地护住下体。子彤吓了一跳，隔门问他：“干什么？”

“聊聊天呗。”

“我可没这义务。”明知林宇非看不到她，子彤还是抱起肩膀，“我想早点休息。”

“开下门，借点东西……”

“借什么？”

“先开门。”

“借什么？”

“呃……套子。”

林宇非要向子彤借套子。安全套。每个房间的洗手间里，都摆了套子。套子的外装上画了肌肉猛男和性感美女，橡胶制成的东西，与汽车轮胎、胶鞋底、医用手套、密封圈、马桶疏通器等同样材料的东西，竟也可以风情万种，激情澎湃。套子摆在洗手台上，不同风格的三包，免费取用。每天三包，也许这才是“如狼似虎”的精髓所在。

林宇非的房间里也有三包，却被乔娜藏了起来。乔娜去他房间，说借洗手间一用，林宇非浮想联翩，暗自美着，乐着，紧张着，激动着，乔娜就出来了。她的手里拿着三包套子，她说她得把这个没收，免得他干坏事。林宇非烧到头顶的火焰，便落到了膝盖。

“干坏事也是与你干坏事。”林宇非说。

“那可说不准哦。”乔娜笑着，跑得飞快。

林宇非洗完澡，想着乔娜美妙的身体，只觉身体里有万千蚁爬虫咬。

他钻进乔娜的房间，说：“我给你讲个故事吧。”

乔娜说：“好啊。”

摆好姿势，正襟危坐。故事开了个头，林宇非就拥了乔娜的肩膀。故事讲到四分之一，林宇非就将乔娜扑倒，试图霸王硬上弓。乔娜“嗷”一声叫，爬起来，一边笑，一边躲闪。她躲闪，也便罢了，她不该笑。笑是世界上最迷人的表情，但笑错地方，笑错时间，就很可恶，很伤人。

林宇非感觉自己很受伤。

“来北京以前，咱俩不是说好了吗？”他说。

乔娜问：“说好什么了？”

“男欢女爱啊。”

“得先订婚才行。”

“那时你可没说得先订婚才行。”

“我是说，等注册公司的事情忙完，咱俩就先回去订婚。订了婚，就算夫妻了，你想怎样都行……”

“那时你可不是这么说的。”

“是你听错了。”

“就算我听错了，可是现在，我想要你……”

“不可以。”乔娜说，“想干什么就干什么，那是公狗母狗们才做的事情。你得尊重我。”

林宇非低了眼，黯然神伤。他赖在乔娜的房间里不走，他说乔娜可以拒绝他伤害他，但不能侮辱他。

乔娜翻翻眼睛，说：“我怎么侮辱你了？”

林宇非说：“你说我是公狗。”

乔娜说：“如果几分钟以前，你还只是公狗的身体的话，那么现在，你连脑子都变成公狗了。”

林宇非再一次将乔娜扑倒在床，可是乔娜就像一条泥鳅，很快从他的身底下逃脱。她逃到饮水机旁边，笑得花枝乱颤。

林宇非盯着她，说：“你信不信，如果我坚持要的话，十秒钟以内就能将你摆平……”

乔娜说：“这个我信。那你就真成畜生了。”

“那我就畜生一次！”林宇非虚张声势向乔娜扑去，乔娜吓得“哇哇”大叫。

然而，林宇非只是将乔娜拥进怀里，轻轻地说：“给我吧。”此时的他，不像畜生，反倒像一只可怜的绵羊。

“套子让我扔马桶里了。”乔娜说。

“我想赤膊上阵……”

“别。我怕。”

乔娜给了林宇非一个吻，然后让他出去买套子。她的态度转变得如此之快，令人生疑。

林宇非说："你是不是想把我支走，然后不再为我开门？"

"你去买套子，今晚还有可能。"乔娜说，"你赖在这里，一点可能也没有。"

于是林宇非放开了她。并非林宇非相信他买回套子乔娜就会给他，而是似乎，这是他最后的机会。

尽管机会渺茫。

子彤为他开门，身体离他很远。一个几乎完全陌生的穿着睡衣的男人跑进一个几乎完全陌生的穿着睡衣的女孩的房间里借套子，其目的却是为了另一个房间里的另一个穿着睡衣的女孩，这样的事情疯狂、滑稽、可笑、可恨，近乎天方夜谭。

林宇非说："套子还用吗？"他痛苦地弯着腰。他不敢面向子彤。

子彤说："拿走。"眼角扫着他，心里骂他下流无耻。

林宇非就钻进洗手间。"要不要给你留一包？"他在洗手间里说。

"都拿走。"

林宇非说声"谢谢"，一只手仍然装作不经意地捂着下面。

他再也没看子彤一眼。

果然，乔娜不再给他开门。

"咱俩刚才说好了的……"现在他膨胀的除了身体，还有脑子。

"现在我改变主意了。"

"你可以拒绝我，但不该欺骗我。"林宇非哭丧着脸，似乎随时会哭出声来。

"永远不要逼女人做她不想做的事情，"乔娜隔着门，对他说，"快回去睡觉吧，别吵到子彤。"

不必吵。

门敞着，子彤探了头，兴趣盎然地欣赏着林宇非的丑态窘态。看着狼狈不堪的林宇非，她突然生出一种幸灾乐祸的感觉。关门，熄灯，回到床上，人还在笑。突然想起吕啸，便不笑了。吕啸假惺惺地道个歉她就原谅他？想什么美事？任何敢冲她大吼大叫的人，都得为此付出代价。

更何况这个人，是她相处了两年的男友。

3

酒店门口，林宇非与长脸嘀嘀咕咕，然后，林宇非将一个小密码箱交给长脸。长脸提着皮箱匆匆离去，林宇非冲他背影喊："我不联系你，你别联系我啊。"长脸点点头。却不是冲林宇非，而是冲他的车子。

乔娜和子彤几乎没有看清长脸到底长什么模样。

但乔娜看清了长脸的车子——一辆豪华奔驰。

"干什么呢？"乔娜满脸狐疑。

"让他帮咱保管一下钱。"林宇非说，"总不能怀揣八百万到处乱跑。"

"不会吧？"乔娜吓了一跳，"密码箱里有八百万？"

"二十万。"林宇非说，"八百万在卡上。"

"你把卡也交给他了？"

"本来没打算交给他，刚才突然的想法。揣张卡到处乱跑，万一丢了怎么办？"

"不会出什么问题吧？"乔娜有些紧张，"八百二十万呐！"

"能出什么问题？等三四天以后咱俩玩够了，就把钱取回来，办正事。长脸的人品我还是信得过的。再说身份证和密码都在我这里呢。"

"可是还有二十万现金啊。"

"这点零钱，长脸可看不上。"林宇非搂了乔娜的肩膀，乔娜顺势将脑袋靠上他的胸膛。似乎昨天晚上，他们没有闹过任何不愉快。

简单吃了点早餐，回到房间，各自的洗手间里，又多出三包包装精美的套子。林宇非坏笑着看看乔娜。

乔娜说："别乱想啊。"

林宇非说："总不能辜负了酒店的一片心意。"

乔娜说："还是那句话。订了婚，什么都是你的。不订婚，想也白想。"

林宇非说声"遵命"，抓起套子，扔进马桶。

乔娜笑："这还差不多。"

林宇非说："快回去收拾一下吧，咱们马上出发。"

乔娜离开以后，林宇非将马桶里的套子捞出，仔细地冲干净，晾上窗台。他对今天晚上，仍然心存侥幸。

上午，三个人去了天安门，去了大栅栏，中午在王府井附近吃了顿像模像样的烤鸭。下午乔娜想去看鸟巢和水立方，但林宇非突然建议，他们可以去郊外转转。

"鸟巢和水立方没什么意思。"他说，"又不是比赛日，偌大的体育场只剩下一堆空椅子。真想看的话，咱们可以在回来的时候，在外面顺便瞄一眼。子彤，你怎么看？"

子彤点头。"那是那是。"

"去郊外，草地上走一走，跑一跑，坐一坐，躺一躺，看看山，看看水，不挺好？桃花开了，粉艳艳一片；阳光明媚，空气清新；蝴蝶飞舞，野鼠撒欢，这是一个交配的季节……"

乔娜说："闭嘴！"

林宇非小着声音说："不比你闷在城里闻汽车尾烟强？"

乔娜看看子彤，"子彤，你怎么看？"

"回姐姐，此事必有蹊跷。"子彤说，"我看他想把你累趴下，夜里好得手。"

乔娜笑。"去郊外！"她自信地说，"我倒想看看他如何得手？"

打一辆车，三个人直奔郊外。郊外果真有绿草地，有桃花林，还有一条小河。河水清澈，河两岸的杨树和槐树风格迥异。一个男孩手牵风筝沿河岸狂奔，快乐地大呼小叫。

子彤给桃花拍照，给草地拍照，给林宇非和乔娜拍照，给放风筝的孩子拍照。林宇非牵起乔娜在桃林里疯跑，桃花纷飞。三个人越玩越兴奋，直到被一个提根棍子的怒气冲冲的老农赶出桃林。他们坐在河边休息，看那个孩子牵着风筝在他们面前跑过来跑过去。林宇非好为人师，开始指导那个孩子放风筝。他说放风筝得逆风，这样风筝才能飞起来，并且会越飞越高。

“不信，你看。”他迈开长腿，沿河岸飞奔，然而风筝就像一只笨拙的鸭子伏在他的肩头，有时还“呱呱”地叫上两声。他加快脚步，风筝摇摇晃晃地飞起来，飞起来，然后，猛地一抖，又一抖，挂上树梢，再也不肯下来。

林宇非冲孩子耸耸肩膀。“你爬上树，把它摘下来就行了。”林宇非说，“我得回姐姐们的身边坐一会儿。”

“你让它挂上树了，”孩子不满地冲他翻翻眼睛，“你给我摘下来。”

“我没时间。”

“你必须给我摘。”

林宇非瞅瞅乔娜和子彤。两个女孩鼓起掌。

林宇非爬上树，动作很快，姿势很帅。他将风筝摘下，抛给男孩，却并不着急下来。他骑在一根很粗的树杈上冲乔娜吹起口哨，又小心翼翼地半躺上去，眯着眼，唱起歌。“暖暖的春风迎面吹，桃花朵朵开，枝头鸟儿成双对，情人心花儿开。啊哟啊哟，你比花还美妙，叫我忘不了。啊哟啊哟，秋又去春又来，记得我的爱……”他的调子跑得很远，子彤霎时起了浑身的鸡皮疙瘩。

男孩仰着脸喊他：“下来陪我放风筝啊。”

林宇非说：“别吵！”他继续唱，“我在这儿等着你回来，等着你回来看那桃花开。我在这儿等着你回来，等着你回来把那花儿采……”

男孩可没有时间等着他回来把那花儿采。他收了风筝，回家去了。

“别唱啦！”乔娜说，“该回去啦。”

“暖暖的春风迎面吹，桃花朵朵开，枝头鸟儿成双对，情人心花儿开。”调子直从北京跑到广州，“啊哟啊哟，你比花还美妙，叫我忘不了。啊哟啊哟，秋又去春又来，别把我忘怀。啊哟啊哟！”这一句“啊哟”，竟然字正腔圆，调子非常之准。子彤抬头，见林宇非像一只巨大并且沉重的鸭子从树杈上跌落。

——他美滋滋地仰躺，美滋滋地唱歌。手机从口袋里滑出，他下意识地用手去接，人就掉落下来。空中的他竟然还有时间接上一句：“别把我忘怀！”

他严重低估了形势。也许他认为不过会湿了衣服。然他的脑袋重重地磕上一块圆形的石头，其势迅猛，其声沉闷。他躺在河水里，两眼翻白，四肢抽搐，口吐泡沫，人事不省。

他从一只欢畅的鸭子变成一只濒死的螃蟹。

乔娜和子彤跑过来，合力将林宇非拖到岸边。事态紧急，她们都忘记了林宇非的手机。她们大声喊他，林宇非却全然没有知觉。乔娜开始掐他的人中，可是直到她用长长的红指甲将林宇非的人中抠下一块瘦肉，林宇非仍然不肯醒来。

乔娜六神无主，开始哭泣，她号哭着：“宇非啊，你不能这么年轻就走了啊！早知如此，我昨天晚上真该从了你啊！”

子彤冲她大吼一声：“闭嘴！”

那时候，她刚刚给120急救中心打过电话。

4

事实上，林宇非只昏迷了不足五个小时。五个小时里，乔娜和子彤一直守在他的身边。医生给林宇非做过检查，对子彤和乔娜说：“按我的经验，他过一会儿就应该醒过来。记得第一时间喊我。”

然而，过了一会儿，又过了一会儿，林宇非仍然不肯醒来。

子彤对乔娜说：“你说点他喜欢听的给他听，或许他能够醒得早一点儿。”

乔娜想了想，说：“宇非啊，今晚我陪你睡觉吧。”

子彤皱皱眉，说：“你换一个。”

乔娜想了想，说：“宇非啊，让子彤也陪你睡吧。”

子彤扭头瞪她，说：“你想让我也晕过去？”

然后，如同影视剧里的那些经典镜头一样，林宇非的小指，突然极轻极快地动了一下。再然后，他紧闭的眼睛轻轻眨动，终于缓缓睁开。见到近在咫尺的乔娜，他吓了一跳，眉毛系成死结。

“你可醒过来啦，你可醒过来啦！”乔娜说，“你可吓死我啦，你可吓死我啦！”

“哦。”林宇非莫名其妙地看看她，“你很漂亮。”

“知不知道你晕过去五个小时？”乔娜说，“你要是再不醒来，我就要往你的大腿上扎钢锥了。”

“我晕过去了？”林宇非说，“我怎么晕过去的？你是谁？”

“别开玩笑，宇非。”

“我怎么晕过去的？”

“你从树上掉下来，就晕过去了。”

“我从树上掉下来？没事我上树干什么？我是鸟？我长翅膀了吗？我叫两声给你听听？唧唧唧唧唧……”

“你帮那个孩子捡风筝！宇非，你真的想不起来了吗？”

“我没帮谁捡过风筝。”

“那我问你，宇非，你怎么晕过去的，又怎么会躺在医院里？”

“我哪知道？”

“不会吧宇非？你失忆了？”

“我哪知道？”

“你叫什么？”

“林宇非啊。”

“性别？”

“你自己看。”

“年龄？”

“二十一。”

“我问你，年龄？”

“二十一啊！”

“林宇非！”

“到！”

“你二十七啦！”

“扯！我多大我能记错？”

“那好。你说我是谁？”

“我哪知道？”

“她呢？”乔娜将子彤拽过来，“她是谁？”

“护士？”

“呸！林宇非，你少在这里装神弄鬼！”

“你是谁？”

“我是乔娜！”

“虽然人很漂亮，但名字一般。”

“我是你女朋友！”

“这个我愿意。你这么漂亮……”

“咱俩交往四年啦！”

“我的妈呀。”

“昨天晚上你还想与我睡觉！”

“不会吧？咱俩交往了四年，我竟然还想与你睡觉？”

“林宇非！”

“你小声点。”

“你到底想干什么？你以为这样就能唬住我？”

“你叫什么？乔娜是吧。乔娜，虽然我不相信你是我女朋友，但是我很乐意配合。”林宇非挤着眼睛，可恶的眉毛一高一低，“一觉醒来，身边多出一个漂亮的女朋友，相信没有哪个男人会拒绝。”

乔娜有些发懵。林宇非在逗她玩？林宇非真的什么也记不起来了？正想着，子彤喊来护士。护士将乔娜狠狠地训斥了一通，她说对待刚刚醒过来的病人哪能这样大喊大叫？要温柔、温柔、再温柔。

乔娜委屈地说：“可是他说，他不认识我了。”

护士伏下身子，非常温柔地对林宇非说：“感觉还好吗？”

“好得不得了。”

“知道自己是谁吗？”

“林宇非啊。”

“知道我是谁吗？”

“护士吧。”

“知道她是谁吗？”

“她说她是我女朋友，叫乔娜。”

“你相信她的话吗？”

“我当然不相信。”

“那你认为呢？”

“不是认不认为的事情，我们得尊重事实。”林宇非打起手势说，“事实上，我刚刚大学毕业，正为找到一份工作而犯愁。”

“你在耍我玩？”

“我哪里敢？姐姐。”

“你叫我姐姐？我今年才二十三岁。”

“那就对了。我今年才二十一岁。”

“再问你一遍，你确信你不是在耍我玩？”

“不敢，姐姐。”

护士抬起脸，露出笑。她看看子彤和乔娜，再看看林宇非，将嘴凑近他的耳朵，更加温柔地对他说：“你可真会装啊。”

她转身，扭着饱满的小屁股走出病房。

子彤听到她在走廊里说：大夫，您快点去看看三十二床的那个病人。他似乎误入时光隧道了！

第二章

失之我命

不管是谁，只要对一个人过分依赖，那么，不管是这个人，还是那个人，都是一种折磨，一场灾难。

所以有时候，一场恋情，绝不仅仅是一场恋情。它还是色彩，幻想，支柱，日子，希望，生命，以及与生命相关的一切。

1

林宇非相信一见钟情。因为每隔一段时间，他就会对某个女孩子一见钟情。这些女孩子有黑有白，有胖有瘦，有高有矮，有活泼有文静……林宇非在看到她们的第一眼，就会无可救药地爱上她们。后来林宇非想，他是不是有些博爱了？抑或他是天生的情种？抑或他的脑袋被驴踢了？不管如何，疼女孩子，喜欢女孩子，爱女孩子，就是热爱生活——热爱生活的男人，生活必然美好。

但他的生活并不美好。那时他在酒吧里做服务生，累死累活，却赚不了几个钱。他穿着白色的衬衫，打着黑色的领结，酒吧老板将他打扮得像一只身材修长的企鹅。“企鹅”每天从中午开始工作，直到天明。“企鹅”不记得送出过多少杯酒，清扫过多少次呕吐物，“企鹅”只记得几乎每一个来这里的女孩子都漂亮得如同橱窗里的模特。她们多是忧郁的，伤感的。她们是暗夜里妩媚性感的鬼魅。

他在酒吧里遇到乔娜。他对乔娜一见钟情。至今他仍然无法描述乔娜那夜的美丽。乔娜是一朵烛光下的花儿，娇艳，婀娜，空灵，芬芳，摇摇摆摆，高脚杯里的鸡尾酒，轻轻地荡，轻轻地荡。花儿一袭低胸黑衣，烛光下，白处雪白，红处血红。只一眼，林宇非的眼珠子便飞出眼窝。他将两条腿钉在地上，任凭两个飞出眼窝的眼珠子围绕乔娜上上下下左左右右前前后后地旋转不已。他将酒放上乔娜面前的茶几，乔娜盯着酒杯，并不看他。他慌乱并且失落，低了头，匆匆撤离。从包厢出来，他有了“五岳归来不看山”“六宫粉黛尽失色”的感觉。

那夜他不停地忙。那夜他的心思，全都留给了乔娜。天很冷，独自一人的乔娜就像一只单薄的黑天鹅，林宇非心生恻隐。后来他再一次进入包厢，乔娜已经睡过去。酒杯躺倒在她的身边，杯口沾着她清晰的唇印。一滴残酒挂在杯口，挣扎着不掉下来。

林宇非去更衣室取了外套，遮住她光滑白皙的腿。他为她点了一杯牛奶，他想当她醒来，可以用这杯奶解一解酒。午夜时分他第三次来到包厢，乔娜已经不见，一起消失的，还有他的外套。那是他唯一的秋装，棕黄色，粗面料，四个大口袋。后来乔娜说，即使揣满零钱，也是可观的一笔。

第二次见到乔娜，是在三天以后。独身一人的乔娜经过他的身边，看都不看他一眼。乔娜要了包厢，要了鸡尾酒，点上蜡烛，脱了鞋子，盘腿而坐。她勾着头，下巴贴上手背。她的耳朵那样薄，可以透过烛光；她的眼睛那样朦胧，有雾，有雨，有桃花，有炊烟。林宇非在刹那之间，回到美好的童年。他站在乔娜面前，屏住呼吸，仍然能够嗅到她的发香。他幸福得浑身战栗。乔娜是他的女神。

乔娜始终不谈外套的事情。似乎乔娜早已将他忘记，将他的外套忘记。他开始提醒乔娜，他说要立冬了，他只有一件外套。“我需要一件外套来遮住我毛衫上的洞，”他无比坦诚地说，“最重要的是，那里面还有三十多块钱。”

乔娜盯着他，突然笑了。“我想起你了。”她说，“谢谢你的牛奶。”

其实那天她并没有喝掉牛奶。包厢的洗手间里，她用牛奶洗了她美丽的脸。

她告诉林宇非，她已经把他的外套当成了抹布。“如果你不嫌弃，可以跟我去取。”林宇非当然不嫌弃。林宇非认为她在开玩笑——她绝不会把一件几乎全新的外套当成抹布——林宇非甚至认为她让自己去取外套也许是一种暗示。可是在她小小的厨房里，他果真见到被揉成一团的当成抹布的外套。外套上沾着油花、葱花、姜丝、盐末、蛋花、米粒……林宇非想，如果把外套放到锅里去煮，肯定能煮出一道鲜美无比的好汤。

翻口袋，钱已经不在。乔娜在对待钞票的问题上，并不像对待厨艺那样漫不经心。

林宇非约乔娜吃饭，乔娜赴约。林宇非约乔娜看电影，乔娜赴约。林宇非约乔娜喝茶，乔娜赴约。林宇非约乔娜去他的住处，乔娜拒绝。乔娜说我知道你在追我，可是我怕你追不起。林宇非说："你有多贵？"那时他们正在逛超市，乔娜便随手拿了一个小蛋糕。结账时候，林宇非说："也不太贵嘛！不过一百多块钱，咬咬牙，请得起。"乔娜说："如果你知道这样的小蛋糕我一天得吃五六个，你就不会这样说了。"林宇非咧咧嘴，舌头吐出三米长。

往回走的时候，林宇非说："别看我现在穷困潦倒，我有赚足一个亿的信心。"乔娜说："等你赚足一亿再说这样的话吧。"林宇非说："真把钱看那么重？"乔娜说："贫贱夫妻百事哀。"林宇非想了想，就乐了。乔娜高瞻远瞩。不过是谈个恋爱，她却想到了婚姻。

那时乔娜刚刚失恋。她的前男友帅得就像郭富城。如林宇非一样，"郭富城"徒有一张英俊的脸，他甚至不能给乔娜买一只像模像样的狗熊抱枕。导致分手的理由非常简单，因为他买不起狗熊抱枕，就极其浪漫地亲手为乔娜做了一只。他将他不能再穿的牛仔裤洗净，拆开，剪掉裤腿，然后在裤腿里塞满他亲自采摘的山菊花。他将抱枕缝好，却将一根针遗忘到里面。夜里乔娜抱着抱枕做梦，那根针突然在她的肚脐上狠狠地来了一下。乔娜说他几句，他就哭了。他一边哭一边唱郭富城的歌："对你爱爱爱不完，不愿意丝丝点点些些去面对；对你爱爱爱不完，相爱原本总是这么难。对你爱爱爱爱爱……"他的抽噎正好将这首结结巴巴的歌曲演绎得声情并茂。两个人就这样结束了，乔娜对林宇非说："我最讨厌动不动就哭哭啼啼的男人。"

所以，后来，林宇非想，乔娜与前男友分手的原因并非前男友太穷，而是因为那根针，因为前男友的涕泪交流和柔柔弱弱的“黛玉”之风。一个哭哭啼啼的男人总是令人厌烦的。这样的男人，不值得乔娜去爱。

林宇非追求乔娜，用时两年。很难说他到底有没有追上乔娜，因为乔娜对他且冷且热，且远且近。她可以与林宇非吃饭逛街看电影，可以与林宇非搂搂抱抱，但她坚定地拒绝与林宇非接吻和做爱。她说那些都是水到渠成的事情，两个人一旦逾越了最后的底线，感觉就变了。她还说，她得将林宇非培养成为成功的男人，让他学会赚钱，赚大钱，大把大把地赚大钱。这期间，乔娜并不拒绝与别的男人约会。那些男人们个个人模狗样，或开着豪华的车子，或戴着拇指粗的金项链。只不过很多金项链在泡澡的时候会浮上水面，那是上好的塑料加工而成。

两年时间里，林宇非每一天都在为成为成功的男人而加倍努力。他辞去酒吧的工作，一个人做起生意。他将生意做得一塌糊涂，不但没能赚到一分钱，反而赔光他辛辛苦苦攒下的和借来的那点本钱。夜里他坐在街边喝酒，左手一只大碗，右手一只鸭腿，吃得波澜壮阔，喝得昏天黑地。他倚着墙根睡去，突然被“当”的一声惊醒，睁眼看，一枚钢镚在酒碗里翻起跟头。抬头看，一位身体佝偻头发花白的老人正蹒跚离去。老人是乞讨者。她在这条街上流浪多年。

林宇非在第二天辞别了乔娜。他对乔娜说，他要去另外的城市，做另外的生意。“此一别，风萧萧兮易水寒，壮士不成功兮不复还。”乔娜问他：“得多长时间？”他说：“少则一年，多则三五年。”乔娜说：“我可等不了这么久。”林宇非说：“你从来就没有等过我。”乔娜说：“其实你没有必要这样拼命。世界上穷人多，富人少，你当个穷人，也没有什么大不了。”林宇非说：“可是我想把你追到手的话，必须先变成有钱人。”乔娜说：“你不骂我拜金？”林宇非笑了。“从看到你的那天起，我就暗自发誓：就算我把心肝肺全挖出来卖了，也要把你娶回家。”

林宇非失踪了整整两年。他没有挖出他的心肝肺卖掉，同样赚下一笔大钱。两年时间里，他只给乔娜打过两个电话。后来他说，之所以给乔娜打来两个电话，只是为了证实乔娜的电话号码一直没有更换。

两年以后，林宇非为乔娜带回不可置信的八百多万。见到这么多钱，乔娜吓得要死，说你抢银行了？林宇非神秘一笑，说："其实到处都是钱，就看你会不会捡。"八百万堆满一床，乔娜扎在钱堆里睡觉，却怎么也睡不踏实。

然后，林宇非开始他的北京计划。他说他想在北京开一家公司，做外贸生意，北京有他的朋友长脸、短脸和圆脸，肯定吃得开。乔娜说好啊好啊。林宇非说："现在我郑重向你求婚，不知你意下如何？"乔娜说："你就这样求婚？"林宇非掏出一枚戒指，铂金，镶钻，很漂亮，却不大，正配了乔娜纤细的手指。乔娜美目盼兮，翘起小指，林宇非愣愣，说："戴无名指上吧。"乔娜笑。"戴哪个手指上都行，"她说，"反正我决定嫁给你了。"

最终那枚戒指，还是戴上了她的小指。

乔娜决定嫁给林宇非，八百万起到关键性作用。林宇非不傻。可是他认为，值得。

他们打算先去北京玩几天，然后回来，订婚结婚，度完蜜月，再回北京，开创属于他们的事业。一切都是那般美好，谁也不会料到，林宇非会像只鸭子一样从天空中跌落，然后，既记不起他为何要来到北京，又不认识美丽动人的乔娜。

他忘记了乔娜，忘记了北京之行，忘记了这几年动荡的生活。这些都是小事情，乔娜可以陪他慢慢熬，直到他重新想起这些。可是令乔娜不安的是，他忘记了他的八百万。当乔娜对他说，他有着八百万身家的时候，林宇非竟然真的像鸭子一样"嘎嘎"地笑出声来。

"你最好说我失忆以前是比尔·盖茨。"他对乔娜说，"是李嘉诚也行。"

"你真的有八百万。你把那些钱交给了长脸。"

“我把八百万随随便便交给别人？他是我爹还是我儿子？”

“你说他是你最好的朋友，你信得过他……”

“如果真要交给谁保管的话，我肯定会交给你。你是我的准老婆，咱俩计划要结婚了。是不是？这才合乎逻辑。”

“你真不相信自己很有钱？”乔娜撸下小指上的戒指，递给林宇非，“这是你前些日子送我的钻戒。你看看它值多少钱？”

“真漂亮啊！”林宇非将戒指翻来覆去地看，“假的！”手一扬，戒指飞进窗外的花坛。吓得乔娜直接从窗户蹦出去，蹲在花坛里找半天，才将戒指找回。

不管怎么说，林宇非就是不肯相信他在两年之内赚下八百万。假如手机没丢，他还能查到长脸的电话，可是手机不但掉进河里，并且无影无踪——上午时候，乔娜又打车去了一趟郊外，她一无所获。

实在没有办法，乔娜只好循序渐进。“现在，宇非，你好好想想，能不能回忆起长脸这个人？”

“根本就没有这个人。”林宇非说，“这个人是你虚构的。”

“银行卡呢？你都办过哪家银行的银行卡？”

“我办银行卡干什么？平常口袋里只有三百块钱，还用得着办卡？”

“现在你闭上眼睛，让思维没有缚束……宇非，你能不能想起一串数字？比如长脸的手机号码，比如银行卡密码……”

“我根本不认识什么长脸怎么回忆他的手机号码？我根本没有办过什么银行卡怎么能想起卡密码？”

“宇非，不要着急回答我。现在，你慢慢闭上眼睛，一点一点地想，一点一点地想……无拘无束，让思维驰骋……阳光，草地，蓝天，白云……现在蓝天中出现数字了，是吗？宇非，你看到数字了吗？”

林宇非闭上眼睛，开始让思维无拘无束地驰骋。大约十分钟以后，他突然喊起来：“我好像在蓝天上看到一串数字了！快拿笔帮我记下来！”

乔娜和子彤慌慌张张地找笔找纸，将林宇非便秘一般憋出的一串数字记下来。写完，乔娜念一遍：“314159265358979323。”

她扭头看看子彤，说：“怎么好像有点耳熟？”

“当然耳熟。”子彤耸耸肩膀，“圆周率嘛！”

看来，一两天之内，让林宇非恢复记忆，似乎不太现实。于是乔娜与子彤商量，两个人这几天哪里也不去，轮流来照顾林宇非，直到他将一切都想起来为止。

子彤的旅游散心计划，因了林宇非的脑残事件，彻底泡汤。

黄昏时，她去外面买饭，回来，见乔娜与林宇非正聊得火热。

“我就纳闷，像我这样的穷光蛋，怎么在失忆以前能够追到你这么漂亮的女朋友。”

“你曾经是穷光蛋，但你现在不是穷光蛋。”乔娜有些急了，“你有八百万。”

“先别管那八百万啦。”林宇非伸出手，轻轻抚摸乔娜的手背，“能追到你这么漂亮的女朋友，我很知足啦！一生又有何求？”

“先别美！”乔娜一巴掌打掉他的手，“能不能追得到，还不一定呢。”

子彤将盒饭放上桌子，对乔娜突然生出几分不满。钻戒都收下了，怎么还说出这样难听的话呢？不喜欢林宇非的话，离开他就是，这样算干什么？

便有些同情林宇非。八百万富翁，因为暂时性失忆，就没有了八百万富翁的尊严，就被乔娜牵着鼻子走。谁都爱钱，谁都拜金，这不假，但林宇非毕竟是乔娜即将结婚的男朋友啊！

又想起那天晚上的“套子事件”，便觉得林宇非就算有一个亿，有十个亿，也会对乔娜低三下四。

难道这就是所谓的爱情？

2

暂时性失忆？医生可不这样看。

医生说，林宇非的情况非常复杂。“从医学上讲，暂时性失忆多是由于大脑受到外界的剧烈碰撞而造成了脑积血，血液淤滞形成血块，血块压住部分记忆神经，从而导致失忆。然而现在的问题是，他的大脑看不到任何创伤。”医生对乔娜和子彤说，“与之相反的是超忆症。简单说，超忆症就是具有超强的记忆力。如果说遗忘是一种能力，那么具有超忆症的那些人，就是失去了遗忘的能力。他们能够将亲身经历的事情记得一清二楚，五年前的事、十年前的事、二十年前的事……具体到任何一个细节，任何一个瞬间……”

“那您认为他能够恢复记忆吗？”乔娜不礼貌地打断了医生的话。她对“超忆症”可没有丝毫兴趣。

子彤却想起冷馨。冷馨对那个雨夜切肤刻骨的记忆，对每一个细节、每一个瞬间的记忆，也许就是医生所说的“超忆症”吧。

“这个很难说。”医生对乔娜说，“像他这种情况，有几天恢复的，有一两个月恢复的，也有一两年恢复的，甚至有一辈子也恢复不了的。”

“一辈子也恢复不了？”乔娜大吃一惊，“他就这样永远傻下去？”

“他只是失去记忆，不是傻。傻与失忆，是两个概念……”

乔娜瞅瞅子彤，不再说话。还能说什么呢？距林宇非出事已经整整一周，他却仍然把八百万忘得一干二净。

——忘了，就等于没有。穷人与富人的差别，似乎不在于物质，而在于精神。实际中没有，精神中有，也是没有；实际中有，精神中没有，还是没有。

乔娜突然产生一种预感：她和林宇非，也许将永远失去这八百万。

她将担忧跟子彤说了，子彤说：“咱们可以求助警察。”

“怎么求助？”

“通过林宇非的手机号码，调出近来的通话记录。”子彤说，“这样就能找到长脸。找到长脸，就好办了。”

乔娜想了想，说：“这样似乎不行。你想，咱们对长脸这个人一无所知，万一他得知宇非现在失去记忆并且可能永远失去记忆，想昧下这笔钱，怎么办？他或许这样说，根本就没有这档子事。或者这样说，那本就应该是他的钱——几年前就应该是他的钱——宇非曾借过他八百万，所以那天宇非不是把钱交给他保管，而是在还他的债。别说没有这种可能啊！且不说人心隔肚皮，在八百多万面前，神仙也会动心。再说，就算他说了实话又能怎么样？以宇非那点小破胆，敢接？宇非会摇着头说，这不是我的钱。于是乎，长脸再把钱拿回去。打草惊蛇，接下来，长脸该怎么办？他会想尽办法破解密码，将钱取出，然后远走高飞。最严重的可能，长脸怀揣八百万却取不出现金，怎么办？只能从宇非这里想办法。比如混进医院，瞅个机会偷走宇非的身份证，将卡挂失，再神不知鬼不觉地将身份证送回来，几天以后，那笔钱就成了他的，宇非就真的变成穷光蛋，而可怜的我们会以为他的八百万还在。或者干脆将宇非掳走，严刑拷打，逼他回忆出卡的密码，取光卡上的钱，干掉林宇非，销尸灭迹。或者连咱俩一起抓去，锁在小黑屋里，灌辣椒水，坐老虎凳，直到达到目的。最后，先奸后杀……”

“不会吧乔姐？”子彤盯着她上下翻飞的嘴唇，说，“宇非得失忆症了，你得臆想症了？”

“总之不能报警。”乔娜继续夸张着表情，“太可怕啦。”

子彤认为她在说谎。事情绝不会像她所说的那样复杂和可怕，她也绝不会相信事情会发展到那样复杂和可怕。她拒绝报警只有一种可能，她不想让林宇非拥有八百万公之于众。

换句话说，她不想她和林宇非两个人拥有的八百万公之于众。

她开始求助朋友。手机里翻啊翻啊，终于找到一个看似能帮上忙的。将电话打过去，问对方是否认识比较有名的脑方面的大夫或者专家，那个人说“稍等帮你找找”。然后那个人给另一个人打电话，问他是否认识比较有名的脑方面的大夫或者专家，对方说“稍等帮你找”。再然后，那个人又将电话打给另外的一个人。大约一个小时以后，乔娜接到一个电话，对方说：“我是北京贺小强，咱俩五年以前见过一面。请问你认识比较有名的脑方面的大夫或者专家吗？”

专家虽然没有找到，乔娜却在北京多出一个熟人。乔娜存下他的电话，心想也许用得上。

林宇非开始掉头发。早晨醒来，脑袋下的枕头变成脱毛的刺猬。医生为他看过，说没有大问题，脱发的原因也许是心理压力太大。子彤于是为他担心起来——别看林宇非整天嬉笑怒骂，但他心里，肯定焦躁。一觉醒来，几年时间过去，周围的一切全都变了样子，自己莫名其妙地多出八百万却又不知这八百万现在何处，这样的事情，无论让谁摊上，都会疯掉。

心中对乔娜，进一步不满起来。似乎在她心里，患病的林宇非远不如八百万重要。每天只要得闲，乔娜便会开门见山，直奔主题。“宇非你能想起长脸吗？”“宇非你晚上有没有梦见一串数字？”“如果现在给你三百万，你会选择存进哪家银行？”她甚至弄来一沓或真或假的银行卡，一张张展示给林宇非看，问他感觉哪一张更熟悉，哪一种更亲切。银行卡摆在床头，林宇非像小孩子摆弄一堆看图识字卡或者拼图一样排列组合。他抓耳挠腮，硬是哪一张都不喜欢。子彤一张张翻过去，她看到中国工商银行卡、中国农业银行卡、中国建设银行卡、中国人民银行卡、中国银行卡……北京银行卡、天津银行卡、上海银行卡、南京银行卡、宁波银行卡、温州银行卡、重庆银行卡、哈尔滨银行卡、青岛银行卡、德州银行卡、滨城银行卡……花旗中国银行卡、汇丰中国银行卡、渣打中国银行卡、香港汇丰银行卡、荷兰银行卡、巴黎银行卡、欧力士银行卡、瑞士银行卡、德意志银行卡、蒙特利尔银行卡、满地可银行卡……甚至还有印了玉皇大帝头像的天国银行卡！别说林宇非，任何人看到这些东西都会晕上半天，眼前发黑，从此不得安宁。

子彤跟乔娜商量能否换一种方法，比如改逼问为启发。乔娜说你认为我是在逼问？子彤说："虽然你语气委婉，可是你的眼神里，分明藏了烙铁、竹签、锁链、老虎凳和辣椒水。"夜里乔娜想想，子彤说得似乎也有些道理。其实她也想温柔，却就是温柔不起来。医院里的林宇非每一天都在花钱，他口袋里的那点现金，接近告罄。

现在，他的大多数花销，全都是乔娜的。守着一个高富帅，却每天都要往他身上贴钱，乔娜自叹"不看不知道，世界真奇妙"。

每天晚上，吕啸都会给子彤发来短信。他说他想她了，让她早点回来。子彤说她玩得正高兴，还得待上几天。她没有跟他提起林宇非的事情，她觉得既没有必要，也不好解释。怎么解释呢？一个几乎完全陌生的男人突然之间失去记忆，她和这个男人的女友没黑没白地轮流照顾他，启发他，逼问他，这算哪门子事呢？这事要被吕啸知道，不疯掉才怪。

倒是冷馨的电话给她欣慰。冷馨说她与江岸的婚期已经安排好了，现在只要有时间，她就会拽起江岸满城疯转，为那天的自己选择一件合适的婚纱。

"你说我穿什么样的婚纱好看？"冷馨问她，"直身的？齐地的？小拖尾的？大拖尾的？吊带的？抹胸的？素面的？泡泡袖的？白色的？粉红色的？宝蓝色的？铜金色的？"不过几天时间不见，几乎对婚纱一窍不通的冷馨俨然成为一个婚纱行家。

子彤说："你身材那么好，穿什么都漂亮。"

冷馨说："子彤你早点回来吧！早点回来，帮我挑一件合适的婚纱，为你挑一件合适的小礼服。"

子彤说："小礼服什么意思？"

冷馨说："你是伴娘啊。"

子彤说："我尽量吧。"

那时她正坐在林宇非的面前，看林宇非将一堆银行卡摆出一个圆拱门的造型。听她挂断电话，林宇非饶有兴趣地盯着她的脸看。"男朋友催你回去的话，就回去吧。"他说，"反正再过几天，我就要出院了。"

"可是你还没有康复。"

"那也得出院。万一一辈子都不能恢复呢？总不能一辈子都赖在这里。再说，现在我是脑残，又不是体残。"

子彤突然想，也许，她真的该回去了。

她从坤包里翻出一枚硬币。那枚硬币本该属于林宇非。她让硬币往桌子上一弹，硬币飞快地旋转起来。她对林宇非说："猜它停下来的时候，哪一面朝上？"林宇非说："你可真够无聊。"子彤说："三次全猜中，我就留下来；只要错一次，我就走。"林宇非说："菊花。"硬币停下来，果真菊花面朝上。子彤重新将硬币旋转，说："再来。"林宇非说："一元。"硬币停下来，果真一元面朝上。子彤第三次旋转硬币，说："最后一次。"林宇非一边玩着他的银行卡拼图，一边说："竖立。"子彤白他一眼，为他的不认真，为他的故意猜错。然而，桌子上的硬币却一边旋转一边移动，最后竟摇摇晃晃地靠上水杯。

竖立！

子彤笑了。她认为林宇非根本不是人了。他是先知，是神，是魔鬼。

失去记忆的魔鬼。

3

自认识孙大圣，乔娜夜不能寐。

春雨霏霏，乔娜撑一把雨伞去医院门口的"神龟馅饼"店为三个人买午饭。店内人头攒动，乔娜不耐烦地等了一会儿，转身离开。她横穿马路去对面的小馅饼店买了几个馅饼，然后站在路边，等待再一次横穿马路。车流滚滚，乔娜等了足足三分钟，也没有哪辆车子愿意为她闪开一条缝隙。乔娜咬咬牙，收起伞，卷起裤角，试图硬挤过去。恰此时，一辆汽车从她面前驶过去。乔娜只觉一堵又薄又高的污水墙直扑过来，刹那间，乔娜从头到脚，淋了个彻底。

乔娜待在原地，不知所措。自记事那天起，他人面前的乔娜一直是干净漂亮的。然现在，乔娜又脏又臭。她变成落汤鸡、美洲豹和包公的混合体。她委屈并且羞辱。她想哭泣。

车子在前方不远处，拐进一个商场的停车场。一个三十多岁的男人匆匆向乔娜走来，身后，一个又矮又白的胖子一溜小跑为他打着雨伞。

“真的对不起。”男人搓搓手，对乔娜说，“想不到您突然闯过来……”

男人不帅，也不难看。男人温文尔雅，嘴角挂着笑。

“你的意思是我错了？”乔娜想怒，却怒不起来。她从胸口摘下柳絮、瓜子皮、砂粒和碎纸屑，她抹了一把脸，感觉她的脸像砂纸一样粗糙。

男人脱下他的外套，给乔娜披上。“天冷，别感冒。”他对乔娜说。然后他吩咐身边的白胖子：“去商场，随便给这位小姐买身衣服……再买两瓶矿泉水。”

白胖子扭身跑进商场。乔娜有些不安起来，她说：“现在没事了。”

“应该的。”男人笑笑说，“怎么能让你就这样在大街上跑？等朱武能把衣服买回来，你去我的车子里换上。”

“这可不行。”乔娜急忙说，“怎么能收你的东西？”

“又不是礼物。这是赔偿。”男人说，“不值钱的衣服，对付着穿一下。嫌难看的话，回去扔垃圾箱里就是。”

“我不是这个意思……新衣服怎么能扔垃圾箱……我是说，不能随便收你的东西……”

“那万一以后还有机会见面，你还给我就是。”男人笑笑，说。

朱武能很快跑回来，带回一条牛仔裤和一件小外套。普通的款式和颜色，男人似乎对朱武能的选择不太满意。“没有好一点的了？”他说，“颜色这样老气。”

乔娜急忙说：“挺好了挺好了。”她被自己的话吓了一跳。就这样接受了？

“快去车里换上吧。”男人说，“总穿着湿衣服，会感冒的。”

乔娜这才感觉的确有点冷。还想推辞，男人竟拉起她的手，直接将她“牵”到车子前，并为她打开车门。“就算我想偷看，也看不到。”男人笑笑说，“放心换上好了。”

乔娜真的换上了男人买给她的外套和牛仔裤。车子里非常宽敞，换牛仔裤的时候，她感觉不是半躺在车子里，而是半躺在床上。两件都很合身，如同量身定做，乔娜从车子里出来，朱武能发出一声尖锐的赞叹：“Beautiful（漂亮）！”

男人瞪他一眼，他吐吐舌头，不再吱声。他窝窝囊囊的模样，很像遭了悟空训斥的八戒。

男人温文尔雅，不怒自威。

标准的贵族气质。

男人打开矿泉水，让乔娜洗了脸。他冲乔娜伸出手：“我叫孙大圣。”

乔娜“噗”一声笑了。

“每个听到我名字的人都会笑。”孙大圣说，“如果你觉得别扭，叫我悟空也行。”他将乔娜的湿衣服装进购物袋，又递给乔娜两个大纸袋。“神龟馅饼。”他说，“你换衣服的时候，武能帮你买的。你的馅饼早已经泡成面汤了。”

“你怎么知道我要买神龟馅饼？”乔娜吃了一惊。

“我不知道。”孙大圣笑着说，“但我知道附近只有这一家像样的馅饼店。”

乔娜接过购物袋和馅饼，逃得就像兔子。走上医院的楼梯，她突然有些后悔。她想她应该问问孙大圣的电话，以便找个机会，将衣服还给他。

虽然只是很普通的外套和牛仔裤。

林宇非见到乔娜，差点从凳子上蹦起来。“咋出去这一会儿，变成这副模样？”

“被一辆车弄脏了衣服，就近买了一套。”谎话在心里重复多遍，乔娜面不改色，“好不好看？”

“好看好看。”林宇非往嘴里塞着馅饼，“有没有大蒜？”

“吃什么大蒜？”乔娜白他一眼，“昨天中午就弄得病房臭烘烘的。”

吃完饭，林宇非午睡，乔娜和子彤下跳棋。三盘棋下完，子彤建议出去走走。雨已经停了，医院小花园里，毛茸茸的柳絮铺满一地。

乔娜对子彤说：“过来看看，这棵树上有两个人名。”

子彤不知有诈，凑上去看，乔娜猛地摇动树干，迅速跳开。子彤被淋了满身的雨水，乔娜“咯咯”地笑。

似乎突然之间，乔娜的心情变得很好。

子彤却没有笑。她盯着乔娜的衣服，问：“这身衣服花不少钱吧？”

乔娜说：“不到三百块钱。”

子彤眨眨眼睛，“世界名牌香奈尔，不到三百块钱？”

乔娜打一个激灵，忙低头寻找牛仔裤上的商标。她果然看到香奈尔的品牌标志：一副没有锁上的手铐。

乔娜被吓傻了。尽管她一直自诩时尚，但之前，她从没有穿过香奈尔。有那么几次，她站在香奈尔专卖店前，看着或风姿绰约或简约得体的女人手拎大包小包从店里走出来，心里羡慕嫉妒恨，腿上神速麻利快。回到宿舍，倍感失望憋气闷，伤心沮丧恼，便认为自己活得心酸失败糟。

可是今天，一个有着滑稽名字的陌生男人竟随随便便将一套价值不菲的香奈尔送给她，她认为这件事的不可信程度，几乎与林宇非突然失忆有的一拼。

便希望这身衣服是假的。是假的，三五十块钱或者三五百块钱，她就不会害怕。过了一会儿，又希望这身衣服是真的。是真的，从此以后，她也有了香奈尔。有了香奈尔，淘气可爱怜，美丽迷人靓，闪亮华丽炫，拉风骄傲爽！

下午偷空去一趟那个商场，一眼就看到了“香奈尔专卖店”。一个塑料模特站在显眼的位置，上身黑色小外套，下身复古牛仔裤，与乔娜身上所穿，完全一样。再看看标签：外套 3288 元，牛仔裤 3788 元。我的乖乖！

整个人完全僵住。直到专卖店老板狐疑地走过来，自言自语道：“咦？啥时候又多出一个模特？”

4

乔娜没敢在第二天继续穿她的香奈尔。香奈尔挂在酒店的衣橱里，她却总觉得那里面藏了一个男人。

男人叫做孙大圣。不高不矮，不丑不帅。

待中午，乔娜自告奋勇去买馅饼，半路上，再一次遇到孙大圣。

孙大圣的车子泊在一边，他冲乔娜招手。

“巧？”

“真巧。”

“巧啊。”

“怎么这么巧？”

“太巧了。”

“巧。”

其实并不巧。乔娜和孙大圣，皆心知肚明。

“路过？”

“恰好路过。”孙大圣衣着得体，笑容灿烂，“又来买馅饼？”

“买馅饼。”

“总吃馅饼？”

“嗯……朋友喜欢。”乔娜将几乎溜出嘴的“男”字硬生生吞回去。

“那你先忙？”孙大圣说。

“能不能问一下，你的电话。”乔娜红了脸，“是这样，回去才发现，你送我的衣服太贵重，想找个机会，还给你。”

孙大圣说：“好啊。”

他没有推辞。乔娜有些后悔。她想，也许孙大圣并非真心送她香奈尔。——他是一个绅士，绅士绝不会让漂亮的女人狼狈难堪。

孙大圣将电话告诉乔娜，便完了。他没有像别的男人那样耍些常见的小伎俩——让乔娜将电话拨过去，从而借机留下乔娜的电话号码。他的从容淡定不急不躁让他的贵族魅力和绅士风采平添几分。

上车，挥手，离去，不带走一片云彩。那一刻乔娜几乎相信，他真的只是路过。

下午乔娜再一次打车去郊外。她想试最后一次。她希望能够在那片桃林和那条小河边找到一点有用的东西。她当然什么也没有找到。回来时，在公交车的首发站点，她遇到一个双目失明却戴着眼镜的算命先生。算命先生将自己打扮成清朝男人的模样，长袍马褂，脑后梳一条油光锃亮的大辫子。

乔娜凑上前，蹲下，看算命先生的眼。她只看到了难看的眼白和肮脏的眼眵。

“请大师指点迷津。”乔娜说，“假如现在有人看上我，追我，这个人有钱又儒雅，我该如何是好？”

“主动投怀送抱。”算命先生抽抽鼻子说。

“可是我有男朋友了。”

“快刀斩乱麻。”算命先生再抽抽鼻子说。

“与他快刀斩乱麻，还是与男友快刀斩乱麻？”

“只可意会，不可言传。”

“那么，假如我不想依靠任何男人，能不能也会有很多很多钱？”

“小事一桩！”

“哦？”乔娜来了兴致，“我需要怎样去做？”

“只要找到七个球，你的愿望马上就能够实现。”

“七个球？大师是指七龙珠吗？”

“双色球！”

乔娜恨不得将算命先生那条难看的辫子薅掉。她瞅瞅毫无戒备的算命先生，悄悄起身，刚想开溜，猛听得算命先生一声大吼：“哪——里逃？”声如洪钟，山摇地动。

扭头看，见算命先生两眼圆瞪，目光炯炯。

晚上，想着与孙大圣的有意邂逅，辗转反侧，彻夜难眠。彻夜难眠还有一个原因——每隔一会儿，她就要爬起来打开衣橱，看她的香奈儿，摸她的香奈儿，闻她的香奈儿，体会并且领悟她的香奈儿。

翌日上午，乔娜没去医院。她猫在房间里，在网络上逛了一圈又一圈。她去了很多网站，查了很多资料，咨询了很多专家，其结果，她越看越害怕，越逛越紧张，越咨询越绝望，到最后，乔娜几乎相信林宇非的那段记忆，永远不可能找回。

中午，穿上香奈尔去买馅饼，却没有“邂逅”孙大圣，心里竟颇有几分失落。下午时，又追着林宇非逼问一通，直问得林宇非两手掩耳，以头撞墙，直呼“师父莫念师父莫念”。看着林宇非，想到孙大圣，低头香奈尔，抬头虎皮裙，乔娜比林宇非还要痛苦几分。

傍晚，北京贺小强给乔娜打来电话，说他历经曲折，挖地三尺，总算抠到一个颅脑科教授，问乔娜有没有兴趣见一面。乔娜心中想着孙大圣，嘴上谢着贺小强，她说太感谢你了太感谢你了，能历经九九八十一难真的很不容易……

正是车流高峰，乔娜等了半个多小时，也没有等来一辆空出租车。咬咬牙，跺跺脚，掏出手机，给孙大圣拨电话。电话还没有拨出去，一辆空出租车远远驶来，乔娜伸手拦车，车子停下来，乔娜却不坐了。“对不起搭错车了。”她的话连自己也听不懂。拨通孙大圣的电话，说她赶时间，却打不到车，她听到她说谎的声音，颤抖得厉害。

现在的乔娜，穿了香奈尔。

朱武能开车，孙大圣坐在副驾，乔娜坐在后面。乔娜给贺小强打个电话，然后将手机递给孙大圣。孙大圣冲电话说：“知道了，知道了，好找，好找。”将电话递还乔娜。两个人指尖轻触，乔娜被烫了一下。

孙大圣与贺小强竟然认识——虽不是朋友，却也在酒桌上见过几次，算半个熟人。既然认识，就坐一会儿，喝口茶，随便聊两句。贺小强问孙大圣近来生意如何，孙大圣说：“温饱。”贺小强说：“得了吧！谁不知道你大圣哥一年能赚下几千万？”孙大圣笑笑，冲贺小强抱抱拳。贺小强问乔娜：“什么时候来的北京？”乔娜说：“时间不长。”贺小强冲孙大圣挤挤眼睛：“大圣哥真厉害。”孙大圣问他：“什么意思？”贺小强说：“这么快就把这么漂亮的乔娜追到手了啊。”孙大圣看看乔娜，两个人相视而笑。

贺小强对乔娜说：“大圣哥跟你说过他的故事吗？七八年以前，他还是个穷光蛋，吃不饱穿不暖的。可是现在，他跺一跺脚，半个京城的商界都会抖三抖……”

孙大圣笑出了声。他冲贺小强作一个莫再往下说的手势，贺小强就闭紧了嘴。“你们还是快谈正事吧，我先回避一下。”孙大圣对乔娜说，

“等你们谈完了，如果你打不到车，我再送你回去。”

“不必这么麻烦。”乔娜突然紧张起来，似乎生怕孙大圣离开，“我们马上就好。”

贺小强带来的教授更像一个屠夫。穿着像，长相像，表情更像。他喷着唾沫星子给乔娜讲“心因性失忆症”和“解离性失忆症”，又讲“局部性失忆”“选择性失忆”“全盘性失忆”和“连续性失忆”。乔娜几次想插话，都被他野蛮的手势阻挡回去。后来孙大圣不得不提醒他应该让乔娜说两句，他才极不情愿地停下来，擦擦嘴角的口水，问乔娜：“你认为他属于哪一种失忆？”

“选择性失忆。”

“你认为他能不能治好？”教授打量着乔娜，咽着口水。

“您认为呢？”

“不好说。”教授打一个喷嚏，“有些这样的患者，最后变成了老年痴呆。你认为他会不会变成老年痴呆？”

乔娜再不想与他多说一句。

回去的车上，孙大圣坐到乔娜身边。他问乔娜是谁失忆了，乔娜想了想，说：“一个朋友。”孙大圣说：“没事吧？”乔娜又想了想，说：“应该没事。”孙大圣说：“需要帮忙吗？”乔娜说：“不用了。反正几天以后，他就该出院了。”

孙大圣将乔娜送到医院门口，说：“别太累。”乔娜说：“谢谢。”孙大圣说：“明天如果有空，一起吃饭？”乔娜说：“明天再说吧。”她“嗒嗒嗒”地上着台阶，一颗心却忽上忽下。走到挂号处，回头，见孙大圣仍然站在原地，冲她挥手。

5

整整一个晚上，乔娜都坐在电脑边查阅资料。这一次她不但浏览了国内大部分有关“失忆症”的新闻，还查询了很多英文网站有关“失忆症”的病例。果然如那个“屠夫”所言，有的人在经历过“选择性失忆”以后，竟然真的变成了老年痴呆。——二十多岁的年轻人，突然之间失语、失写、抑郁、焦虑、幻觉、妄想、无目的徘徊……自言自语、傻笑、撕报纸、摆弄名片、磨牙、坐立不安、尖叫……乔娜被吓傻了。

她注意到其中一则新闻的一个细节——他女朋友问他：现在你最想干什么？他答：吃馅饼。再问：吃完馅饼呢？他答：再吃馅饼。不必再问了。老年痴呆无疑。

第二天，见到林宇非，林宇非正坐在病床上，一边撕报纸，一边自言自语。见到乔娜，他咧嘴傻笑，又将他的牙齿磨了又磨。乔娜问他：“现在你最想干什么？”林宇非说：“刷牙。”乔娜刚刚松一口气，林宇非马上补充一句：“不过我得先吃馅饼。”乔娜问：“吃完馅饼呢？”林宇非说：“再吃馅饼。”乔娜说：“不刷牙吗？”林宇非说：“你老年痴呆啊！不是刚刷过吗？”

子彤将肚子笑岔了气，乔娜却心事重重，一言不发。再看林宇非，一边继续咧嘴傻笑，一边将那堆银行卡摆成一个歪歪斜斜的“冏”字。

不敢说是老年痴呆的前兆，起码有这种可能。乔娜被吓出一身冷汗。

整个上午，乔娜一边寻找话题与林宇非闲聊，一边仔细观察他的反应。当再一次说到长脸和八百万时，林宇非突然变得坐立不安，然后发出一声长达十几秒钟的尖叫……

乔娜将他摁倒在床，出门，买馅饼。

孙大圣已经在医院门口等她。

“一起吃午饭？”

“我得买馅饼……”

孙大圣往旁边一闪，身后，现出朱武能。朱武能怀抱两个大纸袋，纸袋上写着“神龟馅饼”。

“你凭什么这样做？”乔娜愣了一下，突然火了，“有钱很了不起吗？”

“你说什么？”孙大圣愕然。

“你凭什么给我买馅饼？”

“我想，也许……你误会我的意思了……”

乔娜上前，从朱武能的手里抢过纸袋，转身往回走。到病房，将纸袋往桌子上一扔，她坐到病床上，气喘吁吁。

“坐火箭去的？”林宇非看着她。

“快吃！”乔娜没好气地说，“吃完好刷牙！”

“有大蒜吗？”

乔娜不理他。

“我想我真该出院了。”林宇非抓起一个馅饼，一口一个月牙，两口一个笔架，“总待在这里，没脑病也能闷出脑病。再说，总是待在这里，怎么跟你亲热？漂亮的女护士会吃醋的……”

乔娜看看子彤，子彤捂起嘴笑。

“出院你也不准与我亲热。”

“你说过，咱俩相恋了四年，对吧？”

“确切说是你追我四年。”

“咱俩四年竟然没亲热一次？”

“你想得美。”

“你在骗我。”林宇非说，“我这等好色之徒，能放过你这等天生尤物？”

乔娜站起来，走到窗户前。孙大圣已经离开。

“下午我想回去休息一会儿。”乔娜说，“昨天晚上，没睡好。”

“我陪着宇非就行。”子彤说，“正好我也喜欢撕报纸玩。”

乔娜回到酒店，希望能睡上一会儿，却怎么也睡不着。干脆爬起来，想再找找失忆症的有关资料，却在百度的搜索栏里键入“孙大圣”三个字。原以为网海茫茫，孙大圣再出色，再有钱，也不会寻到他的踪迹，想不到从第一页起，除了美猴王，还真出现他零零散散的很多资料。照片上的孙大圣西装革履，春风满面，身边，又白又胖的朱武能如影相随。“富豪”“儒商”“企业兼并”“捐助”“单身贵族”“钻石王老五”等字眼让乔娜热血沸腾，竟然如吃了春药一般兴奋。

或许，真的比吃了春药还要兴奋。

林宇非在他面前，立刻变成了凤凰面前的乌鸡。即使林宇非找回属于他的八百万。

内心开始纠结。无比忐忑。

傍晚时，开始盼孙大圣能够给她打来电话。孙大圣好像听到她的内心召唤，电话如约而至。

“中午，对不起……”话说得非常诚恳。

“该我说对不起的，”乔娜捂着胸口，心跳如鼓，“我好像有点……失态。”

“我发誓我绝没有想让你难堪……”

“我知道。”

“如果你肯赏脸，我想请你吃顿晚饭，算是赔罪。”

“可是……”

孙大圣就耐心地等着她“可是”以下的内容，可是乔娜“可是”了半天，也没想出来自己到底要“可是”什么，于是，她说：“可是，好吧！”

“我去馅饼店接你。”孙大圣说。

乔娜开始打扮，穿上香奈尔又脱下香奈尔，脱下香奈尔又穿上香奈尔，直让香奈尔变成破奈尔，让乔娜变成苏乞儿。折腾了半个小时，还是回到最初模样——香奈尔、马尾、旅游鞋、淡淡的口红。她给子彤打去电话，让子彤到烤鸭店买只烤鸭，与林宇非分而啖之。“总吃馅饼怎么行呢？”乔娜对子彤说，“换换口味，也许对恢复记忆有好处。”

子彤说：“遵命姐姐。”放下电话，对林宇非说，“打劫！把钱都交出来！”

林宇非掏来掏去，只从口袋里掏出一块钱。“身上就剩这一块钱了。”他将钱抖得“哗啦啦”响，“如果你和乔娜说的是真的，那么我还剩下八百二十万零一块钱。”

子彤不满地白白眼睛。“我这是何苦？”她说，“不但贴上时间陪你治病，还得贴上钞票请你吃烤鸭。”

可是那天，子彤终没舍得花上三百块钱请林宇非吃烤鸭。她在烤鸭店门前站了一会儿，还是去“神龟馅饼”店买了几个馅饼，又为林宇非要了一碗核桃粥。她手捧大纸袋从店里出来，乔娜恰好钻进孙大圣的车子。

是孙大圣一个人来的，乔娜想朱武能也许被孙大圣派到了高老庄。尽管明知子彤看不到自己，乔娜还是赶紧伏低身子——她庆幸子彤从馅饼店里晚出来几秒钟。

6

乔娜第一次用到纯银餐具，第一次吃到澳洲双头鲍，第一次喝到加烈葡萄酒，第一次享受到两个人吃饭十个人服务的星级待遇。巨大的豪华吊灯晃得她睁不开眼睛，对面的孙大圣变得模糊不清。

那顿饭，乔娜没有吃饱。

吃完饭，孙大圣建议随便走走。乔娜看看表，说：“很晚了吧？”孙大圣说：“夜生活才刚刚开始。”说得乔娜突然有些心酸。多久没有享受到真正的夜生活了？灯红酒绿，纸醉金迷，偶尔堕落一次的感觉，令人心驰神往。

随便走，随便走，便随便到了燕莎友谊商城。孙大圣说进去转转？乔娜忙说：“还是不要吧。”

“我想再送你一套衣服。”孙大圣盯着乔娜说，“顺便把那套香奈尔没收。”

“那可不行。”乔娜半真半假，半怒半嗔，“哪有送人了再往回要的道理？”

“武能眼光太差。”

“你说我穿起来不漂亮？”

“倾国倾城，美若天仙。可是我还是想给你挑一套。”

“不要。再不敢接受你的礼物。”

“那就送你一个包包好了。”孙大圣歪着头，看着广告牌上的几款女包，问她，“喜欢什么牌子？爱马士？古奇？LV？香奈尔？”

乔娜几乎要晕过去，晃了晃，忙扶住孙大圣的臂弯。连她自己都搞不清楚，她是因为激动，还是因为惊吓。

最终，孙大圣不顾乔娜的反对，为她挑了一款香奈尔。“如果你真的不想还那套衣服，正好可以搭配这个包包。”他笑着说。

孙大圣替乔娜提着香奈尔，两个人重新走上大街。乔娜看着香奈尔，想着香奈尔，嗅着香奈儿，却不能感觉香奈尔。她恨不得从孙大圣手里抢过香奈尔，撕掉包装，现在就背到肩上。

两个人上了车子，乔娜说她有点累，想回去。孙大圣说：“如果你不反对，带你去一个地方。”

“哪里？”

“波斯诗人的玫瑰园。”孙大圣的眼神霎时柔软并且多情，“玫瑰，露珠，阳光……”

“夜里会有阳光？”

“骗你我是猴子。”

“你本来就是猴子。”

“我是大圣。”

“还是猴子。”

“信不信？阳光。”

“不信。”

“随我去看。”

明知不可能，还是随他去。凡事皆需借口，好奇最为简单。

车子过了三环，不停，过了四环，不停，过了五环，没到，过了六环，还没到，乔娜想假若孙大圣就这样开下去，他们肯定能够直达西伯利亚。然车子还是停下了。

车子停下，乔娜恍若梦境。

面前是一栋极其豪华的别墅。高高的围墙内，灯火迷离。草坪剪得齐整，灯光照上去，竟然潋潋滟滟，如同碧波轻漾。院中央，果然有一池碧波。那是一个巨大的大理石铺砌而成的游泳池，一个穿着白衬衫打着黑领结的男孩正在卖力地擦着游泳池一侧的一张白色桌子。桌子上有插了鲜花的高颈花瓶，两瓶世界名牌葡萄酒随随便便摆在那里。

看到孙大圣，男孩弯腰致敬：“先生好。”

孙大圣给乔娜介绍：“这是小高。傍晚时给他打过电话，他就赶过来。现在他已经忙很久了……”

“你确信我会来？”

“我只有一个优点——自信。乔娜你看，这游泳池里的水，鲜花，葡萄酒，灯光，都是为你准备的。”

“难道你不常来？”

“我自己来这鬼地方干吗？”

“这里不是你家？”

孙大圣笑了。“当然不是。”他轻轻拉起乔娜的手，说，“不过，当我想逃避繁华，远离喧闹，就会跑过来住上几天。”

乔娜紧随他的脚步，走得踉踉跄跄。朱武能早在门口等候，见到孙大圣和乔娜，他颤颤颠颠，肉球般滚了过来。“都安排好了。”他对孙大圣说，“我得先回去了。”刚走出两步，孙大圣喊住他，说：“明天上午帮我去处理一下田氏公司的事情。”朱武能说：“没问题。”孙大圣说：“两千万必须到账。”朱武能头也不回：“猴哥放心。”

乔娜只觉血液沸腾。孙大圣让朱武能收两千万，就像让他去买包香烟那样简单。再想到林宇非要请自己吃顿烤肉都得思想斗争两天，好不容易赚下点钱，却一个跟头扎进水里，从此又把自己当成穷光蛋，乔娜便开始伤心，沸腾的热血，也慢慢冷却下来。——孙大圣的两千万永远是孙大圣的两千万，孙大圣的豪宅永远是孙大圣的豪宅，与她有什么关系呢？既然没有关系，她还沸腾个鸟啊。

有鸟。房子的外墙上，画满了鸟。鹌鹑、斑鸠、天鹅、布谷、鸽子、孔雀、仙鹤、鹦鹉、金丝雀……传说里的鸩和凤凰。乔娜刚想问他为何这般喜欢鸟钟情鸟，孙大圣已经将门推开。后来乔娜想，假如世界上能有一处建筑将金碧辉煌与温馨舒适结合到天衣无缝，孙大圣的这栋别墅无疑是最为典型的代表。

孙大圣带她参观客厅，参观书房，参观餐厅，参观浴室，参观厨房、桑拿室、健身房、古董室、娱乐室……乔娜如同进入到影视剧里的迷幻世界。最后要参观的，当然是卧室。孙大圣弯腰，推门，做一个“请”的姿势，乔娜只看一眼，便软了身子。

到处都是玫瑰。各种颜色的玫瑰：红玫瑰、黄玫瑰、紫玫瑰、白玫瑰、黑玫瑰、绿玫瑰、蓝玫瑰、彩虹玫瑰……各种品种的玫瑰：路易十四、朱丽叶、咖啡、和音、焰、桃香、绿光、伊豆舞女……玫瑰们铺满一地，铺满一床，铺满桌子和沙发，铺满所有可能的空间。甚至，仿佛连空中，都飘着玫瑰柔软并且芳香的花瓣。刚刚有些冷却的血液再一次沸腾，乔娜感觉她的身体，变得轻飘飘没有重量。

刹那间，她变成一片花瓣。

“太……夸张了吧？”乔娜嘴唇干燥。

“我说过，波斯诗人的玫瑰园……”

“可是……太阳呢？”

孙大圣将灯熄灭。

“可是太阳……”

“你就是太阳。”孙大圣将她拦腰抱起，轻吻她的额头，“乔娜，知不知道你有多漂亮？漂亮得过分，漂亮得离谱，漂亮得不讲道理，令人发指，一塌糊涂……”

绅士无非是耐心的狼。

——孙大圣是位绅士。

——孙大圣并不耐心。

——这样的逻辑可以证明，孙大圣并不是狼。

乔娜轻轻挣扎。“这太疯狂。”

“乔娜，我的太阳，你早已将我融化。”

“可是这太疯狂。”

“我爱你。”

“你说什么？”

“我爱你，乔娜。”

“真心话？”

“我爱你乔娜。从见到你的那一刻起，我就无可救药地成为你的俘虏。我想你，念你，无论白天还是黑夜，眼前都是你的影子。我崩溃，沦陷，不能自拔。乔娜，你救救我……”

“你必须发誓你爱我……”

“我爱你。我爱你。我爱你。我爱你。我爱你……”

每说一句“我爱你”，孙大圣就会像剥洋葱那样剥掉乔娜的一件衣服。乔娜穿得本就不多，五六句以后，乔娜便再无衣服可供孙大圣剥脱。孙大圣动作并不熟稔，甚至有些笨拙，也许正因如此，乔娜的最后一道防线，溃不成军。

后来乔娜想，说她主动缴械，应该更恰当一些。

早晨，当她醒来，身边不见了孙大圣。仍然玫瑰满屋，春意盎然。枕边叠放着干净舒爽的睡衣，乔娜穿上睡衣，慵懒并且羞涩地走进厨房。孙大圣正将一个煎蛋高高甩起，煎蛋翻起跟头，孙大圣稳稳接住。

“吃完早饭，我送你回去。”孙大圣冲她笑笑，“睡得还好吧？”

乔娜笑笑，点头。煎蛋翻起的瞬间，她想起从天而降的林宇非。

餐厅很大，两个人却挤在同一张椅子上用早餐。孙大圣亲手煎的蛋饼，亲手热的牛奶，亲手调的沙拉，亲手煮的咖啡——他不仅是一位成功的商人，还是一位优秀的大厨。

“还好吧？”

“还好。”

“快乐吗？”

“快乐。”

问的是早餐。问的是昨晚。还有此时。

此时，卧室里，孙大圣将一款金伯利项链戴上乔娜又细又白的美丽脖颈。一轮银光闪闪的太阳落到乔娜的乳间，恰好遮住一颗调皮并且性感的红痣。

林宇非对她最出格的亲热之举，也仅限于吻她的脖子。林宇非说，他喜欢那颗痣。

回到酒店，放下坤包，摘下项链，脱下香奈尔，洗了个澡，坐在床上，总觉得所发生的一切，不过是一个无比真实的梦境。直到子彤打来电话，说：“你再不过来的话，宇非就该想你想到晕过去了。”

7

撕报纸，撕报纸，撕报纸。可怜的林宇非，目光呆滞。

整个上午，乔娜竟没有向林宇非逼问银行卡、密码和长脸。倒是林宇非有些不习惯了，每撕一会儿报纸就要抬头看看乔娜，快到中午的时候，他终于忍不住了，主动拿起那沓银行卡，递给乔娜："你一张张抽给我看，看我感觉哪一张最亲切，哪一张最熟悉？"

中午的馅饼，食之无味，弃之不惜。

子彤让乔娜陪她去买双鞋子，她说一天天热起来，脚上那双鞋子，能捂出脚气。乔娜问她："打算什么时候回去？"子彤反问她："你们呢？"乔娜便躲闪了眼神。她开始故意转移话题，说："昨天中午的烤鸭，没给我留条腿？"子彤就盯着她看，直把她看得心里发毛。"昨天没吃烤鸭，"子彤说，"你知道的。"

"我怎么会知道？"

"因为你在'神龟馅饼'见到我了。"

"怎么可能？"

"你上了一辆车，车子开得飞快。"子彤说，"宾利吧？真是好车。"

"你认错人了。"乔娜慌慌张张，"那时我正与一个颅脑科大夫在一起。"

子彤耸耸肩，不再追问。她买下一双布鞋，花掉五十八块钱。鞋面上绣一朵玫瑰，开得娇艳灿烂。

往回走的时候，孙大圣给乔娜打来电话，问她晚上是否有时间一起吃晚饭。当然有时间。有的是时间。事实上，从离开孙大圣那一刻起，乔娜就在等待他的电话。

"你现在在哪里？"

"你回头。"

乔娜回头，孙大圣的脑袋探出车子，冲她笑。

子彤说：“宾利，好车子。”

乔娜说：“是孙教授。”

子彤说：“昨天那个孙教授？”

乔娜说：“是他。孙大圣教授。他想给宇非提些治疗建议……”

“那你应该让他见见宇非。”子彤说，“哪有不见病人就胡乱建议的道理？元芳，你怎么看？”

其实那两天，子彤正在计划回去。林宇非再有钱，再可怜，毕竟与她无关。很多时候，子彤试图弄清她与林宇非的关系，她想最恰当的说法应该是：一面之缘的朋友。她有必要照顾一个一面之缘的朋友吗？更何况这个朋友，既“脑残”，又好色。还时不时地打击她，说她长得小鼻子小眼，不漂亮。不漂亮怎么着？画皮倒是漂亮，吃人呐！

吕啸的电话每一天都要打来。他说他怀疑子彤不是去登长城，而是去修长城；不是去游八一湖，而是去挖八一湖。子彤说：“这几天吧，就回。”每次都这样说，吕啸开始怀疑。“不会真被哪个帅哥缠上了吧？”他说，“我记得你跟我说过，有个帅哥好像看上你了……”

“正是如此。”子彤说，“所以，我可能会永远留在北京，当一个小鼻子小眼的北漂……”

这样一说，吕啸反而放心了。

知她者，吕啸也。

所以最终，她当然不会“永远留在北京”。

倒是乔娜差一点“永远留在北京”。

回到医院，看着傻里傻气的林宇非，真想拽过他的耳朵，说：“你女朋友要被人抢走啦！”有一次，她甚至真的将林宇非的耳朵拽成了猪八戒的耳朵。林宇非一边咧嘴一边问她：“什么事什么事？”她的嘴巴张开很大，犹豫半天，最后说：“记住了，牛肉馅的馅饼最好吃。”真说了，他会怎么想，怎么做？怎么想怎么做都正常——他那样爱乔娜，那样在乎乔娜。似乎没有乔娜，他一天都过不下去。

就想起冷馨。没有江岸，冷馨也一天都过不下去，一天都支撑不下去。是冷馨亲口对她说的，她的表情，认真得让人害怕。

不管是谁，只要对一个人过分依赖，那么，不管是这个人，还是那个人，都是一种折磨，一场灾难。

所以有时候，一场恋情，绝不仅仅是一场恋情。它还是色彩，幻想，支柱，日子，希望，生命，以及与生命相关的一切。

8

其实乔娜失踪以前，迹象明显。只是子彤和林宇非都没有料到，她真的会抛弃之前的一切，跟随孙大圣，踏上取经路。

不同之处在于，她是坐着轿子走的。

她对林宇非说："如果我失踪一段时间，你会不会找我？"林宇非说："你马上就会回来。"乔娜说："这么自信？"林宇非说："因为咱们相恋四年，并且即将结婚。"乔娜说："那你这两天有没有想起点什么？"林宇非说："有。"乔娜说："什么？"林宇非说："我想起我大学毕业以后，的确在滨城待过很长时间。"乔娜说："那是我告诉你的，不能算。"林宇非说："你告诉我的，也是我想起来的。"乔娜说："那银行卡呢？"林宇非摇摇头，说："我从来没有开过什么银行卡。"

她对子彤说："你到底打算什么时候回去？"

子彤说："宇非哪天出院，我就哪天回去。"

乔娜说："如果宇非身边突然只剩下你，你会怎么办？"

子彤说："那我就疯了。"

乔娜说："然后呢？"

子彤说："然后我就抛弃林宇非，就像抛弃一只小猫或者一条小狗。"

乔娜说："你忍心这样做？"

子彤说："你忍心，我就忍心。"

乔娜说："那宇非会饿死的。"

乔娜又说："也许敬老院会收留他吧？我们伟大的祖国绝不会丢下一个年轻帅气的老年痴呆患者。"

然后，乔娜就失踪了。

早晨，乔娜去医院，为林宇非送去二斤报纸。她说："宇非你省着点撕，报纸现在也涨价了。"她收起那堆银行卡，将它们全都扔进医院的垃圾箱。她坐在床头陪林宇非聊天，聊他们的过去，聊他们并不存在的未来，聊到动情处，竟从眼角流出一滴眼泪。中午，她出去买馅饼，却带回两只烤鸭。她陪林宇非和子彤吃完烤鸭，然后，紧紧拥抱了林宇非。她轻轻地蹭着林宇非的脸，油汪汪的嘴唇将林宇非的半边脸变成一张油炸大饼——那个下午，林宇非一直没舍得洗上一把脸。黄昏时候，林宇非突然有了不太好的预感，他让正撕着报纸的子彤给乔娜打个电话。电话未及拨出，乔娜电话先到。电话里，乔娜对子彤说："好好照顾宇非，我自私，得先撤了。"

子彤愣了愣，忙喊："喂喂喂喂喂。"

再怎么"喂"，乔娜也不吱声。然后，电话挂断。挂断以前，乔娜说："别再打我电话，这个卡永远不会再用。"

子彤不信，电话拨过去，不接。

再打，关机。

隔一会儿再打，关机。

隔半天再打，关机。

乔娜就这样失踪，在认识孙大圣三天以后，在认识林宇非四年以后。

"如果上天再给我一次与你相逢的机会，我一定冲你放个屁，然后扭头就走。”后来，在电话里，子彤这样对乔娜说，“你个悲催的混蛋！”

可那是很久以后的事情。现在的问题是，乔娜失踪了，她该如何对林宇非说？

告诉他，你女朋友被一个更有钱的主儿抢走了，林宇非会傻，会疯，会狂，会老年痴呆。

或许，因了这打击，他的那点记忆，真的永远不可能找回。

这些，绝非子彤毫无缘由的猜测，而是大夫亲口所言。大夫对她说：“这种时候，千万不能让他碰到不开心的事情。如果触到他的痛处，伤及他的神经，无异于要了他的命。”

子彤可不想要他的命。

所以第一天，子彤对林宇非说：“娜姐说她要去天津拜访一个专家，晚上不回来了。”然后，不停打乔娜手机。无法接通。

第二天，子彤对林宇非说：“今天娜姐又要去北戴河拜访一个教授，晚上不回来了。”然后，不停打乔娜手机。无法接通。

第三天，子彤对林宇非说：“早晨娜姐倒是回来了，可是她需要去拜访一个颅脑科的理论专家。我亲眼所见，那个专家有一辆非常漂亮的宾利车。”然后，不停打乔娜手机。无法接通。

第四天，未及子彤开口，林宇非问她：“今天娜姐干什么去了？”

子彤说：“娜姐去沧州了……”

“你在骗我。”林宇非盯着她的眼睛，“是不是乔娜不要我了？”

“怎么会这样想？”

“整整四天，连个电话也不打给你。她是不是走了？”

乔娜看了林宇非半天，说：“是的，她走了。”

乔娜豁出去了。

“她为什么要走？”林宇非“嗵”的一声坐到床上，“我们不是要订婚了吗？我们不是相恋四年了吗？”

“是啊。”子彤马上开始后悔，“她为什么要走？”

“难道她移情别恋了？”林宇非以头撞墙，“苍天啊！”

“这个……倒没有。”子彤说，“她为什么要移情别恋？那样做的话还是人吗？还是女人吗？禽兽不如啊！”

“可是她为什么要走？”

“她必须走！”

“她为什么必须走？”

“因为她不是你的女友！”子彤想，骗一天算一天吧。

“她不是我的女友？”

“宇非，真的对不起，我们一直都在欺骗你。还记得你醒来的时候吧？你醒来的时候，第一眼看到的，就是乔娜。这其实是医院的‘情感疗法’，以情感——当然最好是爱情，最好是姿色出众的美女——即使你晕过去，大夫们也能看出来你是好色之徒——并且最好是有些风骚的姿色出众的演技超棒的美女——来对你进行治疗。所以，事实是，乔娜根本不是你的女朋友，她只是一个普通的护士。她之所以要假扮成你的女朋友，都是医院安排的‘情感疗法’。”子彤突然发现，她撒起谎来竟也无师自通，天衣无缝，“现在她调到别的医院去了，当然得离开你……”

“她调到哪家医院了？”

“宇非你听懂我的话了吗？她只是一个普通的护士，你别再找她了……好像是什么宠物医院？照顾一只猴子……”

“那我真正的女朋友呢？”林宇非的表情半信半疑。

“我！”子彤挺挺胸脯。

“苍天啊！”林宇非愣了足有十秒钟，然后以头撞墙，“我这是什么审美啊！”

第三章

得之我幸

『无间』可以是『没有隔阂和缝隙』之『无间』，

也可以是『无间道』之『无间』。

『无间道』之无间，即『无间地狱』。

凡被打入无间地狱，便会永无解脱之日。

其一『时无间』——无时无刻不在受罪；

其二『空无间』——从头到脚都要受罪；

其三『罪器无间』——各式刑具无所不用；

其四『平等无间』，用刑不论男女老幼；

其五『生死无间』，重复死去无数次，用刑永远。

现在，她和吕啸就是地狱里的阎王或者小鬼。

林宇非在劫难逃。

1

最初林宇非并不相信子彤的话。一觉醒来，多出一个漂亮的女朋友。又一觉醒来，漂亮的女朋友变成护士，却又有一个小鼻子小眼睛小嘴巴小个子的女孩自称他的女朋友。这样离奇的事情，纵是铁打的脑子，也受不了。

何况林宇非现在的脑子，跟豆腐脑差不多。

可是，回想之前种种，林宇非又有些相信了——这个叫做子彤的女孩每天陪着他，聊天，撕报纸，发呆，下跳棋，对八百万的下落似乎并不在意。相反，那个漂亮的乔娜，却总是直奔主题，令他痛苦。

再痛苦，也喜欢乔娜；再痛苦，也希望乔娜是他的女朋友而非子彤。理由只有一个并且简单得无比原始性和动物性——乔娜漂亮。

只要漂亮，就战无不胜，起码在某一个阶段战无不胜。漂亮是漂亮女人最廉价最具杀伤力的武器。只要漂亮，男人就会轻易地投降，然后原谅她的诸多缺点。比如懒惰，无知，粗俗，拜金……

子彤将此事告诉医生和护士，并恳求他们与她配合。她的做法反倒将医生提醒。医生说，或许我们医院真的应该试一试“情感疗法”。他对护士说：“等 802 病房的病人醒过来，你就跟他说，你是他的女朋友。”护士说声“遵命”，扭着风扇般的小屁股去了。一小时以后她回来，对医生说，她陪那个病人跳了一曲舞，又让病人吻了她的脸蛋子，摸了她的手。医生皱皱眉说：“小甜啊，是让你扮成他的女朋友，不是让你扮成三陪小姐。”

冷馨给子彤打来电话，说婚纱已经选好，请柬已经发下去，只等七天以后，上花轿，拜天地，入洞房。“你到底哪天回来？”冷馨的声音有些不满，“耽误了我和江岸，你负得起责吗？”

“我怎么能耽误你们？”

“你是伴娘啊！咱俩不是说好了么？子彤你怎么了？失忆了？”

子彤开始焦躁不安。她想回去，可是她不敢。现在她不得不承认，扮成林宇非的女友，是她继跟随林宇非去了“如狼似虎”酒店以后所犯下的第二个最为严重的错误。假如林宇非在得知“假扮的女朋友”离他而去后还不至于伤心欲绝，那么，当他“真正的女朋友”也离他而去，他的病情会不会雪上加霜？想到这些，子彤恨不得狠狠地抽自己两记耳光。

怕痛，又算了。

吕啸的电话，终从一天一个，变成一天数个。他说子彤肯定遇到什么难缠的事情，否则绝不会赖在北京不肯回来。子彤说真的没有什么事情，她不过想多玩一两天而已。吕啸说：“那好，明天，我也去北京，陪你玩。”子彤吓了一跳，忙说：“你工作不忙？”吕啸说：“再忙也得过去。女朋友无缘无故地将北京当成了家，你认为我还能待得住吗？”子彤说：“可是我准备明天就回去。”吕啸说：“肯定？”子彤说：“火车票都买好了。明天下午的火车，后天中午到。”吕啸说：“刚才怎么不说？”子彤说：“逗你呢。反正你也不想我。”吕啸说：“子彤啊子彤你这个没良心的，我要是不想你的话，能天天给你打电话发短信？我想死你了子彤啊啵啵啵啵啵……”

经过一夜的思想斗争，子彤决定抛弃林宇非——就像乔娜那样不声不响地失踪，就像抛弃一只小猫或者小狗。她问林宇非：“三天后出院，知道吗？”林宇非说：“早盼着这一天了。”子彤说：“打算怎么办？”林宇非说：“跟你走啊。”子彤说：“咱俩可没有订婚的打算。”林宇非说：“幸好幸好。”子彤说：“你什么意思？”林宇非说：“反正你去哪里，我就去哪里。回到咱俩一起生活的城市，北京这地方好倒是好，就是太偏僻了。”子彤说：“回去以后呢？”林宇非说：“工作啊！我是脑残，又不是体残。一边工作一边继续恢复记忆，直到将那八百万找回来。”子彤说：“假如我现在告诉你，那八百万是假的，你一直都是一个穷光蛋，你会怎么想？”林宇非说：“无所谓啊。反正现在的我，跟穷光蛋没什么区别。”

子彤掏出五百块钱，拍上桌子。“中午你得自己去买烤鸭了，”子彤说，“我有事情需要处理，可能会回来得晚一点。”林宇非说：“多晚我都等你。”子彤说：“你自己先吃！”林宇非嘟囔着：“你不会也是护士假扮的吧？”子彤说：“有这想象力，你智商不低了。”额头上却开始冒冷汗。林宇非说：“要是你也像乔娜那样突然失踪，我怎么办？”子彤说：“放心吧。”脚底抹油，溜得飞快。走出医院，心仍然“咚咚咚”地跳个不停。便开始骂自己：萍水相逢，做到这一步，已经很不容易了吧。又没有一辈子照顾林宇非的义务，自责个什么劲儿呢？

就算她和乔娜注定有一个人要受到谴责，那个人也该是乔娜。这个漂亮得如同樱桃般的女孩，绝情得很呐。

路上，尝试给乔娜打最后一次电话。无法接通。

乔娜是真正的失踪。包括她的影子。

到火车站，买票，竟然还有硬卧。手捏车票，去车站广场，巨幅广告牌遮天蔽日：“如狼似虎大酒店”欢迎您。子彤眯起眼，看广告上那个英俊的男孩，看着看着，那男孩似乎动起来，滑稽的眉毛，一高一低。男孩敲开她的房门，问：“能不能借个套子？”

眨眨眼，男孩就不见了。

电话突然响起来，子彤吓了一跳。是林宇非打来的，他说他好不容易才从街上找了个电话亭。“馅饼快凉了，我等你回来一起吃。”

“不是让你买烤鸭吗？”

“能省一点是一点。回滨城，我还得现找工作。”林宇非说，“只买了四个牛肉馅的，你吃。我吃萝卜馅的。”

子彤低下头，突然有些小感动。林宇非你这个混蛋，竟把姑奶奶的心里弄得潮乎乎的。

“可是中午我有事，回不去……”

“那我就饿一顿。你不回来，我就绝食。”

“我是你妈？”

“子彤，我怕你也突然失踪……”

子彤知道他绝非在开玩笑。事实上，现在的林宇非不仅不再是百万富翁，连成年男人都不是。他好奇，脆弱，有依赖心，不堪一击。当他真的发现子彤也突然失踪，会怎么样呢？大嚷大叫？一言不发？伤心绝望？不管如何，她都会自责一辈子。

“听话宇非，快吃饭吧……”

“我等你回来一起吃。”

“真讨厌！”

狠狠心挂断电话，心里风起云涌。

回候车室坐了一会儿，越坐越不是滋味。鬼使神差，竟跑到退票窗口，排起队。她一点一点往前移动，感觉自己真的是明知是火坑，偏要往里跳。马上就要轮到她时，喇叭里响起广播员要旅客排队检票的声音。她咬咬牙，转身，走向检票口。检票员的小钳子将车票铰出一个月牙般的小齿，子彤感觉那一钳子，咬到她的心上。

去站台，不停走，不停走，不停走，上火车，拉杆箱擎上行李架，坐下，闭起眼睛，盼火车快开快开。口袋里的硬币让她很不舒服，换一个坐姿，更是硌得难受。广播里响起列车员的提醒声，让送亲友的朋友抓紧时间下车，列车马上启动。子彤骂一句：林宇非你这个悲催的混蛋！猛地起身，取下拉杆箱，跳下列车。

明知是火坑，偏要往里跳。

回去，林宇非果然在等她。六个萝卜馅馅饼，四个牛肉馅馅饼，盛在塑料饭盒里，一动没动。子彤说：“老娘早晚得被你害死！”

林宇非咧开嘴，笑。

“你觉得你笑起来很好看？”子彤瞪着他的脸。

“刚才我想好了，咱们可以先回一趟我老家。”林宇非将一个馅饼囫囵塞进嘴里，含糊不清地说，“让我爸妈先借给咱们一点钱。”

“借给咱们钱干什么？”

“做生意啊，买房子啊，什么不需要钱？”林宇非将一瓣大蒜嚼得“咯咯”响，“如果我真有八百万，我爸妈至少也有两百万。我这样的孝子，赚了那么多钱，绝不会独自享受……”

“馅饼都塞不住你的嘴。”子彤没好气地说，“快吃！”

其实，林宇非这样说，子彤也就放心了。很简单的办法，子彤却一直没想出来。

——照着林宇非的身份证，找到他的父母。跟他的父母说清这件事情，让他们好好照顾林宇非，直到他彻底康复。到那时，林宇非再吵再闹，再疯再癫，再伤心再绝望，只要有父母在他身边，都不会出事情。并且，最为重要的是，这期间，子彤为林宇非所花的每一分钱，都可以从他的父母那里要回来。当然，包括今天上午刚拍给他的五百块。

如此想着，晚上，便和林宇非出去走了走，并在夜市上，为他买下一件非常便宜的 T 恤。天气越来越暖，林宇非的名牌 T 恤，仍然停留在初春的季节。

林宇非换上 T 恤，笑着问子彤：“帅吗？”

子彤白他一眼，笑得眼歪嘴斜的林宇非，马上板起了脸。

2

电话里，子彤对吕啸说，由于买到了假火车票，她只能再晚两天回去。

吕啸说：“你肯定遇到什么麻烦。”

那么，事到如今，反正瞒不过去，子彤只好摊牌。将林宇非和乔娜的事情前前后后讲给他听，最后说：“等回去，把宇非交给他的父母，这件事情就算完了。”

吕啸沉默了半天，说：“你做得对。”

“多谢夸奖。”

“林宇非无依无靠，你不照顾他，他会疯掉的。”

“他已经疯掉了。”

“可是刚才你说，他有八百万？”

“确切说是八百二十万零一块。”

“怎么能证明这是真的？”

“怎么都能证明这是真的。”

“比如？”

“比如他的T恤是雷诺的，皮包是金利来的，手表是欧米茄的，裤带是LV的……”

“你还盯着他的裤带？”

“你认为LV这两个银光闪闪的大字母还用特意去盯？”

“子彤，你说，假如你真是他的女友，等他想起那笔钱，会不会分你一半？”

“你说什么？”

“我的表达不够清楚？”

“假如我真是他的女友，比如我是乔娜，他说不准会将八百万全都给我。问题是，我是赝品……”

“可是现在他认为你是正品。”

“你什么意思？”

“我在想……你是不是可以考虑……继续装下去……”

“理由呢？分钱？”

“哪怕一百万……”

“吕啸，你的脑子才被驴踢了。”

“你照顾他这么多天，总得有点回报，是不是？就算他找个佣人，也得支付酬金，是不是？并且，假如没有你，他也许一辈子都不会回忆起那笔钱的下落。回忆不起来，就等于没有那笔钱，是不是？没有那笔钱，他就是穷光蛋，是不是？但是，如果你能够继续假装一段时间，采用‘情感疗法’，他也许就能够想起那笔钱，找到那笔钱。这等于什么？这等于，你让他凭空捡到了八百二十万。”

“什么叫凭空捡到？那本来就是他的钱。”

“可是事实是，现在，他比穷光蛋还要穷光蛋。”

“我可不干这种缺德事。”

“怎么叫缺德事呢？我们这是在行善，在帮他。”

“行善就要分钱？”

“行善也得吃饭。”

“这种事，早晚得露馅。”

“只要别在八百万找到以前露馅，就不怕。”

“还是别这样做了。现在，我的肠子都悔青了。”

“既行善，又赚一百万，这样的好事你不想做？”

“你确信宇非会分一百万给我？你确信他能在短时间内好起来？”

“我不确信。但是我想，百拜都拜了，还差这一哆嗦？再假装几天，说不定一切峰回路转……”

“要装你去装，别找我。”

长久的沉默。

“子彤，我一直没跟你说，我妈病了。”吕啸突然说，“心脏不好……非常严重……过些日子得动手术，需要很多钱……我妈，你未来的婆婆……”

“咱俩想办法凑点。吕啸，这种事，真的不能做。我害怕……”

“又不是犯罪。”

“是犯罪。”

“不是。”

“只要目标是他的钱，就是犯罪。”

“子彤，我是学法律的。我保证用一种非常安全非常人性的办法……”

“你说什么都没有用。我不干。”

“哦。”吕啸的口气，无比失望，“那你早点回来吧。见他的父母的时候，小心人家说你诈骗。”

“诈骗？”

“谁知道乔娜有没有借过人家的钱，卷走人家的财礼？谁知道你是不是已经卷走了八百万，然后不负责任地将他送回？”

吕啸所言，似乎有些道理。

事情变得越来越复杂。子彤焦虑难安。

那天晚上，子彤很晚才回到酒店。她在病房里陪林宇非下没滋没味的跳棋，输得一塌糊涂。后来她干脆推了棋盘，问林宇非：“假如你真的找回那八百万，你认为那笔钱有没有我的份？”

“当然有啊。”林宇非说，“你说过，那是咱俩辛辛苦苦打拼的结果。”

“可是最终，假如我们分手了呢？”

“为什么要分手？没有分手的理由啊。”林宇非说，“从认识你的那一天起，我就知道你长得不好看……”

“假如呢？假如咱们分手，你会不会补偿我一些钱……毕竟，我跟你说过的，这四年来，我为你付出太多……我只是说假如……你那么花心，也许有一天，会抛弃我……”

“把钱都给你也无所谓，”林宇非说，“反正我不相信自己有那么多钱。”

“你真的有那么多钱……”

“那就分你一半好了。”林宇非说，“既然我能赤手空拳赚到八百万，我就能用四百万再赚几千万……”

“我可没跟你开玩笑。”

“我也没开玩笑。”

“你敢签字画押？”

“拿笔来！”

子彤笑了，“如果每个富人都像你这样，这世界会美好得多。”

留在北京的最后一天，子彤带林宇非去了那个郊外。她问林宇非：“熟悉这个地方吗？”林宇非说：“头一次来。”子彤说：“那就好好玩吧。”林宇非快活地打起水漂，水漂一串一串，就像落进水里的转瞬即逝的美丽项链。

他玩，他开心。子彤和吕啸已将一张精心编织的大网悄悄向他张开，他浑然不觉。

不仅不觉，还依赖子彤，感激子彤，信任子彤。子彤认为，她远比乔娜无耻。

乔娜只是离开，离开之时，毫无所求。她呢？狡诈，凶险，项庄舞剑，意在沛公。

回去的列车上，林宇非要吃苹果，子彤就给他削苹果；要吃橘子，子彤就给他剥橘子；要下跳棋，子彤就陪他下跳棋；要撕报纸，子彤就陪她撕报纸。两个人欢欢喜喜，恩恩爱爱，卿卿我我，比翼双飞。

旁边的老太太羡慕地对她的老伴说：“看这小两口多好，亲密无间呐。”

亲密无间。

亲密，无间。

“无间”可以是“没有隔阂和缝隙”之“无间”，也可以是“无间道”之“无间”。

“无间道”之无间，即“无间地狱”。凡被打入无间地狱，便会永无解脱之日。其一“时无间”——无时无刻不在受罪；其二“空无间”——从头到脚都要受罪；其三“罪器无间”——各式刑具无所不用；其四“平等无间”，用刑不论男女老幼；其五“生死无间”，重复死去无数次，用刑永远。

现在，她和吕啸就是地狱里的阎王或者小鬼。

林宇非在劫难逃。

3

子彤与林宇非走出地下通道，吕啸早已候在那里。他从林宇非的手里抢过行李，问子彤：“这位就是你说的宇非吧？”

子彤说：“林宇非，我男朋友。”

吕啸发出“啧啧”称赞，说：“真帅。”又对林宇非说，“我是吕啸，子彤的好朋友。”

林宇非伸出手：“您好。子彤经常在我面前……”挠挠头，接着说，“好像一次也没有提起你。”

吕啸看看子彤，耸耸肩，表现得非常大度。“坐了这么长时间的火车，早累了吧？”他对林宇非说，“咱们先去吃饭，吃完饭送你回去休息。”

“我去哪儿休息？”

“先住两天酒店。”

“我以前一直住酒店？”林宇非挠挠头，“我被钱烧得难受？”

“最初你住在哪里，子彤也不清楚。你穷困潦倒，从不敢带子彤去你的住处。后来你失踪了两年，再回来，就开始住酒店了。不过子彤总怀疑你在外面抢劫了银行。”吕啸开着他花了一万块钱买的二手桑塔纳，吹起快乐的口哨。桑塔纳发出拖拉机般的噪音，车厢里，一股浓重的汽油味。“不过，这几天我会帮你找个住的地方，总住酒店可不行。既花钱，又不舒服。你说是不是？”

“花钱倒是真的。”林宇非东瞅瞅，西瞧瞧，对什么都好奇，“不过应该会很舒服。”

子彤说：“你在这里生活了很多年，有印象吗？”

林宇非说：“我记得我在这里读了四年大学，大学毕业以后，好像又在这里待了两年。不过我读大学的时候，这里可不是现在的模样。”

子彤说：“二十天以前，也就是去北京的头一天，咱俩还手拉手在这条大街上散步。然后咱俩去了海边，坐在灯塔下面吹了半天海风。想起来了吗？”

林宇非说：“我从来不与女孩子在大街上手拉手。”

子彤说：“可是那天，你把我的手拽得那个紧啊。”

吕啸轻轻咳嗽一声。

子彤不满地白他一眼。“你咳嗽他也把我的手拽得那个紧啊。”

“白沙滩”酒店，吕啸已经订好了位子。钱花得不多，却有荤有素，有汤菜有炖菜，有点心有主食，有啤酒有汽水，吕啸很满意他的选择。想不到子彤突然问他：“有馅饼吗？”

“你要吃馅饼？”吕啸吃了一惊，“以前怎么不知道你喜欢馅饼？”

“宇非喜欢吃。牛肉馅的。”子彤对他说，“你去问问服务生。”

“百万富翁喜欢吃馅饼？”

“那你认为他应该吃什么？”

“吃切糕啊！”吕啸不满地站起来，直奔一个服务生而去。子彤冲他的背影喊：“顺便问问有没有烤鸭！”

“菜太多了吧……”

"那就把辣子鸡退了，换烤鸭。"

"我想吃辣子鸡……"

"可是我想吃烤鸭。"

吕啸一边走一边嘀咕：咋去了一趟首都，连口味都变了？

三个人边吃边聊。吕啸给子彤递一个眼色，子彤心领神会地走向洗手间。稍后，吕啸对林宇非说，他要去一趟洗手间。林宇非啃着鸭腿，头也不抬："快去！人生三急。"

洗手台前，吕啸问子彤："打算怎么办？"

子彤说："电话里不是说好了吗？"

"我怕你害怕。"

"你不是说我们是在做善事吗？"

"我怕你多想。"

"吕啸，你老实跟我说，干这样的事，你有没有犯罪感？"

"怎么会呢？"吕啸拍拍胸脯，"我敢肯定他找到那八百万以后，即使知道我们的目的，也会像范伟那样喊一嗓子'谢谢啊'。"

子彤拧开水龙头，洗脸。

"还在生我的气？"

"你说呢？"

"都是我不好……"说着话，吕啸凑过脸，试图亲吻子彤。子彤轻轻闪过，说："宇非还在等着咱们，快回吧。"

"宇非宇非，"吕啸有些恼火地说，"你就不能在前面加上个'林'字？"

回去，一只鸭腿已经只剩骨头。林宇非一边舔着油津津的手指，一边指着吕啸面前的碟子："鸭翅膀还要吧？"

吕啸皱皱眉，悄悄对子彤说："这也不像个百万富翁啊。"

吕啸将林宇非送到酒店，又将子彤送到住处。他说他想上去坐一会儿，子彤说："我累了，想早点休息。"吕啸说："这么长时间没见面，坐一会儿不行？”子彤说：“明天再坐吧。”吕啸说：“你好像有点讨厌我？”子彤笑笑，说：“我想休息。”

那天，吕啸终没能吻到子彤。他送子彤到门口，试图将子彤揽进怀里，子彤轻移莲步，两人之间，就多了一道牢不可破的防盗门。“你也早点休息吧。”她隔着门对吕啸说，“明天还得给宇非租房子。”

吕啸怏怏离开，总觉得从北京回来的子彤有些不太对劲。

子彤没有马上休息，她给冷馨打了个电话，让她速来。半个小时以后，两个女孩就抱到一起，又蹦又笑。冷馨说：“你个死丫头再不回来的话，我就要报警了。”子彤说：“现在我不但回来了，还给你带回一个伴郎。”冷馨问：“你男朋友？”子彤说：“是啊。”冷馨说：“以前跟你说过好几次，让你把男朋友带给我和江岸看看，你偏不。这次怎么了？”子彤说：“因为是你大喜的日子啊。”冷馨说：“这有联系吗？”子彤说：“当然。又高又帅又有钱，不趁这个机会招摇一下怎么行？”冷馨说：“又高又帅我信，有钱嘛……”子彤说：“我说他有八百万，你信不信？”冷馨就乐了。“八百万？”冷馨边笑边说，“灰姑娘也许能遇到王子，但灰姑娘绝不是你。”

两个女孩挤在沙发上，嗑着瓜子，开着玩笑，竟然都不觉困。突然子彤将冷馨摁在沙发上，两手伸到她的腋间，一边咯吱她一边说：“我得摸摸小处女。两天以后再摸，就是小少妇啦！”

一开始，冷馨还只是笑着挣扎。渐渐地，她不再笑。最后，她猛地推开子彤，坐起来，捂着胸口，“呼哧呼哧”地喘息。子彤被吓坏了，问她：“你没事吧？”她说：“没事。”笑笑，捏一颗瓜子，嗑得皮瓤一塌糊涂。

是时，林宇非已经在酒店的电话号码簿里找到“山东大学滨城分校”的电话号码。他将电话打过去，问对方是否记得几年以前有个叫做林宇非的在这里读过书。对方说：“大学里每年毕业那么多学生，如果你不是比尔·盖茨，没有人会记得你。再说，我只是个接线员。”林宇非问："那你认识崔破天教授吗？"对方说："崔破天教授去年退休回青海了。"林宇非问："栾胡优教授呢？"对方说："栾胡优教授辞职经商了。"林宇非问："西门欢庆教授呢？"对方说："他还在。不过他去云南旅游了，得过些日子才能回来。"林宇非问："知道他电话吗？"对方说："我只个接线员。要不帮您问问？"林宇非说："算了，等他回来，我亲自去拜访他。"

放下电话，林宇非站到窗口，盯着车水马龙的大街，陷入沉思。他失忆了，可是他绝不傻。找到西门欢庆教授，就可以找到他的几个好友。找到他的几个好友，就可以找到他曾经工作的地方。如此顺藤摸瓜，几年来他的经历，总会被慢慢找回。

包括那八百二十万。如果它们真的存在的话。

还包括这个令人生疑的女朋友。

——林宇非绝非等闲之辈。

4

林宇非不想做江岸的伴郎。他说被那么多人盯着看，不习惯。子彤说："放心，没有人会在意你。"林宇非说："还是算了。害怕呢。"子彤就笑了。"看不出来你还挺羞涩。"她想起初到北京的那个夜晚，身披睡衣的林宇非，简直是一匹色狼。

耐不住子彤的软硬兼施，林宇非终于答应。不过他有言在先，婚礼上只管吃喝，不管其他。子彤白他一眼，说："真是饿死鬼投胎。"

婚礼半中式半西式，简单并且隆重。一袭婚纱的冷馨时刻不离江岸左右，很多时，她不像挎着江岸的一个女人，更像从江岸臂弯里长出的一个具有女人形状和女人表情的江岸的身体的一部分。当《婚礼进行曲》飘起，当两个人幸福并且庄严地走上台，肥头大耳油光满面的司仪开始扮起了牧师。

他对江岸说：“你愿意娶这个女人吗？爱她、忠诚于她，无论她贫困、患病或者残疾，直至死亡。你愿意吗？”

江岸说：“我愿意。”

他对冷馨说：“你愿意嫁给这个男人吗？爱他、忠诚于他，无论他贫困、患病或者残疾，直至死亡。你愿意吗？”

冷馨说：“我愿意。”

司仪感觉意犹未尽，接着对江岸说：“江岸，你当以温柔耐心来照顾你的妻子，敬爱她，唯独与她居住。要尊重她的家族为你的家族，尽你做丈夫的本分到终身，不再和其他人发生感情，并且对她保持忠贞。你愿意在众人面前这样许诺吗？”

江岸说：“我愿意。我江岸愿意承受接纳冷馨做我的妻子，和她生活在一起。无论在什么环境，都愿意终生养她、爱惜她、安慰她、尊重她、保护她，不与其他人发生感情。”

司仪接着对冷馨说：“冷馨，你当以温柔端庄来顺服这个人，敬爱他、帮助他，唯独与他居住。要尊重他的家族为本身的家族，尽力孝顺，尽你做妻子的本分到终身，并且对他保持贞洁。你在众人面前许诺，愿意这样吗？”

冷馨说：“我愿意。我冷馨愿意承受接纳江岸做我的丈夫，永远和他生活在一起。无论什么环境，都尽我做妻子的本分到终身，并且对他保持贞洁，不和其他人发生感情。”

司仪点点头，说：“请新郎新娘交换信物。”想了想，觉得不够劲，又加上一句，“愿上帝保佑你们，阿弥陀佛。”

当然有人笑场，但更多人是感动。特别是子彤，哭得一把鼻涕一把眼泪，又抓起林宇非的手，将鼻涕眼泪毫不吝啬地蹭上他的袖口。

林宇非说：“没这么夸张吧？”

“你懂什么？”子彤在他的手背上狠狠地掐了一下。

“不就是结个婚，交换个钻戒吗？”林宇非咧了咧嘴，可恶的眉毛一高一低。

“脑残。”子彤骂他一句。

敬酒，吃喝。好听的祝福，一拣一箩筐。

林宇非盼来烤鸭，吃得凶态毕露。

“你能不能文雅点？”子彤捅捅他，“又没有人跟你抢。”

“什么叫人生？人生就是大块吃肉，大口喝酒，酒足饭饱以后再来三五个馅饼。”林宇非一边拆着鸭头，一边对子彤说，“刚才我想好了，咱们还是先不要去找我的父母。”

“为何？”

“父母年龄大了，别让他们担心。小失忆而已，再过一两个月，基本就恢复了吧。”林宇非乐观地说。

“想起点什么了？”

“做了些梦。梦里很清晰，醒来忘光光。”林宇非拿餐纸抹抹嘴巴，“不过我知道，都是大学刚毕业时候的事情。”

“那就尊重你的意见。”子彤说。——这正是她所希望的。

待忙得差不多了，江岸和冷馨坐到子彤的身边。冷馨与子彤开着玩笑，江岸给林宇非倒一杯酒。“谢谢你做我的伴郎，”他说，“也谢谢你做子彤的男朋友。”

“不用客气。”林宇非仰脖就是一杯。

“你们交往很久了吧？”

“子彤说，四年了。”

“你真的什么也记不起来？”

“大学毕业以后的事情，没有一点影子。”

“说来奇怪，你们相恋四年，我和冷馨却一次也没有见过你。”

“一点不奇怪。我也一次没有见过你们。”

“你认为这不奇怪？”

“哪里奇怪？”

陆小朵和何小荷眉开眼笑地跑过来。她们“押走”江岸和冷馨，然后命令这对新人给旁桌的宾客敬酒。敬酒是要有节目的——他们将一颗蚕豆塞进冷馨的旗袍，然后让江岸闭着眼睛摸出来。

江岸红着脸说：“这不好。”

“有什么不好？”陆小朵说，“马上洞房花烛了，还难为情？”

“求求大家，别闹了。”江岸拥着冷馨，“冷馨会不习惯的。”

“哈！就因为不习惯，所以先练练。”何小荷笑着，“马上同床共枕了，不习惯可怎么行？”

江岸瞅瞅冷馨，冷馨脸色苍白。

“对不起，这样不行。”江岸拉起冷馨迅速离开，“你们吃好喝好。”

一桌人全被晾在那里，闹出 N 个大红脸大紫脸大黑脸。

子彤接到一个短信，出去，吕啸等在门口。

“不是不让你来吗？”子彤责怪他说，“这么多人……”

“想你了，过来看看你。”吕啸说，“反正没人认识我。”

“那也不好。”

“随我来。”

“干什么？”

“随我来。”

他拽起子彤，子彤只得随他去。他带着子彤绕来绕去，绕到酒店后面的一个小花园。花园极其隐蔽，连翘、郁金香、紫藤和三色堇开得热烈。吕啸放开子彤，说：“中午我啃的凉馒头，你和林宇非却在这里做伴娘伴郎，大吃大喝……”

“还不都是你的安排？”

“你还爱我吧？”

“你发什么神经？”

“说，你爱我。”

“神经病。”

吕啸抓紧子彤的手腕，子彤一连甩了几下，都没有甩掉。吕啸开始亲吻子彤，子彤连连躲闪，无奈手腕被擒，终被俘虏。她在吕啸热烈并且温柔的亲吻中一点一点融化。她想起他们的过去。

“说，你爱我。”吕啸竟然可以一边吻她，一边命令她。

“我爱你。”子彤也可以。

“再说一遍。”

“我爱你。”

分开时，子彤的面颊，火一般烫。

吕啸匆匆离开。离开前他告诉子彤，他已经替林宇非租好了房子，明天林宇非就可以搬过去。

子彤在花园里静静地坐了一会儿，整理衣衫，出去。江岸突然从旁边的冬青丛里杀出，吓得她差一点蹦起来。

“你怎么在这里？”子彤说。

“你怎么在这里？”江岸说。

“怎么不陪着冷馨？”

“怎么不陪着宇非？”

“出来清净一会儿。里面太吵……”

“是宇非不用你陪吧？”江岸笑笑，“他吃得正欢实呢。”

“他就是好吃……”

“你告诉冷馨，他很有钱？”

“八百二十万富翁。”

“可是一块豆腐掉到桌子上，他都拾起来吃掉。”

“节俭与有钱并不矛盾……”

江岸就盯着她看，直把她看得非常不自在。

“你还对冷馨说，这四年来，你一直脚踏两只船？”

“确切说是在选择，”子彤说，“不多踩几条船，怎么有个比较？这几年不断有男孩子追求冷馨，最终她还不是选择了你？”

“可是你怎么确定你的选择是正确的？”

“江岸你什么意思？大喜的日子，我给你祝福，你还我诅咒……”

“我可不敢诅咒你。”江岸说，“不管你选择了谁，我和冷馨都会祝福你的。只是，子彤，我劝你一句，如果了断，就要了断的彻底。藕断丝连，不仅伤人，并且害己……”

“什么藕断丝连？”子彤的脸变了颜色。

“随便说说而已。”江岸笑笑，“快回去陪陪宇非吧。”

5

吕啸也许将滨城最糟糕的一间屋子租了下来。那是滨城的最后一个自然村，三四百栋海草房，挤住着近万名来自全国各地的打工仔。吕啸租的住屋属于非常建筑——听说村子一两年以后就将拆迁，房东就在院角用碎砖头像砌猪窝那样砌出一间小黑屋。事实上那间小黑屋远不如猪窝，猪窝空气流通，小黑屋连窗户都没有。林宇非搬进去的第二天，便在床底下抓到两只老鼠，五只蟑螂，又在屋角发现一棵刚刚钻出地面的香椿树。

为这事，子彤与吕啸大吵一场。她骂吕啸太过势利，她说就算我们为了钱，也不能将林宇非当成奴隶甚至当成猪狗一样对待。吕啸说：“非常时期嘛！大家都得省一点。等找到那八百万，我们再补偿他便是。”子彤说：“那你来住猪窝，把你的房间腾出来给他住。”吕啸说：“其实住在这里有很多好处，比如清净，比如空气好。脑子有病的人最需要什么？一：清净；二：放松；三：空气好。是不是？”子彤说不管你找什么理由，你就是个吝啬鬼加虐待狂。吕啸说："信不信林宇非肯定会非常满意这间屋子？他还得学着范伟的模样说一句：谢谢啊！"果然，当吕啸问林宇非这间房子如何，林宇非粗着脖子说："挺好。谢谢啊！"呛得子彤差一点背过气去。

冷馨与江岸的蜜月是在滨城度过的。恰好子彤的假期还有几天，所以那段时间，子彤、林宇非、冷馨和江岸几乎每天都扎在一起。开始几天，冷馨还有说有笑，可是慢慢地，她的情绪似乎有些低落。哪怕江岸给她讲好笑的笑话，她也只是敷衍地轻勾一下嘴角。

子彤问她："你好像不开心？"

她说："没有。"嘴角轻轻勾起，眼神无比忧郁。

只有林宇非在没心没肺地疯玩。他用大红的油漆在即将拆掉的墙面上涂鸦，他笔下的女人长着三只眼睛，牛马直立走路，江岸说他的作品很有些毕加索遗风；他在爬山的时候谎称弄丢了身份证，大家从中午帮他找到晚上，一座小山反复地爬，他却躲到一边，偷偷地乐；他在海边沙滩上画出一个又一个的圆，那些圆大小不一，却排列出复杂并且精美的几何图案；他趁子彤不注意，飞快地在她的脸上轻啄一下，然后大着声音对江岸说："冷馨不够你亲么？亲我的子彤干什么？"

林宇非变回一个孩子，单纯，阳光。只是每一天，他都会买一份报纸，将那上面的招聘广告，看个仔细。

有一次，正看着电视，子彤、冷馨和江岸突然同时听到他吞咽口水的响亮声音。

——那时候，电视上出现了一只外焦里嫩的烤鸭。

逢他不在时，江岸对子彤说："我越来越怀疑这个林宇非的口袋里，从来没有超过三百块钱。"

子彤说："他没找到工作，又不好意思向我张口。"

江岸说："我说的不是他的现在，而是他的过去。"

子彤说："理由？"

"看到烤鸭流口水算不算？"

"不算。"

"那好，我们就找点算的。"江岸说，"不知你注意没有，他几乎没有任何有钱人的生活习惯。当然你会说，因为他在北京出了意外，失去了记忆，以为自己仍然是穷人，所以便回归了穷人的生活习惯。但是子彤，习惯这件事，跟记忆力甚至跟意识是没有关系的。比如一个烟瘾很大的人，清晨醒来，第一件事就是迷迷瞪瞪地摸烟，这时候，他的意识并没有提醒他说：现在我要抽烟；再比如一个绅士无论身在何方，总会为他身边的女士开门、拿衣服、打雨伞……哪怕他失去记忆，哪怕他早已忘记自己是一位绅士。我的意思是，一个人一旦养成某一种习惯，便会根深蒂固，很难在短时间内改变……"

"那只能说明宇非还没有养成富人的习惯。"子彤反驳他说，"假如是你，一年多的时间里赚足八百万，你会马上成为真正的贵族？肯定不会。还不是看到猪头肉就倍感亲切？还不是张嘴就是一股窝窝头味？"

江岸不再说话，起身，为冷馨冲一杯咖啡。子彤知道，他不再与自己争论，绝非甘拜下风。他只想点到为止吧？包括婚礼那天，他在小花园里撞见的一幕。

"说说你们吧！"子彤岔开话题，"这几天，冷馨好像有什么心事。"

"哦，没事。"

"什么叫没事？"子彤说，"现在你是她老公，你得照顾好她。那句话怎么说来着？无论什么环境，都愿意终生养她、爱惜她、安慰她、尊重她、保护她……连逗她开心都做不到，还怎么爱惜她、安慰她、尊重她、保护她？"

江岸张张嘴，终是忍住了。"真的没事。"他说。

那时候，林宇非正闷在他的猪圈里，一支笔胡乱地划。他写：乔娜。又写：子彤。他想了想，划掉乔娜，再想想，又划掉子彤。过了一会儿，他写：吕啸。又在吕啸的后面，写上：子彤。几天来，他一直感觉这个吕啸与子彤之间似乎有着一种暧昧的默契，又感觉他们似乎有什么事情瞒着自己。

半夜醒来，他终于清晰地回忆起他刚刚做过的梦。梦里有小花园，有郁金香，有连翘和三色堇，有子彤和吕啸。他们站在一株紫薇树下，越凑越近，越凑越近，终于激烈拥吻……

林宇非想，明天，一定要去拜访他的西门欢庆教授了。下午时，西门教授在电话里告诉他，他不仅知道他毕业以后去了哪里，还与他大学时的女朋友呀呀保持着联系。

一团混乱不堪的线团终于找到了线头，剩下的，只需顺着这个线头，一点一点扯下去便可……

第四章

伤不起

不想这么干，偏要这么干；明知不道德，偏偏禁不住诱惑；明知帮林宇非恢复记忆是『劫财』的借口，偏偏将这借口当成盾牌；明知对林宇非没有感情，偏偏装出爱之切切的模样。子彤暗骂自己阴暗、狡诈、奸伪、凶险、心如蛇蝎、口蜜腹剑、羊质虎皮、丧心病狂。

她认为她远比乔娜物质和拜金。

1

吕啸对子彤说："我怀疑这个林宇非做过特工。今天下午，他一个人上街，我开车慢慢跟踪他，看他走上文化路，在一个垃圾箱边低头系完鞋带，然后急匆匆地拐进一个商店。我把车子停在商店门口，足足等了半个小时也不见他出来。我下车，进商店，却根本没有他的影子。商店老板告诉我，他根本没在商店买任何东西，就从后门走了。我想他可能发觉有人在跟踪他，于是虚晃一枪，金蝉脱壳。甚至，他可能猜到了咱们的……善举。"

"你跟踪他干什么？"

"掌握他的一举一动啊。我现在就怕出什么乱子……"

然后他让子彤抓紧时间与林宇非签订一份协议。协议的内容大约是假如林宇非在子彤的帮助下找回八百万，必须分给子彤一部分钱。

子彤说："我总觉得这件事情不太靠谱。"

吕啸问："是他能想起那笔钱的事情不靠谱，还是他能分给你钱的事情不靠谱？"

子彤说："都不靠谱。"

吕啸说："所以嘛！所以，现在你就是'子彤大夫'，使用的就是'情感疗法'；所以你必须与他签订协议，免得他将来反悔。"

子彤说："就算有协议，他也可以反悔。整不好闹上法庭，说咱俩诈骗，怎么办？不仅诈骗，还控制他的人身自由……"

吕啸说："正好这些都可以写进协议里面……条款越详细越好。"

子彤说："如果真有欺骗行为，再周到细致的协议，法律上也是无效的。"

吕啸说："那你说咱们该怎么办？放弃？我们已经为他花了这么多的钱。现在跟他坦白？说你之所以假扮他的女朋友，只是想骗他一点钱。现在你悬崖勒马，幡然醒悟……"

子彤想了半天，说："要不这样吧。咱们还用咱们的办法，尽量让他恢复记忆。至于他到底有多少钱，与咱们无关。"

吕啸说："做赔本买卖？"

子彤说："到时候，花咱们多少钱还咱们多少钱就是。"

吕啸说："假如他一直好不了呢？咱俩就这样陪下去？"

子彤说："给他半年时间。半年以后，如果他还是这样，就将他交给他的父母。如果到时候他不依不饶，再说。"顿了顿，又说，"我怎么感觉现在宇非变成咱俩的烫手山芋，留也不对，扔也不对。"

吕啸说："你后悔了？"

子彤说："早就后悔了。"

吕啸搓搓手，说："不管如何，先跟他签份协议再说吧。权当保护自己。"

搬进小黑屋没几天，林宇非就不想继续住下去了。倒不是嫌小黑屋条件太差，而是他想和子彤住在一起。

子彤说："可是咱俩以前一直没有住到一起啊。"

林宇非说："谈这么久的恋爱不住到一起？"

子彤说："当然，咱们是纯洁的恋情。"说完，子彤差点因为这句话而恶心至吐。急忙转移话题，问他："近来感觉怎么样？"

林宇非说："我好像确信我是有钱人了。"

子彤问："何以见得？"

林宇非说："这几天，做了好几个梦，醒来以后，记忆深刻。梦里的我西装革履，春风得意，梳个大背头，戴个大墨镜，提个密码箱，密码箱里满满都是钞票。”

子彤说：“你警匪片看多了吧？”心里，却开始为协议打草稿了。

不想这么干，偏要这么干；明知不道德，偏偏禁不住诱惑；明知帮林宇非恢复记忆是“劫财”的借口，偏偏将这借口当成盾牌；明知对林宇非没有感情，偏偏装出爱之切切的模样。子彤暗骂自己阴暗、狡诈、奸伪、凶险、心如蛇蝎、口蜜腹剑、羊质虎皮、丧心病狂。

她认为她远比乔娜物质和拜金。

那天，她终将写好的协议摆到林宇非面前。她说她绝没有别的意思，只是如果林宇非将她抛弃，她会变得一无所有。“我要求的不多，二百万。”她说。

林宇非说：“假如咱俩一直好下去，这份协议是不是就没有用了？”

子彤说：“但愿如此吧。”

林宇非说：“可是我记得咱们之前的口头协议是四百万。”

子彤说：“你看着办吧！”

林宇非拿过协议，翻翻，看看，说：“嚯！三十多项条款！”

子彤说：“如果你感觉哪里不舒服，可以删掉。”

林宇非说：“我哪里都舒服。”他将“二百万”改成“四百万”，然后认认真真地签上名字。

子彤收起协议，说：“千万别后悔啊！哪里不舒服的话，现在还可以删掉。”

林宇非说：“哪里都舒服。”

这样的事情无论放谁身上，都不会舒服。所以，其实，林宇非并不舒服。现在的问题是，无论子彤是不是他的女朋友，无论子彤怀了什么目的，都不该提出这样的要求，做出这样的事情。哪怕这仅仅是一个玩笑。

林宇非一直心怀侥幸。他认为这也许是子彤的一个玩笑，充其量是她为刺激他的记忆的一种“治疗手段”，但是当他看到子彤将那纸协议小心翼翼地叠好并且揣起，他开始确信子彤是认真的。他害怕，后悔，赔着笑脸，小声问子彤："能不能更改一下刚才的协议？"子彤问："怎么改？"他说："把四百万改成四十万。"子彤就笑了。"还敢说没有可能抛弃我？"她盯着林宇非的眼睛，"才两分钟不到，就没有底气了吧？"

林宇非的确没有底气。他知道自己在大学时候就不专一。他喜欢过春香、夏香、秋香和冰香，这是他给她们取的名字，因为每一个女孩，都不过让他喜欢了一个季节。她们如同林宇非身上的衣服，换季时，便脱掉了。脱掉了，再也不想穿回来。然后他喜欢过叶蕊蕊、安小琪、肉肉和呀呀，前三个同样没超过一个季节，最后那个呀呀，他记得他与她相恋相爱到大学毕业。至今他仍然记得呀呀甜甜的模样和嗲嗲的声音——大学时候，即使"发嗲女神"林志玲来到呀呀面前，也会甘拜下风，黯然失色。

他不知道自己为何要与呀呀分手。他想这应该与子彤有关——当然前提是，子彤真的是他的女朋友。

三天以前，他去找过西门教授。他问西门教授是否清楚他在毕业以后做了些什么，西门教授说："我可不关心你做了什么。就算我关心，也没有机会弄清楚。自毕业以后，你就从来没有与我联系过。"然后他给了林宇非一个电话号码，说："你可以问问呀呀。"林宇非将电话打过去，对方却是一个糟老头子。十几天以前他从一个小超市买来这个号码，他说他看上了这号码的两个数字：99。"我不抽烟，不喝酒，不吃肉，不近女色，你说我能不能活到 99 岁？"他问林宇非。

林宇非可不管他能不能活到 99 岁。现在他关心的，只有呀呀。

2

对子彤来说，剩下的事情，就是做她的子彤大夫，早日将林宇非那段被石头撞飞的日子找回来。

网络上找了好几天，没有太好的办法，又回到现实里找。她希望能够得到一个偏方，她一直相信“偏方治大病”的说法。

这缘于她的生活经历。子彤生活在胶东半岛的偏远山村，那里的人们有一种非常独特的治病偏方——蝌蚪疗法。小小的蝌蚪在那里可以治疗多种疾病，或尿床，或痢疾，或风湿，或哮喘……只是吃法不同罢了——或生吃，或煮吃，或炒吃，或腌吃，或和着这样那样的东西来吃……虽然毫无科学根据，却真的治好了很多人的尿床痢疾风湿哮喘糖尿病心脏病……这些事情，子彤不仅亲眼所见，并且亲身体会。小时候她体弱多病，常闹肚子痛，一连喝下一个月的生蝌蚪，竟然药到病除。后来子彤读了些书，知道她所吃掉的除了活蹦乱跳的蝌蚪，还有活蹦乱跳的寄生虫，这种方法不仅对治疗毫无帮助，反而会带来一些别的疾病。然老家的人们仍然顽固地采用“蝌蚪疗法”，并且当真就治好了尿床痢疾风湿哮喘糖尿病心脏病……世上太多事情，没有道理可讲。

千辛万苦，子彤终寻到一家书店。

书店藏在胡同深处，想找到它，也许得用上放大镜。假如子彤那天不是迷路，即使在这个弹丸小城，她也或许一生都不会遇见它。书店有个奇怪的名字——长袍马褂；书店挂了奇怪的招牌——两排“叮当”作响的竹简；书店摆满古怪的书籍——曹丕的《列异传》、王琰的《冥祥记》、颜之推的《冤魂志》、范克平的《五毒断魂手》、伍雍谊等的《怎样鉴别黄色歌曲》、李白坚的《怎样打孩子》、北山叶子的《如何当一只好狗》、仲伟民的《如何处理仇人的骨灰》、刘兴妹的《怎么抓特务》、沈同的《我们怎样保卫毛主席》、李璋的《下岗、失业是福》、朱锦富的《喝自己的尿治自己的病》《人民军队》报社的《打飞机英雄集》、露丝·韦津利的《脏话文化史》、约翰·高登医师的《屁眼文化》、罗兰·胡弹的《挖鼻史》、法兰克·巴纳兰的《怎样制造一颗核子弹》……当然，还有那本《失忆疗法大全》。《失忆疗法大全》是店主给这本书起的名字，事实上，在他淘到这本书的时候，书已经失去了前面三分之一和后面三分之一的内容。书版面竖排，木版印刷，小楷，有插图。子彤看到这本书，竟兴奋得浑身颤抖。

似乎捧在手里的不是一本破书，而是四百万人民币。

店老板说："当初我一百块钱淘回来，给你打个九折，七十八块。"

幸福从天而降。很显然这本书开始给子彤带来幸运。从一百块钱打九折变成七十八块钱开始。

店老板要比他的古怪书店还古怪十分。他年龄不大，看起来却是老气横秋。他穿着黑色的唐装，宽松的灯笼裤，脚上一双夹趾拖鞋。他戴着镜片很厚的黑框眼镜，眼袋很大，留两撮微微上挑的小胡子。他的脸上几乎没有任何表情，说话时，鼻音很重。他将子彤送到门口，说："我叫白万富。欢迎再来。"

连他的名字都这样可爱。子彤心头那片有些阴霾的天空，突现阳光灿烂。

回去，子彤遵照此书，又经过与吕啸的商榷，开始了"偏方治疗"的第一次行动。子彤将这次行动命名为"欲火中烧"，她认为像林宇非这样的登徒子，此办法应该会比较管用。最起码，刺激一下他的神经，也是好的。

子彤去保健品商店买来叫做"颠龙覆凤"的催情药，趁林宇非不注意的时候，偷偷倒进他的水杯，然后看着他将一大杯水喝下去。大约十分钟以后，子彤对林宇非说："你早些休息，我得回去了。"她出门，上锁，躲在暗处，偷听小屋里的动静。她听到林宇非的口哨声、歌声、喝水声、放屁声，然后，便是呼噜声。子彤好生奇怪：难道买到了假药？

难道林宇非百毒不侵？拿钥匙悄悄打开门，摸到林宇非床前，打开手机往林宇非脸上一照，见他竟然二目圆瞪，目光如炬。更可怕的是，他一边打着呼噜一边冲子彤扮着鬼脸，两条眉毛欢畅地上下飞舞。子彤差点被他吓了一个跟头，问他："你怎么回事？"林宇非笑着说："我知道你没走。"子彤说："你现在，什么感觉？"林宇非含情脉脉地看着子彤，说："怎么好像火烧火燎的？"吓得子彤"嗷"一声叫，跑出屋子，逃上大街。吕啸的拖拉机牌桑塔纳停在那里，等待子彤的这段时间里，他啃掉三十二只精武鸭脖，喝掉三瓶可口可乐。

第二天，午饭时候，林宇非问子彤："昨天你往我的水杯里放了什么？"子彤说："什么？"林宇非说："问你呢。什么？"子彤说："什么什么啊。"林宇非说："我倒是希望你往我的水杯里放了些什么。"子彤说："怎么了？"林宇非说："昨天晚上，突然非常想你。"子彤说："然后呢？"林宇非说："想着想着又开始想烤鸭，就不再想你了。"子彤说："在你眼里，我还不如一只烤鸭？"林宇非说："有时候是这样。"子彤说："我这就砸暴你的臭头！"

悄悄展开的"欲火中烧"行动就这样失败——吃掉一包催情药的林宇非不但没有想起什么，反而将一些似乎马上就要忆起的事情再一次忘掉——子彤不得不开始第二个行动。她将此次行动命名为"人肉炸弹"。"人肉炸弹"其实就是"欲火中烧"的加强版和升级版，因为书上说，假如买来的春药不行，就将自己变成春药。

只是这次，子彤没敢告诉吕啸。她单枪匹马，深入虎穴。她有一种"风萧萧兮易水寒"的壮烈。

与林宇非吃过晚饭，她要求去林宇非那里坐一会儿。林宇非当然求之不得，心中开始胡思乱想。坐在床上，聊了一会儿天，子彤便开始脱衣服。

"闷死了热死了闷死了热死了，"她一边脱衣服一边对林宇非说，"明天找房东给你掏个窗户吧。"

林宇非盯着子彤，说：“如果能够天天有今日，夜夜有此时，就算房东把窗户掏出来，我也会替他堵上。”

子彤白他一眼，起身，去屋角取暖瓶。她的身上穿着花了五十块钱从夜市上买来的国际知名品牌“黛安芬”内衣，内衣虽然山寨，却也将娇小且不失丰腴的子彤衬托得嫣然妖娆，绰约妩媚。她记得在北京的时候，有一次乔娜向她显摆，说她有整整一个衣橱的内衣，“黛安芬”至少占据大半个衣橱。子彤说你的衣橱就是一个抽屉吧？乔娜翻翻眼睛说我的衣橱能给普通的家庭当厨房。子彤说你是“黛安芬”的形象大使？乔娜就笑了。她说，宇非最喜欢我穿“黛安芬”啦！每一次，他都会盯着我，咽下至少两斤的唾沫。

说者无心，听者有意。“黛安芬”配子彤，老虎插上翅膀，子弹长了眼睛。

子彤的山寨版“黛安芬”并非标准的三点式，但她可爱并且迷人的乳沟和光滑并且平坦的小腹还是令林宇非红了樱桃又绿了芭蕉。子彤听到身后的林宇非不停地吞咽着唾沫，然后，他看到林宇非侧过身体，痛苦并且尴尬地掩饰。

林宇非吞掉的唾沫，没有八两，也有半斤。

距乔娜所说的两斤还有很大差距，子彤认为他还应该大有潜力可挖。

“你怎么了宇非？”她假惺惺地问。

“你……是不是……想向我暗示点什么？”

“想什么呢宇非？”子彤冲他飞一个媚眼，“咱俩不是都说好了吗？订婚以前，绝不发生关系。”

“你的媚眼飞得不够完美。”林宇非说，“应该左眼看右眼，右眼往上挑……”

“这次呢？”

“很完美，令我浑身酥软。子彤，你是有意刺激我吧？”

“当然。听一位专家讲，对于失忆症男人特别是好色的失忆症男人，适当的刺激也许能够助他早日恢复记忆……”

“可是我觉得你刺激得远远不够，”林宇非的眼睛发出蓝光，“也许脱光会更好一些……”

“想都别想。”子彤突然有些紧张，万一林宇非有了进一步的举动，她该怎么办呢？比如他突然扑过来，压她在床，然后扯下她的文胸……

“你可千万别乱想啊。”她警告他，“我在帮助你刺激死去的那部分记忆，你要是做了对不起我的事情……”

“你不妨就刺激个彻底……”林宇非咽着唾沫，可恨又可怜。

“现在，有没有突然想起点什么？”子彤问他，“比如某年某月某时某地，这样的情景曾经发生过？”

“肯定发生过。”林宇非说，“不过接下来似乎应该……”

“不是让你猜。是问你到底想起来没有。”

“没有。”林宇非说，“不过我可以想象……”

他的眼睛贪婪地盯着子彤的胸脯和小腹，他发出公牛般“呼哧呼哧”的喘息声。

子彤不得不穿上衣服。穿上衣服的瞬间，她突然认为自己就像一个无耻的婊子。

“今天先到这里，我得回去了。”子彤失望地对林宇非说，“看来此方法收效甚微。”

“我觉得挺有效果啊。”林宇非说，“咱们继续……”

“想都别想！”子彤往外走。她听到林宇非在身后说：以后穿件真正的“黛安芬”吧。

子彤打一个寒战——即使在昏暗的灯光下，林宇非也能够准确地辨别出“黛安芬”的真假。即使在白天，冷馨也不敢肯定她的“黛安芬”是从夜市上淘来的假货。冷馨有两件真正的“黛安芬”，一白一黑，那是江岸送她的生日礼物。这能够说明什么？

这能够说明，之前，林宇非接触的“黛安芬”，远比冷馨多。

这又能说明什么？

这又能说明，之前，很长一段时间，林宇非与乔娜的确过着富人的日子。

——“黛安芬”可不是普通人能够消受得起的。因了这两件“黛安芬”，江岸三个月没有吃饱饭。

所以说，子彤的“人肉炸弹”行动还是有收获的。

第三次行动在两天以后展开，子彤给这次行动命名为“无敌旋风驴”。

当然是那本书教她的。

书上说，凡失忆之人，多是被驴踢过脑子。此驴可能是有形之驴，也可能是无形之驴；可能是具体之驴，也可能是抽象之驴；可能是现实之驴，也可能是意识之驴。可以试着让失忆之人听听驴叫，三声便可。万一仍然不见效果怎么办？请往下翻……

跟吕啸商量，吕啸说：“乡下还有驴吗？”

子彤说：“万一没有，就由你扮驴。很简单，脑袋上顶两个长耳朵就行。”

吕啸说：“为了四百万，别说扮头驴，扮驴孙子我都干。”

子彤说：“没事你多学学驴叫，尽量装得像一些。”

吕啸说：“没问题。看我的名字就知道，我就是为学驴叫而生！”他“啊哇啊哇”地冲子彤叫了几声，子彤只觉浑身如针刺一般，鸡皮疙瘩掉落一地。

吕啸开着他的拖拉机牌桑塔纳，载着子彤和林宇非，欢天喜地，直奔乡下。林宇非虽然觉得这个办法不如“人肉炸弹”刺激，但因为能去乡下看驴，他非常愿意给予子彤最积极的配合。

三个人在乡下转了一大圈，也没有找到一头毛驴。既然找不到驴，吕啸只好披挂上阵。他戴上两只长长的驴耳朵，问子彤和林宇非：“像不像？”

两个人一起说：“真假难辨！”

吕啸学起驴叫，声嘶力竭，惟妙惟肖。三声过后，子彤问林宇非：“怎么样？”林宇非说：“天籁之音。”子彤问：“想起什么没有？”林宇非说：“再来三声。”吕啸又叫了三声。子彤问：“如何？”林宇非说：“真好听。再来三声？”吕啸只好再叫三声。子彤问：“现在呢？”林宇非说：“要不再来三声？”驴恼，不胜怒，挥蹄踢之。林宇非毫无防范，脑袋上重重地挨了三脚。他被踢翻在地，鼻子流出血来。

子彤惊恐地跑上前，扶起林宇非，问他：“你没事吧？”林宇非爬起来，抹抹脸，说：“怎么还带踢人的？”子彤冲到吕啸面前，说：“你太过分了吧？”吕啸说：“书上讲的啊！‘假如不见效果，便以驴蹄踢之。一踢清脑，再踢醒脑，三踢则大功告成。’我完全依书行事……”子彤说：“那你也得提前打个招呼啊！”吕啸说：“打招呼？我踢，他躲。我再踢，他再躲。我还踢，他还躲。你以为咱们是来彩排？”子彤说：“你计划好的吧？路上看你的表情，就是想使坏的样子。”吕啸摊开双手，说：“不使坏，还怎么‘无敌旋风驴’？”林宇非走过来，冲子彤说：“算了。吕啸也是为我好嘛。”吕啸说：“看看人家林宇非多开通啊。现在怎么样？有没有感觉脑子似乎有那么一点点开窍？”林宇非说：“似乎有点醍醐灌顶的意思。要不你再学三声？”吕啸猛地跳起，抬蹄侧踢，然这次他的蹄子还没有碰到林宇非的身体，就被林宇非一个直踹，踢翻在地。“‘无敌旋风驴’好像并不难。”林宇非耸耸肩膀，说，“虽然你没有失忆，但踢踢不会有坏处。有病治病，无病强身。”

回去的路上，吕啸一言不发。他被一个失忆患者耍了，这件事情要多窝囊有多窝囊。

夜里子彤找到吕啸，不依不饶。她说你不知道你穿的是皮靴？没深没浅的三脚下去，把宇非踢出毛病来怎么办？吕啸说猛药治大病，这道理你不懂？再说林宇非也踢了我一脚，你怎么不找他理论？子彤说我知道你想诈他的钱，可是你不能失去做人的底线。吕啸说你跟我谈底线？你穿着内衣在他的屋子里晃来晃去就有底线？

子彤愣住了，继而明白了。“驴不胜怒”原来并非仅仅因为“猛药治大病”，还因为驴想报复。

“你跟踪我？”

“我关心你！”

“去你的关心！我就知道你一直在偷偷吃醋！”

“是啊！我吃醋！我吃醋有错吗？自你从北京回来，就没有正眼看过我，我不该吃醋？为了林宇非，你顿顿饭点馅饼，点烤鸭，我呢？你连盘辣子鸡都不让我点！还有，咱俩认识这么长时间，你什么时候穿着那样性感的内衣在我面前晃过？有吗？说句不好听的话，对林宇非，我只想劫财。你呢？你不但想劫财，还想劫色吧？”

“吕啸，你敢再说一遍刚才的话？”

“说一千遍都没有关系。你不但想劫财还想劫色，你不但想劫财还想劫色，你不但……”

“那你给我听着，吕啸。从明天开始，我就让林宇非搬出他的猪窝，与我住到一起。我会天天穿着性感的内衣在他面前晃……”

“好啊！”吕啸说，“如果你被这个好色的林宇非给强奸了，可别怪我没提醒你……”

子彤扬起手，“啪”地赏了他一记耳光。耳光清脆响亮，色香味俱全，吕啸认为这记耳光远比林宇非的“无敌旋风驴”够劲够猛。

子彤走出很远，吕啸还在小声嘀咕：“怎么这么大劲儿？子彤你加外挂了吧？”

3

其实，从乡下回来的路上，子彤想到过放弃。她想她干不了坏事——这世上只有她知道，当林宇非被吕啸踢翻在地，她有多么害怕。不但心脏蹦到了嗓子眼，一起蹦到嗓子眼的，还有肺脾肾，还有大肠和小肠，还有膀胱和子宫。

然而她坚信这不是喜欢。她怎么会喜欢林宇非这样的男人呢？纨绔，单纯，见到漂亮女人，眼珠子飞出二里地。或许这不过是猎人对猎物的关心吧？生擒一头野驴后，自然希望这头野驴从此吃好喝好，养得膘肥体壮，待过年宰杀之。如果野驴受伤生病，不仅会影响到驴肉的品质，还会影响到猎人的心情。

再看林宇非，脑袋上似乎真的长出一对灰色的耳朵。

她想放弃，可是她不能。四百万就在前方，虽然摸不到，看不着，闻不见，但可以感觉到它的存在。吕啸说得对：百拜都拜了，还差这一哆嗦？

可是吕啸，你这个悲催的混蛋！

说不清到底什么时间与吕啸认识。子彤在“家家悦”超市上班，每天站在收银台前，接待成百上千名顾客。慢慢地，她发现一个男孩总在注意她——哪怕子彤的前面排起很长的队伍，哪怕冷馨的面前一个人没有，他也会排到队尾，一点一点接近子彤；不管子彤在干什么，只要被他逮到机会，就会目不转睛地盯着子彤看，如果能与子彤搭上话，更是废话连篇。“你说今天会不会下雨？”“你说今天会不会下雪？”“你说今天会不会下冰雹？”“你说今天会不会刮龙卷风？”……那天终把子彤问恼。子彤说现在是七月下什么雪？你是不是比窦娥还冤？

男孩当然就是吕啸。吕啸每天来超市N次，买香烟，买啤酒，买鸭脖，买咖啡、瓜子、手纸、碳素笔、杀虫剂、板凳、餐桌、抽油烟机……什么也不买时，就过来换钱。一百的换成两张五十，五十的换成五张十块，十块的换成两张五块，五块的换成五张一块，一块的换成两张五毛……或者反过来，两张五毛的换成一张一块，五张一块的换成一张五块……子彤就知道，他在追她。

——这世上就是有一种人，喜欢用一种烦你的方式追你。这种人都是愚笨之人，接近脑残。

但那时，子彤想，反正又没有男朋友，不妨让他追着玩。

冷馨于是站出来反对。她说这个吕啸似乎不是什么好鸟。子彤问："何以见得？"冷馨说："我常常看到他站在货架前面，偷偷捏方便面玩。有一天我去看，见咱们的方便面都快被他捏成炒面了。"子彤说："喜欢恶作剧跟鸟的好坏没什么关系。"冷馨说："看他的眼神，也不那么清澈。"子彤说："只是让他追追，又没打算嫁他。"很少有人追求子彤，吕啸的及时出现虽非天降甘露，起码能满足子彤小小虚荣。

后来，天天来接冷馨下班的江岸也开始反对。再后来，陆小朵和何小荷也站出来反对。到这时，子彤就知道，她必须接受吕啸了。原因很简单——所有人都在反对。因为所有人都反对，所以我就接受。这样诡异的逻辑，不仅对子彤，对很多女人，或者男人，都通用。

吕啸拉过她的手，吻过她的嘴，抚摸过她的肩膀。仅此而已。子彤守着她的底线，绝不允许吕啸得寸进尺。尽管她知道，吕啸想睡她，想得心都酸了。

去北京的前一天，吕啸对她说，他想在淘宝开个网店，专营滨城的鱼竿和鱼干。子彤说好啊。吕啸说可是我没有钱。子彤说因为没有钱所以要赚钱。吕啸说开网店也需要成本的。子彤说网店成本可以忽略不计。吕啸说你有钱吗？咱俩凑一凑。子彤说要是有人连开个网店都得向别人借钱，那他还能干什么呢？话只是脱口而出，子彤根本没有挖苦、讽刺、暗喻或者影射的意思，可是吕啸却受不了了。他强烈的敏感的神经质般的自尊让他像跑肚屙稀般对子彤展开通畅淋漓的还击。

还击的内容，无非是他穷但穷得有骨气，他懒但懒得有志气，他躁但躁得有傲气，他瘦但瘦得有秀气。他借题发挥，说子彤常常在无意之中伤他很深。子彤请他举例，他说比如子彤常常会当着众人的面说他吃了大蒜，让他"滚到一边去"。子彤说："所以你忘记了自己最最重要的一‘气’——满嘴臭气。”

当还击变成攻击，吵架变成屙稀，两个人就变成两条狗，或者变成两个马桶。第二天子彤独闯京城，并在机场遇到林宇非和乔娜。事实上那次子彤虽然对吕啸怒目相向，但她很快就原谅了他，只是表面上仍然装装样子，以做到一个女孩应有的矜持。然而今天，吕啸连“强奸”这样的话都能说出口，子彤很受伤很受伤。

所以她直奔林宇非的猪窝，对他说：“马上收拾东西，跟我走！”

“干什么？”林宇非将拳头塞进嘴里，惊恐地往墙角缩。

“枪毙！”子彤说。

“我能吃最后一顿馅饼吗？”林宇非看着子彤，突然笑出了声。

4

本来子彤与冷馨住在一起，现在冷馨与江岸有了属于他们的小家，三室一厅就全归了子彤。

子彤住主卧，林宇非住小卧，客厅、餐厅、书房、阳台、洗手间共用。去阳台必须经过主卧，所以林宇非光临子彤房间的次数，远比子彤光临林宇非房间的次数要多得多。

子彤对林宇非约法三章：一，进门必须敲门；二，除了在自己的房间里可以光膀子，其他地方必须衣冠齐整；三，冰箱里的饮料可以喝，但必须从最下面的喝起。

“这是为什么？”林宇非问。

“因为饮料都是打折的。马上就要过期或者已经过期的饮料，超市就会打折卖给我们。”子彤说，“不过你放心，过期三五天的饮料，并不影响饮用。”

林宇非说：“记住了。”

子彤说：“重复一遍。”

“进门必须敲门；除了在自己的房间里可以光膀子，其他地方必须衣冠整洁；冰箱里的饮料必须从最下面的喝起。”顿了顿，林宇非问，“出门用不用请假？”

子彤说：“现在就把这条加上。”

林宇非问：“回来用不用打卡？”

子彤说：“跟我找别扭是不是？姑奶奶这两天心情不好，你可千万不要惹我。”

子彤心情不好，却并不妨碍她的下一个行动。下一个行动将采用“惊吓疗法”，子彤将这次行动命名为“厉鬼将映”。

睡觉以前，子彤必须将门反锁，才能睡得踏实。林宇非却正好相反。哪怕之前他上了门锁，睡觉以前也一定要将门锁打开。子彤知道他心存幻想，认为也许某一天，子彤会在半夜潜入他的房间，钻进他的被窝。这正常，男人与自己的“恋人”住在一起，都会产生些想法。这并不龌龊，这很美好。

特别是像林宇非这样的男人。

这正好可以让子彤的“厉鬼将映”行动得以顺利展开。

子彤把自己锁在屋子里，描眉，画唇，整理头发。却不是往漂亮里整，而是往恐怖里来。她先用粉底将整张脸抹得煞白，然后开始对付她的眼睛、鼻子、眉毛和耳朵。不必对着镜子，她也知道哪里该画成血红，哪里该画成雪白。她把自己的小细眼画成铜铃铛，把自己的小樱唇画成大血盆，又在嘴角和眼角，画上两道血痕。她将头发披散，遮住半边脸，然后低垂了头，伸出舌头，两手前举，身体僵硬地一蹦一蹦。她从床角蹦到阳台，再从阳台蹦回来，她认为自己这副模样肯定会把林宇非吓得半死。为增加恐怖效果，她还穿上一件多年不穿的红色连衣裙，又把学古筝时的长指甲染红，戴上。她悄悄走出屋子，穿过客厅，来到林宇非门前。她侧耳细听，里面没有任何动静。推门而入的瞬间，子彤突然有些担心。林宇非脆弱的小心脏是否能够经受得住如此严峻的考验？万一他被吓坏了怎么办？本来没有老年痴呆，却吓出老年痴呆，那她也许就该为他负一辈子责了。

但事实与她想象中完全相反。她伸着舌头蹦到林宇非面前，林宇非睡得正香，毫无觉察。她轻轻说："还我命来。"林宇非翻一个身，竟在梦里流出涎水。子彤不得不蹦回门边，打开电灯。原以为林宇非会被扰醒，可是林宇非睡得似乎比刚才还香。子彤有些急了，再一次蹦到林宇非的床头，提高嗓门，说："还我命来。"这次林宇非倒是醒了。醒过来的林宇非眯起眼睛看着子彤，脸上除了倦意，再无别的表情。"你干什么呢子彤？"他打一个哈欠，闭上眼，再翻一个身，"快睡觉吧。"子彤还没反应过来，林宇非鼾声如雷。

子彤想这是怎么回事呢？她扮得不好？林宇非还在梦中？林宇非没有看清？林宇非刀枪不入？然不管如何，她知道，策划了好几天的"厉鬼将映"已经失败，她倍感挫折。

垂头丧气去洗手间，开灯，我的妈啊！面前惊现凌厉女鬼！女鬼披头散发，脸色苍白，瞳孔是淡蓝色的，牙齿是黑色的，眼角流血，嘴角流血，长长的滴血的指甲划动着镜面……子彤"嗷"一声叫，逃出洗手间。她一边跑一边喊"宇非宇非"，光滑的地板将她滑倒，她重重摔倒在地。

林宇非跑过来，扶起她。"子彤你没事吧？"他二目有神，毫无倦意，与刚才判若两人，"子彤你怎么了？"

子彤摸摸摔痛的下巴，摸摸"嘭嘭"直跳的心脏。"陪我去趟洗手间，我洗把脸。"

"深更半夜搞成这副模样干什么？"

"还不是为了你？"子彤越想越气，"你怎么不害怕？"

"我害怕啊。"

“我看你不害怕！”

“怎么不害怕呢？”林宇非说，“看你摔倒在地，我很害怕你也被磕成脑残……”

“我的妆呢？”子彤指着自己的脸，“你认为如何？”

“Beautiful！”林宇非由衷地称赞道，“我就喜欢重口味的……”

“去死！”子彤气冲冲回到房间，再也不肯出来。

失败，失败，失败……很多时，子彤怀疑那个白万富给这本书所起的名字不是“失忆疗法大全”，而是“失败治疗大法”。

当《失忆疗法大全》只剩最后两页，子彤决定孤注一掷。

影视剧里看过太多类似的老套镜头，某某某因为遭受意外重创而失去记忆，又因为意外重创而恢复记忆。就这么简单。道理类似于“解铃还需系铃人”“血债要用血来还”“吃我的小米，还我的谷糠”……

书上这样说：对待失忆之人，应痛下狠心，以铁锤击之。一击清脑，再击醒脑，三击则大功告成。如不成，再往下翻……

往下翻个鸟。没有往下。缺头少尾的一本书在子彤这里，就这样结束。

所以子彤必须成功。

子彤本想将这次行动命名为“无敌大铁锤”，后来她认为这个名字有点像“无敌旋风驴”，就改变了主意。干脆叫“重创疗法”算了——多出“疗法”两个字，她更像一个医生；多出“无敌旋风”四个字，她更像可恶的吕啸。

她去五金商店买回一只大铁锤。恰逢小城要举办一个运动会，这段时间，市民购买菜刀、鱼刀、剪刀、指甲刀等等都必须实名。一连三家五金商店的老板要求子彤出示身份证，为了一只铁锤，子彤忙活整整一个下午。

铁锤买回来，藏在床底下。只等夜里林宇非睡过去，照他的脑袋狠狠地来一下。

子彤躺在床上，脑子里做着画面感极强的预演。铁锤高高举起，猛然落下，稳，准，狠，林宇非一声闷呼，血溅三尺……这样不行，重新来——铁锤包上厚厚的布条，高高举起，猛然落下，稳，准，狠，林宇非一声闷呼，虽不见血光，仍人事不省……几小时以后，林宇非醒过来，瞅着子彤，问："你是谁？"子彤说："我是你女朋友子彤啊！"几天以后，拿出协议，林宇非看过，带子彤去银行，一番操作，四百万到手。到那时，吕啸便会痛哭流涕地站在子彤面前，说："都是我不好，子彤你能原谅我吗？"

可是万一这一锤下去，他被打死呢？稳，准，狠，林宇非一声闷叫，人事不省。是永远人事不省，再不会醒来。警察将她和吕啸一起逮捕，罪名不仅有诈骗，还有故意杀人。她会在押赴刑场之前说些什么？能不能让我吃两个馅饼？

伤不起啊。使不得啊。

所以子彤的铁锤终没有派上用场。她将铁锤用布条缠好，擎到衣橱上面，又在第二天上午去了几家装潢材料商店，购买橡皮锤，想不到装潢材料店的老板们仍然让她出示身份证。子彤不解："橡皮锤也能行凶？"一个老板说："咋个不能？趁男朋友睡了，往他的脑袋上猛地这样一敲！猛地这样一敲！"子彤说："能敲出人命？"老板说："就算敲不出人命，起码也能敲出个失忆症或者植物人来。"

中午时，子彤将买来的橡皮锤擎到衣橱上面。她躺在床上，脑子里重新开始播放画面感极强的预演。橡皮锤高高举起，猛然落下，稳，准，狠，林宇非一声闷哼，人事不省。几个小时以后，他醒过来，瞅着子彤，问："你是谁？"说着话，嘴角流出涎水，眼角长出眼屎，脸上生出皱纹。子彤扶他起来，他哆哆嗦嗦，不能独自吃饭，不能独自洗澡，不能独自如厕。他成了老人，废人，每天歪在床上，看日出日落，云淡风轻。他没有往事。他的脑子里，混沌一片。

所以子彤的橡皮锤也终未派上用场。下午她去小商店，购买充气塑料锤，想不到小商店的店主仍然让她出示身份证。子彤有些崩溃：“充气锤也能行凶？”店主说：“谁说不能？把气放干净，里面装上铁砂，趁男朋友睡了，照他的脑袋上猛地这样一敲！猛地这样一敲！”

人心叵测。世道凶险。活着不容易。

夜里，子彤搂着塑料锤沉沉睡去。她做了一个长长的梦，梦里她和林宇非手牵着手，在开满油菜花的田野里疯跑。突然林宇非绊了一跤，重重跌倒在地，人事不省。几分钟以后他醒过来，瞅着子彤，说：“我晕过去很久了吧？糟了糟了我耽误给乔娜做晚饭啦。”说着，爬起来，逃得比野驴还快。子彤于是冲他的背影大骂一声：你这个悲催的混蛋！

醒来时候，已是午夜。外面下起雨，世界变得湿漉漉一片。想着刚才的梦，子彤认为她在梦里受到欺负，得让这个可恶并且下贱的林宇非为此付出代价。

就算一锤下去没让他恢复一点记忆，给他醒醒脑也好。

子彤扛锤下地，推门而出，推门而入。林宇非睡得正香，两片薄薄的嘴唇“吧唧”个不停。他的睡相让子彤有些恼火，充气锤高高举起，砸下，林宇非闷哼一声，竟没有醒。子彤岂受得这等窝囊气？她拉开招式，气沉丹田，充气锤高高举起。正此时，林宇非腾地从床上坐起来，一声断喝：“子彤你干什么？”

林宇非目光灼灼。

子彤“妈啊”一声怪叫，扔掉充气锤就跑。她跑回屋子，却被椅子绊倒在地，脑袋撞上衣橱。充气锤高高弹起，慢悠悠落下，砸中她的脑袋。橡皮锤晃了晃，垂直落下，砸中她的脑袋。铁锤紧随其后，炸弹般呼啸落下，轰！

三锤，一锤也没糟蹋，一锤也没浪费。

有了上次的经验，这次的林宇非并不着急，他坐在床上，大声问：“子彤你没事吧？”子彤不搭话。林宇非说：“你可真会装。”子彤仍不搭话。林宇非说：“你这次是什么疗法？装死疗法？”子彤还不搭话。林宇非说："子彤你可别吓唬我啊！"子彤似乎连呼吸都停止了。林宇非跳下床，冲进子彤的屋子，扶起子彤。子彤嘴唇苍白，两眼紧闭。

住处极为偏僻，加上林宇非初来乍到，他根本无法向114说明他们的确切位置。他背子彤下楼，赤着脚，穿着内裤，大雨里至少跑出两公里。他对出租车司机说："快快快快快……"极度疲劳加上极度惊吓，他已经说不出话来。

子彤什么都知道。她不能说话，不能动，但她还有意识。后来她想也许"装死疗法"真的比什么都管用，认识林宇非这么长时间，她还从未见过林宇非如此害怕。她伏在林宇非的背上，感觉意识一点点远离身体。然后，她就什么都不知道了。

第五章

亲密无间

而当他的记忆彻底恢复，他还会去北京寻找乔娜——子彤深信这一点。想到这些子彤就矛盾——她坚信现在，她对林宇非是有吸引力的，理由是林宇非每天都想吻他，每天都盯着她痴笑。这说明林宇非正在一点一点爱上她——这爱是从心底流淌出来的，而绝非像从前，她必须掐着林宇非的耳朵大声喊『我真的是你的女朋友，你得爱我』。

不管如何，只要林宇非彻底恢复记忆，都将痛不欲生。以前的女友将他抛弃，痛不欲生；爱上一个假女友，痛不欲生；被假女友骗走四百万，痛不欲生。

林宇非很可怜。

1

冷馨是这世上最可怜的女人。至少，她是这样认为的。

六年前的一天，盛夏，深夜，冷馨从打工的餐馆出来，突遇大雨。冷馨抱着肩膀站在路边等了一会儿，雨非但不停，反而越下越大。正在这时，一辆面包车在她面前刹住，一个男孩摇开车窗，问："去哪儿？"冷馨说："北郊。"年轻人说："上车。"冷馨就上车了。县城民风淳朴，搭顺车这种事情，司空见惯。况且男孩有着轮廓分明的脸，英俊的五官，随和并且灿烂的微笑。后来冷馨知道男孩叫小辉，就在昨天，刚刚过完他十八周岁的生日。

面包车上还有两个男孩。两个男孩喝了点酒，脑袋歪在一起，开着玩笑，唱着歌。他们边唱边问冷馨好不好听，冷馨捂起嘴笑，又在笑完以后提醒他们回家以后一定要喝杯解酒的萝卜汁。车子驶过冷馨居住的小区，冷馨说："谢谢。"小辉说："不客气。"冷馨说："我的意思是我到家了。"小辉说："陪哥们儿说说话吧。"一个男孩马上将手搭上冷馨的肩膀，说："你要是敢叫，我就弄死你。"

再回头，家已经找不到了。

冷馨开始求饶。她不记得自己说了些什么，她只记得当她下车，眼前是一片黑黢黢的灌木林。雨已经停了，月亮闪出云层，灌木的枝枝叶叶在月光下晃映，星星点点，白白亮亮。冷馨在白白亮亮的光影里被三个男孩轮奸，她把嗓子哭出了血。

三个男孩匆忙并且慌乱。他们甚至全都没有完整地脱下裤子。他们以自己的童贞交换冷馨的童贞，却用了一种无比惨烈无比悲凉无比恐怖的方式。冷馨看着天幕，她认为所有的星星都将掉落下来。

然后他们怕了。他们想杀死她。他们甚至将刀架上她的脖子。但是最后一刻，他们放弃了。他们放弃的原因是小辉放弃了。小辉说，留着她吧！她这么漂亮。他们匆匆逃离，留下她和她的一摊鲜血。

那是他们的第一次。他们甚至没有任何计划。两个男孩喝了些酒，与邻桌争吵起来，他们喊来小辉帮忙，邻桌见势不妙，匆匆撤离。两个男孩倍感窝囊，借着酒劲儿，喊：今晚一定要他妈地搞出点事来！小辉说：给你们找个妞？之前，这样的话，他们说过多次。仅仅说说而已，永远不可能实现。但那天，因为酒，三个男孩大了胆子。此时天降暴雨，小辉用下巴指指路边的冷馨，问他们：这个妞如何？

说起来，一切都那样令人难以置信。

那天小辉做了两次。第一次和最后一次。他伏在冷馨身上哭泣，他的眼泪滚烫无比。

小辉是主谋。小辉提供作案工具。小辉是另外两个男孩的老大。小辉做了两次。所以，半年以后，小辉被枪毙。

另外两个男孩，一个被判六年，一个被判十年。

这件事情在小小的县城引起轰动。冷馨只有逃离。她从南方来到北方，从内陆来到沿海，只想逃离那个雨夜。然而雨夜与她紧紧相随。一同紧紧相随的，还有小辉。

没有小辉，或许冷馨仍然生活在她的县城。她会按时上班，按时下班，按时谈恋爱，按时结婚生子。她既不会来到滨城，也不会认识江岸，更不会让那个雨夜成为她一生的阴影。她应该憎恨小辉。小辉让她不敢面对江岸，不敢面对性爱，甚至，不敢面对男人。

可是没有小辉，或许冷馨活不到现在。她会被刀子割破喉咙，任气息和鲜血在很短的时间内耗光。那么，她仍然既不会来到滨城，也不会认识江岸。只是，这并不该成为她同情小辉的理由。只是冷馨仍然自责，一个健康阳光的男孩，生命却在十八岁那年，戛然而止。

原以为，等自己谈了恋爱，就会好起来。可是，不行。原以为，能够让江岸抚摸自己，就会好起来。可是，不行。原以为，将这件事情告诉江岸和子彤，就会好起来。可是，不行。原以为，与江岸结婚，成为合法的夫妻，就会好起来。可是，不行。不行，不行，不行。当天降暴雨，她就会想起小辉。当看到江岸赤裸的身体，她就会想起小辉。她劝自己说，别怕，别怕，江岸是我的丈夫，我需要与他缠绵，需要让他爱抚。可是，不行。她身体僵硬，浑身冰冷。她缩成一团，瑟瑟发抖。黑暗里她看到天幕，看到红色的星星，看到黑黢黢的灌木丛，看到小辉灿烂的笑容，看到远方的天空，闪电划破天际。她挣扎，反抗，挠破江岸的脸，咬伤江岸的嘴唇，甚至用膝盖狠狠地顶向江岸的下体。

然后，她会哭着对江岸说："对不起。"

或许江岸远比她痛苦。但江岸会拥紧她，轻轻地说："不怕。会好起来的。"

这句话，江岸说了很多遍。现在，连冷馨都不敢相信。

所以有时候，试图忘掉一件事情，远比试图想起一件事情，要困难得多。

2

子彤在病床上醒来的时候，并没有着急睁开眼睛。她听到林宇非正与旁边的人聊天，并且，正好聊到八百万的事情。

"如果她要动手术，可能需要很大一笔钱。"一个中年妇女的声音，"我女儿就是这样。摔了一跤，开了一刀，几十万就没了。"

"只要人没事，就好。"林宇非的声音，"如果她真出什么事情，我死的心都有。”

“你们是……小夫妻？”

“不是。”

“那就是处对象了！中国有句俗话：夫妻本是同林鸟，大难临头各自飞。何况处对象？”

“他们飞他们的，我不会飞。”

“看你也不像有钱人……”

“我有八百万。”

“啧，看不出来。”

“不过我的八百万得分给她四百万。”

“当然。等结了婚，你的钱就变成夫妻共同财产了。不过现在流行婚前财产公证的吧？好像个人财产得等上个七八年，才能变成共同财产……”

“我指的不是这个……”

“那八百万怎么会有她四百万？”

“说来话长。总之我想好了，如果我真有八百万，就分她四百万。”

“看看，说来说去，你还是没有。”

林宇非“嘿嘿”笑的声音。

“但愿这丫头没事啊！”中年妇女的声音，“如果有事，一刀下去，几万十几万几十万就没有了。”

“钱是小事，人没事就好。”似乎又回到了交谈的开始，“到时我少分几万十几万几十万就行了。”

“你到底有没有八百万啊？”对方似乎有些急了。

“好像子彤醒过来了。”林宇非走过来，轻轻拍拍子彤的脸，“快别装了啊。我看见你偷笑了。”

子彤的确偷笑了。特别是那句“到时我少分几万十几万几十万就行了”让她非常开心。开心过后是感动，感动过后是内疚。想到几个小时以前她还用一只大锤照林宇非的脑袋猛砸下去，她认为自己真的是蛇蝎心肠。

哪怕只是一只充气锤。那也可以代表一件凶器。

医院里躺了半天，啥事没有，顺利出院。路上，林宇非对她说：“别再看那本书了好不好？两次，都差点伤到自己……”

“你知道我有一本书？”子彤怔住。

“不小心看到的。”林宇非说，“有一次想去阳台呼吸新鲜空气，恰好你不在，并且忘记了锁门……”

“你敢偷偷进我的屋子？”

“你没锁门嘛。”

“你还敢偷翻我的东西？”

“书放在床头柜上……”

“你翻那本书了？”

“我发誓，只扫了两眼。不过我知道，你这次拿充气锤砸我，肯定是书上教你的什么疗法……”

“你会只扫两眼？”

“只扫了两眼，书就掉到马桶里了……”

“掉到马桶里了？”

“我怕被你知道了生气，忙用电熨斗熨干熨平……”

“你刚才说，书掉到马桶里了？然后被你熨平熨干？”

“是啊！”

“你个悲催的混蛋林宇非！”子彤弯下身子，开始呕吐，“老娘我是蘸着口水将这本书读完的！”

3

子彤拿着《失忆疗法大全》去找白万富。书装在一个塑料袋里，塑料袋的外面又套了一层塑料袋。即便如此，子彤也是用两根手指，将书一路捏过去。

说好可以退的。多少钱买的，还可以多少钱退掉。

“原价一百块钱，我记得当时给你打了个九折，六十八块钱。”白万富说，“所以我退给你六十八块钱好了。”

“一百块钱打九折是六十八块钱？”

“可是一百块钱打九折也不是七十八块钱啊！”白万富笑了，“我记得当时你好像并没有提出质疑。”

子彤瞪着他，觉得面前这个出土文物一般的男孩真是可恨极了。

好像这世上的所有人都比她和吕啸聪明。别人是揣着明白装糊涂，只有她和吕啸是真糊涂还要装明白。

白万富将塑料袋拆开，说：“念你这样爱书，就退给你七十八块钱好了。”说着，手指蘸一下口水，翻一页书，再蘸一下口水，再翻一页书。

子彤偷偷乐。

“有收获吗？我这里还有一些别的书，你可以找找看。”白万富侧过身体，让子彤往里走，“只要你买，全给你打九折。”

子彤找了很久，也没有找到她想要的书。离开时，白万富突然问她：“请问你有男朋友吗？”

“什么？”

“如果你没有男朋友，我可以试着追你。”白万富说，“我就喜欢小鼻子小眼的。”

“可是我不喜欢长得像个出土文物的……”

“可以试着喜欢。我最初也不喜欢小鼻子小眼的……”

“那你是什么时间开始喜欢的？”

“刚才。”白万富耸耸肩，将那本《失忆疗法大全》塞给子彤，“真喜欢的话，就送给你，当成我追你的第一件礼物吧！”

吓得子彤“嗷”一声叫，跳开很远。

本以为白万富只是拿她开心，想不到白万富真的开始追她。事实上，在她进入白万富的“长袍马褂”书店以前，他们是见过面的，只是白万富记住了她，她却没有记住白万富。

白万富去“家家悦”超市买过东西，在她的收银台前面结过账。小鼻子小眼小嘴巴的女孩并不少见，但小鼻子小眼小嘴巴又喜欢读书的女孩却不多见，小鼻子小眼小嘴巴的喜欢读书又懂得爱书的女孩更是凤毛麟角——用两层塑料纸将一本破书小心翼翼地包好——这样的女孩非常值得去追，去爱。

当天傍晚，白万富去了“家家悦”超市。他没有找到子彤，就向陆小朵打听。陆小朵告诉他，子彤现在正在休年假，再过两三天，就该来上班了。白万富长叹一声：“人生青春有几何？青春又有几回搏？宝贵的两三天时间，又被子彤浪费掉啦。”

他发感叹的时候，子彤正陪着林宇非吃饭。之所以说陪着他，是因为她早已吃完，林宇非却还在津津有味、兴致勃勃地拆着一只鸭头。

“你能不能吃快点？”子彤问他。

“我为什么要吃快点？”

“我好收拾桌子。”

“等我收拾好了。”

“你不去看电影了？”

“啃鸭头比看电影快乐。”

子彤就离开餐桌，回屋打扮。晚上冷馨和江岸约她去看《画皮》，林宇非本说好要和子彤一起去的，可是子彤买回了一斤鸭头，林宇非的想法就改变了。

子彤可没有把《画皮》当成剧情片或者恐怖片，她把它当成靓妆片——教她如何化出一个好看并且吓人的妆。她对“惊吓疗法”，仍然情有独钟。

“啃完鸭头，回屋睡觉！”子彤对林宇非说，“不要到处乱翻东西！”

“看会儿电视行不行？”林宇非说。

“那就啃完鸭头，睡觉或者看电视！”

“遵命！”

“不听话呢？”

“不听话我是孙子。”

子彤刚刚出门，林宇非就扔掉啃了一半的鸭头。睡觉或者看电视？要是这么听话才是孙子。

林宇非找到一个曲别针，牙齿咬那么几下，曲别针就直了，捅进子彤房门的锁眼，轻轻转动，再转动，门就开了。

林宇非就像一个大盗，一只猫，一个幽灵。

他打开床头柜，自上而下，仔细地翻。书籍，碟片，占卜牌，邮票册，笔记本。他将笔记本拿出，打开，一封折成鸽子形状的信掉落出来。将鸽子小心翼翼地拆开，子彤娟秀的字迹如同潺潺流水，将他陶醉。

更让他陶醉的是信的内容。信是写给他的，大意是昨天晚上子彤再一次失眠，她不想拒绝他，可是她必须拒绝。她不想让两个人纯美的爱情因了肉体的交合而玷污，她想把最美好的一刻留待他们的新婚之夜。因为这件事情，她想去乡下安静两天，希望林宇非不要怪他亦不要打扰他。又请林宇非相信，无论如何，她会爱他一辈子。落款日期，两年前的秋天。

写好的信，放在抽屉里，只有两种可能：一，信最终没有交给他；

二，信交给他，又被他还给她。为何要还给她？也许是一种纪念吧？

另一个笔记本里，林宇非翻到一张照片。是春天，风景迷人的海上公园，他和子彤站在一棵合欢树旁边，脑袋歪靠一起，幸福地笑。远处伫立着高高的灯塔，近处百花盛开。

林宇非咧开嘴，笑了。这个子彤果然是他的女朋友。那个吕啸果然是子彤的普通朋友。

将所有东西小心翼翼地归位，锁好门，林宇非回到餐桌前，继续啃他的鸭头。他一边啃一边笑，一边笑一边啃，直到被骨头卡住了喉咙。

子彤回来的时候，林宇非正坐在沙发上看电视。子彤问他："一直在看电视？"林宇非说："也做了些别的。"子彤说："做什么了？"林宇非说："想你了。"子彤说："讨厌。"换鞋，进屋，关门，冲床头柜扫一眼，就笑了。

——信是昨天写的，照片是昨天PS的。简单得很，只需将她和林宇非的脑袋缩小，换换发型，挪到江岸和冷馨的肩膀上就行。

再狡猾的猎手，也斗不过我好狐狸啊！

4

既然相信子彤是他的女朋友，就不该继续瞒她。林宇非搬张小板凳，听话地坐到子彤面前。"前几天我见到呀呀了。"他说。

"你的初恋情人？"

"惭愧惭愧。"

"那你应该拉上我的。"子彤假装生气，"单刀赴会可不好。"

"以前，子彤，说心里话，我有点怀疑你……子彤你知道，有些女孩，为了一点点钱，什么事情都干得出来，何况四百万……"

“你怀疑我是假的？你这个脑残患者！”

“我脑残，我快乐。”

“以后不准再怀疑我！”

“遵命。”

“要是再怀疑我，我就跟吕啸跑了。到那时你不会后悔？”

“我为什么要替吕啸后悔？”

“林宇非！”

“好了好了，我投降。总之现在，我除了不敢相信自己有那么多钱，什么都相信。”

“你刚才说，我们可以从你大学毕业查起？”

“是啊！从我记忆消失的第一天开始查……”

“所以你找到你的初恋情人？”

“我先找到我的大学教授，他给了我呀呀的电话号码。我把电话打过去，对方却根本不是呀呀。我再一次找到我的大学教授，他带我去呀呀的公司，但呀呀早已经辞职。她的同事给了我呀呀的住址，照着住址去找她，那里却住着两个男同。一个男同又给了我一个电话，我把电话打过去，对方告诉我，呀呀早在两个月以前就把这个号码送给他了。问他电话号码怎么能随便给你，他说，她想彻底告别过去呗。你听听，子彤，呀呀想彻底告别过去，至少说明两个问题：一，她过得并不顺心；二，我将很难再找到她。可是正当我打算放弃的时候，你猜怎么着？呀呀竟然回到大学！她路过大学门口，就想进去走走看看。她在那片白桦林里散步，她一边散步一边自言自语。猛然间抬头，哇！西门欢庆教授！”

“然后西门庆就把电话打给你？”

“是西门欢庆。确切说是呀呀把电话打给我。”林宇非说，“所以说，一个人很难彻底告别过去。”

林宇非的方法肯定比子彤的方法管用，因为这更科学。而之前，子彤的那些所谓“疗法”，不过是旁门左道罢了。

呀呀比子彤漂亮，乔娜比呀呀漂亮。这是子彤的观点，也应该是林宇非的观点。否则他绝不可能放弃呀呀追求乔娜。

而当他的记忆彻底恢复，他还会去北京寻找乔娜——子彤深信这一点。想到这些子彤就矛盾——她坚信现在，她对林宇非是有吸引力的，理由是林宇非每天都想吻他，每天都盯着她痴笑。这说明林宇非正在一点一点爱上她——这爱是从心底流淌出来的，而绝非像从前，她必须掐着林宇非的耳朵大声喊“我真的是你的女朋友，你得爱我”。

不管如何，只要林宇非彻底恢复记忆，都将痛不欲生。以前的女友将他抛弃，痛不欲生；爱上一个假女友，痛不欲生；被假女友骗走四百万，痛不欲生。

林宇非很可怜。

他和子彤坐在呀呀面前，听呀呀讲她毕业后的故事。工作不顺心，爱情不顺心，家人误解，朋友叛离，很多磨难，很多忧伤，总之这几年，活得那叫一个悲惨。最近她在海港商厦租了一个门市，专营“韩国”小商品，生活才慢慢平静起来。诉了一个多小时的苦，才想起正事。她对林宇非说：“大学时候多好啊！纯真，无忧无虑。唯一感觉有些压力的，就是英语四六级考试。记得那次考试吗？你整整三天三夜，没有睡觉。考完试你就累倒了，直接被送进医院。我去看你，你躺在病床上，刚醒过来。我问你，医生怎么说？你条件反射地喊一嗓子：doctor（医生）！”

子彤笑。

“别说这些，”林宇非有些难为情，“你就说说我毕业以后的事情就行。”

呀呀问他：“真不记得自己毕业后去了哪里？”

林宇非说：“去火星了？”

“啤酒厂啊！”呀呀说，“虽然你在大学学的是企业管理，可是一连遭到十几家公司的拒绝，所以你特别灰心。你说先随便找个工厂锻炼出一身肌肉算了，于是就去了啤酒厂……”

“等等！”子彤插话道，“他父母不管他？”

“他父母为什么要管他？”

“他父母，应该，很有能耐吧？”

“好像是。”呀呀转向林宇非，“你父母是不是有很多能耐？”

“我可不想依靠他们。”林宇非摊开两手，“我能有今天，都是我辛辛苦苦打拼的结果……”

子彤就想起他们见面那天，在机场，林宇非搂着乔娜，说过同样的话。

“你去了啤酒厂，被分配到仓库，扛大包。”呀呀接着说，“你跟生产厂长争论，你说你是大学生，学企业管理的。生产厂长说，那你可以找个地方管理企业啊。你不屑再与他争论，你认为像他这样的白痴永远不可能理解你的鸿鹄之志。你做好了迎接困难的最充分的准备，可是你还是低估了困难。大包共分四种：一种六十斤，糖包；一种一百四十斤，麦芽包；一种一百八十斤，大米包；一种二百斤，也是大米包。头四十天，你需要每天扛足二百八十包，才能赚到三块六毛钱。为什么这么便宜？都这么便宜。工厂就是要剥削你，就是要杀杀你自我感觉良好的威风。大学生？学企管的？好啊。扛包正好派上用场。你有很多不满，很多牢骚，可是你还是在那里干了一个月。一个月，你瘦了十八斤。扛包第一天，晚上，你起夜，竟摔倒在地。浑身都痛啊！每一个关节都痛，肩膀的关节，膝盖的关节，包括手指上最小的关节。你痛，你咬牙坚持。可是你赚的那些钱，还不够你吃的。那时你多能吃啊！记得有一次，你一顿饭吃下二斤四两馒头……”

“你怎么知道得这么清楚？”子彤问她。

“我是他女朋友啊！能不了解？”呀呀对子彤说，“可是后来，我就不再是他女朋友了。”

“先别说不高兴的事情，”林宇非说，“接着谈我的经历。”

“你在啤酒厂工作了一个月，就辞职了。你说你不是受不了那份苦，也不是受不了那份孤独——啤酒厂在大山里，方圆三里之内，没有村子。你说你是学企管的，你得有更高的追求。我们都相信你有更高的追求，但我们也相信你是真的受不了那份苦，更受不了那份孤独……”

“你们？”

“是啊。那时你与很多同学都有联系：孙大炮，王小衰，潘莲儿，田佩佩，欧阳陈玲……那时我们几乎每个星期都要聚一次。你在啤酒厂那段时间，一般是我们去找你。我们请你吃肉，你请我们喝啤酒。偷偷喝，去啤酒厂后酵车间喝，别让车间主任发现就行。好大的啤酒罐啊！车间里，只看到一个罐底，其余部分，戳破了屋子，戳上了天。听你说，一罐啤酒，正好六十吨。六十吨啊！豪饮啊！罐底有几个龙头，拧开，嘴巴凑上去，咕咚咕咚。爽快啊！喝醉了，跑到滤酒车间热气腾腾的洗棉锅上，躺成一排，一起唱歌。那时多快乐啊！那时以为，日子会这样无休无止。当然，除了你的远大志向……”

“你好像跑题了，呀呀。”

“是的我跑题了。宇非，你从啤酒厂辞职以后，去了一家铝合金厂。你对铝合金厂的老板说，我刚刚大学毕业，学的是企业管理。老板说，好啊好啊，正好正好。你问他，什么正好正好？老板说，正好我们这里缺一个下料员。你说你们这里的下料员必须大学毕业？老板说那倒不是，是大学毕业的你正好可以找到一份下料员的工作。你在那里做了大约两个月，每一天，操着电动圆锯，满头满脸都是铝屑。你脸上的斑斑点点，就是那时被铝屑烫出来的。后来你要求去做安装工，你认为安装工起码在室外干活，能看到太阳，看到汽车，看到美女，比在车间里有意思。于是你每天吊一根安全带，半空里晃啊晃啊。宇非你知不知道，我有很多担心啊。”

“所以我不做了？”

“所以你不做了。你说，你是学企管的，你得有更高的追求。于是你去了一家餐厅，当服务生。这次你学聪明了，你对餐厅老板说，我家境贫寒，高中没有毕业。餐厅老板说，好啊，你就是为刷盘子而生！于是你开始刷盘子。每天你要刷很多盘子，你刷盘子的速度非常快，可是你旁边的盘子，还是堆成了山。你说你不明白现在的人怎么这么喜欢吃，你更不明白现在的餐馆怎么喜欢将盘子分得这样细？盛肉的盘子，盛菜的盘子，盛大蒜的盘子，盛盐沫的盘子，盛味精的盘子，盛孜然的盘子……你说本来你吃饭也挺讲究的，盘子碗也是一摆一大堆，但自从你刷上盘子以后，吃饭就只用锅了。后来有一天，餐厅老板不在，你偷懒了，盘子于是越摞越高，越摞越高，终于，哗啦！你算了算，你一个月的工资，还不够赔这些盘子的，于是，赶紧溜之大吉。你在那里刷了整整一个月的盘子，可是除了偷吃了两个牛肉馅饼，你一分钱也没有捞到……”

“看看，”子彤对林宇非说，“你喜欢吃馅饼，是从娘胎里带出来的。”

“后来呢？”

“我累了。”呀呀说，“后面还有很多，今天先不说了。”

“还是一起说了吧。”子彤说，“否则宇非晚上会睡不着觉的。”

“那就让他睡不着好了。”呀呀瞅着林宇非说，“他伤我那么深，让他睡不好觉，也算一点小小的惩罚。”

“挺好了已经。”林宇非说，“就这样找下去吧，很快就到那八百万了。”

“什么八百万？”呀呀问。

林宇非就把他与子彤的协议说给呀呀听。又说，本来他还有点怀疑子彤是在趁火打劫，可是现在，他确信子彤就是他的女朋友，确信这纸协议不是陷阱。“它的存在，为了我们永久的爱情”。他说。

子彤的脸色，就变得极不自然。

“那可不一定哦。”呀呀盯着子彤，笑着说，“人心隔肚皮，谁都不知道别人是怎么想的。”

5

林宇非与子彤去啤酒厂，去铝合金厂，去餐馆。这些地方对现在的林宇非完全陌生，可是每到一处，都有人将他认出来。他们走过来与林宇非打招呼，又说当时的林宇非干起活来，就像一头驴子。

两个人甚至找到那口洗棉锅，他们并排躺在上面，喝了一会儿啤酒，唱了一会儿歌。唱着唱着，林宇非突然坐起来，说：“现在这个情景，真的很熟悉。”子彤说：“想起什么来了？”林宇非说：“想起呀呀、孙大炮、王小衰、潘莲儿、田佩佩、欧阳陈玲……”子彤说：“昨天呀呀刚跟你说的，不能算。”林宇非重新躺下来，脑袋枕住了胳膊。“昨天她只是提了提他们的名字，但现在，我隐约想起了他们的模样。”

让林宇非颇感意外的是，那个餐馆老板，竟然也认出他。他和子彤站在餐馆门口，正琢磨该不该进去，餐馆老板却从里面冲出来，然后一边“哈哈”笑着，一边照林宇非的左肩膀就是一记和平友好的“肉锤”。

“好小子！”他兴奋地说，“你终于良心发现了。”

“你知道我是谁？”林宇非皱皱眉，揉着左肩。

“林宇非嘛！”老板照他的右肩又是一记“肉锤”，“回来赔钱？你知不知道你偷跑的那天，因为盘子不够用，跑了很多顾客……”

“先别说赔钱的事情。”林宇非说，“你知道我从你这里跑掉以后，又去哪里了吗？”

“不知道。”餐厅老板说，“要是知道的话，我早找你算账了。”

“那我后来发财了你知不知道？”

“开什么玩笑？你说你当上美国总统我都相信，可是你说你发财，打死我我也不信。”

“为何这样肯定？”

“明摆着的事情。打碎了盘子，趁我不在逃跑，这样的人能发财？敢做不敢当，能惹事不能平事，怎么可能在商界混？”

林宇非瞅瞅子彤，子彤为他递上一个鄙视的眼神。

“我今天来，不但想赔你钱，还要在你这里好好消费一顿，算是对你的补偿。”林宇非冲老板的左肩就是一记“肉锤”，“有什么好吃的？”

“馅饼，烤鸭，干锅鸭头……”

“那还不去吩咐？”老板的右肩上，又挨了一记“肉锤”。

老板屁颠屁颠地跑进厨房。

林宇非冲子彤笑笑：“现在该怎么办？”

“跑啊。”子彤拽起林宇非，两个人逃得比野驴还快。

不管如何，黑暗之中见到一线曙光，子彤的四百万距她越来越近，越来越近。

从呀呀嘴里得知，以前的林宇非喜欢去环翠楼，喜欢去刘公岛，喜欢去天鹅湖、海上公园、菊花顶、卧龙山、幸福门……最喜欢去的地方，还是金线礁的灯塔。海边凸起三块巨大的礁石，三块礁石构成莲花形状，粗犷中透着委婉。传说八仙过海时，何仙姑不小心将一朵荷花遗落水中，于是便有了这三块礁石。之所以叫做金线礁，是因为每块礁石上都有一条贯通全礁的金线。金线分出桠，如同荷花的脉络，任海水侵蚀，任蛤蛎攀爬，亦不褪色。

高高的灯塔就伫立在三块礁石之上，为过往船只指明航向。据说灯塔始建于明朝，至今已历经四百多年风雨。世间悲欢离合，爱恨情仇，对灯塔来说，不过沧海一粟，过往云烟。

林宇非喜欢坐在灯塔下面远眺大海。从前是这样，现在也是这样。他说大海是世间最具包容心的——人类在大海里捕鱼虾，在大海深处抽石油，用海水晒盐，往大海里扔垃圾，大海并不计较。它照样为人类贡献鱼虾，贡献石油，并心甘情愿地吃掉人类的垃圾，还人类以清洁。

“可是大海也有发脾气的时候，”子彤说，“风暴潮，台风，海啸……”

“那不是大海的错。错在人类。”林宇非说，“且不说很多灾害的起因缘于我们，就算大海真的为人类带来台风，带来海啸，也并非大海的过错。人口越来越膨胀，住处距大海越来越近，人类越来越挑剔，越来越懒惰，所以便有了灾难。其实很多时候，这些灾难之前，大海是会给人类发出警报的。很多动物都懂，比如鱼、蟹、乌龟、老鼠、狗……只有人类不懂……”

此时，海面上升起缥缈迷离的烟雾。乌云压顶，一场暴风雨即将来临。

回去的路上，子彤再一次接到吕啸的短信。吕啸说这次的事情，两个人都有过错。只不过，为了他们的美好明天，他愿意违心地承认错误，并请求子彤可以像前几次一样原谅他。

子彤背过身子，给吕啸回短信：原谅你个鸟。

吕啸回过来：两口子打架不用劝，放下桌子就吃饭。

子彤回过去：你做梦去。

吕啸回过来：我想晚上去找你。

子彤回过去：不把咱俩的事情败露就不肯罢休?

吕啸就笑了。

“咱俩的事情”，这说明什么?这说明，子彤与他还是“咱俩”，子彤与林宇非还是“他俩”，敌我有别，爱憎分明，四百万坚挺的人民币，近在眼前。

见子彤背对自己，林宇非问她：“鬼鬼祟祟干什么呢？”

子彤说：“那个可恶的吕啸在骚扰我。”

林宇非说：“他是在追求你吧？”

子彤说：“好像有那个意思。”

林宇非说：“给我一个支点，我能把他的拖拉机撬到阴沟里去！”

6

呀呀说林宇非之所以与她分手，都是因为子彤。

子彤吓了一跳。

那时候三个人正坐在灯塔附近的“海草屋饭店”吃饭，呀呀要了一瓶“滨城”干红葡萄酒，问林宇非：“记得这个牌子的葡萄酒吗？”

林宇非看看，摇摇头。

呀呀说：“咱们的最后一夜，你请我喝酒，喝的就是‘滨城’。”

“最后一夜是什么意思？”子彤问。

“就是他把我甩了。”呀呀盯着子彤的脸，说，“因为他爱上了你。”

“什么时候？”

“四年前。”

“怎么可能？”子彤没有反应过来，“四年以前我跟林宇非还不……”

“还不什么？”呀呀盯着她，眼神凌厉。

“还不……还不那么恩爱……就是说，我还没有答应他……”

“可是他就跟掉了魂似的，连晚上说梦话，也喊你……”

“他……怎么喊……”子彤开始流汗了。万一林宇非喊出一句“乔娜”，她该怎么解释？

“好像是……子彤吧？”呀呀挠挠头。

子彤笑了。看来得失忆症的，并非只有林宇非。

“要不就是……亲爱的？”呀呀还在痛苦地回忆。

“哇！”子彤表情夸张。

“宝贝？”

“肉麻死了。”子彤说，“快别回忆了，接着往下讲。”

“我想起来啦！”呀呀说，“乔娜？”

是时，身着企鹅服的服务生正好过来送烤鸭。他不小心碰到林宇非，烤鸭从盘子里滑出。林宇非一声惊呼，拔地而起。他用一个标准的鱼跃将烤鸭稳稳接到怀里。

“乔什么娜啊？”子彤笑得慌里慌张，“是‘瞧哪’吧？要不就是‘翘哪’？宇非一直是个标准的登徒子，哪怕在梦里。”

林宇非将烤鸭稳稳摆进盘子，问子彤：“又说什么了？”

“说你登徒子呗！”子彤说。

林宇非耸耸肩，“嘿嘿”笑。他笑得无比呆傻。

“总之啦，就是因为他遇见你，爱上你，所以我们结束了。”好在呀呀并没有在“翘哪”上过多纠缠，“认识你以后的事情，你给他讲好了。我只把之前的这段补充完整……”

“接着来接着来，”林宇非将鸭嘴嚼得“喀喀”响，“我在哪里遇到子彤？”

“在酒吧，‘红番茄’酒吧。”呀呀说，“你打碎人家的盘子以后，来到‘红番茄’酒吧，成为第一个学企管的服务生。有时你穿着白衬衫，打着黑领结；有时你穿着黑衬衫，打着白领结，你就像一只减肥成功的企鹅……你在这里工作半年以后，子彤小姐从天而降。你告诉我，那天子彤喝了一杯红酒，歪在沙发上睡着了。一杯红酒就让你醉得不省人事，子彤你的酒量真让宇非开心。”

子彤刚想给自己再倒一杯酒，听到这里，急忙将手转向烤鸭。她撕下一只鸭腿，递给林宇非，感激得林宇非凌空给了子彤一个外酥里嫩的“啵”。

“子彤，你该知道，你就是宇非的天使。”呀呀说，“为了你，他不仅舍弃了我，还舍弃了孙大炮、王小衰、潘莲儿、田佩佩、欧阳陈玲……自从遇见你，他的生命里便只剩下你。记得那时候，我问他，宇非，她有什么好？宇非说，她漂亮，时尚。我说，漂亮的容颜总会老去，时尚只是一种错觉。什么叫时尚？人家开拖拉机，你开汽车，这叫时尚；人家开汽车，你开拖拉机，这还叫时尚。说白了，时尚就是不好好过日子……”

子彤想起吕啸的桑塔纳。

林宇非大学毕业以后去了“昆嵛”啤酒厂，去了“天成”铝合金厂，去了“香锅里拉”餐厅，去了“红番茄”酒吧。他在酒吧里遇到乔娜，他在遇到乔娜以后抛弃了呀呀，再后来的事情，呀呀也不知道。呀呀开始了她的第二次恋爱，第三次恋爱，第四次恋爱。呀呀说，这一切，绝对与林宇非有关。

林宇非的表情，便有了抱歉之意。然细看，那抱歉之中，似乎还有几分爱恋，几分不舍，子彤就不高兴了。藕断丝连？破镜重圆？这样的事情，这个登徒子不是做不出来。

便在餐桌下面，猛踹林宇非两脚。林宇非受到惊吓，手里的鸭翅掉落地上，想拣起来继续啃，子彤白他一眼，咳嗽一声，他听话地直起身来，尴尬地冲呀呀笑笑。

子彤终于进入了角色。似乎她真的变成乔娜，真的与林宇非谈了四年多的恋爱。子彤被这感觉吓了一跳。

“其实我应该恨你的。可是我为什么恨不起来呢？”呀呀瞅瞅子彤，说，“总是感觉，你与那个从我身边夺走宇非的女孩没有丝毫关系。”

说得子彤又是一惊。

正想找个借口结束这场晚餐，呀呀的一句话，让她兴奋得差点从椅子上蹦起来。

呀呀对林宇非说：“大约两个月以前，在街上，我看到一个背影，特别像你。你拥着一个女孩，我想那女孩，应该就是子彤。不过那时的子彤好像比现在高一些。穿了高跟鞋吧？”

子彤问：“是在哪条街？”

呀呀说：“栖霞街，从‘金海湾大酒店’里走出来。是你们吧？”

林宇非盯住子彤。

“是我们吧？”子彤看看林宇非，“对，我想起来了，是我们。我记得那天，你刚刚失踪回来。我问你失踪了这么久，到底去哪了。你说，别管你去哪了，反正你赚了八百万回来。我当然不信。于是，你拉我去‘金海湾大酒店’。你说，咱俩来只大龙虾，我就相信了。”

林宇非说：“要不明天咱俩去‘金海湾大酒店’看看？说不定有些线索。”

子彤说：“好啊。龙虾就算了，最多给你点只烤鸭。”

——金海湾大酒店，也许会有线索。比如，林宇非曾经在这里订过桌。

第二天，子彤死缠烂打，加上点了整整一桌子菜，酒店总算同意帮她查查。然查询结果让她非常失望，一年以内，在这里订过桌的，根本就没有姓林的。

没关系，还有“红番茄酒吧”，那里才是子彤调查的重点。只不过，那里绝对是一个危险的地方，因为说不定会有人记得乔娜，从而将子彤的骗局戳穿。

子彤需要一个帮手。所以她想到了吕啸。

7

那些天林宇非开始头痛。他说有时候，他会梦到呀呀，梦到他与呀呀的往事，只不过那些事情，都是呀呀讲过的。“其实就是将她的话在梦里排练并且演出了一遍，”林宇非说，“似乎这毫无用处。”

第一次，林宇非喊头痛，子彤没有理他；第二次，林宇非喊头痛，子彤让他用凉水洗把脸；第三次，林宇非喊头痛，子彤开始为他按摩。按摩时，林宇非的头枕着她的腿，嘴里发出“哎哟哎哟”的声音。似乎他并不痛苦，反而非常舒服。

于是，只要子彤有时间，林宇非的头就开始痛。子彤有些紧张，问他："要不明天去医院看看？"林宇非猛地坐起，连说"不用不用。"子彤说："再给你按一会儿？"林宇非就重新躺下，脑袋不偏不倚，正好枕上子彤的腿。子彤笑笑，由他枕去。

反正又枕不坏。这句话是吕啸说的。

吕啸见到子彤的时候，后背上绑了一根稻草。他说他要负荆请罪，又请子彤放心，他一定圆满地完成任务。子彤说："我不是让你来耍宝和耍嘴皮子的。"吕啸就掏出一沓钱，塞给子彤。"就这些了，"他说，"近来你们的花销太大。"子彤说："难道办案不需要经费？"吕啸说："那也得讲究效率嘛。"子彤说："你妈的病怎么样了？"吕啸说："你怎么骂人？"子彤说："我在北京时，你给我打电话，说你妈病了，心脏不好。"吕啸说："哦。暂时没什么事。不过借了别人很多钱，需要我来还。"子彤说："你妈的。"吕啸说："你这次还没骂我吧？"子彤说："我这次是在骂你。为了宇非那点钱，你连你妈都敢咒。你妈的。"

吕啸在撒谎，这毫无疑问。为了四百万，病随时可以得，病又随时可以好。

子彤重回超市上班那天，吕啸遵照子彤的旨意，去"红番茄酒吧"探底。他要了一杯酒，捏在手里，晃啊晃啊。服务生问他还需要什么，他说："我是林宇非他二大爷。"对方说："你长得很年轻。"吕啸说："摆辈叫的，不行？"对方说："太行了。那我问问前台，看能不能给你打个九折？"

"你认识林宇非？"

"太认识了。"

认识林宇非就好。

问林宇非在这里干了多长时间，有没有认识一个美女，什么时间走的，对方都对答如流。再问："知不知道林宇非离开这里以后去了哪里？"答："为了发财，做了两年生意，结果差点没把内裤赔进去。"再问："然后呢？”答：“然后听说去了外地，做生意，发了一笔大财。”再问：“你肯定？”答：“当然肯定。前段日子他还回来看过我，请我吃了两只大烤鸭。”再问：“林宇非有没有说这两年他去了哪里？”答：“保密。”吕啸掏出一张百元钞，对方面前晃晃，说：“还保密？”答：“我真不想保密，可是我必须保密。因为我当初这样问林宇非，他对我说，保密。”

不管如何，这一趟还是有收获的。最起码，林宇非是真的有钱，而不是装出来的有钱。一个人绝不会在所有人面前装，特别是这一装，就得送出两只大烤鸭。

上了班，子彤的生活变得有规律起来。每天她上午十一点上班，晚上八点下班，上班之前，她肯定会陪林宇非吃完午饭，如果还有时间，就会捏捏林宇非的脑袋。饭烧得很可口，脑袋捏得很舒服，林宇非说：“纵是把那八百万全都给你，我也认了。”

“那再写个条子？”子彤说，“以前那个撕掉。”

“好啊。”林宇非说，“你先撕掉，我就写。”

“你先写，我就撕。”

“你先撕。”

“你先写。”

两个人面对着面，眼睛看着眼睛，突然一起笑了。

——彻底的信任永远不可能存在，哪怕林宇非真的已经将子彤当成他的女友。

也许现在，因为那份协议，他把肠子都悔青了。

晚上，子彤突然对他说：“你内裤什么牌子？”

林宇非快乐地吓了一跳，“干什么？”

“问问。”

“你可以亲自检查。”林宇非坏笑。

“想都别想。”子彤说，“快告诉我。”

想法是突然之间冒出来的——她其实一直忽略了一个最简单有效的

证明林宇非是否是个百万富翁的办法。

林宇非挠挠头，解开裤带，将内裤拽出一角，细细看。少顷，他对子彤说：“CK！”

子彤问：“袜子呢？”

林宇非就低下头，又是一阵忙活。“2012!”

子彤回到房间，打开电脑，一查，买疙瘩！CK 牌内裤，1288 元；2012 牌袜子，766 元。

还有什么可怀疑的呢？一条内裤加一双袜子，就花掉她一个多月的工资，失忆以前的林宇非，不但有钱，并且侈奢得很呐。

那天晚上，林宇非做了一个非常奇怪的梦。他梦到他和子彤坐在“金海湾大酒店”里吃饭，他为子彤点了澳洲双头鲍，点了南海花龙龙虾，点了加烈葡萄酒。十个身着白衬衫的服务生为他们服务，巨大的豪华吊灯晃得他头晕脑涨。只不过，子彤竟然长得是那个叫做乔娜的护士的模样——大大的眼睛，微微上翘的鼻子，红樱桃般鲜嫩迷人的嘴唇。子彤端起酒杯，抿一口酒，却并不吞下。鲜红的葡萄酒从她的嘴角流出，她变得既性感妩媚，又阴森恐怖。

醒来，觉得这个梦有些奇怪，再也睡不着了。想去客厅看一会儿电视，却发现子彤还没有睡。她坐在沙发上，正写着什么东西，见林宇非出来，她把东西一推，说：“看看行不行？”

那是一纸日程安排表。当然，所有的安排全都围绕着为林宇非恢复记忆。比如几号去环翠楼，几号去海上公园，几号去“红番茄酒吧”，几号去圣经山……林宇非看完，默默地盯了子彤一会儿，突然凑过来，“啵”地在她的脸上亲了一口。子彤躲闪不及，终让他占了便宜。

那夜，子彤将她的脸，洗了又洗。

第六章

元芳，你怎么看？

子彤认为，她什么也没有得到。一个人，不管得到了什么，哪怕整个世界，但只要失去自我，就等于一无所有。

因为『我』不存在了。

这样简单的道理，也许很多人，一辈子都不会真正理解。

或许，包括她。

1

白万富每天都会去一趟超市，看看他的女神。最可恶的是他使用了当初吕啸追子彤的办法：先是胡乱买点东西，然后站在子彤面前的队尾，慢慢等。那天他给子彤带来一本书，书名是《失忆三百问》，子彤说声“谢谢”，又将他的书，装进他的购物袋。

“不需要了？”白万富有些手足无措。

“治好啦。”子彤手里的扫描器“吱吱”地响。

“是谁？”白万富有点像癞皮狗。

“我哥。”子彤说。

白万富拎起购物袋，往外走。

“还有，以后别来找我了。”子彤说，“我有男朋友啦。”

陆小朵、何小荷和冷馨一起笑。

白万富就返回来，表情严肃地对子彤说：“你伤害了我。”

几个人笑得更开心了。

那天晚上，林宇非第一次过来接她。他险些与吕啸撞车，还好江岸及时发现敌情，及时通报子彤，子彤忙让吕啸“快走快走”。后来江岸偷偷对子彤说：他早就知道子彤在利用林宇非，早就猜到子彤是为了林宇非想不起来的八百万。本以为子彤能够及时刹车，想不到她竟越走越深，不想回头。

他说得对，又不对。有时候，子彤想到了回头，但她已经走得太远，不可能回头。

那天林宇非和子彤没坐公交。他们从超市一路走回。林宇非对子彤说近来他把报纸上所有的招聘广告都看了，却硬是没有理想的。“你知道，我应该有更高的追求。”林宇非说，“所以今天，我突然有了一个大胆的计划。”

“说来听听？”

“开网店！”

子彤正喝着水，听到这句话，一口水全喷出来。

“开网店是你更高的追求？”子彤的语气，有些揶揄。

“可别小瞧开网店啊。”林宇非说，“今天我逛了逛淘宝，觉得网店要是真开好了，一年赚个百八十万的没有问题。”为了加强“没有问题”的效果，他拍了拍胸脯，却将自己拍得连连咳嗽。

“想卖什么？”

“卖钱！”

“你脑残，你糊涂。”

“我脑残，我认真。”林宇非说，“初步的打算是，先去银行换一千个一块钱硬币，然后将每个硬币打两个孔，于是，一千块就变成了两千块……”

“听不懂。”

“当纽扣卖啊！”林宇非说，“每一个打上两个孔的一块钱的硬币，都变成一个价值两块钱的纽扣。”

得承认这的确是个好想法。还得承认这的确是个只有脑残患者才会有的好想法。子彤告诉他，如果你真这么做了，明天，派出所就会过来抓走你。

“我也没打算真这样干啊。”林宇非狡猾地冲子彤眨眨眼睛，“你想想，假如把硬币换成别的，是不是既省钱，又省力？”

“换成什么？”

“蚕豆，花生，板栗，核桃，骨头，都可以。纯手工制作，个性纽扣……甚至可以刻上订购者的名字……甚至可以做成情侣纽扣……可以缝上衣服，又可以当成工艺品欣赏……是不是？亲，你懂的。”

子彤懂。子彤还认为林宇非的话，终于开始靠谱了。且不管这件事情能不能成，凭他能想出这个点子，就非同凡人。

——林宇非很聪明。——林宇非是块经商的好材料。——两年赚足八百万对他来说，轻轻松松。

走到一个街角，林宇非突然停下来。“这地方，怎么这样熟悉？”

“你在这城市读了四年大学，毕业以后又在这里打了好几年工。你发财以后，又回来住了一段时间。你失忆以后，又住了快四个月了。这座城市对你来说，哪里都熟悉。”

“不对。”林宇非说，“这里，好像格外熟悉……”

“你想到什么了？”

“好像是……潮湿……”

“尽量别用形容词，多用点名词……”

“阴暗……”

“还是形容词。”

“逼仄……”

“用名词！”

“方便面。”

“恭喜你！”

“蟑螂？”

“耶！”

“脑子好像有点痛。”林宇非用一只拳头顶着太阳穴，“这些日子，每当我想到一些关键的地方，脑子就开始痛。”

子彤就想，也许他的头痛，并非完全是装的。

“这太正常嘛。”子彤对林宇非说，“知道这叫什么吗？这叫阵痛。就像一个新生命即将诞生时，这女人就会阵痛。而当阵痛过去，就是快乐，就是幸福——快乐和幸福得浑身战栗。”

“快乐和幸福得浑身战栗？你指生下来的那一刻，还是指种下去的那一刻？”

“林宇非！”

林宇非坏笑着，逃出很远。

子彤却偷偷记下这个地方。潮湿，阴暗，逼仄，蟑螂——这四个词，传达的信息可能是，一间地下室？方便面——这个单词，传达的信息可能是，贫穷糟糕的日子？

回去，偷偷想着这件事，翻来覆去，一夜没有睡好。

2

上午子彤就出了门。林宇非问她去干什么，她说早班有人请假，她得赶过去顶个班。林宇非打开冰箱，从最下面取出一瓶啤酒，刚要打开瓶盖，子彤说：“拿上面的喝吧！”林宇非说：“不是你让我先喝下面的吗？你说，下面刚刚过期或者还没过期。”子彤说：“喝上面的吧。下面那几瓶，给你做啤酒鸭吃。”

子彤离开以后，林宇非还是将那瓶啤酒喝掉。子彤赚钱不容易，他一分钱也不赚，能有这样的啤酒喝，生活已经很美好了。

再说，只要是子彤为他做的鸭子，别管啤酒鸭可乐鸭果汁鸭红茶鸭还是清水鸭，都是那般口感饱满，酥脆爽口，肉汁四溢，回味悠长，色味俱佳，唇齿留香，打着耳光也不能放啊。

子彤当然没去超市。她在香薰草路下车，步行三十米，拐进一片老式住宅区。昨夜林宇非曾对一栋看起来年纪起码超过五十岁的楼房发呆，然后，他对子彤说：“潮湿……阴暗……逼仄……方便面……

蟑螂……”

子彤在楼房前面的草坪上，遇到一个三十多岁的女人。女人有着苍白的脸和慵懒的眼神，看得出来，她属于那种宅了很久的女人。

子彤走上前，问她是否知道两年以前这里曾住了一个叫做林宇非的男人。女人懒洋洋地说：“知道啊！”倒是把子彤吓了一跳。不会吧？这么顺利？

“林，宇，非。您没有听错吧？”

“是啊。林宇非。”

“挺高，挺帅，说话略带文登口音。鼻子挺直，眼睛挺大，嘴巴挺方，下巴有点翘……”子彤努力为她描述着。

“喜欢笑，嘴馋，看到漂亮女孩会流鼻血。”女人说，“有时候，眉毛会一高一低……”

那么，毋庸置疑，此林宇非，即彼林宇非。

踏破铁鞋无觅处，得来全不费工夫。

再问，子彤更激动了。女人不仅认识林宇非，还是他的邻居。更让子彤激动的是，林宇非住过的屋子一直空着——换句话说，假如屋子是“作案现场”，这个“作案现场”至今也没遭到破坏。

尽管，其实，她与吕啸才是作案者。

问女人屋子为何一直空着，女人说，条件太差，租不出去。甚至，前段时间，有个男人想把他的狗养在这里，与房东砍好价钱以后，狗却不干了。狗上蹿下跳，呜呜咽咽，唧唧歪歪，一哭二闹三上吊，誓死不从，狗主人没有办法，只好抱狗离开。

“狗都不愿住的屋子，林宇非住了两年？”

“这没有什么的。”女人笑着说，“我在这里住了四年多。”

“你们的房间，一样？”

“说白了就是一个房间，不过，中间用硬纸板做了简单的隔断。”女人说，“这边住着林宇非，那边住着我和我丈夫。当然，我们各走各门……”

女人说她叫陈美莲。名字很清朝，很民国。

女人给房东打去电话，一会儿，胖得像篮球似的女房东滚动而来。说起林宇非，女房东一个劲地夸他，说他幽默，勤劳，博学，长得又帅。特别是那眼神，小北风一样，常常令她心旌飘摇，浮想联翩。她带子彤来到地下室，又费了很大劲儿，才将铁锁打开。锁锈迹斑斑，似乎这屋子不是闲置了两年，而是闲置了二十年。

进门，一张木床，一个写字台。旁边，一张桌子，两把椅子。床头，一张章子怡的照片，一张吴倩莲的照片。床尾，一堆空纸箱，一架木梯。空中，一个拳击袋，几张蜘蛛网。地上，几只蟑螂，一群蚂蚁。不可思议的是，地下室里竟有一个窗户。窗户斜挂在墙壁上方，就像一面小小的镜子或者一方小小的手帕。子彤攀上木梯，从窗户往外看，她见到或行色匆匆或无所事事的脚步。

——她的头顶，就是人行道。屋子与人行道之间，约四指宽的距离。

子彤问房东："多少钱一个月？"房东说："三十块钱。"子彤说："几乎等于白住啊。"房东说："就是这个意思。我出租房子，又不是为了钱。房子得有人住，才有人气。有人气，房子才更像房子。你看看《聊斋志异》里的那些鬼啊怪啊精啊，都是喜欢往少人住的地方去……"子彤说："可不带这么吓人的啊！"房东说："难道你想过来住？"子彤说："不行吗？"房东说："和林宇非？"子彤说："不行吗？"房东就乐了。"这么漂亮的姑娘，我可舍不得你住在这里。"子彤掏出九十块钱，说："以后房租三个月一付，从今天就开始算起。"房东看看子彤，竟不去接。

"假钞？"

"是这样，姑娘。"房东说，"林宇非还欠我两年的房租……"

"两年的房租？他一直没给你钱？"

"那倒不是。前两年，他的房租交得很及时。可是他离开以后，却不让我把房子租出去。他让我将屋子的一切保持原样，说等他将来发大财了，好回来忆苦思甜……他说他会每隔半年时间回来结算一次房租……他还拿走了门上的钥匙……”

子彤就想起总是挂在林宇非屁股后面的那把钥匙。

“你相信他？”

“相信啊！半年时间又不长。”房东说，“可是从那以后，我再也没有见过他。”

“那还不赶紧把房子租出去？”

“那就更不能租出去啦，姑娘。”房东说，“一旦我租出去，我就违约了。之前的房租，谁替林宇非还？”

“你是想租但租不出去吧？”子彤说，“刚才我听美莲姐说，前段时间你还想把屋子租给一个养狗的……”

“我可没有答应他！”房东解释着，“他是我一个亲戚，要出差一段时间，狗没地方放，想放这里养几天而已。养几天，不算我违反协议吧？看看，你怎么好像不相信我似的？我真的没有骗你。如果我骗你，我就是狗娘养的。”

她就是在骗子彤。反正她亲娘又没有听见。反正就算狗娘听见，也不会让她为说过的话负责。

“他既然打发你来续租，那他混得肯定还不怎么样。”房东说，“这样吧，你给我一年半房租算了。另半年，算我送给他的。”

子彤没有看到她与林宇非的协议，就把钱数给了她。她可不想多看一眼这个谎话连篇的女房东。

哪怕她自己谎话连篇。

“钥匙可以给我了吧？”子彤对仍然赖在门口的房东说，“现在我想收拾一下房间。”

子彤要搬过来。她没有开玩笑。当她听说这房子闲置两年，便有了与林宇非一起搬过来的打算。他相信当林宇非见到他所熟悉的木床、木椅、木梯、拳击袋、章子怡、吴倩莲……也许会想起从前。这时候，他身边最需要的，就是一个既可以随时提醒和启发他，又可以随时做记录的子彤大夫。

房东离开时，说了一句话。这句话让子彤高兴了半天又担心了半天。

房东说："你长得就像照片上的吴倩莲。"

细细琢磨，还真有点像。眼睛小，嘴巴小，鼻子小。再细细琢磨，又觉得乔娜像极了五官性感、身材修长的章子怡。四年以前，林宇非将章子怡和吴倩莲的照片一起贴上床头，这说明什么？说明他既喜欢章子怡又喜欢吴倩莲？说明他的审美取向是多方位的？说明他的潜意识里对小鼻子小眼小嘴巴的女人情有独钟？

或许他什么也没有想，什么潜意识也不存在。他只是去商店，说，来两张明星画。恰好那天商店里只剩下这两张。

与其说子彤在收拾屋子，不如说她在检查屋子。她从抽屉里翻到空烟壳，破袜子，鞋垫，方便面调料包，纸屑，铁钉，瓜子皮，瓶盖，照片……

照片！林宇非离开时，竟忘掉了他与乔娜的照片，这样的事情，有些蹊跷。照片上，林宇非搂着乔娜的细腰，表情快乐并且呆傻，乔娜似乎在轻轻挣扎，表情僵硬并且拘谨，两个人之间的距离，足可以开过去一辆火车。身后，明黄绚烂的油菜花，接了天际。

细看，却是撕开又粘好的。事情于是有了较为合理的解释——两个人闹了别扭，或林宇非或乔娜将照片撕成两半。后来林宇非有些后悔，便用胶水将撕成两半的照片粘好。至于他离开时为何将照片留在这里，也许是真的忘掉，也许是有意。——他对自己能够在两年之内赚到一笔大钱已经绝望，于是他留下照片，以祭奠他们的爱情。

也或者，明知自己要回来的忆苦思甜，屋子里留下一张照片，这屋子便看似有了主人。

更或者，他有一堆他们的合影。既然有一堆合影，为何又要带上这一张呢？姿势不亲密，表情不快乐，还是粘接起来的。看一遍，烦一次，何苦？

回去，子彤对林宇非说，要带他去看一个既熟悉又陌生的地方，林宇非问她："是我以前的住处吧？"

子彤张大嘴，刚想继续卖关子，林宇非此言一出，差点让她闪了舌头。

"你怎么知道？"

"昨天晚上回来，我想啊想啊，于是想到了木床，想到了木梯，想到我的拳击袋，还有章子怡和林心如……"

"是章子怡和吴倩莲。"

"还有一扇窗子。手帕那么大的窗子，挂在墙壁上。我记得我喜欢坐在木梯上，一边弹吉他，一边看行人在我的脑门上走过来走过去……"

"你还记起了什么？"

"好像有一张照片？"

"真有？"

"好像有，又好像没有。"林宇非用拳头顶着太阳穴，"我的头又开始痛了……"

子彤一边为他按摩，一边暗念"好险好险"。幸亏中午她找到一家婚纱摄影部，将照片扫描，将乔娜的脑袋PS成她的脑袋，冲洗，再将照片撕成两半，小心翼翼地粘好。婚纱摄影部很喜欢做这样的事，她们说几乎每一个月，都会有类似的莫名其妙的事情发生。一开始她们还好奇地问问，现在，她们只管认真做事，认真收钱。

他们是这个城市里讲职业道德的楷模。

子彤为照片加上一个相框，规规矩矩地摆上桌子。"我在抽屉里发现这张照片，我伤心了半天。想想以前，那么多风风雨雨都挺过去了，我想咱们的爱情，注定可以地老天荒。"当天晚上，与林宇非一起去收拾屋子时，子彤说，"于是我把照片拿出来，这样，咱们每天都能看到咱们的过去。也希望这张照片能够见证咱们的过去，祝福咱们的未来。”

子彤差点被自己的谎话感动得流下眼泪。

林宇非坐在床上，很久没有说话。他用拇指使劲摁着太阳穴，似乎对面前的一切，难以理解。“我以前真的住在这里，”他说，“现在看来，我那时的忍耐力，非同寻常。”他爬上木梯，坐下，抻起脖子往外看。“好像一切都没有改变，”他说，“我记起那家泡菜店了！还有那家理发店！糕点店！我想起来啦……”

林宇非冥思苦想，子彤辛苦劳作。她扫地，拖地，抹桌子，将纸壳箱一一踩扁，捆起，扔出去。收拾床底的时候，她发现一本书，用拖把将书扫出来，只打开一页，她就吓得差点软过去。是一本《苏菲的世界》，扉页上写着：祝宇非生日快乐。乔娜。

她把书藏到背后。

幸好林宇非还在抻着脖子往窗外看。

借口去洗手间，将书塞进坤包。书太大，坤包变得鼓鼓囊囊。于是整个晚上，她再不敢让坤包离开身体。

忙了一会儿，有些累，坐在椅子上喝杯水，突然发现桌面上刻了字。凑近细看：林宇非，乔娜。再凑近细看：一支利箭将两个名字射穿。

显然那支箭代表了丘比特的爱情之箭。

但对子彤来说，这支箭仿佛“嘶”的一声，射穿她的心脏。慌忙把水杯放到上面，说：“今天就这样吧！明天有时间的话，我再来收拾一下。”

“一起来吧。”林宇非坐在梯子上，纹丝不动。

“你来也是坐在梯子上发呆。”子彤掩饰着心中的慌张，说，“笨人帮忙，越帮越忙。”

林宇非“嘿嘿”笑，从梯子上下来。两个人往外走，走到门口，林宇非突然返回来，抓起子彤的水杯就是一大口水。

他喝水，子彤却差点呛着。

谢天谢地，他只是喝水。喝完水，水杯拍到桌子上，转过身就走。

子彤几乎晕过去。

3

趁林宇非不在，子彤又将一间小小的屋子检查了三遍。她抠掉桌面上的字迹，擦掉墙面上的涂鸦，掏空了屋角的老鼠洞，甚至用放大镜将椅子缝和床缝细细地查过一遍。她确信屋子里不再会留有乔娜的任何蛛丝马迹，她认为她正在将乔娜从林宇非的记忆里一点一点抹去。

将乔娜一点一点抹去，将银行卡一点一点填入。突然之间，子彤认为这两件事情，同等重要。

莫非爱上林宇非了？不可能。真的不可能。非常不可能。

子彤偷偷去饰品商店买回十八张吴倩莲的大幅美人照。她将美人照用烟熏黄，试图贴满整间屋子。她对林宇非说这是她在收拾旧纸箱时发现的，弃之可惜，不妨全贴上墙。她认为她的目的非常简单——不但将乔娜从这里彻底赶走，还要将乔娜的替身章子怡从这里彻底赶走，然后让她的替身吴倩莲充满整个世界。她问林宇非："这样行吗？"林宇非说："好啊。"

此时的林宇非，正在仔细研究他与子彤的"合影"。

——照片天衣无缝，就算他拿五十倍的放大镜研究，也不会露出破绽。

子彤爬上床，快乐地撕掉"章子怡"。一张薄纸片飘飘悠悠地降落。她愣了一下。

是一张借条。

借条藏在"章子怡"背后，紧贴着墙。不撕下它，永远不可能发现。

那是林宇非打给一个叫做邱芙蓉的人的借条。借条全文如下：今借邱芙蓉人民币三百元整，两年之内还清。后面，工工整整地写着林宇非的名字。名字上，一个鲜红的大手印。

一张借条，本来说明不了什么。林宇非住在这里的时候，穷困潦倒。问题出在借条的日期上。那是去年十一月份的一天，那个日子距离现在，不过半年。

那时候林宇非在干什么？在一个他一直回忆不起来的城市做生意。那时候林宇非的生意做得怎么样？据乔娜说，他给她发短信，说他已经赚足了几百万。一个有着几百万身价的年轻人，却要向别人借三百块钱，这件事，无论怎样，都解释不通。

更何况，他是偷偷回来打下的这张借条。——两年之内，不仅乔娜没有见他一次，连房东也没有见过他一次。

那么，似乎只有一种可能：林宇非是个穷光蛋。

他有八百万，是假的。

他在外面做生意，也是假的。

或许他根本没有做什么生意——他仍然在外面打工，生活更加落魄。他让房东为他留下这里，可能真的存在将来“衣锦还乡”跑过来显摆的幻想，也可能他只想在这个城市里，为自己留一个窝。

一个可以在这里休息几天的窝。

一个有四壁、有屋顶的窝。

尽管他的屋顶，就是别人的地面。

可是，果真如此的话，他的名牌内裤、名牌腰带、名牌袜子、名牌衬衫、名牌手表……这些怎么解释？

还有，乔娜这样聪明的女孩，也许会被一个只有五百万却号称拥有两千万的人骗了，或者会被一个只有两千万却号称拥有两个亿的人骗了，却绝不会被一个一无所有却号称拥有八百万的人骗了。

并且，如果林宇非真有骗她的打算，那他就不该带乔娜去北京开公司。

根本瞒不住的。

可是借条怎么解释？郑重并且隆重地借别人三百块钱怎么解释？日期是半年前怎么解释？这个邱芙蓉又是哪个林子的鸟？

林宇非的头开始痛，子彤的头比他还痛。

刚想喊林宇非过来看看，却发现林宇非一手举着相框，一手捏着照片，说：“这照片，怎么酸酸的？”

“什么酸酸的？”子彤的脑子里，还在想着借条。

“一股胶水味。”林宇非说，“就像刚刚抹上去的还没有干透的胶水味。”

智者千虑，必有一失。子彤只想到如何将照片PS得天衣无缝，只想到二十倍放大镜三十倍放大镜五十倍放大镜，却忽略了粘贴时的胶水。

七月，天潮；连绵雨，更潮；地下室，更更潮；照片装进相框，等同于密封起来。于是，尽管两天时间过去，胶水仍然没有彻底干透。

酸酸的气味。时间的气味。

欺骗的气味。

4

尽管后来子彤说那酸味其实是林宇非的汗酸味，但林宇非不可能不怀疑。

尽管后来林宇非说那张借条可能是他梦游时的杰作，但子彤肯定不会相信。

四百万巨款从借条掉落的那一刻起，重回它原来的位置。它距子彤非常之远，本来子彤几乎能够看到那些钞票的金属防伪线，闻到那些钞票油墨的幽香，现在，就算她打着望远镜，也找不到它们的影子。

子彤认为，她与林宇非都陷入到极端的混乱之中。

一起变得混乱的，还有吕啸。

用吕啸的话说：本来平静的日子，突然就变成了鸡毛炒韭菜——一团乱糟糟。

让子彤混乱的，还有呀呀。

呀呀这时完全可以离开，既然她对子彤来说，不再有任何价值。但呀呀偏不。

呀呀的态度，跟林宇非有关。

电话里，林宇非问呀呀是否认识邱芙蓉，呀呀说她只知道秋芙蓉。林宇非说晚上一起吃个饭吧！旁边的子彤就冲他递眼色。林宇非捂住话筒，说："你挤眉弄眼的到底是希望她来还是不希望她来？"子彤说："当然不希望她来。"林宇非说："她帮咱们这么大的忙，请她吃顿饭，应该的。"子彤说："不是请过了吗？"林宇非说："你有没有搞错？那次是呀呀花的钱。"

这次还是呀呀花的钱。老虎山的生态酒店，奇石，流水，植物葱茏。三个人仿佛置身于原始丛林，藏在枯树干里的喇叭，发出的声音时而布谷，时而斑鸠。

林宇非告诉呀呀，他和子彤马上就要搬回他原来的住处住一段时间，呀呀的筷子，就顿到了半空。

"八百万富翁住个狗窝？"

"住狗窝，就是为了找回这八百万。"林宇非说。

"你刚才说，你会和子彤分开睡？"

"中间隔一个屏风……"

"你当我白痴？"

"信不信由你。"

"假如你兽性大发呢？"

“很简单啊！挪开屏风就行了。”

呀呀瞅瞅子彤，子彤耸耸肩膀。呀呀瞅瞅林宇非，林宇非津津有味地啃鸭脖。

“到时帮你们搬家？”呀呀问林宇非。

“别别别。”子彤忙插嘴，“又脏又累的，你干不了。”

呀呀就盯着子彤的眼睛，笑。子彤心里发毛，如坐针毡，只好起身去洗手间。

呀呀抢过林宇非手里的鸭脖。“等会儿再啃。”她说，“问你个问题。”

林宇非擦擦嘴。

“我和子彤，谁漂亮？”

“你啊。”

“谁时尚？”

“你啊。”

“那你为什么喜欢子彤？当时，你和我分手的理由是——子彤比我漂亮，比我时尚。”

“是啊。我也感觉有点奇怪。”

“不是有点奇怪，是很多奇怪。”

“你什么意思？”

“子彤很多可疑。”

“哦？”

“不漂亮，不时尚，你竟然追她舍我，这是疑点之一；你追她两年，她却不知道你的住处，这是疑点之二；她写下协议，要分走你的四百万，这是疑点之三……”

“我能不能边啃鸭头边听？”林宇非喝下一口扎啤，擦着嘴角的泡沫。

“你从来不考虑这些问题？”

“是你多虑了吧？”林宇非说，“哪怕你的疑点再多，我只说一件事，就足以证明她是我女朋友。”

“什么事？”

“她陪我睡觉……”

“给嘴巴过瘾？”

“是真的。”

“那你就更亏了。”呀呀的底气，开始有些不足，“子彤这等于财色双收。”想了想，又说，“我还觉的，你有八百万的事情，也够呛。”

“以前我也怀疑，但是现在我相信了。”

“为什么？”

“因为我似乎很有经商头脑，”林宇非说，“比如我想开个网店，专营滨城的鱼干和鱼竿……”

“傻瓜都能想出来。”

“但买鱼竿，赠鱼干，很多人就不会想出来。为什么要赠鱼干？可以一边钓鱼，一边吃零食……”

“这也不稀罕。”

“但是，如果再搭配一本自印的小册子，教给钓友怎样自制鱼干……”

“先不谈你这些还没有实现的想法。宇非，现在你老老实实回答我，你真的相信自己有很多钱？”

“相信啊。”

“那你告诉我，借条是怎么回事？”

“三种可能。一，根本不存在邱芙蓉这个人。我夜里无聊难受，随便打个借条玩——三百块钱和邱芙蓉，都是我虚构出来的；二，有人模仿我的笔迹写下这个借条，目的只想拿我开心；三，真有邱芙蓉其人，也真有三百块钱其事。或许那天我们打牌，我输他三百块钱。我想耍赖，他不肯，于是我一气之下，打下这个永远不可能兑现的借条……咦？好像有点不对！呀呀，好像有点不对！”

“当然不对。”呀呀笑了，“如果是你借了邱芙蓉的钱，这张借条现在应该在他那里而不是在你这里……你现在还为自己的智商骄傲吗？”

“我脑残，我笨蛋。”

“可是你依然忽略了一个可能。”呀呀说，“比如这个邱芙蓉与你同居一室，或者她将借条藏到‘章子怡’的身后，而不是你……”

“怎么会呢？”林宇非说，“那里跟猪窝似的，绝不会有人愿意与我同居……”

“还有一种可能，邱芙蓉虽然把钱借给了你，却根本没有让你还钱的打算。于是，趁你不注意，将借条藏起来……”

“撕掉就行了，藏起来干什么啊？”

“这事你得问邱芙蓉。”

“呀呀，我的头开始痛了。”

子彤从洗手间回来，问他们聊的什么这样开心。

林宇非说：“呀呀夸你呢。”

呀呀说：“夸了一会儿，开始谈那张借条。”

林宇非说：“这张借条好像不应该在我这里。”

呀呀说：“而应该在借他钱的人手里。”

林宇非说：“也许它真的只是一个玩笑。”

呀呀说：“比如借条是林宇非半夜没事时胡乱写的。”

林宇非看着子彤，认真地问她：“元芳，你怎么看？”

子彤说：“我认为根本就不存在借条。借条是咱们三个人做梦做出来的。”

林宇非和呀呀一起说：“大人明察秋毫，真乃英明也。”

5

搬进地下室，中间摆一个竹屏风，林宇非与子彤，各自镇守半壁江山。地下室里闷热难当，空气混浊，蚊虫成群，子彤开始后悔她的选择。

本打算住满三个月的，但是现在，子彤一天都待不下去。好在原来的住处还空在那里，无论何时，她和林宇非都可以搬回去。

林宇非却好像无所谓的样子。每天，要么坐在木梯上往外看，要么坐在电脑前，设计他的网店。

网店开起来，销售鱼竿和鱼干。第一天就有生意，虽然只是很小的一单，但林宇非的嘴还是美得咧了一整天。是呀呀帮他搞到的第一手货源，同类产品中，批发价是最便宜的。每天上午，林宇非都会骑上一个破自行车，吹着口哨，一路铃铛，去海港商厦进货。林宇非喜欢把他的破自行车，叫做“卡迪拉克”。

呀呀每天都会等在那里，帮他选货，再跟他说两句话。

林宇非打货的门市，距离呀呀的韩国商品店，仅百步之遥。

子彤有了危机感。坐卧难安。

那天去洗手间，回来，躲在一堵绿萝墙的后面，偷听了呀呀与林宇非的谈话。她认为假如呀呀与林宇非继续下去，只有两种可能：一，呀呀与林宇非旧情复燃，她的计划被呀呀终结；二，呀呀将她的骗局揭穿，她的计划照样被呀呀终结。所以现在，她必须将呀呀从林宇非身边除掉。

就开始寻找呀呀的致命弱点。单独见了两次西门欢庆教授，她认为自己找到了。

呀呀是花痴。或者说，呀呀在处理情感问题上，弱智得一塌糊涂。

当然西门教授不会这样直接，“花痴”是子彤分析出来的。西门教授说呀呀在大学的时候，同时与好几个男生谈恋爱，林宇非不过是她的众多男友中的一个。不仅如此，近两年来，呀呀更换男友的速度，基本等同于“每周一歌（哥）”或者“半月谈”。她非常容易爱上一个男人然后厌烦这个男人或者被这个男人厌烦。比如他。

“你？”子彤盯着年过花甲的西门教授，目瞪口呆。

“哪里不可以？”对于子彤的过激反应，西门教授也有些目瞪口呆。

子彤决定让吕啸摆平呀呀。方法很简单，林宇非去进货时，吕啸尽量拖住呀呀，让她无暇与林宇非说话，直到他们的计划顺利完成。吕啸说这不是长久之计，让林宇非放弃网店才是上策。子彤说：“放弃网店？我继续养着他？”吕啸说：“是我们。”子彤说：“让他有点事情做，对记忆恢复也有好处吧。”吕啸还想争辩，子彤说：“如果你想让我和林宇非在同一间屋子住一辈子，你就拒绝。”吕啸撇撇嘴，不吱声了。少顷，他问子彤：“怎么拖住她？”子彤说：“去她的店里，问这个问那个，拿起这个放下那个，别真买就行。”吕啸说：“美男计行不行？”子彤说：“随便你。”

吕啸就每天按时出现在呀呀的韩国商品专卖店里。他拿起咖啡又放下咖啡，拿起指甲钳又放下指甲钳，拿起大麦茶又放下大麦茶……他向呀呀咨询清酒的饮用方法，向呀呀咨询韩国咖啡的含糖量，又问呀呀能不能从她这里批发点东西，价格能不能全市最低，将呀呀哄得团团乱转。但是，不过三天，呀呀便开始怀疑这个吕啸必有目的。

“你好像没在我这里买过一分钱的东西。”呀呀说。

吕啸说：“ESSE 香烟，给我拿一包。”

呀呀就给他拿了一包。他看看，说：“我想要蓝盒的。”

呀呀就给他换了蓝盒的。他再看看，说：“不要带薄荷的。”

呀呀挑着媚眼，看他半天，说：“你是不是在追我？”

吕啸拆开烟，弹出一根，说：“正有此意。”

呀呀说：“那晚上请我喝咖啡？”

吕啸点上烟，深吸一口，说：“正有此意。”

晚上，两个人真的去了“上岛咖啡厅”。吕啸为两个人点了两杯极品蓝山、两杯新加坡司令、两杯蓝色玛格丽特、两杯红纯橙汁，又吃掉两份干椒牛柳饭。饭间，吕啸问呀呀：“那个骑辆破自行车却偏偏说自己开的是‘卡迪拉克’的大傻帽是你男朋友？”呀呀说：“前男友。”吕啸说：“那我就放心了。”呀呀说：“前男友还是现男友，关你何事？”吕啸说：“是前男友，我才可以追你啊。我这个人，很厚道的。”呀呀冲他羞涩地一笑，红唇灿烂。

结账时，吕啸做一个掏钱的动作，呀呀马上冲上前，说：“我有卡。”吕啸问：“消费卡？”呀呀说：“银行卡。”吕啸耸耸肩，说：“怎么能让女孩子花钱呢？”却把已经掏出半截的钱包，重新塞回口袋。

当天晚上，吕啸热烈地亲吻了呀呀。他衷心感谢子彤和林宇非，他觉得美男计是世界上最美好的一计。

当然前提是，他是美男。

6

子彤抱一个西瓜去拜访邻居陈美莲，那时候陈美莲正在给她的丈夫拔火罐。她的丈夫又黑又瘦，躺在床上，就像床上摆了一根烧火棍。陈美莲说，这四年来，除了偶尔出去爬爬山，散散步，钓钓鱼，她和丈夫很少离开这间屋子。

“作家？”尽管明知此事必有特殊缘由，子彤还是跟陈美莲开着玩笑。

“我在帮他戒毒。”陈美莲说，“四年了，我想现在，应该差不多了。”

陈美莲给子彤讲他们的故事。她说多年以前，她的丈夫开了一个海鲜酒楼，她是酒楼的迎宾，每天穿一个碎花旗袍，大门口亭亭玉立。有一天她丈夫喝多了酒，恰逢那天她值晚班，丈夫就把她按在包厢的大转桌上“要了她”。那时丈夫很年轻，很帅，身体也好，她认为他们的交合，并非一件坏事。事实上丈夫很早就喜欢她，她也喜欢丈夫，只不过，一层一捅即破的窗户纸，没有捅破而已。

半年以后，两个人结了婚。婚后丈夫开始做海鲜批发生意，酒楼扔给她打理。丈夫的生意越做越好，人也变得越来越忙。慢慢地，她发现，丈夫回家变得越来越晚，有时候，即使回来得早，也是异常疲惫，魂不守舍。与大多女人一样，她认为丈夫可能有了外遇，旁敲侧击，直言不讳，又偷偷跟踪过几次，却并没有发现什么。但丈夫的身体越来越差却是不争的事实。有时候，夜里，丈夫的身体会突然爬满鸡皮疙瘩，又开始流泪、出汗、流鼻涕、恶心、呕吐、腹泻……找个借口出去一趟，回来时，人就变得精神了许多。

于是她想到了毒品。

丈夫当然不承认。可是他贩海鲜赚到的钱，常常莫名其妙不知去向。后来，丈夫干脆一分钱都不再交给她，不仅如此，还常常向她要钱，说海鲜生意不好做，他得押上些本钱做邮票生意和黄花梨生意。问他是否在吸毒，丈夫仍然不承认。可是终有一天，她在家里发现吸管、冰壶和水葫芦瓶子，她将这些东西扔到丈夫面前，丈夫开始以头撞墙。

丈夫说他只是好奇，可是就那一次，他就上瘾了。他说他想不到世界上还有一次就会上瘾的东西。

她求他，别再碰毒品。无论如何难受，都不要碰。他说，好。第二天，仍然偷偷吸。她说，你不为自己着想，也得为我和孩子着想。毒品这东西，戒不掉的话，轻则倾家荡产，重则家破人亡。他给她跪下，说，好。第二天，仍然偷偷吸。终于有一天，他背着她兑出酒楼，那是他能够搞到毒款的唯一办法。半个月以后，她决心陪他戒毒，直到他完全戒掉毒瘾。

半个月里，好几次，她想到了离婚。可是她认为，丈夫离开自己，肯定会活不下去。吸毒者为了搞到钱，会说谎、诈骗、卖淫、偷盗、抢劫、杀人——毒瘾是藏在身体里的魔鬼，终会将吸毒者驯服。

她怕。所以她得留下来。所以她得把丈夫留下来。

“我把房子卖掉了，然后我们搬到了这里。”陈美莲笑着对子彤说，“四年来，我们就靠着这笔卖房款过日子。”

“大哥他现在……怎么样了？”子彤问。

“很好啊。”陈美莲说，“能吃能睡，就是还有一点瘦……这几天我陪他去了两趟码头，我想他可以重新开始他的生意。”

男人盘腿坐在旁边的床上，翻着一本《深爱》杂志。他读得津津有味，对陈美莲和子彤的话置若罔闻。后来他起身为她们开瓜，西瓜在他的刀下，听话地变成均匀的薄片。他将西瓜盛到一个小小的青花瓷盘里，又在每一块西瓜上，插一根青花瓷的水果叉。

似乎，即使住在地下室里，两个人的生活也颇为讲究。

待西瓜吃得差不多了，子彤开始向陈美莲打听林宇非住在这里时候的故事。陈美莲说也没什么故事，只知道他每天睡得很晚，起得很早，据说在做什么生意，却越做越穷。“你是他女朋友，你应该知道。”陈美莲说。

子彤当然知道。乔娜告诉过她。那时的林宇非做木材生意，做钢材生意。可是两年下来，他硬是一方木材也没有见到，一根钢材也没有摸到。买空卖空，打时间差，赚取差价，这样的事情，想起来无比美好，做起来无比艰难。

子彤问：“他一直一个人住？”陈美莲说：“是啊。”子彤说：“他离开时，有没有告诉你们他要去哪里？”

陈美莲想了想，说：“他说过，可是我记不起来了。好像有个‘海’字。”

子彤问：“上海？”

陈美莲说："好像是。"

"珠海？"

"有点像。"

"北海？"

"沾点谱。"

"青海？"

"也像。"

"琼海？"

"别问了。时间过去这么久，我真的想不起来了。至于他到底去了哪里，你可以问他。"

子彤就把林宇非失忆的前后经过讲给陈美莲听。陈美莲说："那你可得好好照顾他……恢复记忆，应该比戒掉毒瘾容易吧。"她扭头看看她的丈夫，说，"老邱，你去烧几个菜。"又对子彤说，"留下来一起吃饭吧。"

子彤急忙摆手，说林宇非去买菜了，马上就要回来。走到门口，突然想起刚才陈美莲叫她丈夫"老邱"，顿住脚，心里蓦然一道闪电。

"大哥他，怎么称呼？"

"叫他老邱好了。"

"邱，什么？"

"邱明。"

"有没有什么外号？比如，邱芙蓉……"

"哈，倒不错，挺文艺的。"陈美莲笑着问老邱，"要不以后就叫你邱芙蓉？"

7

子彤记得在北京时候，乔娜曾经告诉过她，林宇非失踪的两年时间里，给她打过两个电话。虽然他用了固定电话，但是，假如乔娜留意，她完全可以查到他所在的城市。

问题是，现在的乔娜如同两年以前的林宇非，人，以及电话，一起消失得无影无踪。

所以说，一个人如果有了失踪的打算，那么至少，他（她）已经失踪了一半。

可是那天，非常意外地，子彤接到乔娜的电话。

头顶的吊扇慢悠悠转动，薄薄的屏风安于职守。听到手机铃声，子彤闭着眼睛摸到电话，闭着眼睛打开床头灯。然后，她将眼睛睁开一隙，迷迷瞪瞪地瞅一眼电话，整个人就从床上坐起来。号码是陌生的。北京的区号。

子彤豪无理由地想起乔娜。

接起来，果然。电话那端的乔娜，似乎喝醉了酒。

"是你吧子彤？"

"稍等你这个混蛋。"子彤慌慌张张地趿了拖鞋，蹑手蹑脚地走出屋子。

"你和宇非在一起吧？"乔娜感觉灵敏。

"你把他扔给我，不怕遭报应？"

"我可没把他扔给你，是你愿意跟他在一起。"隔着电话，子彤也能够闻到一股浓重的酒精气味，"我猜对了吧？在北京我就能看出来，你喜欢他，他也喜欢你……"

"别为你的自私和无耻寻找借口。"子彤说，"假如没有那个开宾利的高富帅，你绝不会离开宇非。"

"首先，我有选择幸福的权利。其次，你没有资格充当道德卫士。"乔娜说，"因为我知道，现在，你心里肯定挺感激我的……如果我不离开，你怎么钻空子？"

"请你注意措辞！什么叫我钻空子？你绝情地把宇非孤零零扔在北京，你让我怎么办？我必须照顾他……"

"我相信啊。我相信你当时替我照顾他，只是因为善良。可是我还知道，现在，你对他，开始有目的了。女人对男人嘛，目的无非两个：一是情，一是钱……"

"小看我了吧？"

"子彤，你和宇非离开北京以后，我去过一趟医院，医生将所有的一切，全都告诉我了。他说你们会回到滨城，还说你装成他的女朋友，将他哄得团团乱转。现在，子彤，你就是之前的我，宇非没有失去记忆之前的我。并且我相信，当宇非好起来，绝不会怪罪你的。他会分给你一些钱，算是报答……甚至，他会一直爱你，像现在这样爱你，那笔钱，就变成了你和他的共同财产了。你敢说你没有这样想过？子彤，你比我聪明得多……"

"我可没有你想象得那么龌龊。"子彤的额头上，冒出冷汗，"我只是帮他。"

"但愿如此吧。"乔娜说，"祝你成功。"

十几秒钟的沉默。

"乔娜，问你两件事情，念在我们朝夕相处了半个月，你告诉我实话。"

"没问题啊。"

"林宇非真的有八百万？"

"这不用怀疑。他是提着八百万现金回来的。那天他睡在我那里，我们将钱铺了满满一床。他之所以这样做，是为我。我曾经对他说过，我此生的最大愿望，就是想躺在钱堆里睡上一觉。不过子彤，你别害怕，那天晚上，我们什么也没有做……也许任何人躺在钱堆里睡觉都不会做出任何事情……那是一种非常奇怪的感觉：恐惧，虚无，忐忑，慵懒，飘上天空，坠落地狱……怎么也睡不着……宇非也睡不着……我不知道他睡不着，是因为钱，还是因为我……我对他说，睡不着的话，咱俩数绵羊吧？他说，好。我数起来：一只羊，两只羊，三只羊……羊，羊，羊……林宇非果然睡着了。我听到他在梦中说：恒源祥……”

“那两年，林宇非到底去了哪里？”

“虽然他从未告诉过我他到底去了哪里，不过，记得我跟你说过，两年里，他给我打过两个电话。两个电话都来自上海，我记得特别清楚，错不了的。”

“就是说，他去了上海，然后用了两年时间，赚到八百万。”

“也许是，也许不是。比如他只是在上海给我打来电话。我的意思是，如果一个人不想让你找到他，他会想尽一切办法混淆你的视线。或许他去上海只是办事，而他做生意的地方，却是另外的城市……苏州？南京？郑州？济南？长沙？武汉？广州？本来他很快就要跟我说的，谁知他竟失去记忆……”

又是十几秒钟的沉默。

“你现在，与你的大款，还好吧？”

“还好。”乔娜说，“他送了我一辆车子，还有一套房子。”

“还有呢？”

“还有，我发现他有情人。”

“谁？”

“我。”

“你？”

“我。认识我之前，他已经结婚……”

沉默。

“不过，子彤，我认了。”乔娜说，“算是有得有失吧。我只是失去了自我，却得到了车子，房子，满屋的玫瑰，首饰，穿不完的名牌，佣人……子彤，我能怎么办呢？跟他分手？我不甘心。回来找宇非？不可能。所以你不要害怕，我不会回来的。就这样了，我不过失去了自我，却得到了很多……”

但子彤认为，她什么也没有得到。一个人，不管得到了什么，哪怕整个世界，只要失去自我，就等于一无所有。

因为“我”不存在了。

这样简单的道理，也许很多人，一辈子都不会真正理解。

或许，包括她。

可是今夜，乔娜为何会突然给她打电话？

乔娜说，她给子彤打电话，只为请求子彤的原谅。“当然，如果将来宇非的记忆彻底恢复，也请他原谅。”说到这里，乔娜开始哭泣。她说现在的北京，细雨绵绵。

她冷。

“你可以亲口跟他说。”子彤说。

“你们永远也不会找到我，我也永远不会再打扰你们。”乔娜说，“祝你们幸福。”

电话就这样挂断。再打过去，对方不耐烦地说，“公用电话。”

独自发了一会儿呆，回去，走得蹑手蹑脚。看林宇非，正坐在床上，揉着眼睛，问她：“深更半夜干什么呢？”子彤说：“接了个电话。”林宇非问：“谁打来的？”子彤说：“北京那个护士。”林宇非问：“干什么？”子彤说：“嘱咐我一些注意事项。比如别让你太累，别让你胡思乱想。”林宇非打一个哈欠，说：“我还记得她，叫乔娜，长得挺漂亮。”

重新躺下来，却怎么也睡不着。听见屏风那边，也是“吱吱呀呀”响得连贯。子彤问：“睡不着？”林宇非说：“有点困难。”子彤说：“那我们数绵羊吧。”林宇非说：“好。”子彤说：“一只羊，两只羊，三只羊……”

林宇非一边打着呼噜，一边说：“羊羊羊，恒源祥。”

8

冷馨的恐惧并未因江岸锲而不舍的安慰和体贴减少分毫。相反，她越是劝自己“不要怕”，越是害怕，越是劝自己“慢慢放开”，越是缩成一团，浑身发冷。只要江岸试图亲吻她，爱抚她，进入她，江岸就变成了小辉。小辉露出狰狞的表情，鲜血和脑浆抹了一脸。

江岸理解她，在乎她。江岸对她，更加温柔，更加小心翼翼，更加努力装作毫不在乎。但是她知道，江岸不可能不在乎。江岸是男人，江岸有男人的需求。江岸是她的丈夫，她应该将自己的身子毫无保留地献给他。可是，不行。不行。不行。不行。小辉的脸总会叠加上江岸的脸，小辉的身体总会叠加上江岸的身体。她怕，怕成一块永远不会烧红的铁，一块永远不会融化的冰。她内疚至死。恐惧至死。

于是那天，在夜里，她对江岸说：“咱们做个游戏吧。”

江岸说：“好啊。”

她就拿出事先准备好的绳子，让江岸将她绑上。“我给你表演一个逃脱术，”她说，“你学着电视上那样，把我的两手绑上床头，两脚绑上床尾。你让我的身体成为‘大’字形，然后你闭上眼睛。当你的眼睛重新睁开，我会站在你的身后。”

江岸当然不信。

于是，他真的将冷馨绑起。他绑得松松垮垮，随便是谁，在这样的捆绑之下，都能够轻而易举地完成“逃脱术”。冷馨说：“紧一点……再紧一点……还要紧一点……”江岸便感觉到有些不太对劲。

“你想干什么？”江岸盯着她的眼睛。

“绑紧我。”

“我是问，你心里在想什么？”

“绑紧我，然后，你强迫我。”

“强迫你？”

“你不必顾忌我的感受……”

“你疯了吗？”

“我没有疯，江岸。我想过了，也许只有这样，我才能给你。”

“你在胡闹，”江岸开始给冷馨松绑，“如果我真的这样做，我就成畜生了。并且，你的阴影不但不会消失，反而会越来越清晰……”

“不会的，江岸，咱们可以试一试。”冷馨挣扎着，却是为了阻止江岸给她松绑，“我想我一直拒绝你，是因为我们没有第一次。有了第一次，我想以后，我就不会再恐惧吧。我为什么还要恐惧呢？你是我的丈夫，我们已经有过一次……”

“可是我不能……”

“求求你，江岸，试一次，就一次，好吗？”冷馨说，“其实，就算我没有那次经历，也会恐惧。绝大多数女人都不会有那样的可怕经历，可是第一次，哪怕是与自己的丈夫，仍然会恐惧，是不是？第二次，就会好很多。第三次，就会变得快乐。是不是？江岸，咱们试一次。就一次，好不好？”

江岸被她说动。他想或许冷馨说得有些道理——其实，让冷馨恐惧的，既不是他，也不是性爱，而是那个雨夜，那三个男孩。也许，采用一种最直接的方式，让冷馨知道他的身体并非那样可怕，性爱也并非那样可怕，对冷馨来说，就是突破了那一道障碍吧？

他将冷馨绑紧，再绑紧。他流着眼泪，做完了这些。

他脱掉自己的衣服。他看到冷馨开始发抖。他脱掉冷馨的衣服。他看到冷馨流出眼泪。他趴到冷馨身上。他感觉到冷馨身体的冷。每一个关节都寒彻骨髓。每一处肌肤都寒彻骨髓。每一个毛孔都寒彻骨髓。他吻冷馨的嘴唇。她的嘴唇寒彻骨髓。他吻冷馨的眼泪。她的眼泪寒彻骨髓。他认为冷馨已经死去。或者，死去的冷馨，已经冰封多年。

冷馨说：“你来。你来。”声音颤抖。那声音来自遥远的雨夜，地上污水横流，空中血色星辰，面前，三张稚气未脱的脸。

江岸终于放弃。他是她的丈夫，不是强奸犯。冷馨是他的妻子，不是充气玩偶。冷馨开始哭泣，从无声到有声，从有声到哭号。

江岸将冷馨拥入怀中。他说：“不怕。不怕。总会好起来的。”

9

那夜，江岸与冷馨和衣而眠。梦里，三个男孩对冷馨穷追不舍。

那夜，林宇非第一次清晰地梦见乔娜的模样。乔娜端一杯红酒，露着性感的小腿，晃啊，晃。

那夜，吕啸对呀呀说：呀呀，我的呀呀，你就是我的女神。

那夜，乔娜将玫瑰花瓣一片片扯下，塞进嘴里，慢慢咀嚼。她用一口酒将花瓣送下。她噎出了眼泪。

第七章 扑朔迷离

然不管如何，子彤知道，现在，她已经走出太远。或者说，假如最开始，她还不过是将林宇非当成舞台上的一个木偶进行摆布和戏耍，那么现在，她也变成了木偶。与林宇非同台演出的木偶，顺着台词，对着花枪。更可怕的是，即使无人操纵他们，他们也得将表演进行到底。

表演的目的，只为取得对方最彻底的信任，然后将对方最彻底地击败。

甚至，说不定，林宇非早已发现她的诸多破绽。他不说，只是他认为时机还不成熟。

他仍然在等待机会。等待他痊愈的机会。或者，等待他再一次羽翼丰满的机会。

到那时，他就会选择离开，或者选择世界上最恶毒的报复。

1

一连三天，林宇非都梦见了乔娜。乔娜穿的不是护士服，而是香奈尔。乔娜不是护士，而是白领。夜里，乔娜换上漂亮的露脐装，站在他的面前。她打开，旋转，微笑，旋转，脚尖轻点，旋转，美目盼兮，林宇非神魂颠倒。醒来，看一眼手帕般的窗户，两只脚走过去，又两只脚走过去。高跟鞋“踢嗒踢嗒”，旅游鞋“嘎嗒嘎嗒”，千层底“哗嗒哗嗒”，夹趾拖鞋“唰嗒唰嗒”，男人或者女人，穷人或者富人，年轻人或者老人，或匆匆忙忙，或慢慢悠悠。他们的脚下，踩着他的天空。

扭头看，屏风一捅即破，屏风坚不可摧。

网店开到半个月，林宇非想送子彤一件礼物。子彤说你发财了？林宇非说：“小有盈余，小有盈余。”然后他开始给子彤描述网店的美好前景，他说照现在的经营状况，每个月将营业额翻一番没有问题。如此，一年以后，两年以后，三年以后……不可估量，不可估量。还可以开个实体店，也保证每个月的营业额翻一番，如此，一年以后，两年以后，三年以后……不可估量，不可估量。等发展到一定规模，就可以当一个甩手掌柜，搞连锁，收加盟费，或者提取连锁店年利润的百分之二十。如此一年以后，两年以后，三年以后……不可估量，不可估量。那八百万算什么？对他来说，小钱而已。就算最终找不回来，他也认了。

“你认了，我可不认。”子彤说，“里面还有我的四百万呢。”

林宇非“嘿嘿”笑。可恶并且可爱的眉毛，一高一低。

他要带子彤夜钓。子彤说月黑风高的，你想干什么？林宇非说：“茫茫大海，一叶孤舟，两个人，一件礼物。”子彤说：“一定要夜钓？”林宇非说：“刺激一下不好？”子彤说：“走啊！”

子彤对夜钓兴趣不大。让她感兴趣的，是孤舟上的礼物。

很刺激，很浪漫。

租一叶钓鱼船，穿好救生衣，下海。钓鱼船是机动船，三个小时加上一个开船的船工，一百五十块钱。林宇非告诉子彤，近来，他常常梦见自己在大海里钓鱼。“其实大学时候，我就常常跑到幸福公园那里钓鱼，”林宇非说，“我的最高纪录，三个小时，五十公斤鲐鲅。”

子彤说：“别吹牛，今天你能钓上半斤就行了。”

林宇非说：“现在不是钓鲐鲅的季节。”

子彤说：“现在是钓什么鱼的季节？”

林宇非冲子彤眨眨眼睛。“美人鱼。”

虽未钓到鲐鲅，但林宇非的钓技，的确非同一般。只一会儿工夫，他就钓到十几斤黑鱼，十几斤黄鱼，还钓上一只约三两重的大螃蟹。在他的帮助下，子彤也钓上一条约一斤半重的大黑鱼。子彤兴奋得哈哈大笑，小小的钓鱼船左摇右晃。船工瞪她一眼：“你不要命了？”子彤吐吐舌头，安静地坐下来。

“这几天，我总是梦见那个乔娜。”林宇非盯着浮在海面的瓷盘般的月亮，“现在，我能够回忆起来我和呀呀分手以后，又有了女朋友。可是子彤，不管是在梦里，还是在记忆里，我的女朋友都不是你的模样，而是乔娜的模样。子彤你说我怎么回事？吃着碗里的看着锅里的？你说我是不是挺闷骚？”

“不仅闷骚，简直是闷骚界的奇葩。”子彤说，“你念念不忘乔娜，还不是因为她长得比我漂亮？”

“那我怎么不梦见章子怡？”林宇非说，“这跟漂亮没有关系。”

“也许是这样的，宇非。”子彤将脸转向一边，她不想林宇非看到她的表情。“你想想，你从医院里醒过来，第一眼看到的人是谁？是乔娜。

所以你的脑子里，就牢牢地记住了她，喜欢上了她。这跟小孩子呱呱落地以后，第一眼看到了谁，长得就会像谁是一个道理。小孩子第一眼会看到谁？当然是妈妈，或者爸爸。为什么会有小孩子长得像舅舅，那是因为他第一眼看到的人，就是舅舅……”

“像邻居的呢？”林宇非开始坏笑。

“第一眼看到邻居啊。”子彤没有反应过来。

“像送奶工的呢？”林宇非乐不可支。

子彤这才反应过来。刚想掐林宇非一下，一条黄鱼上钩。

一个地方钓得差不多了，林宇非建议船工再换个地方。船工驾驶着小船，窜出几百米远，船慢慢停下来，然后，在海面上无可奈何地打起了转。船工试了两次，扭头冲林宇非和子彤说：“应该是有缆绳缠住了螺旋桨。”

“咱们，没事吧？”子彤有些紧张。

“没事。”林宇非握住子彤的手，“这种事情，常发生的。”

子彤愣了愣，使劲儿抽出手。

船工取了刀子，跳进大海。林宇非对子彤说：“凭我的经验，他得出来换气三次，才能将螺旋桨修好。每一次，四十秒钟。”

子彤盯着深不可测的大海，有些紧张。

林宇非于是取出他的礼物。是一个很小的首饰盒，缠了蝴蝶结造型的粉红色丝带。子彤将盒子打开，她看到一枚小小的戒指。

细密的花纹，优雅的弧线，时尚的造型，镶钻。

子彤心跳加速。她将戒指捏起，迎着月光，细细看。

船工第一次上来唤气。正好四十秒。

“别看了。”林非宇冲她笑笑，“假的。”

子彤说：“哦。”虽有些小失望，仍然很高兴。

“等我再赚些钱，就给你买个真的。”林宇非说，“周大福，怎么样？”

子彤说："只要你给我买，别说周大福，就是周扒皮，我也喜欢。"说着，将戒指重新装进首饰盒，缠好丝带，小心翼翼地揣进坤包。

船工第二次上来唤气。时间，四十秒。

林宇非盯着子彤，子彤盯住林宇非。林宇非慢慢靠近子彤，子彤问："干吗？"身体后仰，脚下却并不动。林宇非一点一点逼近她，逼近她，两个人的嘴唇，几乎碰到一起。

大海辽阔，海水深蓝。月如圆盘，疏星寥落。小船轻轻地荡。子彤听到林宇非浓重的呼吸。

嘴唇相触的瞬间，船工的脑袋猛然从海水里冒出。

子彤受到惊吓，急忙将身体撤开半步。她脸颊滚烫。

林宇非不满地对船工说："伙计，你倒是待够四十秒啊。"

船工抱歉地冲两个人笑笑，说："不好意思，我是出来打酱油的。"

2

林宇非每天都要忙到很晚。对他的网店，他几乎倾注了所有心血。他亲自拍摄每一张图片，一遍又一遍地用光影魔术手处理，直到照片变得完美无瑕，才肯发布。

有一次他虚心向子彤请教："你会不会 PS 照片？"

子彤吓了一跳："PS？"

林宇非说："加加饱和度，改变一下色相，抠个图什么的。打个比方说吧！"他伸手一指那张他和子彤的"合影"，"把你的脑袋抠走，换上乔娜的脑袋，就叫做 PS。"

子彤说："快别说了。怪吓人的。"

是怪吓人的。吓个半死。她发现自己，真的干不了坏事。

问题是，现在她所做的事情，不仅是坏事，并且是很大的坏事。夜里，子彤将林宇非送她的戒指戴上手指，那只手，立刻重得抬不起来。

得感谢那个船工。否则，万一她和林宇非真的在茫茫大海上拥吻，她不知道自己是否还有将计划进行到底的勇气。

那些天，林宇非的记忆终于有了慢慢恢复的迹象。他不仅回忆起他常常去海边钓鱼，还回忆起海鱼的诸多烹饪方法；他不仅回忆起他常常去灯塔下面远眺大海，还回忆起他以前埋藏在沙子里的好酒；他不仅回忆起他有女朋友，还回忆起女朋友的模样……这才是子彤所担心的。——假如这样拖下去，她与吕啸的计划的最终败露，不过是时间问题。

子彤将担忧跟吕啸说了。

吕啸说："所以我们得抓紧。"

子彤说："近来你似乎挺忙？"

吕啸说："你以为摆平呀呀是一件很简单的事？"

子彤说："那你以后不必再去缠着呀呀了。"

吕啸说："你吃醋了？"

子彤说："宇非在大世界商贸城找到了更好的一手货源。"

吕啸一拍大腿："我早就盼着这一天了。"

吕啸早就怕着这一天了。以后几天里，他照常与呀呀约会，照常请呀呀喝茶、吃饭、看电影、打保龄球。说是他请，多是呀呀埋单。埋单让呀呀有成就感，她认为自己控制了男人。

吕啸与呀呀去"红番茄酒吧"喝酒。

服务生问吕啸："二大爷，来点什么？"吕啸说："两瓶长城干红。"服务生走后，呀呀问吕啸："他怎么叫你二大爷？"吕啸说："因为我常来这里消费，但消费不高，所以不能称'大爷'，只能称'二大爷'。"一会儿服务生端来红酒，对吕啸说："二大爷慢用。"呀呀喊住他，说："二大爷挺难听，直接叫'二爷'行不行？"服务生说："不行。”呀呀问：“为什么？”吕啸便一个劲地冲服务生挤眼。服务生说：“你再怎么挤眼，也是林宇非他二大爷。”

呀呀看着吕啸：“你是林宇非他二大爷？” 吕啸说：“别听他开玩笑。”又冲服务生的背影说，“你二大爷的！”

呀呀没有多问。

回去，吕啸约呀呀去他那里坐一会儿，呀呀就去了。吕啸让呀呀上床坐一会儿，呀呀就上了。吕啸让呀呀脱去外套凉快一些，呀呀就脱了。吕啸咽一口唾沫，说：“干脆你脱光了吧。”呀呀说：“那你闭上眼睛，我给你表演个美人出浴。”吕啸刚刚闭上眼睛，脸上就挨了一记“呀呀式耳光”。之所以说是“呀呀式耳光”，是因为那手并没有完全伸展，而是形同鹰爪。其结果，吕啸脸上连皮带肉，被呀呀挠下来五条。

吕啸捂着脸，说：“你喜欢粗暴吗？”

呀呀咬牙切齿：“你二大爷的！”

呀呀确信这件事情与子彤有关。找个机会跟林宇非说了，林宇非却不以为然。“他肯定是追子彤不成，于是只好退而求其次了。”

“那么你告诉我，他是你二大爷是怎么回事？”

“开玩笑呗！”林宇非说，“我记得我在酒吧上班的时候，我们都互称二大爷。”

“就是说，你仍然认为这个吕啸和子彤不可疑，仍然认为子彤一直是你的女朋友，对吧？”

“当然啊。”林宇非说，“这有什么可怀疑的？”

“那好，林宇非，现在我开始追你，你认为我会不会有机会？”

“前几天我送给子彤一枚钻戒……”

“呸！以为我真想追你？从当初咱俩分手的那一天起，我就暗自发誓，这辈子，再不会理你……”

“可是你还是帮了我不少忙。”

“以后不会了。以后，我既不会再帮你的忙，也不会再管你的闲事。

但是，林宇非你给我听着，我觉得那个子彤，必有很多阴谋。”

“爱情本来就是一场阴谋……”

“也许她对你，根本没有爱。”

“那她为了什么？”

“钱！你的虚无缥缈的八百万。”

“扯淡。”林宇非说，“你能不能别用这种恶毒的想法来猜测别人？”

“但愿我是错的……”

“你肯定是错的。”

“不跟你磨牙了。祝你和子彤，能有个好的未来。”

“谢谢。”

“再见。”

“再见。”

“再见。你二大爷的。”

嘴上虽然不信，心里却开始打鼓。吕啸，这个一直在追求子彤的可疑男人，突然开始追求呀呀。这件事情，太过巧合。

太过巧合的事情，便失真，便不可信。

想问问子彤，又想算了。假如此事果真是呀呀所说的阴谋，那么，问了，不如不问。

不妨想想别的办法，敲山震虎。

比如，要求见见子彤的父母。

子彤听了，连连摇头。“这可不行这可不行，”子彤说，“我父母一直反对咱俩在一起，只是你失忆了，不记得而已。”

“他们为什么反对？”

“因为你好色。”

林宇非撇撇嘴，可恶的眉毛一高一低。“我好色，你妈怎么知道？”

“脸上带着呢。”子彤狠狠地掐他一下，“见到美女，眼珠子就直了，嘴角就淌口水……”

“见到烤鸭我也是这样。”林宇非说，“我得去上货了。”

骑上自行车，车铃响了一路。心里，却变得七上八下。他拒绝相信呀呀，他不想受到欺骗。假如当他终于明白这一切不过是个骗局，他想，他会生不如死。

或者，当某一天，当他知道子彤原来并不爱他，当他知道子彤为他所做的一切都是为了黑掉他的钱，他想，他会直接抄一把菜刀，抹了脖子。

至于是抹自己的脖子还是抹子彤的脖子，暂时他还没有考虑好。

回去，盯着满满一墙的吴倩莲，突然觉得章子怡也挺漂亮。

便商量子彤，能否为章子怡留出一席之地。

子彤说：“想都别想。”

林宇非说：“现在这样子，太单调了。并且，盯时间久了，难免会审美疲劳。”

子彤说：“你是指我，还是指吴倩莲？”

林宇非说：“当然是吴倩莲。”

子彤说：“那我呢？”

林宇非说：“读你千遍也不厌倦，读你的感觉像三月……”

子彤说：“既然如此，就换掉一张吴倩莲，换上一张我。”

林宇非仰天长叹：“吾命苦矣。”

命再苦，子彤已经决定，便不可更改。后来林宇非学着腾讯的腔调告诉邱芙蓉：那一天，我们不得不做出一个艰难的决定……

当然换掉以前的那张。那张已经泛黄，与一墙崭新的吴倩莲，不太协调。

哪怕她们是同一个人。

将泛黄的吴倩莲慢慢揭下，一纸借条忽忽悠悠地飘落到子彤和林宇非的面前。

皆大惊。

拣起来，见上面写着：今借林宇非人民币一百万元整，半年以内还清，不计利息。借款人：邱芙蓉。日期，三个月以前。

名字上，盖一个鲜红的指印。

林宇非看着子彤，子彤看着林宇非。他们张大嘴巴，霎时变成两只目瞪口呆的河马。

子彤对林宇非说："看来你不止有八百万。"

"你说得对。"林宇非拍一下巴掌，说，"现在我有九百万了。"

3

白万富每天必去超市。然现在，他的目标不再是子彤，而是陆小朵。

他觉得陆小朵比子彤更有文化。并且，陆小朵比子彤更漂亮，更有诗意。

所谓诗意，就是有些地方朦朦胧胧，含蓄内敛，就像现代诗；有些地方苍苍茫茫，平整押韵，就像古体诗；有些地方跳跃灵动，以小见大，就像散文诗。

像现代诗的地方，比如陆小朵的眼睛；像古体诗的地方，比如陆小朵的胸脯；像散文诗的地方，比如陆小朵的屁股。

最主要的是，陆小朵接受他的爱意。

他很感动，很满足，很欣慰。

有时候，与子彤打了照面，他会说："这就叫失之东隅，收之桑榆。"

子彤说："会不会连桑榆也失之？"

白万富说："不会。现在，只要我见到陆小朵，就会脸颊发烧，呼吸困难，头晕眼花，两腿发软。这就是爱情。"

子彤说："你确定你不是患上感冒？"

白万富摊开两手，笑着："你伤害不了我。"

子彤开始喜欢白万富。她认为男人就应该这样。追一个女孩子，没有追到，就应该懂得放弃，还她本应的幸福。追不到，偏要追，不仅辛苦了自己，还恶心了他人，那就不对了。

所以那天，子彤问他近来有没有再弄到有关"失忆症"的书。"要这种的——能够指导失忆症患者想起一部分事情，同时又得让他永远不会想起另一部分事情。"

白万富说："全都想起来岂不更好？"

子彤说："到底有没有？"

白万富的脑袋，摇得随时可能从肩膀上滚落下来。

子彤认真，焦虑，认真地焦虑。现在，她真的不希望林宇非想起那些她不愿意让他想起的事情。或者说，她认为林宇非现在想起某些事还为时过早。这无疑会破坏她和吕啸的计划，从而让他们的四百万大业，功亏一篑。

虽然那张一百万的借条太过蹊跷，却足以证明林宇非曾经腰缠万贯。即使他做富翁的日子，也许不足一年。

谁知道他的八百万、或者九百万到底是什么时间赚下的？也许是两年里的第二年，也许两年里的最后半年，也许是最后一个月，最后一天。谁知道呢？

现在，只要找到这个邱芙蓉，就可以将林宇非从大学毕业至北京之行中间的这段经历完全还原——因为很显然，他与邱芙蓉的关系非同寻常，否则他绝不可能将一百万随随便便地借给她，并且不计利息。

难道是呀呀？可是呀呀明明叫做杨呀呀。

邱芙蓉是谁？林宇非想得红了眼珠子又蓝了眼珠子，蓝了眼珠子又黑了眼珠子，也想不起来。

不管如何，子彤知道，现在，她已经走出太远。或者说，假如最开始，她还不过是将林宇非当成舞台上的一个木偶进行摆布和戏耍，那么现在，她也变成了木偶。与林宇非同台演出的木偶，顺着台词，对着花枪。更可怕的是，即使无人操纵他们，他们也得将表演进行到底。

表演的目的，只为取得对方最彻底的信任，然后将对方最彻底地击败。

甚至，说不定，林宇非早已发现她的诸多破绽。他不说，只是他认为时机还不成熟。

他仍然在等待机会。等待他彻底痊愈的机会。或者，等待他再一次羽翼丰满的机会。

到那时，他就会选择离开，或者选择世界上最恶毒的报复。

子彤开始害怕。特别是，枕头下面的首饰盒硌得她夜不能眠。拿出来，放到旁边，又感觉小小的首饰盒里随时会飞出一把剪刀，会“喀嚓”一声，剪断她的手指。

为什么要剪断手指？因为这样的话，她就不能再戴戒指了。

既不能戴林宇非送她的戒指，也不能戴别人送她的戒指。

上苍保佑熬夜的人们一夜暴富。上苍惩罚说谎的人们少一根手指头。

林宇非在熬夜。子彤在说谎。

熬夜的林宇非，神情专注。

专注的男人，最性感。

性不性感，与子彤无关。事实上，子彤最害怕林宇非变得性感。他变得性感，她难以拒绝。可是她必须拒绝。林宇非等于四百万，林宇非就是四百万，林宇非千万不能成为她的男朋友。

上苍保佑林宇非不要成为她的男朋友。

所以现在，子彤只想知道，这个邱芙蓉到底是谁？

林宇非也想知道。

子彤开始强化训练林宇非的思维。敏捷的思维必须有强健的身体，所以，每一天，林宇非起床以后，首先要在子彤的监督下，做满五十个俯卧撑。

然后，三十个引体向上。

然后，二百个仰卧起坐。

然后，跑步。从小区出发，经世昌大道，至幸福公园，再绕过博物馆，绕过菊花顶，绕过古陌隧道，绕过威高阁，跑回来。

还没完。回来以后，歇口气，再对着沙袋，来三百个马步冲拳。

几天以后，林宇非果然变得脸色红晕，精力旺盛，思维敏捷，眼神也愈加清澈明亮。

还不够，子彤带他去她以前经常光顾的“剪不断，理还乱”理发店做了个板寸发型，于是，林宇非就从一个浸淫社会多年的世故大男人，变回一个初出校园的阳光大男孩。

不仅仅是相貌，还有气质。

还没完。睡觉以前，隔着竹屏风，林宇非还得接受子彤的智力测验。

问：“青蛙为什么跳得比树高？”

答：“因为树不会跳。”

问：“飞机从天上掉下来，为什么没有人受伤？”

答：“全死了。”

问：“谁天天去医院看病？”

答：“医生。”

问：“你没打雨伞上街，为什么一点没被淋湿？”

答：“艳阳天。”

问：“一个婚姻破碎的男人，面前的桌子上放一把刀，请问他要做什么？”

答：“学着自己烧菜。”

问：“你是不是看过这些脑筋急转弯？”

答：“大学里早翻烂了。”

子彤叹一口气，说：“那咱们早点睡吧！”

林宇非说："恒源祥。"

子彤还没有开始数羊，他就开始"恒源祥"，说明他根本没有睡着。他这样做，只有一个目的——希望子彤快点闭上她的鸟嘴。

因为他需要安静下来，思考一个问题。

因为，就在刚才，网络上，他看到了乔娜。

4

陈美莲端半锅粥过来，说她煮了太多，喝不了，让子彤和林宇非帮帮忙。粥放下，人却不走，拿起桌子上的合影，打量，端详，研究，翻来覆去。

"什么时间拍的？"

"四年以前。"

"你一点都没变。"陈美莲说，"就跟昨天刚拍的似的。"

子彤开始讨厌她了。哪这么多事？

"林宇非出去了？"

"去上货了。"

"这么忙？"

"忙点是好事。"

陈美莲坐到子彤身边。

"子彤，你说，钞票这东西，代表了什么？"没头没脑的一句话。

"很多啊。海景楼房、名牌跑车、香奈尔、澳洲鲍、法国蜗牛、环球旅行、留学海外、地位、尊严……"

"你忽略了最重要的一点。"陈美莲说，"钞票代表信任。"

"信任？"

“钞票是什么？就是一张纸。你给超市工作十个小时，超市不付你面包、蔬菜、书籍、衣服……超市会付你一张写着‘中国人民银行’的纸。这叫薪水。薪，柴草。水，饮用水。薪水，几张纸，代表了过日子的最低限度。为什么你不跟超市要面包，要蔬菜，要书籍，要衣服？因为你知道，你所需要的这些，这张纸都可以换来。就是说，你信任这张纸，你知道它可以换来你需要的东西。同样的道理，你去买面包，买蔬菜，买书籍，买衣服，你付出了什么？劳动？没有。你不过付给他们一张纸。他们之所以乐意接受，是因为他们知道，用这张纸，同样可以换到他们所需要的东西。比如公交卡，咖啡，药品，香烟……这不仅是对钞票的信任，还是对国家的信任，对中国人民银行的信任，更是对你的信任——尽管你们并不认识。可以这样说，在这个人与人之间普遍缺乏信任的时代，钞票也许是我们最后可以信任的东西——因为有了那张钞票，所以才有了信任；因为有了对钞票的信任，所以才有了对他人的信任。假如超市不给你钞票，只给你打白条，你还去上班吗？假如你付给商店的不是钞票，而是随便从杂志上撕下来的一页，商店会给你东西吗？我记得前几年印度曾经发行过一种零元的钞票——图案极其精美，但面值为零。为什么？就是因为，信任没有了。信任没有了，再多的钞票，相加或者相乘，都是零元……”

“对不起，我不知道你想说什么。”

“我想说的是，钞票并不重要，信任才是第一位的。如果林宇非信任你，即使你身无分文，在他看来，也价值千金；如果林宇非不信任你，即使他腰缠万贯，也跟你没有丝毫关系。你懂我的意思吗？”

陈美莲的目光就像凿子，将子彤的脸，凿得火辣辣地痛。

“钱真的没那么重要。”陈美莲盯着桌子上的伤疤，说，“以前，开酒楼那阵子，觉得钱至少还可以买来快乐——拥有的快乐，自我价值实现的快乐。可是后来，当我知道老邱吸毒以后，我的想法就变了——只要他能戒毒，他能健康，哪怕身无分文，哪怕债台高筑，我也愿意。”

子彤起身，为林宇非热粥。其实粥并不凉，这等于，她向陈美莲，下了逐客令。

陈美莲走到门口，突然停下来，回头说："我想起林宇非去哪里了，是上海。他好像对我说，要去做什么纺织品生意……不好意思，刚刚想起来……年龄越来越大，记忆力越来越差……其实，子彤，所有的人，包括我和你，到最后，都是失忆症患者……这也是最好的结果吧？无牵无挂，了却一生……"

子彤对她后面的话不感兴趣。子彤只对上海和纺织品生意感兴趣。

——林宇非去了上海，她已知道。林宇非做的是纺织品生意，她不知道。

难怪一数到羊，林宇非就"恒源祥"。原以为他是被广告毒害，想不到，这里面暗藏玄机。

陈美莲似乎什么都知道。陈美莲在委婉地劝说子彤放弃她的计划。子彤深知她的用心。

江岸也似乎什么都知道。江岸也曾经非常委婉地劝说过她。子彤不动声色地拒绝。

或许，不仅陈美莲和江岸，很多人，甚至包括林宇非，都知道她的用心，知道她和吕啸阴险并且无耻的计划，只剩下他们，还被蒙在鼓里，还在以为他们是天底下最聪明的人。

子彤浑身发冷。

可是，难道就这样放弃？现在，最可怕的破绽，就是放弃。只要她放弃，只要这计划停下，用不了半天，林宇非就会明晓。到那时，可怜的林宇非必将悲痛欲绝。

子彤被自己的想法吓了一跳。刚才她竟然想到了放弃，并且她选择放弃的理由，并非害怕这个计划终不能得逞，也并非害怕得逞之后的报应或者谴责，而是害怕林宇非随之而来的痛苦，害怕她与林宇非的从此结束。

必然是真正的结束。林宇非会把她当成仇人。

这毫无疑问。

子彤头痛欲裂。

林宇非回来的时候，显得有些兴奋。他说路上遇到一个熟人，虽然他不认识对方，但对方一下子就叫出了他的名字。

“他说我那两年去上海了，做羊毛衫生意。”林宇非对子彤说，“我问他，你还知道些什么？他说，别的我就不知道了。不过他说他见过你，咱们三个一起吃过饭。”

子彤的手心，冒出冷汗。

“还有，这几天，我把附近逛了个遍。烟酒店，泡菜店，渔具店，理发店，文具店，糕点店，冷饮店……一一逛了个遍。很多人认识我，叫我的名字，说我失踪了这么久，怪想我的。我问他们，知道邱芙蓉吗？他们说，是你女朋友？哪天带过来看看？只有一个人没有这么说。因为他见过你。”

“谁？”

“冷饮店孙老板。他三年前见过你一次。他说那天，咱俩穿着羽绒服，去买冰淇淋……”

子彤突然认为选择搬过来是她犯下的最严重的错误。从搬过来到现在，林宇非似乎没有回忆起任何有价值的线索，所有有价值的线索要么是别人提供的，要么是她发现的。但是，因了林宇非熟悉的环境和熟悉的人群，她却陷入到极端的被动之中。于是暗自祈祷，林宇非千万不要与那个熟人约好哪天一起吃饭，并且一定要带上她……

“哪天一起吃个饭吧！”林宇非说，“他让我一定带上你。”

一股凉风，从子彤的脚底，一下子蹿到后脑勺。

“去不去？”林宇非盯着她。

“我就算了吧。”子彤将粥盛出，摆上桌子，“冷馨又请假了，我们三个人干四个人的活……再说，我与他又不熟……”

“人家可是记住了你，说你漂亮……”

“还是你自己去吧。”子彤说，“我不喜欢热闹，你又不是不知道。”

林宇非耸耸肩，拾起筷子。“随你。”

但其实，那天，林宇非的所谓熟人，并不存在。林宇非虚构出一个熟人，子彤于是怕了。想到昨夜他在网上看到乔娜，林宇非便愈来愈怀疑这个子彤，似乎有些问题。

5

子彤对林宇非说过多次，他去北京，为开一个公司。至于什么样的公司，他没有说。这就有些奇怪。既然他深爱着子彤，既然他的事业注定将与子彤有关，那么，他就没有向她隐瞒的道理。

但事实上，那时候，他的确瞒了乔娜。他说他会告诉乔娜的，但不是现在。什么时候？他只是说，很快。假如他没有从树上掉落，或许他早已在北京稳定下来，生意也做得顺风顺水。可是，因了那场意外，一切都变得扑朔迷离。

他努力回忆他的北京之行，可是他没有成功。北京之行对他来说，只剩下半个月的医院，病床，医生，护士，叫乔娜的护士，以及子彤。

突然便想起一枚戒指。从医院里醒来，那个叫做乔娜的护士曾经拿出一枚戒指，说是他送她的钻戒。他将戒指扔出窗外，乔娜翻窗而出。假如这一切是真，那么，那枚戒指就是假的。——要么是乔娜的“医疗道具”，要么是乔娜的私人首饰。

问题是，他认识子彤这么久，竟没有送他一枚戒指？他是八百万富翁。八百万富翁，送个0.00001克拉的钻戒给他的女朋友，没有问题吧？

事情变得越来越可疑。

想不起完整的北京之行，就去网络上瞎逛。几乎所有有关北京的新闻，他都看。看着看着，一个窗口蹦了出来。习惯性去关，关掉了，又觉得似乎哪里不对劲。于是重新打开网站，重新让窗口蹦出。点开，却是一条与他毫不相关的新闻：孙大圣向某特殊教育学校，捐赠人民币300万元整。

心里想，孙大圣不但取回了经，还取回了人民币？

有文字，有照片。文字不足百字，照片十几幅。一张张照片看下去，孙大圣向他招手，孙大圣向他微笑，孙大圣与孩子共舞，孙大圣与老师同乐……一位漂亮优雅气质不凡的女人时刻伴随他的左右，文字说明：此女人，孙大圣的妻子。

这并不奇怪。成功男人出席一些重大场合，多喜欢“偕夫人同行”。奇怪的是，在某一张照片上，在拥挤的人群中，林宇非找到一张非常熟悉的脸。

一张美丽得让人窒息的脸。一张性感得让人颤抖的脸。一张被他梦过多次的脸。一张叫做乔娜的脸。

乔娜是护士。她失踪以后，医生和护士都这么说。子彤也这么说。她是卧底的护士，无间道的护士。为了他的康复，她不惜牺牲色相，扮成他的女朋友，发嗲，撒娇，赌气，示威，骂他白痴，骂他脑残，又在某一天里，突然不辞而别。

再看乔娜的表情，虽笑着，却似乎有些哀怨，有些无奈，有些嫉妒，有些不满。

或许这个人不是乔娜？只是长得有点像？可是，她穿了他所熟悉的香奈尔，扎了他所熟悉的冲天马尾，涂了他所熟悉的深紫色口红，甚至，露了他所熟悉的可爱的虎牙。

那么这个人，必是乔娜无疑。

乔娜为何会出现在捐款现场？乔娜为何会用那种眼神盯着孙大圣和他身边的女人？

用不着问元芳，此事也必有蹊跷。

突然想起来，有一次，他、子彤和呀呀在“海草屋饭店”吃饭，谈到他的过去，呀呀似乎说过，有一段时间，在梦里，他会喊一个名字。这个名字，就是，“乔娜”？

那时候，他正在与一只烤鸭搏斗。他听见了，但并不确切。

子彤反驳过，用了一种极不自然的方式。现在想来，那时子彤的反驳，似乎有点欲盖弥彰。

乔娜。也许她，才是他真正的女朋友吧？

可是她为什么会不辞而别？为什么会留在北京？

还有，这个子彤是从哪里冒出来的？

刚才，当子彤拒绝与一个见过“她”的朋友吃饭，当子彤闪出惊慌失措的表情，林宇非的心，一下子沉到海底。

当晚，林宇非失眠了。他数绵羊，数绵羊，数绵羊……开始，默数；后来，小声数；再后来，声音越来越大，越来越大……羊，羊，羊……

子彤说：“恒源祥。”

6

子彤说“恒源祥”，只有一个目的——她希望林宇非赶快闭上他的鸟嘴。

她需要安静下来，平静下来。她内心动荡。

自与吕啸开始他们的计划，她还从未如此恐惧。

提心吊胆。惴惴不安。风声鹤唳。草木皆兵。

第二天，偷偷给吕啸打电话，说要见他，吕啸支支吾吾，说不方便，问他哪里不方便，吕啸说，我受伤了。

受伤了也得见她。腿折了也得见她。爬也得爬过来。滚也得滚过来。死也得死过来。非常时期，她需要吕啸给她壮胆，鼓劲，加油，出谋划策。

吕啸姗姗来迟，犹抱琵琶半掩面。

“脸怎么了？”

“被猫挠了。”

“什么猫？”

“母猫。”

“你惹猫？”

“我要抱猫睡，猫就把我挠了。”

“为什么抱猫睡？”

“亲近嘛。”

“挠得还挺整齐……”

“猫心怀叵测，有备而挠。”

子彤不再说猫。她开始说林宇非。她说林宇非似乎有些察觉，他不仅总是在她面前提起乔娜，还清晰地梦到乔娜的模样。不仅如此，林宇非还似乎在调查她、跟踪她。好几次，她见到林宇非偷偷躲在超市外面的冷饮店里，观察她的一举一动。“咱们的计划肯定败露了，我有点怕。”子彤说。

“肯定不会败露。”吕啸安慰她，“是你多心了……他只是怀疑罢了……怀疑怕什么呢？”

“只要他开始怀疑，咱们的计划就肯定藏不住。”

“从你假扮他女朋友的那一天起，他就开始怀疑。”吕啸说，“结果怎么样呢？到现在，这个傻小子还蒙在鼓里……”

“这次不一样的。”子彤说，“我想他很快就会将我揭穿，将咱俩揭穿。”

吕啸开始抽烟。抽完一根，又抽第二根。抽完第二根，又抽第三根。“别抽啦！”子彤烦躁地将烟从他的嘴里抢走，折断，扔出很远，“你倒是想个办法啊！”

“你发什么神经？”吕啸的眼珠子瞪得比眼眶都大，“我能想什么办法？这么长时间，你想出办法了吗？你们都在干什么？与他去逛灯塔，逛天鹅湖，逛天尽头，逛海上公园，夜钓，猜谜语，健身，鼓励他开网店，他还送你戒指……这么久，有一点进展吗？”

“你呢？你都做了些什么？除了瞎指挥你还会做什么？”子彤再怎么瞪他，眼睛也是一条缝，“还有，这些伤疤到底怎么回事？母猫挠的？母猫应该切了你！”

“我瞎指挥？我指挥你们逛灯塔了吗？指挥你们逛天鹅湖了吗？指挥你们夜钓了吗？指挥你们搬到一起住了吗？一开始，还隔两道门。现在呢？屏风！你告诉我屏风有什么用？啊？一口气都能掀翻！舌头都能舔透！那为什么还要屏风？遮人耳目？你晚上睡觉脱不脱衣服？林宇非呢？”

“你无聊无耻无理取闹！”

“我无理取闹？那你告诉我，这么久，你有什么进展？咱们的目的是那张卡！是四百万！不是灯塔天鹅湖刘公岛天尽头！现在呢？卡在哪里？四百万在哪里？不仅没有见到一分钱，还一个劲地往里面贴钱！请他吃烤鸭，请他住酒店，给他付房租，赞助他开网店，这是投资你懂不懂？投资是要有回报的！”

“你投个屁资！你这是投机！”

“投资和投机没什么区别。无非一个是普通话，一个是广东话——投机啦。”

“耍活宝是不是？你告诉我，你刚才的话什么意思？”

“没什么意思。”

“没什么意思？什么叫往里贴钱？什么叫遮人耳目？什么叫晚上睡觉

脱不脱衣服？”

“你逼我说难听的是不是？难道不是往里贴钱？难道不是孤男寡女？你敢说这么长时间，你没有与他接吻？”

“没有！”

“骗鬼去吧！还问我现在怎么办？我倒想问问你，现在怎么办？看样子财是搞不到了吧？搞不到了，没关系啊，还有色啊！有色，一个样。先献上你的色，再搞来他的色，如此把他摆平，以后，不管他什么时候想起那笔钱，都是你的，是不是？我是什么？狗屎也不是！我甚至想，你这叫卖……”

“卖什么？”

“卖疙瘩。”

“你想说卖淫是吧？啊？怎么不说了？说啊！说啊！你这个王八蛋！吕啸，现在，我郑重宣布，咱们俩，到此为止！连卖淫这样的话你都说得出口，看来是我瞎了眼睛！你只在意钱！钱！钱！钱！钱！钱！你说我卖淫，说我献色得色，并非真的在乎我，而是你觉得我太无能，没能搞到那笔钱！好啊！我还他娘的不干了！现在我就回去，把咱俩的计划告诉宇非，我看他会不会拿把菜刀抹了你的脖子！”

吕啸只觉脖子上一股凉风刮过。

子彤真的很生气。说话时，她的身体，一直在抖。

因为子彤很生气，所以后果很严重。

有多严重？严重到，晚饭时，她一连吃下十六个牛肉馅饼，干掉半只烤鸭，又灌下一瓶啤酒。

第八章

风声鹤唳

单纯是单纯者的通行证。复杂是复杂者的墓志铭。

子彤与他什么关系？猎手与猎物的关系。明与暗的关系。明处的猎物与暗处的猎手的关系。

林宇非不寒而栗。

昨夜他的确出去为子彤买回一只烤鸭，可是一路上，他将那只烤鸭从头到脚舔了一遍。这叫恨吧？让子彤尝尝他的口水。这叫爱吧？既然吻不成子彤，就让烤鸭当成只负责传递接吻的『月下老鸭』。

有时候，爱与恨，矛盾并不矛盾着。

1

子彤不想哭，可是她哭得无比伤心。她一边哭一边啃烤鸭，林宇非于是也很伤心。

为子彤伤心。更为她吃了他的那份烤鸭伤心。就问她怎么了。子彤说不用他管。他却一定要管。

“你还是不是我的女朋友？”林宇非说，“你受了委屈，我怎能视而不见？”

“不用你管！”

“是不是谁欺负你了？”林宇非说，“超市里的领导？”

“不用你管！”

“吕啸？”

“别乱猜！”

“我早看那个吕啸不像什么好东西。”林宇非说，“明知你是我女朋友，还想追你……今天我看你们在‘东来顺饭店’那里聊天，他好像在冲你吼……”

“你看见的？”

“淘宝上有人买了东西，是同城的，我去送货，经过‘东来顺饭店’，闻到烤鸭气味，往里面瞅一眼，就看到了你们……你好像挺生气的样子，你们好像在吵架……本想进去，可是又觉得既然你们在聊事情，不好打扰你们……何况，你好像慢慢占了上风……开始是吕啸的野驴嘶鸣，后来是你的河东狮吼……”

“可是我今天没去‘东来顺’，是你看错了。”

“怎么会呢？”

“是你看错了。”

“也许是吧。”林宇非想用餐纸给子彤擦泪，子彤轻轻闪躲，他只好将餐纸递到子彤手里。“别再哭了啊！”他冲子彤做一个擦眼泪的动作。

子彤就不哭了。吓得不哭了。刚才没有经过考虑就脱口否认，现在她有些后悔。就算林宇非看错她一个人，她身边的吕啸又怎么解释？一个长得像她的人和一个长得像吕啸的人同时出现，并且这两个人正在吵架，这样的事情，说给谁听，都不会相信。其实刚才，她应该说，吕啸找她谈事情，两个人谈得不太愉快，声调就高起来，所以他会以为，他们是在吵架。

“刚才我还在想，也许是吕啸找你有事情，你们谈得不太愉快，于是声调越来越高，所以我误以为你们在吵架。”林宇非盯着子彤，笑，“吃完饭，出去走走？”

“去哪儿？”

“灯塔。”林宇非说，“以前，你陪我去了那么多次，只为我寻找记忆。今天你不开心，我陪你去转转，算是报答吧。”

“谁用你报答？”

“走吧。”

夜里的灯塔，安静并且孤独。光柱射出去，漫不经心的一束，却刺穿浓雾，拨开黑暗，为茫茫大海深处那些迷失的船只，指明航行。

即使在科技日益发达的今天，灯塔也不可或缺。虽然，对绝大多数人来说，灯塔太过陌生，也太过遥远。

“子彤，近些日子，我回忆起一些事情。”林宇非牵起子彤的手，站上礁石，“或者说，我能准确地回忆起那些日子的情绪——失忆中那些日子的情绪，经商时那些日子的情绪——我知道那时，虽然我赚下不少钱，可是我并不快乐。”

“现在呢？”

“现在我很快乐啊。我好像重新回到了大学时代，虽然贫穷，一切却都那么美好。”林宇非说，“我有一个即使我一辈子都可能想不起那八百万也不肯抛弃我的女朋友，我有一个健康的身体，有一个刚刚起步的网店，还有和蔼的邻居、友善的朋友……我其实挺富有的。还有，人与人之间，没有钩心斗角，没有尔虞我诈，我与任何人都没有利益冲突……多好？你肯定会说，网店也是经商，哪怕做一分钱的生意，也是商人，是不是？是。但，不一样的。现在的我，有点像摆水果摊，批发一点水果，马路边守着，有人来买，就尽量给他们挑好的，钱赚在明处。我不必求任何人，不用看任何人的脸色。不求人，人就是平等的。但以前——尽管我真的想不起来我的生意是怎么做的，但是我相信——以前，也许我赚了些亏心钱。并且我知道，那段时间，我真的不快乐。有时我会梦见那些支离破碎的日子，支离破碎的片断……好像，我走在大街上，行色匆匆……我经过一个烤鸭店，又经过一个烤鸭店，我想走进去，可是我口袋里没钱……我与一个长得肥头大耳的中年男人在谈生意，我说着违心的话，我被我的话恶心得想吐出来……我与另一个肥头大耳的中年男人在歌厅唱歌，他点什么，我唱什么，我就像卖唱的小姐……我回到住处，住处冰冷。我打开一袋方便面，才发现世界上所有的倒霉事都被我摊上——那袋面，没有调料包……我谈成一笔生意，可是那笔钱并不完全属于我。我得给别人送礼，给好处费，我点头哈腰，说着多谢关照多谢关照，却恨得牙根直痒……你说我多虚伪啊子彤！你说我多辛苦啊子彤！我能快乐吗？我怎么快乐？也许，并非所有的大商人都是不快乐的。但最起码，我是。”

风起，云涌，海边寒气逼人。林宇非将衬衫脱下，为子彤披上。

“以前，你不快乐，却有钱。在别人眼里，你是一个成功的男人。现在，你虽然快乐，却穷困潦倒。并且，你再快乐，在别人眼里，也是一个失败者……”

“你说得不错。但是，假如钱连快乐都买不来，要那么多钱还有什么用？并且，子彤，活得快乐，活得单纯，怎么能叫做失败呢？人生最大的成功是什么？在我看来，最大的成功，无非是单纯、是快乐。这几天，我常常想，人生的正常状态应该是怎样的？应该是，越活越单纯，越活越快乐。但是现在，看看身边的人，每个人都在努力让自己变得复杂，变得圆滑，变得世故，变得刀枪不入。为什么要这样做？无非是为了保护自己不受到欺骗或者少受到欺骗，保护自己不吃亏或者少吃亏，保护自己不受到伤害或者少受到伤害。你来我往，见招拆招，人就会变得越来越复杂，越来越孤独，越来越难以琢磨，越来越没有安全感。这是这个世界的悲哀，也是每个人的悲哀。——万物老实忠厚，只有人类阴险狡诈。”

子彤被击了一下。人应该越活越单纯？那么，近些日子，她的所为，不仅仅是在谋害林宇非，还是在谋害她自己了。

突然想，也许过去的时间里，并非是她在帮助林宇非找寻他失去的记忆，而是林宇非在帮助她找寻她失去的纯真。得失之间，一个闪念。得与失，谁又能看得明白？

然而，对于大多人，包括她自己，即使看明白了，又能怎么样呢？生活里，一点一点被弄丢的纯真，不可能再被找回来了吧？

“咱们还是搬回去吧。”林宇非看着子彤，眸子里有一种奇怪的东西在跳跃，“天有点凉了，再住下去，恐怕你身体受不了。再说，即使再住下去，我觉得这间屋子也不会再为我提供些什么了。”

再住下去，不但毫无必要，还可能弄巧成拙。事实上，近几天，子彤一直有搬回去的想法。

第二天，叫来女房东，让她检查一下屋子。女房东看看地上，看看空中，又爬上木梯，细细检查那个手帕大小的窗口。“窗帘被你们烧了三个洞啊！”女房东喊起来，“这得赔钱的！”

“可是我已经给你了三个月的房租。”子彤说。

“这不一样啊。”女房东说，“房租是房租，一次交一个季度，即使当时你不主动提，我也得这么做……既然有林宇非的前车之鉴，我就得先小人后君子，是不是？可是现在，你们把窗帘烧了三个洞……”

“你还不如说那是一块眼镜布或者一个口罩。”林宇非说，“再说，从我们搬过来那天，它就是那样子。”

“那也是你两年前烧坏的啊。”女房东说，“烧了三个洞，你得赔钱的。”

“多少钱？”

“窗帘是马尔代夫进口的高档面料，很贵的。不过念你们是老房客，一个洞只赔十块钱好了。”

“一个洞十块钱？”林宇非喊起来，“赌高尔夫也没有这么贵的。”

“不管你怎么说，也是一个洞十块钱。”

“那好。”林宇非对女房东说，“请稍等。”

林宇非爬上木梯，坐下，掏出打火机，点燃一根香烟。他将烟头烙上来自马尔代夫的高档面料，将摆成“品”字形状的三个小洞，连成一个大洞。他并不满足，将那个洞烙大，烙大，再将边缘烙整齐，直到将窗帘变成一个标准的“回”字。然后，他从梯子上跳下来，掏出十块钱，拍进女房东掌心。“一个洞，十块钱。两清！”

因了这件事，那天晚上，林宇非很快乐，子彤也很快乐。

2

子彤和林宇非搬回去的第三天，陈美莲捧一缸泡菜前来拜访。她说她做得有点多，吃不了，想请林宇非和子彤帮帮忙。“你们这地方可真难找，”陈美莲说，“估计连救护车都找不到吧。”

子彤就想起那夜。那夜，林宇非赤着两脚，穿着内裤，冒着大雨，背着受伤的她狂奔两公里。那夜她很感动。

陈美莲是孤独的。任何女人守着一个男人，在地下室里待足四年，都是孤独的。孤独的人需要信仰。陈美莲的信仰，就是她的丈夫能够戒毒成功。

丈夫前天去了码头，提回两条红加吉。他说鱼是码头上的朋友送的，祝贺他戒毒成功。吃完中饭，陈美莲去超市，丈夫午休，待回来时候，丈夫就出去了。打电话问他，丈夫说，他想去冷库看看货，那里有一米长的带鱼和四指宽的鞭梢鱼。黄昏时回来，丈夫果然带回两条一米长的带鱼。带鱼是冷库的朋友送的，祝贺他戒毒成功。

丈夫杀回海鲜市场，家里的鱼就吃不完了。

一切重新变得美好，陈美莲坐在门前阳光里，眯着眼睛，回忆着两个人的过去，幻想着两个人的未来。

可是昨天，突然间，莫名其妙地，她变得心神不宁。给丈夫打去电话，丈夫说，他正跟船老大谈生意。陈美莲说服自己相信，可是她不过相信了十几分钟，就坐不住了。她开始翻东西——四年来，这一直是她排遣烦躁和克服恐惧的习惯——她从床头柜的第一个抽屉开始翻起，然后是床底下，口袋里，半空中——每一次她都能够找到她想找到的所有，然今天，她的项链，不翼而飞。

项链是丈夫送给他的。碧玺彩色宝石，小巧并且优雅的心形。那时她还是酒店迎宾，那时丈夫还是酒店老板。丈夫将项链送给她，她就被俘虏了。是在“包厢事件”发生的第二天，丈夫将项链送给她，她就哭了。她哭了，丈夫又办了她一次。这一次丈夫无比温柔，这一次她无比配合。项链挂在她的脖子上，如同从她的双乳之间，升起一轮小巧的心形的彩虹。彩虹随着他们的动作轻轻地荡，轻轻地荡，于是，整间包厢，变得五彩缤纷，华丽并且梦幻。

明知自己不是物质女人，明知那条项链并不贵重，还是被丈夫深深感动。有时候，一条项链，胜过千万甜言蜜语。

女人就是这般奇怪。心里喜欢的人，对你一点点好，就记下了，就原谅他的诸多坏。这就让男人有机可乘。

——贤惠勤劳是女人的美德，贤惠勤劳也最容易让男人瞧不起。不是别的男人，而是自己的男人；隐忍与善良是女人的美德，隐忍与善良也最容易被男人所利用。不是别的男人，而是自己的男人。

比如，也许，丈夫就利用了陈美莲的隐忍、善良、宽容与信任。

项链找不到了。她不能不想到丈夫，不能不想到毒品。

问他，不承认。可是他闪躲并且不安的眼神，已经将他出卖。

陈美莲坐在子彤面前，嗑着瓜子。她努力让自己变得平静，可是好几次，她将嗑开的瓜子皮吃掉。

“也许是你多心了。”子彤说，“回家好好找一找，可能会找到。”

“找不到了。”陈美莲说，“项链一直放在盒子里，盒子一直放在床头柜里……几天前，我还看到它。”

“如果你确信是他偷走并卖掉项链，如果你确信他又开始复吸，你为什么不把他送进戒毒所呢？”

“我不能。”

“你这不是害他，你这是对他好……”

“我知道，可是我不能。让他待在戒毒所那种地方，我不忍……子彤你知道吗？我总是想，老邱如果离开我，一天都撑不下去……”

“那只是你的一厢情愿。世界上绝没有谁离开谁活不了的……”

“有的，子彤。也许，林宇非离开你，也活不了。”

“他会活得更加滋润。”

“不可能。相信我，他会生不如死……”

“那你到底打算怎么办？”子彤可不想与她讨论林宇非，“再来个漫长的四年计划？万一四年以后，他再一次复吸呢？你能每天二十四小时守着他？听我说，美连姐，这毫无用处……”

陈美莲不说话了。稍后，她起身，往外走。“我不会让他去戒毒所的，”她一边走一边说，“我还会陪着他戒毒，哪怕再熬四年……”

“可是他不承认。”子彤说，“如果一个人，敢做不敢当，这样的人，还让别人怎么再去相信？”

“你呢？”何美莲转过身来，“你敢做敢当吗？”

“别把我拉进去。我又没吸毒……”

“可是你中了毒瘾。”何美莲走出去，将子彤关在身后，“你的毒瘾会越中越深，终有一天，你会发现，你想戒，却戒不掉它……”

声音从门缝挤进来，很小很轻，却如同鞭子般，狠狠地抽打着子彤。

然后，整整一个上午，子彤坐卧难安。

3

现在的乔娜，已经不再指望孙大圣能够娶她。孙大圣有妻子，并且，假如对蜜月的时间要求不是太过苛刻的话，孙大圣与他的妻子应该还处在蜜月之中。蜜月里的孙大圣见到乔娜，却如同二师兄见到了蜘蛛精。高老庄的高翠兰小姐还在被窝里等着他，他却钻进了乔娜的被窝。

高调单身，低调结婚。腰缠万贯的孙大圣，只是随行就市罢了。

有钱人，名人，自以为有钱人，自以为名人，自以为了不起的人，都这样。

所以，孙大圣那些“钻石王老王”“单身贵族”的所谓名头，其实都是他婚前的。他并不急于纠正。或者说，他并不想纠正。

反正对很多男人来说，婚与不婚，一个样。

他爱他的妻子。他也爱乔娜。有时候他更爱他的妻子。有时候他更爱乔娜。有一点他可以肯定，那就是——他永远不会抛妻而娶乔娜。他认为这是一个男人的底线。他认为一个男人是要负责任的。

什么叫责任？就是可以在外面与别的女人龙凤呈祥，但不能抛弃自己的妻子。更何况，他将生意做得风生水起，丈人与丈母娘，功不可没。

他与乔娜的事情，很快被他的妻子察觉。妻子没有与他吵，更没有与他翻脸。妻子甚至说："我还有两条项链不想戴了，你送给她吧！"孙大圣就解释，就"师傅饶命、师傅饶命"。妻子说："有一句话这样说：如果你一天不想安宁，你就请一次客；如果你一月不想安宁，你就搬一次家；如果你一年不想安宁，你就买一套房；如果你一生不想安宁，你就找一个情人。大圣，我问你，你想一生不得安宁吗？"孙大圣说："我这就和她两断。"可是，两断得了么？他不信，妻子也不信。孙大圣解决问题的方式是，他为乔娜买了一处"花果山"，又喊来几个猴子猴孙，将乔娜照顾得无微不至。不过从此以后，他再出席一些重要的场合，比如捐款，比如义拍，比如电视台的访谈，比如春节联欢晚会，甚至签合同，谈生意，妻子都会陪着他。陪着他，全世界就都知道了她是他的妻子，都知道了他们恩恩爱爱、卿卿我我、比翼双飞、和和美美。

这叫什么？这就叫策略。

这让身处"花果山"的乔娜心如刀绞。

最初，乔娜对孙大圣还怀有几分期待。她认为以她的美貌，完全可以战胜姿色稍逊的孙大圣的妻子。可是她很快就发现自己大错特错。男人喜欢美貌，但美貌绝不是唯一。孙大圣离不开他的妻子，就像美猴王离不开他的虎皮裙，否则，就露点，就光了屁股。孙大圣与妻子的婚姻因了生意，因了感情，因了家族，因了荣耀，因了其他杂七杂八的事情，早已变得天衣无缝，坚不可摧。

乔娜很沮丧。

沮丧的乔娜常常去"水帘洞"沐浴解忧，于是她认识了一个帅哥。

"水帘洞"是一家高档洗浴会所，孙大圣为她办了张卡，那张卡上充着十万块钱。乔娜不顺心特别是对孙大圣不顺心的时候，就喜欢花钱。

于是，她希望自己能够在三天之内，将这张卡上的钱，花个精光。

沐浴。加牛奶，加精油，加花瓣，加鸡蛋清，加番茄酱，加食盐，加白醋……终于，为她服务的小姑娘忍不住了，问她："要不再撒点胡椒面、葱花和香菜末？"

乔娜洗得那叫一个痛快。乔娜洗得那叫一个痛苦。

洗完，按摩头，按摩肩，按摩臂，按摩腰，按摩腿，按摩脚……然后，跑到楼上健身房，跑步、划船、蹬车、上楼……哑铃、壶铃、杠铃、拉力器、握力器、弹力棒……折腾到一身臭汗，先淋浴，再去四楼上海菜馆：梅花糕、百合南瓜、菜心狮子头、竹笋咸肉、节节登高、走油蹄、咖啡、葡萄酒……酒足饭饱，重新沐浴。加牛奶，加精油，加花瓣，加鸡蛋清，加番茄酱……

总之一个折腾。

帅哥是在健身房里将她擒获的。之所以说擒获，是因为帅哥坚信被他看上的女人，跑不掉。

因为帅哥有八条腹肌。

帅哥靠的也是这八条腹肌。

乔娜上跑步机，他也上跑步机；乔娜上划船机，他也上划船机；乔娜上蹬车机，他也上蹬车机……乔娜点梅花糕、百合南瓜、菜心狮子头、竹笋咸肉，他也点梅花糕、百合南瓜、菜心狮子头、竹笋咸肉……乔娜去沐浴，他就坐在休息室里，慢慢地吃，慢慢地等。一连两天，乔娜就知道，这家伙想泡她。

想泡她，需要本钱。八条腹肌算本钱吗？也许算，也许不算。孙大圣有六条，林宇非有四条，最初的长得像郭富城的男友有两条。那么，有一条的吗？答：没有。因为一条不是腹肌，而是幺鸡。

二、四、六、八。成双成对，成偶数递增。

生活需要补充。最初，乔娜有帅哥陪，但没有钱陪。所以她要找钱，这正常，合乎人性。现在，乔娜有钱陪，但没有帅哥陪。所以她要找帅哥，这正常，也合乎人性。这叫什么？这就叫和谐。

乔娜为她找到了“和谐”的精髓而激动不已。

所以，第三天，当乔娜坐上划船机，当帅哥再一次坐到她的身边，乔娜主动凑过去，小声问：“我能不能摸摸你的八块腹肌？”

尽管帅哥见多识广，身经百战，还是被这句话当场雷了个外焦里嫩。

4

冷馨向超市老板一连请了好几天假。她说她感冒，咳嗽。大家都信。除了子彤。

事实上，那几天，江岸陪着她，走遍了滨城所有的大医院。

大夫们对她的病情束手无策。他们说这种病只是听说过，却从未遇到真正的病例。他们不敢妄下断语，因此只能建议，说些无关痛痒的话。“关键还是得让内心一点一点强大起来，”这也许是江岸听到的最有道理的一句话，“不过，这需要时间。”

“这需要时间，”江岸对冷馨说，“你越是把这件事当回事，它就越是缠住你，不放过你；你不理它，它反而会主动向你投降。所以，别再管这件事了。我陪着你，慢慢等你的内心变得强大。你该知道，时间能够治愈一切。”

江岸不仅是在安慰冷馨，他深信这一点。冷馨却认为，江岸说出这样的话，或许已经绝望。

一连几天没有上班，江岸有做不完的工作。傍晚时他给冷馨打电话，说由于加班，他得晚一点回家，让冷馨早点休息，不要等他吃饭。冷馨说：“好。”

放下电话，冷馨就出了门。她知道马鞍山路附近有一家个体诊所，她想去试一试。

所谓“病急乱投医”，正是如此。

那个满脸粉刺的大夫了解完她的情况，深吸一口气，说：“现在，只有将恐惧变成期盼，变成快乐，变成兴奋，你的心魔才会被彻底赶走。”

冷馨赞同他的话。问题是，她没有办法将恐惧变成期盼，变成快乐，变成兴奋。

大夫说：“现在的你，除了应该进行心理上的自我调节，还应该尝试一下药物治疗。这些药物会把你暂时麻醉，从而让你恐惧的情绪，变成期盼的情绪。打个最简单的比方，如果你喝了太多酒，就会头晕，就会反应力迟钝，就会想呕吐，就会兴奋，就会冲动，就会伤感，就会犯困，是不是？反正跟清醒时不一样。同时，你的胆子，也会变得出奇的大。平时不敢说的话，敢说；平时不敢流的泪，敢流；平时不敢承认的错误，敢承认；平时不敢做的事，敢做。为什么？因为那时，你的情绪已经在酒精的作用下，产生了天翻地覆的变化。你已不再是清醒的你，正常的你。你变成另一个你，这个你，叫做‘非’你。你懂我的意思吗？你应该懂。当第二天，当你重新变得清醒，你会发现，你昨天说过的那些话，做下的那些事情，已经不可挽回。不可挽回怎么办？只要没有伤人伤己，就是好事情。比如，酒后你跃过一道你从不敢跃过的沟，清醒以后你就会发现，那条看似可怕的沟，其实不过尔尔；比如，酒后你站在楼房的天台边缘做飞翔状，清醒以后你会发现，其实也并不可怕……所以，我的意思是，你可以试着服用一些能够将你暂时麻醉的药物……你仍然会感觉到他的存在，你仍然会感觉到他抚摸你、亲吻你，但是，你不但不会有恐惧，反而会感觉到期盼、冲动、兴奋、快乐……你心甘情愿、甚至极其迫切地将他接纳。第二天，当你回忆起昨夜的情景，你就发现，这可怕的一切，终于过去……”

“可是这，行吗？”

“说实话我心里也没底，不过咱们可以试一试。”大夫说，“反正那些药物，也吃不坏人。”

既然吃不坏人，就试试。

这一试，就试出问题。

大夫有行医证，这不假。但是，他为冷馨开的药，却是假的。假药混进了他的诊所，对此他一无所知。

冷馨回到家，匆匆吃几口饭，然后，就着半杯豆汁，服下药。她去浴室洗澡，她想将自己洗得干干净净，交付江岸。蓬头打开，不到两分钟，她就感觉有点晕。她想也许是水温太高了吧？将水温调低，仍然晕，并且，越来越晕，越来越晕，她就感觉有些不对劲了。急忙披了浴巾，扶墙走出浴室，她走得摇摇晃晃。眼前的一切开始变得模糊不清，黑白颠倒——瓷砖像炭，头发如雪，吊灯爬上地板，台灯浮到半空。她想去卧室给江岸打个电话，然而她走到客厅中央，便倒下了。倒下的瞬间她喊一声“江岸啊”，她认为，她与江岸，再无机会相见。

江岸回家的时候，篷头仍然开着。水汽弥漫，屋子如同闷热的蒸笼。冷馨跌倒在一团飘动的水雾之中，如同一只死在盛夏水边的白天鹅。她脸色煞白、嘴唇乌青。她的睫毛上，却还挂着眼泪。

医院里抢救三个多小时，冷馨总算拣回一条性命。苏醒过来的冷馨不说话，只顾抱着江岸，静静地流泪。江岸拥紧她，一只手轻轻拍打着她的后背。他不问。一个字也不问。

心中，早已猜出八分。

后来，当江岸与冷馨坐上出租车，当江岸仍然将冷馨的两手握紧，冷馨终于忍不住了。她的头撞着江岸的胸膛，“呜呜”地哭了起来。

“对不起。”她说。

江岸握着她的手，用了力气。

“真的对不起。”她说，“江岸，要不然，咱们，分手吧。我连一个女人最基本的东西都不能给你，我注定不会给你带来幸福……”

江岸腾出一只手，为她擦一把泪。

“不怕，总会过去的。”他搂紧冷馨的肩膀，说，“即使你一辈子都不能给我，只要有你在我身边，陪着我，看着我，给我烧饭，为我洗衣，我也很知足、很幸福了。”

5

子彤坐在书桌旁边，希望借助一张纸和一支笔，将过去的林宇非好好捋一捋。

——大学里的林宇非，学的是企业管理。他有一个叫做呀呀的女朋友，这个呀呀在林宇非大学毕业以后，又陪伴他度过一段时间。毕业以后的林宇非去了啤酒厂，去了铝合金厂，去了餐厅，去了酒吧，又在酒吧里认识乔娜。林宇非认识乔娜以后，与呀呀分手。

林宇非追求乔娜两年，并从酒吧辞职，做起钢材生意和木材生意。林宇非将生意做得一塌糊涂，两年过去，他不仅没有赚到一分钱，反而将几年来辛辛苦苦攒下的那点本钱赔个精光。然后，林宇非辞别乔娜，单枪匹马去上海，做起纺织品生意。他仅用两年时间就让自己成为八百万富翁，他衣锦还乡，乔娜竟然还在等他。他告诉乔娜，他想去北京发展，并计划将他们的爱巢安在那里。可是他并不告诉乔娜，他到北京的所谓事业到底是什么。那时他与乔娜打得相当火热，他已经可以自由进出乔娜的房间，但乔娜就是不让他碰她的身体。似乎乔娜仍然在顾虑着什么。然在子彤看来，两个人既然可以在一张铺满人民币的大床上睡觉，就不该再有什么顾虑和禁忌。他们打算顺便在北京玩几天，然后回到滨城，订婚，结婚。待这一切忙完，他们还会杀回北京，开始他们崭新的生活。可是，因了那个意外，林宇非将这一切忘得干干净净。长脸，邱芙蓉，这两个最关键的人物，也许会在林宇非的记忆里彻底消失。一起消失的还有一张卡，一张既不知道开自哪家银行也不知密码的却存有整整八百万的卡。从将军到奴隶，林宇非重回他苦难的日子。

子彤于是沮丧万分——这么长时间，她所耗费心机弄清的一切，似乎毫无用处。如同一张碟片，本来清晰的画面，却突然在最关键的地方打上马赛克，看不清，猜不透，想不明白。即使从头再来，马赛克仍然会在那里按时出现，尽忠尽职。

马赛克促进中国社会的和谐。子彤终于深刻地理解了这句话的真谛。

也许从一团杂乱的线球之中找到线头然后从头捋起并非最正确的选择。也许乔娜当初永远直奔主题的做法才是对的。

表面上看，林宇非仍然没心没肺地纯真，没心没肺地快乐，没心没肺地对她嘘寒问暖，但子彤知道，他对她的怀疑，与日俱增。他不再当着她的面浏览网页新闻，不再当着她的面打电话，甚至，有一次，当子彤突然回来，林宇非惊慌失措地将一张纸片塞进抽屉。子彤不动声色，陪他吃饭，然后，待他出去，偷偷打开抽屉，找到那张纸。如果那张纸上真的写了什么，子彤还不会生气，更不会产生被他戏耍的感觉，问题是，那张纸上什么也没有写！被他耍了，还不能说，咬碎了牙齿往肚子里咽，子彤认为林宇非的智商，远比她和吕啸高出很多。

他脑残至极，聪明绝顶。

现在怎么办？现在，她必须与时间赛跑，与林宇非赛跑。她得赶在林宇非将她的阴谋彻底揭穿之前将四百万搞到手，否则，之前，她的种种努力，全都付诸东流。

她开始调查上海市的纺织品公司，纺织品代理商，纺织品专营店。她找到与此有关的720个电话号码，然后，一个电话一个电话打过去。她问他们，有没有与一个叫做林宇非的人做过生意，对方的回答几乎千篇一律：林宇非是谁？电话打了两天，当子彤几乎绝望的时候，终有一个人说，他认识林宇非。“是不是有时候一个眉毛高一个眉毛低的那位？”那个人说，“是不是见到烤鸭就流口水的那位？”

——那么，林宇非两年时间独闯上海滩，确凿无疑了。

再问其他事情，比如林宇非住在哪里，林宇非有没有实体店，林宇非还跟哪些人打过交道，对方就说不明白了。“与他只有过一面之交，只做过一笔很小的生意，之后就再也没有见到他，你说的这些，我去哪里知道？”对方开始有些不耐烦了。

“那么，你是否认识一个叫做邱芙蓉的？或者，一个外号叫做长脸的。”子彤想碰碰运气。

“邱芙蓉不认识，也没听说过。不过，你说的长脸，会不会是央视的那个李咏？”说完，对方将电话挂断。

——那么，即使林宇非独闯上海滩确凿无疑，也似乎没有什么价值了。

她打电话时，林宇非就坐在她的身边，兴致勃勃地玩着“愤怒的小鸟”。每过一会儿，他就扭头看看她，终于他忍不住了，说：“别再问了。照这样下去，这个月光话费就得一千块钱。”

“那怎么办？”子彤说，“最关键的线索，就这么放弃？”

“别去管了。”林宇非说，“既然我能够回忆起上海之行，迟早有一天，我也能回忆起我的北京之行，回忆起邱芙蓉，长脸，那张卡，以及卡上的八百万……”

“早一天不是更好？”

“那倒是。要不咱俩去找个私人侦探？”

子彤吓得差点从椅子上滑下来。

“嚯！私人侦探把你吓这样？”林宇非盯着子彤，表情复杂。

“我是被你吓了一跳。”子彤解释着，“你怎么会有这种愚蠢的想法？私人侦探在中国是不合法的你知不知道？私人侦探不仅收费极高，也许还会黑掉你的八百万你知不知道？私人侦探会把你的私生活侦探个清晰，然后卖给需要它们的公司甚至黑社会你知不知道？还私人侦探？你不想要命了？”

林宇非吐吐舌头。“那就不侦探了呗。”他说。

晚上，睡觉以前，子彤认为她再一次被林宇非耍了。林宇非绝不会去找私人侦探，她坚信这一点。但林宇非随口一说，她就怕了。那时她的表现，有些神经质了。

林宇非的这些小伎俩，三岁小孩子都能看穿。再想想她和吕啸的所谓计划，似乎与这些小伎俩，没什么本质上的不同。既然她能够轻易地看穿林宇非的小伎俩，那么，林宇非也能够轻易地识破她的那些小伎俩吧？

其实，相比刚刚认识的林宇非，子彤更喜欢现在的他。刚刚认识的林宇非虽然努力装成阳光大男孩的模样，却仍然能够清晰地辨认出他藏在“阳光大男孩”这个躯壳里的“奸商”本质。他强势——他说要住“如狼似虎大酒店”，别人就不能再有发言权；他虚伪——他想与乔娜发生关系，却一定要寻找一个冠冕堂皇的理由；他招摇——八百万对一个成功的商人来说，并非一笔大数字，可是他不仅千百次地在乔娜面前提及，还不止一次地在她面前提及；他复杂——他将八百万交给他的朋友长脸，而不是她的女朋友乔娜；他吝啬——子彤捡到他落掉的一块硬币，他都想往回要。这与节俭没有关系。如果他真的节俭，就不该去住那个令人恶心并且一直恶心了子彤半月有余的“如狼似虎大酒店”。

现在的林宇非，尽管时不时地戏耍她一下，尽量在偷偷将她调查，但是他单纯，阳光。他收养了一只流浪猫，一条流浪狗；他会与电视剧里的主人公一起高兴，着急，抹眼泪，绝望；他会陪着一个素不相识的老先生下三局象棋，并且故意输给他最后一局；晚上，他会给子彤剪指甲，剪趾甲，按摩双脚。他对子彤说：“超市里站一天，脚都快踩扁了吧？来，我给你按按。”

单纯是单纯者的通行证。复杂是复杂者的墓志铭。

子彤相信他不是装的。他可以装出这些举动，却装不出他的眼神。他的眼神清澈，明亮，如同被清水濯洗过一般。有时候，他盯着她看，竟把她看得脸颊彤红，心“咚咚”地跳。那时候，她绝非害怕事情暴露，而是害怕这样的清澈。——清澈的眼神总是最打动人的——当一个婴儿盯住你，即使你恶贯满盈，也会在刹那之间爱上这个婴儿。或者，因了这个婴儿，而恐惧，而收敛。

但是对林宇非，她不敢爱。其一，她有吕啸；其二，她为的是钱，她不想“财色双收”；其三，林宇非爱的是乔娜，他肯定还会去寻找乔娜；其四，即使她想爱他，可是当林宇非彻底痊愈，绝不会大度到“不计前嫌”。只有一个复杂的奸商才会“不计前嫌”——他会感谢子彤让他找回八百万，然后瞅一个机会报仇雪恨，并且报仇雪恨个彻底——或者将失去的四百万重新夺回来，或者暗施毒计，令子彤和吕啸在今后的日子里，生不如死。然单纯之人，绝不会这样做。单纯之人只会自己伤心，自己痛苦，然后在痛苦之后，对给他痛苦的人，恨之切切。也许他会谅解这个人，宽容这个人，却绝不会忘掉这个人。或者，就算林宇非真的大度到不计前嫌，他能给她爱情吗？他能说服自己爱上子彤吗？他的叫做子彤的女朋友，曾经与女朋友的叫做吕啸的男朋友，黑下他四百万块钱，然后，她与她“同舟共济”的叫做吕啸的男朋友分手，再然后，他成了她的叫做林宇非的男朋友，这样的事情不仅说起来拗口，想起来拗心，并且罪孽深重。被一个蛇蝎心肠的女人骗了，然后爱她，再然后娶她，这样的事情，影视剧和小说里都不会发生吧？

除非林宇非疯了。可是林宇非只是脑残。脑残与疯，两个概念。

被自己的想法吓了一跳。不去数绵羊，想这些干什么呢？什么爱啊娶的，什么纯真啊善良的，什么大度啊宽容的，什么不计前嫌啊罪孽深重的，这些，与她和林宇非，又有什么关系呢？现在，万里长征已经走到只差一步，剩下的事情，就是坚持把那一步走完，然后全身而退。

那就继续数绵羊吧！“一只羊，两只羊，三只羊……羊，羊，羊……”

“羊爱上狼啊，爱得疯狂。”林宇非翻一个身，含糊不清地嘟囔一句。

又一次把子彤吓得半死。这个可恶的林宇非，怎么不念广告，改成唱歌了？

6

林宇非骑上自行车，去上货。他告诉子彤，他的网店已经冲到五颗心了，他打算再用一个月的时间，冲到一颗钻。“店铺有了钻级信誉，也许会更好做一些吧？”林宇非说，“为冲钻，我打算以批发价卖些东西给老顾客。”

“完全不必那么麻烦。”子彤教导他，“你弄些虚假交易就行了。据我所知，很多淘宝店都在干这种事。”

“那怎么行？人总得讲诚信。”林宇非说，“难道你喜欢弄虚作假？”

子彤真想找个地缝钻进去。

摇着车铃去上货，摇着车铃往回赶，阳光普照，林宇非心情舒畅。他一边让车子扭起大龙，一边唱起王麟和老猫的《伤不起》：“伤不起，真的伤不起，我想你想你想你想到昏天黑地，电话打给你，美女又在你怀里，我恨你恨你恨你恨到心如血滴。伤不起，真的伤不起，我算来算去算来算去算到放弃，良心有没有，你的良心狗叼走，我恨你恨你恨你恨到彻底忘记。良心有没有，你的良心狗叼走……”

真有一条狗斜刺里杀出。狗叼着一块骨头，只顾欢天喜地地低头狂奔。林宇非急刹车，急打车把，人和车子就一起摔了出去。一辆卡车恰在这时疾驰而来，那条狗看到，冒着红烟的车轮将自行车和这个长得挺帅的男人一起抛上半空。男人在空中大喊一声“良心有没有”，然后，直直落下。落下时候，他的脑袋像拨浪鼓一样在肩膀上摇晃，一条眉毛扬起很高，另一条眉毛却落得很低……

狗非常淡定。狗不会打电话，所以它对抛上空中的林宇非和自行车不加理睬，只顾叼着骨头扬长而去。卡车司机从车子里滚出来，脸都吓白了。他哆哆嗦嗦地拔了119火警电话，然后冲着电话说："是邮电局吗？我被狗撞死啦！"

医院里，歇半天，卡车司机才回过神来。他自作主张地翻开林宇非的手机，然后从电话簿里将电话一个个拔出去：子彤，呀呀，吕啸，西门欢庆，女房东……他对子彤说："我不知道我叫什么。但是我被卡车撞死了。你快点过来吧！"

子彤正练着瑜伽，听到这句话，人飞到半空，又重重落下。她摔得比林宇非还惨。

医院走廊里，她一直在哭。吕啸劝她："他不过跌了一跤，不会有事的。"她哭。呀呀劝她："他不过和自行车一起跌了一跤，不会有事的。"她还是哭。西门欢庆劝她："他不过被卡车撞了一下，不会有事的。"子彤哭得更伤心。女房东劝她："他不过被卡车碾过去一下，不会有事的。"子彤的小哭，立刻变成了号啕。这时大夫走过来，问："谁是病人家属？"子彤看看呀呀，呀呀用下巴指指子彤，子彤就对大夫说："好像，只能是我吧？"大夫说："恭喜……"众人一愣。大夫接着说："是个男孩。"吕啸仰天长啸："妈的，他趁咱们不注意给林宇非做了变性手术了啊！"

后来证实，这个时尚风趣的大夫喜欢用这样的方式跟病人家属开玩笑。当然前提是，病人已经彻底脱离生命危险。

否则，他也许活不过一个晚上。

林宇非醒过来的时候，子彤和吕啸满怀期待。尽管子彤仍然对吕啸怒目相向，但心里的气，已经消减了很多。更何况，此时，她的心思全都在林宇非这里。她连生气都没有时间。

她所关心的是，林宇非安然无恙；吕啸所关心的是，这一撞，能不能撞出点什么来。

电影里常有这样的情节，一个人失去记忆，久治不愈，却仅仅因为一次意外的撞击，就将失去的记忆全部找回。吕啸希望，林宇非能够让那个老套的桥断从艺术回归现实。

林宇非睁开眼睛，表情痛苦。

“你可醒过来啦你可醒过来啦！”子彤说，“你可吓死我啦你可吓死我啦！”

“哦。”林宇非莫名其妙地看看她，“你很漂亮。”

“你开什么玩笑？”子彤愣住了，“宇非，你可别吓唬我啊。”

“我为什么要吓唬你？你是谁？”

“宇非，我是子彤，你女朋友啊。”

“子彤？我不认识你……”

“宇非，可不带这么吓人的啊！”子彤的心脏都快蹦出来了，“你，宇非，我男朋友。你失忆了，我一直在照顾你。我，子彤，你女朋友。我虽然长得不怎么漂亮，但是你爱我……”

“可是我真的不认识你啊。”林宇非看看子彤身边的呀呀，说，“这个女孩才是我的女朋友吧？他挺符合我的审美标准……”

子彤“嘭”的一声，跌坐在旁边的病床上。怎么会这样呢？辛辛苦苦几十年，一夜回到解放前。怎么会这样呢？

病床上的林宇非，突然“噗”一声笑了。“扶我起来吧子彤！”他看看吕啸，又看看子彤，“虽然这一撞没把我以前的那点记忆撞回来，但也不至于把我现在的这点记忆给撞没了……”

子彤腾空而起，飞到林宇非面前，花拳绣腿，雨点一般。“你这个悲催的混蛋，你这个悲催的混蛋！”她竟一边打他一边哭，一边哭一边笑。她哭出眼泪，又笑出眼泪。她想让自己停下哭，停下笑，停下泪，然而她停不下来。

那天，很多人看到子彤用一种非常奇特的方式，与林宇非打情骂俏。

7

林宇非只在医院里躺了两天。两天里，子彤陪伴在他的病床前，几乎寸步不离。这一幕与北京之行何其相似？转眼间，她与林宇非，已经相识了大半年。

这让吕啸的不满和醋意，再一次喷薄而出。

他向子彤表达不满和醋意的方式，就是搞定呀呀。

出院那天，吕啸开着他的“桑塔纳”牌拖拉机或者“拖拉机”牌桑塔纳，先将林宇非和子彤送回去，接着再送呀呀和西门欢庆教授。半路上他对西门欢庆教授说：“你自已坐250路公交车回去吧！”西门欢庆教授说：“好。我和呀呀一起坐250路公交车回去。”吕啸说：“你们不顺路，我再送呀呀一程。”西门欢庆教授撇撇嘴，下车。猛抬头，见面前树一个巨大的木招牌，上书：狮子楼。西门欢庆教授吓得“嗷”一声叫，脸色灰白，抱头鼠窜。

呀呀想下车，吕啸却把车子开得飞快。呀呀说：“要不要再给你的脸上开五道口子？”吕啸说：“要杀要剐，随便好了。”呀呀说：“与子彤闹别扭了？”吕啸说：“我与子彤只是普通朋友。”呀呀说：“扯你的蛋去吧！普通朋友？普通朋友见了面，有用眼睛打架的？是不是子彤让你来追我的？”吕啸说：“说说你的理由。”呀呀说：“她让你追我，无非想把我从宇非身边彻底拉开，好让她彻底进入宇非的生活。”吕啸说：“就算我不追你，她也会彻底进入宇非的生活。”呀呀说：“那你追我是真？”吕啸说：“这还有假？”呀呀说：“那好，为表达你的诚意，请我吃狗肉火锅吧。”

“阿里郎”狗肉火锅，韩国料理，好吃不贵。结账时，仍然是呀呀走在前面，吕啸走在后面。呀呀说：“我埋单吧！”吕啸说：“还是我来吧！”他像慢镜头回放般做着掏钱包的动作，呀呀却一动不动地盯着他，等着他继续。他用三分钟的时间掏出钱包，又用三分钟的时间捏出两张百元钞。他抖抖钞票，对老板说："湿个擦哈破湿哟，俺娘哈思米达。"老板说："什么？"吕啸说："你是假韩国人，我得罚你十块钱。"

他果然少付了十块钱。

吕啸把呀呀送回住处，却不走。他对呀呀说："我给你变个大型近景魔术吧！"呀呀说："好啊好啊。"吕啸说："不过你得闭上眼睛。"呀呀说："你变魔术需要别人闭上眼睛？"吕啸说："配合一下，配合一下。"呀呀就配合地闭上眼睛。吕啸开始脱衣服，不是脱呀呀的衣服，而是脱自己的衣服。他把自己脱得只剩一条花裤衩，然后摆出一个超人的造型，让呀呀睁开眼睛。呀呀发出一声尖叫，说："你褪毛了？"吕啸微微一笑，转过身。他的后背上，绑着一根稻草。

"干吗？"呀呀问他。

"负荆请罪。"吕啸说。

"跟子彤请过多少次？"呀呀问。

"记不起来了。"吕啸倒是挺诚实。

"想干什么？"

"抱抱你。"

"这次是真心追我？"

"天地良心。"

"那好，现在你发誓：我就是你的一切。"

"我发誓：你就是我的一妾。"

"如果我不是你的一切，天打五雷轰。"

"如果你不是我的一妾，天打五雷轰。"

"知不知道这很多天，我有多生气，多伤心。"呀呀说，"你为一件与我毫不相关的事情将我拖下水，欺骗我的感情，这是乌龟王八蛋才能做出的事情。你知道吗？我最恨别人欺骗我。"

"对不起。"吕啸说，"就当我们刚刚认识好不好？让我从头追起。

现在，我们在咖啡馆里邂逅……”

“你在咖啡馆里光着身子？”

“真麻烦。那就当在海水浴场邂逅好了。你好。”

“你好。”

“我叫吕啸。请问美女芳名。”

“我叫呀呀。”

“现在，我想抱抱你。”

“太急了些吧？”

“抱一抱，十年少。”

“哦，那过来吧。”

吕啸就过去，两片嘴唇噘得至少比鼻子远出五公分。呀呀身体后倾，身如弓，掌变爪，如疾风，似闪电。尽管吕啸早有防备，还是没能躲过那极其凶狠极其凌厉的一爪。那一爪甚至从我的电脑浏览器里顽强地探出，于是，正在聚精会神地写着这篇小说的我，脸上也多出五道挠痕。

我不得不去抽屉里翻出五个创可贴，对着镜子贴了半天。这件事情严重地影响到我的写作，因为后来，每当我写到呀呀，必心惊胆战，唯恐中了她防不胜防的“天下第一挠”。

“尽管你今天喷洒了古龙香水，但我还是闻到了一股人渣的气味。”呀呀手指大门，冲吕啸说，“滚出去！”

吕啸捂着脸，边退边说：“有性格，我喜欢。”

从“抓挠天后”呀呀那里出来，自尊尽失的吕啸给子彤打了一个电话。他说前些日子他说的那只母猫是真实的、客观的、存在的，刚才，他又被它挠了一下。

“还抱猫睡觉？”

“不。这次我只想亲亲它。”

“那你亲亲你的臭袜子再睡吧！”子彤说，“我知道你睡觉以前，总得亲点什么。”

吕啸就爪变掌，狠狠地掮了手机两个大耳光。

“还生我的气？”吕啸说。

“现在我想休息……”子彤说。

“呀呀，这件事是我不好……”

“你叫我什么？”

“子彤，这件事是我不好……”

“没事，这件事情过去了，宇非。”

“我对不起你。”

“你早就对不起我了。”

“子彤，你知道，这几年，我一直在试图让咱俩过上好日子。为此我拼了命地卖山寨手机、山寨电脑、山寨咖啡、山寨紫砂壶、山寨凉席、山寨和田玉……我真的不喜欢山寨的东西，但是，为了赚钱，为了让咱们过上好日子，我不得不这么做。夜里我常常反问自己，我怎么能干这样的事呢？我是好人啊！每赚到一分钱，我都心如刀绞啊！前些日子，我说我妈生病了，是真的。只不过她的病，没有我说的那样严重。当时我这么说，也是为了让你下定决心，咱俩好大干一场。子彤你明白我的意思吗？我是为了咱俩的未来。”

“咱俩还有未来吗？”

“现在我想见你。”

“别缠着我。”

“我想你。”

“法海，你不懂爱……”

“我想见你。”

“怪不得你的脸被猫挠了。明知瞒不过去了吧？”

“真是被猫挠了……”

“我困了，我想休息。对了，近来我常常失眠，宇非给我买了一只菊花枕，他说这会对我的睡眠有好处……”

“子彤，如果我以前哪里惹你不高兴了，我现在郑重向你道歉……子彤，我现在需要见你……”

“你怎么像只老母鸡一样咯咯嗒嗒个没完？你现在更需要一个口罩……”

“你给我买……”

“好啊！想要个三角的、四角的还是宽松的？”

“都行。”

“蕾丝的呢？要不透明的？”

“丁字的更好……”

“没时间跟你无聊！”子彤说，“你可以继续去找你的小母猫……”

“子彤！咱俩最多还有一个月的时间……我的意思是，林宇非对咱俩，特别是对你，越来越怀疑……如果你一个月之内还不能将他搞定，咱俩的计划，必将前功尽弃……”

“那你告诉我，我怎么搞定他？”

“这个，你想怎么样，都行……”

“我想陪他睡觉呢？”

“子彤，别说得这么难听。我知道林宇非很好色，这一点，我们恰恰可以利用。以己之长，攻彼之短，是不是？你与他在一起住了这么长的时间，他对你肯定早就垂涎三尺……”

“你到底什么意思？”

“我这样想，子彤，这个林宇非也许真的仍然想不起以前的那些事情，也许他早已经想起来了，只是装糊涂而已。他为什么要这样做？因为他想占有你。既然四百万的协议已经没有办法改变，那么，从一个商人的角度来说，能赚回一点是一点。一个好色之徒最想赚到什么？子彤，你懂的。”

“你还是想让我陪他睡觉，是不是？”

“这个你看着办……还有，那张协议，最好交给我保管。万一在你那里，被……”

“吕啸你给我听着，咱们俩，从今天开始，从现在开始，一刀两断。并且，咱俩的计划，到此为止。那张协议，我这就把它撕了，我说到做到。如果我不撕，我就是孙子！我问你，吕啸，这么长时间，我在你眼里是什么？啊？是什么？杀死林宇非的刀子？色诱林宇非的妓女？好啊！今天晚上，我还真打算陪宇非睡觉。我们鸳鸯戏水，龙凤呈祥！”电话挂断，子彤发现她的身体，抖个不停。

手机响起的时候，林宇非正在身边，所以她是躲到一楼的楼道里接电话的。楼道里的声控灯忽明忽暗，子彤的世界忽明忽暗。无数次在心里下了与吕啸分手的决心，这一次，她想她极其认真。就这样了，吕啸根本不值得她继续去爱——既然他可以为了一笔钱将她当成猎物，当成妓女，那只能证明，他从没有真正爱过她。

或许在他看来，爱情在四百万面前，根本不值一提。

当声控灯再一次亮起，当子彤转身，林宇非竟然正站在台阶上，冲她笑。

“你？”

“饭做好了，你总不回去。”林宇非说，“我下来看看。”

子彤用小指，擦掉一滴眼泪。

“谢谢你。”林宇非突然说。

“什么？”子彤头皮发麻。

“你刚才说，咱俩鸳鸯戏水，龙凤呈祥……”

“想都别想！”子彤从他身边挤过去，“你还听到什么了？”

“我刚来，就听到两句。第一句是，你打算和我睡觉；第二句是，咱俩鸳鸯戏水，龙凤呈祥。其实这两句说了同样一个意思。难道前面还有更精彩的？是不是前戏什么的？”

子彤又怕又气又伤心又绝望。套用一句广告词：每上一步台阶，都能看到更可怜的自己……

把自己关进屋子，蒙进被子，鼻涕眼泪，终抹了一脸。吕啸再可恨，两个人毕竟相处了三年，就这样分手并且因为这样的理由分手，子彤的心，如同被蘸了盐水的刀子反复地割。

林宇非锲而不舍地敲门。不过现在他要的不是“鸳鸯戏水”，而是希望子彤能开一下门，吃一点东西。

子彤还没有吃晚饭。

子彤就是不开门。

一会儿，林宇非又过来敲门。“吃点吧！”

子彤不说话。

一会儿，林宇非再过来敲门。“那我先吃了啊！”

子彤仍然不说话。

一会儿，林宇非还过来敲门。“我给你留了一只鸭腿、一只鸭翅和六个牛肉馅饼，吃完再哭吧。”

子彤捂住耳朵，就是不开门。

不给他开门，心却更痛了。突然想起一句话：你对一个人有欲望，这叫喜欢；你对一个人忍住欲望，这才叫爱。

林宇非对她既有欲望，又忍住欲望。这叫什么？

就爬起来，开门。吃饱了才有力气哭。林宇非刚刚劝她的。

鸭腿和鸭翅盛在盘子里，盘子放在餐桌上，餐桌已经被林宇非挪到她的门边。

林宇非正坐在餐桌边，为她剥一瓣大蒜。

吃掉鸭腿和鸭翅，心情好了很多。问林宇非：“刚才，你真的只听到两句？”

林宇非说：“就两句。”

“骗我呢？”

“骗你我是孙子。”

“哦。”子彤抹抹下巴，“鸭翅还有吗？”

“没了。”

“去买啊！”子彤抄起一瓶葡萄酒，命令他，“这个也给我打开！”

8

林宇非只听到两句？这是不可能的。

不敢说听到全部，但是，仅他听到的那些，就足以证明子彤与吕啸的关系，又足以证明子彤与他的关系。

子彤与吕啸什么关系？吵架的情侣。为了四百万而吵架的情侣。为了四百万而吵架的提出两断的情侣。

子彤与他什么关系？猎手与猎物的关系。明与暗的关系。明处的猎物与暗处的猎手的关系。

林宇非不寒而栗。

昨夜他的确出去为子彤买回一只烤鸭，可是一路上，他将那只烤鸭从头到脚舔了一遍。这叫恨吧？让子彤尝尝他的口水。这叫爱吧？既然吻不成子彤，就让烤鸭当成只负责传递接吻的“月下老鸭”。

有时候，爱与恨，矛盾并不矛盾着。

林宇非问子彤：“今天的烤鸭味道如何？”

子彤说：“如果再有点甜酱和薄饼，就更好了。”

第二天，清晨醒来，子彤已经在厨房里为两个人熬粥。吃饭时，子彤强颜欢笑，却肿着眼泡，黑着眼圈，林宇非就知道，吃完烤鸭喝完红酒以后，她肯定又躲在房间里哭了一场。

有些心痛她，又觉得不该心痛她。于是就盼望这一切不过是一场误会，或者不过是一个无比清晰又无比真实的梦。刚想掐一下大腿，大腿却提前痛了起来。低头看，原来是子彤的手。问子彤："你掐我干什么？"

子彤说："我想看看，这一切是不是梦？"

真是心有灵犀啊！却灵犀得让林宇非肝颤。

坐在沙发上看了一会儿电视，林宇非去上货，子彤去上班。可是林宇非却在上货的途中溜了回来，而子彤是在还没有下班的时候就溜了回来。两个人各自心怀鬼胎，林宇非技高一筹。

林宇非先找到那枚久已不用的曲别针。他轻轻拨动门锁，门锁却坚不可摧。早有防范的子彤竟然趁他不在的时候偷偷更换了完全不同的门锁，林宇非对此一无所知。

但这难不倒林宇非。他从钱包里摸出身份证，轻轻捅进门缝，一点，一滑，一拉，一挑。咔嗒。

打开一扇门，进入一间屋子，就是这样容易。

林宇非拉开抽屉，抽屉里的一切与以往似乎没有什么不同。林宇非打开衣橱，衣橱里的一切与以往似乎也没有什么不同。林宇非掀开被褥，一本《苏菲的世界》戳进他的眼睛。那本书如此熟悉，梦里，林宇非无数次见过它。

尽管书的扉页已被撕掉，但是，第二页，隐约可见碳素笔用力划过的印迹。

跑去阳台，迎着阳光，仍然看不确切。干脆找到一根铅笔，用刀子划下笔芯上的碳粉，抹匀手指，然后在印迹上轻轻摩擦。少顷，几个虽模糊但仍然令他无比伤心无比难过无比气愤无比恐惧无比绝望的字迹显露出来。

祝宇非生日快乐。乔娜。

日期，三年前深秋的一天。

果然没有猜错！乔娜果然不是护士！乔娜果然是他的女朋友！梦里的乔娜果然是真实的乔娜！梦里的女朋友果然是真实的女朋友！子彤果

然是假的！子彤果然在一直欺骗他！子彤果然是为了他的钱！林宇非颓然跌坐床上，那一刻，天崩地裂，世界末日。

还有照片。林宇非终于找到那张照片是PS过的证据：照片上，“他”的手背上，多出一颗清晰的红痣。那显然不是他的手。

还有书信。林宇非找到吕啸写给子彤的情书。无比肉麻的情书夹在一个废旧的笔记本里，笔记本装在一个鞋盒里，鞋盒丢在床底的角落里。那个鞋盒，连子彤都早已忘记。

还有U盘。U盘被装在塑料袋里，塑料袋被埋在栽了仙人掌的花盆里。U盘里存了很多子彤与吕啸的照片。U盘里还存了林宇非北京之行的照片。“如狼似虎大酒店”门前，林宇非在中，乔娜在左，子彤在右。快门被门童摁下的刹那，乔娜打掉了林宇非的手，照片上的林宇非，于是只搂了子彤。

还有很多，还有很多，还有很多。

所以，其实，只要用心去找，再精心策划的阴谋，也是破绽百出。

若想人不知，除非己莫为。

子彤回来时候，林宇非坐在餐桌边，默默地吃着烤鸭，喝着红酒。

“这么早下班了？”林宇非盯着子彤，两条眉毛，一高一低。

“没给我留两条鸭腿？”子彤看一眼房间的木门，答非所问。

“没给你留，我都吃了。”林宇非擦擦嘴，“还有冰箱里的啤酒，也都被我喝光了。”

“你怎么这么贪嘴……”

“你的酸奶，也被我喝光了。你的苹果，也被我吃了。你的桂圆，也被我吃了。你的巧克力，也被我吃了。还有你的抹脸油，被我抹脚了。还有你的气球锤橡皮锤大铁锤，被我当垃圾扔了。”

“你疯了吗？”

“先把门关上。”

“你怎么了？”

"关好门。"

子彤就把门关好。

"反锁上。"

"神经啊你。"

"锁上。"

子彤就把门锁好。

"关紧窗子。"

子彤就把窗户关上。

"拉上窗帘。"

子彤就把窗帘拉好。

"过来。"

子彤就过来。

"坐我怀里。"

"想都别想……"

"不，只要我想，就可以。"林宇非站起来，走到子彤面前，居高临下地盯住她，"现在，只要我想，我完全可以把你强奸一百遍。并且我相信，你不敢告发我。"

"你可别乱来啊！"子彤吓得腿都软了，"我是你女朋友……"

"乔娜才是我女朋友！"林宇非突然吼叫起来，"你，子彤，你是一个骗子！不但你，吕啸，江岸，冷馨，你们全都是骗子！你们骗我只有一个目的：钱！钱！钱！钱钱钱钱钱钱钱！"

子彤捂住耳光，退到墙边。早想到这一天会到来，却想不到，这一天来得如此之快。

近来，几乎每一个梦，都是骗局被揭穿的情景。醒来，无限纠结，无限恐慌。那么，现在，应该终于可以释然了吧？

林宇非把她强奸一百遍？好啊。她这样的罪过，本该被凌迟的。

子彤滑坐到地板上。她抬起头，说："宇非，对不起。"

“别跟我说对不起！”林宇非就像一头暴躁的狮子，“因为咱俩没关系！”

“那你说，现在怎么办？”

林宇非指指窗口：“要么我把你扔出去，要么你自己跳下去。”

……

9

如果你认为，故事到这里应该结束了，那么你错了。

其实，故事才刚刚开始。

第九章

世界末日

——世间并非只有毒品才可以成为毒品。世间的任何东西都可以成为毒品。比如一盆好花，一本好书，一瓶好酒，一个好男人……比如酗酒，比如赌博，比如打架，比如偷盗……比如对金钱的欲望，对权力的欲望，对美色的欲望，对声名的欲望……比如对金钱的欲望的欲望，对权力的欲望的欲望，对美色的欲望的欲望，对声名的欲望的欲望……这世间，只要能让人成瘾的，疯狂的，欲罢不能的，浮想联翩的，都可以称为毒品。

可能的四百万是她的毒品。对四百万的欲望是她的毒品。对四百万的欲望的欲望是她的毒品。

她想，不管是谁，不管被任何毒品所连累，所牵制，所俘虏，那么，便是这个人的世界末日。

1

楼底下，靠近窗口的地方，很大一摊血。

那是子彤的血。

还有一枚戒指。林宇非送给子彤的戒指。早晨起来，子彤盯了那枚戒指很久，然后，戴上它。虽然想不到骗局会如此之快就被林宇非识破，但她还是有些预感。

还有一片指甲。脱离身体的指甲很快变得没有了光泽。指甲静静地躺在戒指的旁边，深秋阳光里，闪烁出苍白并且黯淡的光芒。

事后，林宇非后悔了。就算子彤罪该万死，他也不能让子彤跳下去。

可是，再后悔，也不能将已经发生的事情挽回。

他们住在六楼。从六楼的窗口跳下去，即使摔不死，也会摔个生活不能自理。

所以，有时候，报应，由不得你不相信。

2

乔娜与帅哥过了几天快乐并且疯狂的日子。

她喜欢带帅哥去大商场购物。她为帅哥买咖啡，买咖啡机，买酒，买酒具，买手表，买项链，买手机，买名牌衣裤……买着买着，她便发现一个问题——她变成半年以前的孙大圣，而帅哥，变成半年以前的她。半年以前的孙大圣为她挥金如土，因为孙大圣有钱，还因为她漂亮。她为帅哥挥金如土，因为她有钱，还因为帅哥健壮英俊。无论男女，只要手里有了闲钱，总会对令人心动的异性动心然后采取行动——既然对方令人心动，那自己的心怎能不动？

与孙大圣的不同之处在于：孙大圣泡她，用的孙大圣的钱；她泡帅哥，还是用的孙大圣的钱。

孙大圣是一名成功并且精明的商人。既然是成功并且精明的商人，他就绝不会允许自己做冤大头。

绝不做冤大头的前提是，首先要发现她的不忠。

这个非常容易。豪宅里的每一个人，都是孙大圣尽职尽责的眼线。他们绝不会放过任何一个巴结孙大圣的机会。

晚上孙大圣来到豪宅，乔娜已经为他放好洗澡水。孙大圣说："你怎么知道我要来？"乔娜说："我不知道你要来。"孙大圣说："可是你为我放好了洗澡水，并且温度恰好。"乔娜说："每天的这个时候，我都会为你放好温度恰好的洗澡水。"乔娜说的是真的。她活在当代，却又活在过去。她就像守在深宅里的旧女子，妩媚并且孤寂，慵懒并且倦怠。每天她穿一身碎花旗袍，抱一只虎皮花猫，坐在大理石井沿上，守着一堆名牌，候着她的男人。然而，并非只有她在等他，一起等他的，还有他美丽优雅的妻子。

那个帅哥就像孙大圣雇来的短工。他"担水"，"劈柴"，练就一身结实的肌肉。可是他空有一身肌肉，有时候，线条再美的肱二头肌，也不如一张钞票的水印漂亮。帅哥绝非只有乔娜一个情人，否则的话，他绝去不了那样高档的私人洗浴会所，也绝不敢勾引性感的乔娜或者被性感的乔娜勾引。

勾引别人或者被别人勾引都是需要实力的。没有实力而去勾引别人或者被别人勾引的人是无耻的。

很多时候，当帅哥没空，当孙大圣没空，当乔娜独自躺在游泳池边的躺椅上或者独自深埋在沙发里，她就会感觉到一种深入到骨髓里的孤独。房间越大，她越孤独。装饰越豪华，她越孤独。周围的器皿越昂贵，她越孤独。打扮得越漂亮，她越孤独。不仅孤独，还有寒冷，还有逼仄。似乎，所有的一切都朝她挤压过来，不留一丝缝隙，让她透不过气。

庭院深深深几许，杨柳堆烟，帘幕无重数。玉勒雕鞍游冶处，楼高不见章台路。

莫道不销魂，帘卷西风，人比黄花瘦。

乔娜认为自己，如同一只可怜的鸟儿。

有时候，她会想到林宇非，想到子彤。想林宇非的时候，她会不知不觉红了眼圈。不过半年多的时间，却如同经历了一个世纪。有时候，当早晨醒来，她会想不起到底身在何处。闭着眼睛，想啊想啊，待终于想起，又不敢睁开眼睛。她怕睁开眼睛，泪水会像止不住的泉。

她认为自己每一天都在飞快地老去。一天，她找到她的第一条鱼尾纹，又一天，她找到她的第一根白发。不管她愿不愿意，青春都在一天天远离，将她抛弃，而当青春终于不在，她不知道，这世上，她还能拥有什么，拥有谁。

她伤感。她恐惧。

变老的不止是容颜，还有心境。她开始喜欢安静，喜欢回忆。常有这样的梦：她满头白发，满脸皱纹，失去所有牙齿。她干燥，松弛，如同一张自行老去的皮肤。她步履蹒跚，她走进光影斑驳的花园。地上铺满厚厚的芙蓉花瓣，丝丝缕缕，幽香忧伤。她回来，将自己埋进沙发，任尖锐并且冰冷的阳光从脸上划过。周围空空荡荡，不见一个人影，可恍惚中，又仿佛看见林宇非、子彤、孙大圣、父亲、母亲从窗口依次走过。

她醒来，枕头濡湿。看一眼窗外，月如钩，深蓝色的云彩，拉成细丝。

孙大圣在的晚上，她是他的爱人、佣人或者充气玩偶。孙大圣不在的晚上，她是自己的爱人、佣人或者充气玩偶。她努力满足孙大圣的一切要求，温柔的或者粗暴的，正常的或者非正常的，她只希望孙大圣能够在这里多待一个小时，一分钟，一秒钟。可是，不行。孙大圣有事业，有家庭，有妻子。孙大圣轻轻将她抚摸，孙大圣说："我知道你孤独。"

她不语。她吻孙大圣的胸膛。

"可是你再孤独，也不能让我没有面子。"

她的嘴唇便停下来。

"你要多少钱，我都给你。"孙大圣说，"可是你不能拿我的钱，泡别的男人。这是极不道德的。如果你不开心，你甚至可以打我，骂我，都没有关系。在外面，我无限风光，在你面前，我宁愿做你的宠物。可是你拿我的钱侍候别的男人，你让我很被动。"

孙大圣的话是真的。他爱乔娜，他愿意做乔娜的奴仆或者宠物。就像乔娜愿意做他的奴仆或者宠物。

宠物。金丝雀。乔娜同意这样的理解和比喻。孙大圣喜欢她，爱她，宠她，于是为她做了精致的鸟笼，为她准备了美味的佳肴。然这鸟笼越是精致，她就越是孤独。直到那一天，她遇到另一只孤独或者假装孤独的金丝雀。于是，她为他在她的鸟笼之内，制作了一个精致的小鸟笼，并给他准备了美味佳肴——可是所有的这些，全是主人赏赐给她的。换句话说，帅哥是宠物的宠物，他的下场，注定是悲惨的。

"我见过他了，八块腹肌。"孙大圣说，"不过这没什么了不起的，忍者神龟的腹肌更多。"

孙大圣竟然有心思与乔娜开起玩笑。即使他非常生气，表现得也非常绅士。

"你别害怕，我不会对他怎么样的。"孙大圣说，"但是，假如他再一次出现在这里，或者他再一次出现在你的面前，那么，我会很伤心的。”

孙大圣微笑着，抚摸着乔娜如瀑的长发。乔娜的嘴唇，再一次开始游动。

那天，自始至终，乔娜没说一句话。

第二天，给帅哥发去短信，让他以后不要找她。帅哥非常配合，配合到连短信也没有给她回。其实这正是帅哥想要的结果，那时，他正搂着一个软绵绵的湖南女孩，听着软绵绵的湖南话，身体却变得硬邦邦。

3

白万富之所以喜欢陆小朵，除了陆小朵漂亮，爱书，温柔，聪明，还因为她有一个有文化的老爸。白万富希望将来能有一个很文化很学究的老丈人陪他聊《周易》，聊《诗经》，聊《左传》，聊《尔雅》，聊《资治通鉴》《古列女传》《孙子兵法》《观林诗话》……再摆一壶酒，两个菜，下下围棋，赏赏菊花，弹弹古琴，听听昆曲……或者，吟个诗，做个对，画个画，写个字，猜个谜，养个鸟，栽个花……他喜欢那样的生活。旧时光对他是一种吸引，所有与旧时光有关的一切对他来说，都有着致命的杀伤力。

陆小朵的老爸是一家杂志社的主编。他主编的杂志叫做《深爱》，他的名字叫做陆清浅。

白万富爱上陆小朵，他的一切全都发生改变。夹趾拖鞋永不再穿，取而代之的，是一双千层底儿。千层底儿搭配长袍马褂，或者干脆一身汉装，无人在的时候，白万富变成标准的老学究。有时他会搂着陆小朵到大街上招摇，他们的出现让很多人误以为这是某个剧组正在拍戏，于是那些人很快进入角色，想吐痰的不吐了，光着膀子的也不光了，牵着自己的老婆的牵得更加用力更加做幸福状，牵着别人老婆的赶紧撒手，然后形同陌路。

陆小朵自豪地对别人说，白万富就是她的从秦汉一直长到现在的大树。有他在，别说刮风下雨，天塌下来，也不怕。

但她知道冷馨怕。当然冷馨不是怕雨，而是怕雨夜。她不知道理由。其实这样的事情基本没什么理由，有人怕蚯蚓，有人怕青蛙，有人怕老鼠，有人怕蟑螂，有人怕电话铃声，甚至有人怕某一个汉字，某一个单词……这世上，每一个人，都有怕的东西。

有一次，陆小朵、冷馨、江岸和子彤正吃着饭，江岸突然问，谁知道怎么治疗怕雨夜的毛病？陆小朵说："拉严窗帘，捂紧耳朵。"她的原意是，如果不知道外面下雨，就不会有惧怕感。然江岸和冷馨却将她的意思误解。几天以后，当又一个雨夜过去，江岸对陆小朵说："你的办法，似乎不灵。"

陆小朵就想起一个叫做念蓉的阿姨。其实叫她姐姐更恰当些，因为无论从长相，还是从年龄，她都像陆小朵的姐姐。之所以叫她阿姨，是因为有一天，当她从滨城回老家，她发现，这个念蓉似乎与老爸在谈恋爱——老爸和老妈在多年以前离异，老爸一直单身。

既然是老爸的女朋友，那么，必须称阿姨了。

这个阿姨，怕雨夜。

她告诉陆小朵，她没有任何原因。她既不怕雨，也不怕夜，可是她怕雨夜。她也知道雨和夜都不过是一种自然现象，但把它们加在一起，她就怕了。问她，怎么克服？她说，没法克服。问她，那怎么办？她看一眼父亲，说，年龄越来越大，就不怕了。"完全不怕，得到五十岁吧！"她盯着父亲，笑着说，"五十岁的女人，如果还怕老鼠怕蟑螂怕雨夜，多无耻啊。"

把她的话说给冷馨听，冷馨至少沉默了一分钟。"五十岁。"她看着江岸，笑笑，笑中含泪。隔着桌子，江岸轻轻将他的手搭上她的手背。

那时候，除了子彤，所有人都在嘲笑江岸甜得发腻的亲昵举动。但是，当有一天，当冷馨多年的伤口终于被彻底暴露和撕裂，所有人都开始深刻地理解和同情江岸。并且，他们认为，相比冷馨的恐惧和痛楚，江岸更令人钦佩。

娶一个被人强奸的妻子不仅需要伟大的爱情，还需要伟大的勇气。特别是，这件事情随时可能被公之于众，从而让两个人的一生，动荡难安。

4

楼底下，靠近窗口的地方，的确有很大一摊血。

很大一摊血究竟有多大？大到，有饱满的黄豆粒那么大。

林宇非让子彤跳出去，子彤就冲向窗子。她拉开窗户，爬上窗台，林宇非见势不妙，滑翔而来，将她紧紧抱住。挣扎中，子彤的手被窗户挤住。她哭号着往回缩，戒指掉出窗外。一起掉出窗外的还有她的一个漂亮的指甲。子彤呼天喊地，剧烈的疼痛让她狠狠地从林宇非的脖子上抠下一块瘦肉。

只有一滴血。那滴血追随着她的戒指和指甲，砸上地面。

林宇非把子彤抱上沙发，找了纱布、胶布和创可贴，将她的手指一层层包裹起来。子彤不过掉了一个指甲，但包到最后，子彤就变成一具木乃伊。木乃伊躺在沙发上继续嚎叫，与其说她在嚎她的手指，不如说她在嚎她的未来。

她对已经到来的未来，充满恐惧。

因为掉了一个指甲，午饭当然得林宇非来做。还有晚饭。还有明天的早饭，午饭，晚饭。后天的早饭，午饭，晚饭……

林宇非一边淘米，一边对子彤说："别以为你伤了手，我就会原谅你。我做饭，只因为我也饿了。"

子彤号累了，就不想再号。不想再号，又想弄出点声音，就取了歌厅里带回来的鼓掌拍子，"啪啪啪啪"一顿乱敲。

林宇非将淘好的米倒进电饭锅，开始洗菜。"你的算盘也许打错了，"他说，"可能我真是一个穷光蛋。不仅现在是，以前也是。"

子彤敲累了，便不再敲。这时她想起她的戒指，急忙飞奔下楼，还好，戒指还在。一个孩子见到她，吓得"哇"一声哭了。"妈妈咪啊！"孩子喊，"粽子成精啦！"

"粽子"是指子彤被包得里三层外三层的手指。因了这个巨大的"粽子"，她不能戴回她的戒指。

于是，让林宇非将那些纱布、胶布和创可贴解掉，小心翼翼地将戒指戴回。失去指甲的手指就像一段被人咬了一口的芦笋，指尖碰到林宇非的手背，钻心地痛。

"下午带你去医院重新包扎一下，上点药。"林宇非说，"感染了就不好了。"

子彤用左手，笨拙地夹着菜。

"你和吕啸，真的分手了？"林宇非突然放下筷子，说，"你良心发现了？"

子彤看看林宇非，说："如果我告诉你，我早想放弃这个计划，你会不会相信？"

"我相信啊。"林宇非说，"我还相信，你只是'想放弃'，但你下不了决心。"

"如果我告诉你，昨天晚上我想了一夜，终于下决心放弃，你会不会相信？"

"我倒是想相信。"

“你要我怎么做，你才肯信？”

“把协议撕了。”

“为什么要撕？”

“表达你的诚意。”

“表达诚意就要撕协议？”

“看看，我就知道你舍不得。”林宇非说，“不过，这样挺好啊。毛老人家说什么来着？与人斗，其乐无穷。咱们俩，从今以后，就天天斗，时时斗。我看看你能坚持多久。”

“那好，现在我就把它找出来撕了！”子彤站起来，装模作样地到处翻找。其实根本不用找，协议一直装在她的钱包里。三个小时以前，她还将协议翻出来，细细地读了一遍。昨晚她的确有放弃的打算，但当早晨醒来，当她发现自己还得辛辛苦苦地去上班，对那四百万，便充满不舍。

“我想起来了。”子彤说，“协议放在吕啸那里，这几天我去拿过来。”

“那你还是别去了。”林宇非表情揶揄，“万一旧情复燃，或者吕啸对你另有企图，怎么办？”

吃饭，无话。吃完饭，洗刷碗筷，收拾餐桌，自然都成了林宇非的事情。

“我上辈子欠你多少？”林宇非说，“你骗了我这么长时间，我还得给你当牛作马……”

似乎，林宇非说得没错。

所以，有时候，报应，千万不要太过相信。

子彤倚着门，咬着嘴唇。

“宇非，你远没我想象中那样可怕。”子彤突然说，“想象中，万一你知道我在骗你，你会……”

“我会把你强奸？我会杀了你？我会杀了吕啸？我会把你们送进监

狱？你希望是哪一种？”

“可是……”

“别再想那四百万了。”林宇非说，“就算那笔钱被我想起来，我至多分四千块钱给你。”

子彤想说“太少了吧”。她动了动嘴唇，却没有发出声音。

“我知道你肯定嫌少，”林宇非说，“最多再给你加八百。”

子彤咧咧嘴。

“我只希望你能帮我一件事情。”林宇非将洗好的碗筷放进橱柜，说，“你必须跟我讲实话。”

子彤一下子想到乔娜。

“告诉我，乔娜为什么要离开我？”林宇非盯着子彤，眸子里，霎时吹起柔软温暖的春风。

子彤却在刹那间打一个寒战。

这就是林宇非表现得无比大度的真正原因吧？或许，当他找到乔娜，找回八百万，然后就会像他说的那样，先将她强奸，再将她杀掉，或者，直接将她和吕啸送进监狱，让这对曾经的情侣，隔窗唱起《铁窗泪》。

所以，有时候，报应，由不得你不相信。

5

林宇非伤心，痛苦，哀伤，愤怒。只是他不想在子彤面前表现得太过强烈而已。

有用吗？一点用也没有。现在他最想做的，就是找到乔娜。

子彤为他讲述他们的北京之行——机场相遇，结伴同行，酒店插曲，长脸出现，郊外赏花，意外发生，大圣降临，乔娜离去，讲得详细并且生动。但林宇非不肯相信。“你还在骗我。”他说，“我和乔娜相恋四年，孙大圣与她不过相识几天，她绝不会为孙大圣抛弃我。”

“可是在乔娜看来，孙大圣远比你优秀。”子彤说，“很多时候，女人们会将拥有钞票的多少作为衡量优秀男人的标准。”

“可是我相信这世上有真正的爱情。”

“我也相信。不过，你怎么知道乔娜与孙大圣之间不存在真正的爱情？”

“因为他们相识太短相恋太快！”

“你不一样吗？第一眼看到乔娜，连她的名字、年龄和职业都没有搞清楚，就爱上她了，并且爱得死去活来。”

林宇非不说话了。不说话不是因为他无话可说，而是因为他不想多说。被人抛弃是这个世界上最窝囊最痛苦最刻骨铭心的事情，虽然这事情，已经过去了大半年。——打击的不但是感情，还有自尊。

“呀呀曾经也被你无情地抛弃。”子彤说，“所以，让你尝尝被人抛弃的滋味，也算是报应吧。”

“你呢？你欺骗了我这么长时间，是不是也得让你尝尝被人欺骗的滋味？”

“比如？”

“比如我是一个穷光蛋，那八百万根本就不存在。所以，你不但一直在做赔本买卖，并且还会继续做下去……”

“我突然宁愿你是一个穷光蛋。”子彤说，“那样的话，你就不会恨我了。”

又到了晚饭的时间，林宇非做饭，子彤用一只手择菜洗菜。林宇非说：“一边去！笨人帮忙，越帮越忙。”子彤就一边去，却并不走开。她问林宇非：“过几天就是世界末日了吧？”林宇非说：“现在对我来说，每一天都是世界末日。”子彤说：“你到底希不希望你的八百万是真的？”林宇非说：“吃猪肝说废（肺）话，当然希望它是真的。”子彤说：“真的只分给我四千块钱？”林宇非说：“嫌少的话，一分钱也没有。”子彤说：“你怎么能这样呢？从乔娜离开你那天起，一直是我在照顾你，没有我，现在你应该在北京火车站要饭。”林宇非说：“四千块钱，爱要不要。你奈我何？拿那张骗子协议去告我？”子彤说：“早知你这样绝情，当初真该让大铁锤直接在你的脑袋上开花。”

其实对子彤，林宇非只恨了她一天。确切说只恨了她一会儿。当子彤那只漂亮的指甲飞出窗外，当子彤痛得满脸是汗，林宇非便原谅她了。不仅原谅，心里还猛地痛了一下。指甲与骗局毫不相干，但是，别人的伤痛总会带来自己的宽容。不仅林宇非是这样，几乎人人都是这样。

——应该恨她的，却怎么也恨不起来。林宇非只好恨起自己。

不恨她，也不会爱上她吧。怎么可能爱上她呢？虽然她假扮了自己大半年的女友，给他烧饭，陪他吃饭，支持他开网店，陪他聊天，陪他闷，陪他烦，陪他开心，甚至陪他在一个屋子里睡觉，但是，假的毕竟是假的。他不应该对假的东西产生任何感情，哪怕再美丽、再逼真。比如，一束塑料花。

他应该恨的是乔娜，应该爱的也是乔娜。然而他找不到乔娜。子彤告诉他，自乔娜离开以后，只给她打过一个电话，还用了公用电话。他不信，子彤就翻出那个号码，让林宇非打过去。林宇非拨通电话，对老板说，半年以前，他在那里打完电话，给老板十块钱，老板却找回他九十九块钱。当时他昧下了这些钱，可是这半年以来，他一直在饱受良心的谴责。所以，他希望能找个机会，将钱退还。老板大喜，说，诚信之人，乃君子也。林宇非说可是我忘了您的具体地址。老板就把他的地址详详细细地跟林宇非说了两遍，又说：“如果您不方便来，打我卡上也行。”林宇非说：“那显得我多没有诚意啊！我不但要亲自还钱，还想请你去大鸭梨烤鸭店大吃一顿，以表歉意。”

骗局破绽百出，但老板深信不疑。利益面前，再聪明的人，也会变得弱智。

子彤说："你编瞎话的能力可比我高明得多。"

林宇非耸耸肩膀。"我脑残，我智慧。"

"一定要找到乔娜？"

"一定要找到她。"

"她天天守在公用电话亭那里等你？"

"总是个线索。"

"要线索干什么？破镜重圆？"

"我得当面问问她，她到底有没有爱过我？"

"这有意义吗？不管她有没有爱过你，她都将你抛弃。抛弃你，这并不过分，过分的是，她在你最需要帮助的时候抛弃你。那时候，你身无分文，孤孤零零……"

"你的意思是我得感谢你？"

"惭愧惭愧。"

"其实，我还真得感谢你。"林宇非说，"这几天，我的记忆恢复得很快……"

"哦？"

"比如，我想起咱们在机场相遇。你穿着一件花格子连衣裙……"

"我穿的是乳白色连衣裙！"

"对不起你得允许我犯一点错误。你穿着乳白色连衣裙，脚蹬乳白色小皮鞋，挎一个乳白色坤包……"

"我挎的是棕色的坤包。"

"请允许我再犯一点小错误。咱们坐在候机室待机，我记得我坐在中间，乔娜坐在左边，你坐在右边。我记得当时我在用手机上网，好像是在看股票，候机大厅嘈杂混乱。这时，你凑过来与我搭讪……"

"是你与我搭讪。当时你就像一只横行的螃蟹……"

"……然后我们上了飞机。乔娜在左，我在中间，你在右。好像后来你们调换位置了吧？我知道，乔娜想把咱们隔开……后来我们入住的酒店叫做‘如狼似虎’，多高雅的名字啊！当天晚上，我跑到你房间里，好像是借牙膏什么的……”

“回大人，你借的是安全套。”

“我不会那么无耻吧？”

“你一直很无耻。”

“就算是安全套吧。不过，一夜无事。然后，第二天，咱们就去郊外赏桃花了。”

“你漏掉了最关键的部分：第二天，你把你的卡，还有二十万现金，交给一个叫做长脸的人代为保管……”

“问题是我想不起这个长脸是谁……”

“就在酒店门口，他的脸很长。”

“有多长？”

“去年两滴相思泪，如今方才到嘴边。”

“想不起来了……容我以后慢慢想……好像来了个放风筝的孩子，他的风筝挂到树上，我爬上去帮他拿下来。风筝拿到了，可是，突然，嘭！”

“嘭！”

“嘭！我就脑残了。”

“还有吗？”

“没了。”

“这毫无用处。你忆起的都是些无关紧要的事情。对你来说，卡和长脸才是重点。”

“是对你来说吧？”

“并且，你回忆起来的这些，都是我前天给你讲过的。你只是把我的话变成电影在脑子里演了一遍而已……”

“我不揭穿你，你会主动告诉我？”

“打算怎么办？”

“继续回忆，找到乔娜。”林宇非看着子彤，“反正咱俩的协议到我找到卡和想到密码那天为止。到那天，咱俩就拜拜了。我走我的阳关道，你走你的独木桥。”

两个人开始嗑瓜子。“喀喀喀喀”，如同两只贪吃的老鼠，嗑了一个下午，直嗑得连放出的屁都是香的。谁都不再说话，偶尔，白着眼睛瞟一眼对方，苦大仇深之下，内容复杂。

假如真有那一天，会怎么样呢？会不会彼此不舍？子彤毕竟照顾林宇非这么长时间，林宇非毕竟曾经将子彤当成他真正的女朋友并带她上船又送她戒指甚至差一点与她热吻。——不管那时的子彤是怎么想的，那时，他爱子彤，却是真的。

也许正因为如此，他对她，才恨不起来吧？每一天，他都会按时给子彤的手指换纱布，换药，他的理由是：“你的手早点好起来，好为我烧饭。”

有一次，当他这样说，子彤感动得差点流下眼泪。

子彤怕。她认为她不是害怕失去林宇非，也不是害怕失去那四百万，而是害怕林宇非重新变回那个世故的商人。她一直不喜欢商人，特别是成功的商人。她认为所有成功的商人全都是靠着剥削和欺骗无辜百姓才发迹的，他们只认钱，不认人。她知道这有些偏激，可是她说服不了自己。

现在的林宇非，单纯，善良，拙朴，干净，节制，丰富。虽然早已大学毕业，但很多时候，子彤认为，林宇非仍然在读着大学，而她就是林宇非的大学同学，甚至初恋情人。

林宇非现在的生活，不过是大学生活的一种延伸。

将钱包掏出来，拿出协议，展开，一条一条地读，读到最后，对自己的厌恶之情，上升到极点。去浴室照镜子，对镜子里的那张脸，也恨得咬牙切齿。于是前腿弓，后腿蹬，做一个撕掉协议的姿势，牙齿“咯噔噔”白咬了半天，终是不舍。第二次，又是如此。第三次，下了狠心，协议撕开一条口子，马上又后悔了。于是，找来胶带，小心翼翼地粘好。她想她能够理解陈美莲的男人了。

——世间并非只有毒品才可以成为毒品。世间的任何东西都可以成为毒品。比如一盆好花，一本好书，一瓶好酒，一个好男人……比如酗酒，比如赌博，比如打架，比如偷盗……比如对金钱的欲望，对权力的欲望，对美色的欲望，对声名的欲望……比如对金钱的欲望的欲望，对权力的欲望的欲望，对美色的欲望的欲望，对声名的欲望的欲望……这世间，只要能让人成瘾的，疯狂的，欲罢不能的，浮想联翩的，都可以称为毒品。

可能的四百万是她的毒品。对四百万的欲望是她的毒品。对四百万的欲望的欲望是她的毒品。

她想，不管是谁，不管被任何毒品所连累，所牵制，所俘虏，那么，便是这个人的世界末日。

公元2012年12月21日，传说中的世界末日。两极倒转，天体重叠，太阳风暴，天塌地陷。现在，距这一天，仅剩三天。

6

子彤问林宇非："相信世界末日吗？"林宇非说："相信啊！既然宇宙从无到有，世界从无到有，总有一天，宇宙还会从有到无，世界也会从有到无。我们现存的一切都将不复存在——高山，海洋，森林，沙漠，建筑，秩序，道德，法律，宗教，光线，尘埃，四季，空间，时间……"子彤说："我是说，你相信三天以后真的会迎来世界末日？"林宇非说："当然不信。所谓的世界末日不过是玛雅人的年历到了最后一天而已。玛雅人计算出来的2012年12月21日是什么日子？就是他们的‘大年三十’。过了大年三十，这一年当然就结束了。取而代之的是什么？当然是新一年的大年初一。”子彤问：“假如真有世界末日呢？你认为自己有什么遗憾？”林宇非说：“因为我不相信，所以没有‘假如’——谣言止于智者。”子彤说：“做个游戏嘛！你就假如一下。”林宇非想了想，说：“明明我有八百万，就是想不起来，拿不到手，这就是我的遗憾。”子彤问：“还有吗？”林宇非说：“没有机会当面问问乔娜，她到底有没有真正地爱过我。”子彤叹一口气，说：“你是她的曲终人散，她是你的余音绕梁。你可真是下贱到了极致。”

林宇非问她：“那你呢？有什么遗憾？”子彤说：“没有得到我应该得到的四百万，算不算遗憾？”林宇非说：“是四千块。”子彤说：“如果还有什么遗憾的话，就是我漂亮的指甲还没有长出来。”林宇非说：“打算怎么过？”子彤问：“什么？”林宇非说：“世界末日啊。”子彤说：“你想把世界末日当成节日来过？”林宇非说：“当然。如果活过世界末日，就当成庆祝。如果真有世界末日，就当成最后的疯狂。”子彤问：“怎么疯狂？”林宇非看看子彤，咽一口唾沫。“我听说，有个美国人做过调查：假如离世界末日还有一个小时，大多数人都会选择做爱。”子彤瞪瞪眼睛：“别以为我骗过你你就可以胡来啊！做爱？想都别想！”

没有人相信末日，但是，每个人都在谈论世界末日。一大早子彤就接到陆小朵发来的短信。短信云：各位亲朋好友，从现在开始到12月22日止，请将各自身份证、户口本、个人经历等有效证件随身携带，以方便后人考古！她将短信拿给林宇非看，林宇非就真的揣了身份证，然后对子彤说：“可惜咱俩没有户口本。”

商家们更是不会放过这个难得的赚钱机会，不仅制造出各种与“世界末日”有关的商品，更是搞出“末日餐”“末日游”“末日购物大酬宾”“末日歌舞表演”等稀奇古怪的事情。林宇非问子彤：“吃‘末日餐'还是看'末日歌舞表演'？"子彤说："先看表演，再进餐。"

歌舞表演选在一个很小的剧场。横幅上横七竖八地写着他们的广告：世界末日，介么残酷，又没有灰船，你"肿么"不进来笑抽筋？

林宇非说："编广告的这个人，肯定大舌头。"

也许近来两个人的神经绷得太紧了吧？所以，他们真的打算过来"笑抽筋"。

然后，去爬山。

这才是两个人"末日"的主题。说好了的。

上午下了点雪，通往"古陌岭"的山路极其难走。林宇非与子彤互相搀扶，用了两个多小时，终于爬到山顶。在山顶举目四望，小小的滨城如同搭在一起的积木，密密麻麻的街路就像缠到一起的混乱的布条。与那些无聊的人一样，他们到达山顶的第一件事情，就是寻找他们的住处。

"在那片红房子的后面。"林宇非肯定地说。

"在那片红房子的前面。"子彤肯定地说。

"你说得对，在那片红房子的前面。"林宇非肯定地说。

"你说得对，在那片红房子的后面。"子彤肯定地说。

"不管在哪里，反正家是跑不了的。"两个人后来肯定地说。

竟同时用到了"家"。说完，两个人都不好意思地笑起来。

林宇非突然对子彤说："我好怕。"说着，往子彤怀里扎。

子彤后撤一步，眼睛一瞪："想占便宜？"

再怎么瞪，也是小眯缝眼。

所以，根本看不到反抗或者生气的意思。

"世界末日好像真的就要来啦！子彤你能感觉到地面的颤动吗？子彤你能感觉到气温瞬时下降了好几度吗？我都感觉到啦！我好怕！"林宇非偷笑着，得寸进尺，搂住子彤的胳膊。

"少来！"子彤甩开他的手，"马上回去，烧饭给我吃！"

“你的手，应该可以烧饭了吧？”

“不行。痛得很呐。”轮到子彤偷笑和得寸进尺了。

两个人并没有着急回去，他们坐在写着“古陌岭”三个字的巨大岩石上，看冬日里萧瑟且平静的山林，看城市安静地趴伏在山与山之间的狭长空隙里。然仔细看，距他们最近的街路上，甲壳虫般的汽车仍然来来往往——无论何时，哪怕世界末日，城市都在匆匆忙忙，人欢马叫，灯红酒绿，动荡难安。“其实，站在山顶上和站在山脚下的两个人，虽然地位不同，但在对方眼里同样渺小。”林宇非突然很哲理、很心灵鸡汤地说，“换句话说，你飞得越高，在不能飞的人眼里，越显得渺小。”

下山时候，两个人见到极为感人的一幕：一位中年男人推着轮椅，一步一步往山顶挪。轮椅上，坐着他年轻的妻子。山势陡峭，遇到推不动的地方，他就会背起妻子，手脚并用。背上的妻子一边“咯咯”笑，一边叮嘱他“要小心要小心”。待爬到稍稍平坦些的地方，放下妻子，返回，取回她的轮椅。

子彤问他：“这么冷的天，又下了雪，为何一定要爬到山顶？”男人说：“每年的这一天，除非下大雨，下冰雹，否则一定要来。这么多年，一直是这样。”林宇非问他：“需要帮忙吗？”男人笑笑，背起妻子，说：“多谢啦。”男人的鬓角已经斑白，然他的身体，健壮得就像二十出头的小伙子。

到山脚，子彤问林宇非：“当有一天，这个男人背不动她，会怎么样？”林宇非说：“不怎么样，小区里转一圈，同样美好。”子彤说：“你好像挺瞧不起他？”林宇非说：“只是觉得没这个必要。”子彤说：“我猜他们肯定是因爬这座山而认识的，又肯定是因爬这座山而出了意外。男人心怀愧疚，所以每到他们认识的这一天，或者女人出意外的这一天，就会过来看看。”林宇非说：“有什么可看的？这么恶劣的天气，这么危险的山路，万一出事怎么办？”子彤说：“你怎么一点儿也不懂浪漫？”林宇非说：“我没觉得冒着严寒爬山观景和闷在家里煲一锅大骨汤有什么不同。”子彤气鼓鼓地说：“那一会儿你给我煲一锅大骨汤！既不懂浪漫又不懂感动，难怪呀呀和乔娜都要与你分手！”

话一出口，就后悔了。想收，收不回来。好在林宇非似乎并不生气，照样有说有笑，照样给子彤煲了一锅大骨汤。不过，喝汤时，他的话却让子彤非常生气。

他说：“从明天开始，烧饭的任务，就重新交给你。我只负责择菜、洗菜和刷碗。掉个指甲还得为你煲一锅大骨汤？又不是掉了一条大腿。”

这句话只是铺垫，是为他的后一句话做热身。

他接着说：“路上你说‘难怪呀呀和乔娜都要与我分手’，这句话有问题。不是呀呀要与我分手，而是我要与呀呀分手；也不是乔娜要与我分手，而是她根本没有给我与她分手的机会。不过过些日子，我肯定会找到她。不管她在北京，还是在天津，在上海，哪怕她去了欧洲，去了北极洲，我也要找到她。我一定要当着她的面，问她到底有没有真正爱过我！”

子彤已经记不清这是林宇非第几次在她面前说这句话。但是她确信，林宇非一心一意找到乔娜的目的，绝非仅仅要当面质问她到底有没有真正爱过他——他一定要找到乔娜的理由无非是想破镜重圆。或许在林宇非的心里，还幻想着乔娜离开他肯定有什么苦衷，就像那些弱智的小说或者弱智的影视剧一样，善良的女主人公离开男主人公，要么身患绝症，要么为了更加崇高的目的和更加伟大的理由。

“子彤你说，乔娜是不是有什么苦衷？”林宇非极其配合地向子彤展示他的弱智，“或者为了什么更加崇高的目的和更加伟大的理由？”

子彤就生气了。乔娜骗你，我骗你，大家都骗你，就对了。单纯的人就应该受到欺骗，否则的话，这单纯就没有任何用处了。

我们都喜欢和单纯的人交朋友。因为单纯的人容易被我们占到便宜，因为单纯的人容易被我们欺骗。

子彤生了一会儿气，又开始替他着急。万一他真的去找乔娜，等同于自讨没趣。乔娜绝不会回心转意，她坚信这一点。并且，乔娜还会在他的伤口上再撒一把盐，说不定，这一刺激，他的脑子一辈子都别想好起来。

着了一会儿急，又开始为自己担忧。万一乔娜真的回心转意了呢？上一次，乔娜打回电话，子彤就隐隐感觉到她与孙大圣的关系已经今非昔比。见到相恋四年的林宇非，哭一会儿，撒一会儿娇，也许，覆水就收了，破镜就圆了。更何况，假如没有亿万富翁孙大圣做对比，八百万富翁也挺不错的。

尽管，八百万在北京，还买不到一栋真正的好房子。

子彤担了一会儿忧，竟又开始怀疑起林宇非。这么单纯的人，怎么可能单枪匹马地在高手如林的上海滩打下八百万家身？以他现在的这种处事方式，用不了别人，只需要一个子彤，就能够将他哄得团团转。别说赚钱，金山都能赔光。

难道林宇非真的想起一些什么了？难道林宇非还有很多事情瞒着她？难道林宇非真的是一个穷光蛋？

可是，八百万的银行卡，一身的名牌，一百万的借条，堆满钞票的大床，这些怎么解释？

不管如何，世界末日平安度过。没有世界末日，美好的生活继续美好，难受的日子继续难受。子彤与林宇非，有的是时间上演属于他们的爱恨情仇，生离死别，阴晴圆缺，悲欢离合。

但是，对江岸和冷馨来说，世界末日刚刚降临。

7

强奸过冷馨的一个男孩，悄悄找到了江岸。

之前他见过冷馨的父母，他说他为他犯下的罪过后悔不已。他说出狱之后他开了一个很大的汽车大修厂，赚下一笔钱，他希望能够对冷馨有所补偿，并当面向她道歉。冷馨的父亲把他往外赶，冷馨的母亲却留他吃了一顿饭。母亲说不管你如何去做，也改变不了现实——现实是，现在的冷馨与江岸，并不幸福。并且，她能够感觉到，这件事情为冷馨留下了终生的阴影。“你应该明白我的意思，”母亲说，“我想，或许你可以找江岸谈谈，看看有没有办法治好冷馨的心病。”

母亲既乐观，又自私。她认为，或许他与江岸真的能够找到治愈冷馨的办法，她认为或许一点钱真的能够让江岸和冷馨的痛少一些。

男孩怀揣二十万，找到江岸。他对江岸说，我知道这点钱并不能洗刷我曾经的罪恶，但我还是希望能够帮你们一点点忙。“比如，治病。”男孩对江岸说，“请相信我，现在，如果能换取您和冷馨的幸福，我愿意做任何事情。”想了想，他补充道，“包括死去。”

男孩是认真的。牢狱生活让他重新规划了他的人生。他在监狱里说服一个人，待他提前出狱后不久，两个人便合开了一个汽车修理厂。修理厂的名字叫做“新生汽车大修厂”，他们希望他们的人生，从此变得明亮，清澈，与众不同。

两个人废寝忘食，夜以继日，加之合伙人的父母有着极宽泛的人脉资源和极雄厚的经济实力，他们的大修厂日进斗金。

两个出狱的犯人能够做成这样一番事业并经常做些善事，当然会引起一些媒体的关注。一个都市报的记者三番五次找到男孩，希望他能够接受他们的采访。他想了又想，还是拒绝了。

他不想出名。不想出名的原因，并非因为他蹲过监狱，而是因为他不想把可怜的冷馨再一次扯进去。他不想在冷馨的伤口上撒盐，他希望那件事情在冷馨的心里一点一点风化，直至消失。

尽管他知道，这很难。

他能做的，只有偷偷帮助她。

然而记者并不放弃。记者说如果您真的想对社会做些有意义的事情，仅凭做点善事，远远不够。“您应该树起一个典型，您得让所有有过污点的人通过您的故事，看到他们的希望、价值与未来。”他说，“请您放心，我们会隐弃所有可能暴露您和受害人的细节，包括您犯了什么罪，包括您的名字。我们会尊重您的意见，保护您的一切隐私与受害人的一切隐私。”

必须承认记者的话是有道理的。所以，经过再三考虑，男孩终于同意。

可是他忽略了一个问题——有些事情，并非他能控制和驾驭。

他当然不会知道，当他与江岸喝茶的时候，隔着一个座椅靠背，那个经过乔装打扮的记者将他们的聊天内容，一字不漏地录下。

记者的目的非常单纯。他尚处在试用期，他期待一个有分量的、教人向上的、引人从善的、催人泪下的重头纪实稿来打动报社领导。记者跟踪他并偷听他们的谈话，并非想把他所见和所闻的一切写进去。他只想更深入地了解主人公、体验主人公，从而让他的稿子更真实、更感人、更细密、更震撼心灵。

整整一个下午，江岸的拳头一直在“喀喀”地响。很难想象面前这个稚气未脱、满脸堆笑的男孩就是毁掉冷馨的强奸犯。假如时间倒退三年，江岸也许会直接抄把刀子，割断他的喉咙。

“我知道，无论我现在怎么做，都不可能弥补我的过失。”他说，“不过这点钱，请您一定收下。”

江岸将钱推还给他。江岸看都没看这些钱一眼。自始至终，他一直盯着男孩的眼睛。

“如果我收下你的钱，等于我已经原谅了你。但是请你相信，我一辈子都不会原谅你。”江岸咬着牙，说，“你知道冷馨每夜都会做噩梦吗？你知道即使现在，当冷馨看到我的身体，也会浑身发抖吗？你知道我们每天都生活在痛苦与煎熬之中吗？你知道冷馨曾经偷偷自杀过两次吗？

你知道冷馨一直在求我强奸她吗？你知道就在前几天，冷馨差点为此死去吗？”

“真的……对不起。”男孩说，“其实我今天来，做了最坏的打算。你打我，骂我，甚至杀掉我，我都绝不会还手……还有，如果冷馨在我面前，我愿意给她跪下。”

“你什么都不必做。”江岸说，“只要以后别再来打扰我们就行。”

男孩揣起钱，起身，往外走。他走出两步，突然转身，“嘭”的一声跪下，又“嘭嘭嘭”地给江岸磕起了头。“对不起对不起对不起，”他将额头磕出鲜血，可是他仍然在磕。

“滚吧。”江岸强扭回头，不看他。江岸的嘴唇开始颤抖，肩膀开始颤抖，心开始颤抖。在冬日黄昏，在步行街，在一个小茶馆里，从未曾哭泣的江岸，终于开始了无声的哭号。

回到家，冷馨已经做好晚饭。她问江岸怎么这么晚才回，江岸说，约朋友喝了一会儿茶。冷馨说，你的脸色好像有点不对。江岸说，近来工作太累了吧？听说他累，冷馨就又为他煲了一锅枸杞鸡汤。吃完饭，看完电视，到了睡觉时间，江岸与冷馨，再一次迎来属于他们的煎熬。现在，让他们的煎熬与恐惧的已经不仅仅是性爱本身，而是这件事情带给他们的，对于不可预知的未来生活的诸多不确定的恐惧。比如爱情，比如婚姻，比如家庭，比如白头偕老……那夜里，他们当然不会成功。

记者的稿子写得非常顺利。写完，拿给男孩看，男孩说，可以。记者回报社，将稿子送交主编，主编说：“好像没有什么吸引人的地方。”就要将他的稿子毙掉。记者急了，忙说：“还有很多吸引眼球的地方，只是我没有加进去。”主编说：“那你回去加吧。给你一天时间。”记者于是一不做，二不休，将所有可以填进去的东西，填了个满满当当。

当然，他既没有提到男孩的名字，也没有提到冷馨的名字。他小心翼翼地使用了化名，他认为即使是国家情报人员或者密码破译人员，也不可能通过这两个化名，猜到男孩和冷馨。

这一次，他没有将修改后的稿子让男孩过目。怕主编怀疑，他自作聪明地伪造了男孩的签名。

稿子刊发到报纸的第二版和第三版。这也没什么大问题——稿子里，不仅使用了化名，并且没有配发照片。问题是，稿子里不仅谈到男孩去找江岸，还谈到了那个茶馆——茶馆的名字是真实的。当然稿子里的江岸是令人钦佩的——他非常大度地将男孩原谅。

如果就这些，仍然没有什么大不了的。读到这篇纪实的人，并不知道男孩是谁，江岸是谁，冷馨是谁。然而，那个茶馆老板偏偏在那一天的报纸上做了广告。广告为二分之一版，刊发在第四版，配了很大一张照片。照片是服务生帮他拍的。照片上，老板笑眯眯地捧着一个紫砂壶，他的身边，稍稍靠后的位置，江岸与男孩，隔桌而坐。

很多时，与你毫不相关的一个人的一个不经意的举动，也会为你带来意想不到的伤害和痛苦。比如这个茶馆老板。

江岸看到了报纸。纪实与广告，都看到了。陆小朵和白万富也看到了。子彤和林宇非也看到了。何小荷和呀呀也看到了。

该看的会看到。不该看到的，会有别人拿给他（她）看。好奇心有时候，比任何事情都可怕。

冷馨也看到了。

这份都市报，在中国北方的很多城市，铺天盖地，躲都躲不开。

冷馨躺在床上，哭了整整一天。

江岸请求她的原谅。江岸说之所以瞒着她，是因为不想让她再一次受到伤害。江岸还说，事情既然发生，便不可挽回，不必再去多想。“冷馨，信我的，没事。”他安慰冷馨说，“就算有熟人看了报纸，也不一定会同时看到纪实和广告。即使同时看到，也不会把咱们与纪实里面的人物联系到一起。最重要的是，那张照片把我拍得很虚，绝不会有人认出我。”

尽管说这些时，连他自己都不敢肯定。

那一天，子彤只在超市里待了两个小时，便请假跑过来。本打算喊上林宇非一起前来，电话拨通了，突然想这样的事情，还是越少有人知道越好。林宇非问她什么事，她说，没事。林宇非问没事你拨我电话干什么？她说，我想你了，你个白痴。

然后，子彤一直坐在床头，陪伴冷馨。她说肯定不会有人在意那个广告，更不会在意那张将江岸拍得很虚的照片。“你会盯住不喜欢的广告图片看吗？”子彤说，“你不会，别人也不会。”

冷馨不说话，只是哭。

子彤说：“万一真有人怀疑，问到你或者江岸，你们否认不就行了？就说长得有点像而已，事情就过去了。没有人相信报纸会傻到将稿子和稿子里面的人物照片刊登在同一天，尽管这个悲催的混账的报社真这么做了。我真希望他们从记者到主编，都别太好过。”

子彤的诅咒没有任何用处。因为她是在报纸发行五个小时以后才说出这句话的。而事实是，报纸发行后一个小时，撰写这篇纪实的记者就从报社滚蛋了；报纸发行后两个小时，负责纪实版面的编辑就从报社滚蛋了；报纸发行后三个小时，无辜的编辑部主任便丢了主任头衔成了编辑；报纸发行后四个小时，无辜的主编便丢了主编头衔成了主任；报纸发行后五个小时，超市里，几乎所有认识冷馨和江岸的人，都在窃窃私语。

第二天，冷馨肿着眼泡去上班，杯弓蛇影，草木皆兵。尽管大家和往常一样与她打招呼，说笑，但是她仍然能够感觉这些人看她的眼神，有点不对。

去超市办公室，见屋角报架上，厚厚一叠都市报。翻翻，有今天的，前天的，大前天的，大大前天的……唯独没有昨天的。

从办公室出来，经过仓库时，两个正在说笑的刚来没几天的女同事，马上正襟危坐。

冷馨去洗手间洗了把脸。她盯着镜子里憔悴的自己，终于抑制不住，泪流满面。她想他们肯定什么都知道了。他们不但什么都知道了，并且还会从今天开始，瞧不起她，背后指点她，用异样的眼光看她。她会成为他们的谈资，成为他们茶余饭后的消遣。似乎被人强奸完全是她的错，似乎被人强奸比强奸别人还要受人轻视，让人嘲笑。知道这件事情的人会越来越多，越来越多，她就会成为小城名人。不仅她会成为小城名人，江岸也会。还有江岸老迈并且无辜的父母。

她渴望平静的生活。但是她所有的不平静，所有的痛苦，所有的恐惧，都因了本应与她毫不相干的别人。几年以前，是小辉和两个男孩；现在，是记者和茶馆老板。

陆小朵走进来，见到哭泣的冷馨，愣了愣，随后跟着她，流下眼泪。

她轻轻拥抱冷馨。

其实她应该装作视而不见。或者，充其量，问她："哪里不舒服？用不用看医生？"就行了，就过去了。可是陆小朵的表现，分明是对冷馨的理解和同情。

很多时，当一个人处于万分尴尬万分难堪万分不安万分惊恐的境地，需要的不是别人的同情，而是别人的不知情。有时候，过多的同情，并非一种善良。

事情发展到这一步，仍然不是最坏的结果。冷馨绝不会主动去问他们到底有没有读过报纸上的稿子看过报纸上的照片，那些人也绝不会拿着报纸去问冷馨那个人是不是江岸，报纸上写的受害人是不是你。虽然冷馨怀疑他们全都知道了此事，但只要他们不说，事情总会慢慢过去。所以，陆小朵成为继三个男孩、记者和茶馆老板之后，又一个把痛苦和煎熬送给冷馨的人。

尽管这并非她的本意。尽管她是冷馨的好朋友。尽管她善良。

她对冷馨说："别伤心。你需要变得坚强。"

至此，事情终于一步一步，发展到最坏。

冷馨跪倒在地，号哭不止。

8

江岸是在第三天清晨突然失踪的。三天时间里，他感觉自己被各种各样的目光戳成了蜂窝煤。

他对冷馨说，他要出去给他们买两袋豆浆，马上就回。冷馨说，路上小心。然后，冷馨安静地坐在餐桌旁，等他。她等他十分钟，她认为他可能到了威高花园；她等他二十分钟，她认为他可能到了幸福公园；她等他三十分钟，她认为他可能到了滨城公园；她等他四十分钟，她认为他可能到了海上公园；她等他一个小时，她认为他可能已经登上了火车。从他开门，关门，脚近声由近至远，她就知道，他可能会离开。他可能会离开。他肯定会离开。她想阻止他，拉着他的胳膊，求他留下，求他不要离开，可是她终将自己的身体结实地按在椅子上。每一分钟对她来说都是煎熬。她坚信他已经离开。她希望他能够回来。她盯着桌布上的一方花纹，花纹细密复杂，像花瓣上的脉络，像缠绕在一起的头发，像老人嘴唇上的皱纹，像隐藏在江岸眼神深处的涟漪。她看得眼睛痛。她痛，她不肯眨眼。泪水于是涌出，滴落桌面，叮当有声。

她想出去看看。她想确定江岸已走。她不敢出去。她怕江岸已走。

黄昏，她打开门，笑笑，再一次笑出两行眼泪。买回的豆浆挂在门把手上，两袋，紧紧地挤在一起。冷馨不知道，江岸到底在门口站了多久。

几天里，冷馨一直在劝他离开。冷馨说，男人可以与一个病歪歪的女人过一辈子，可以与一个相貌丑陋的女人过一辈子，可以与一个文盲女人过一辈子，可以与一个不会做家务的女人过一辈子……只要有爱情，只要相信爱情，都会幸福一生。但是，就是不能与一个被人强奸过的女人过一辈子。哪怕有爱情。哪怕相信爱情。

因为会痛苦一生。因为爱得越深，越痛苦。因为相信得越深，越痛苦。

“咱们分手吧。”她对江岸说，“你再找个爱你的女人，试着将我慢慢忘记。相信我，这不难做到——曾经的刻骨铭心，总有一天会无足轻重——时间会淡化一切，曾经的哀伤和幸福，都会消失得无影无踪。我会找个没人认识我的地方，度完我的余生——也许我会痛苦，一个月，一年，五年，甚至十年，但我想，我不会痛苦一生。时间真的可以淡化一切，江岸，让我们相信时间……”

“那就让我们相信时间，让时间淡化一切。包括你的恐惧，我们的恐惧。”江岸说，“冷馨，相信我，咱们在意这件事情，认为天要塌下来，但别人不一定在意……很多时候，我们的恐惧感，不是来自于别人，而是来自于自己……”

“无论你怎么说，我都知道，你的痛苦，远超过我的痛苦。”冷馨说，“我爱你，我不想让你跟我受歧视，受苦，受累。就算你说得对，别人真的不在意，又能怎么样呢？我连身体都不能给你，还怎么做你的妻子？”

江岸将她拥紧。“别说了。”他说，“我不会离开你的。”

他不会离开她的。她信。她不信。她信，她痛苦。她不信，她更痛苦。

她希望他离开她。

她怕他离开她。

她没有给江岸的单位打去电话，没有给江岸的父母打去电话，没有给江岸可能去的任何地方打去电话……然而她确信江岸已经悄悄离开，确信江岸已经彻底崩溃，确信江岸将她一个人扔在这个孤独的城市，确信江岸已经将过去的一切彻底抛弃……她取了豆浆，坐回到餐桌边，将豆浆小心翼翼地倒进杯子。

两袋豆浆。正好两杯。

黄昏的餐桌上，早晨的豆浆，早已变得冰冷。她将豆浆兑上烈酒，一口一口喝下去。

先是她的那杯。然后，江岸的那杯。

头开始晕。她躺倒在地板上，将自己打得很开。她就这样在地板上睡去，如同一只画在地板上的可怜的猫。她一动不动，任子彤的电话一遍遍打来，也不去接。

她打算就这样将自己饿死。

第十章

任是无情也动人

不管如何，只要卡和密码被他忆起，一段生活必将结束。林宇非会迎来他的痛苦——被乔娜抛弃的痛苦，被孙大圣打败的痛苦——乔娜宁愿成为孙大圣偷偷摸摸的小三，也不愿意成为他光明正大的女友。她呢？她会不会迎来她的痛苦？她陪了林宇非大半年，或者说，林宇非陪了她大半年，即使小猫小狗，也是有感情的。况且，很多时候，她真的认为，不是她在帮助林宇非找回他失去的记忆，而是林宇非在帮助她找回她失去的纯真。

1

如果不是因为冷馨，子彤与林宇非也许早就去了上海。尽管希望渺茫，但他们还是决定试一试。——找到与林宇非有过一笔生意的那个人，然后顺藤摸瓜，也许，“瓜”就出现了。

可是冷馨需要照顾，他们不得不把去上海的时间，一拖再拖。

如当初的乔娜一样，江岸如同人间蒸发。子彤对冷馨说：“要不咱们一起去找找他？你，我，加上林宇非，咱们一起去找他。他的生活圈子很窄，找到他，应该并不困难。”冷馨摇着头：“是我让他走的。”子彤说：“你那么爱他，你绝不可能让他走。”冷馨说：“真是我让他走的。”子彤说：“如果真是你让他走的，你就更应该振作起来。他回来，终会回来；他不回来，就算你寻死觅活，他也不会回来。”冷馨说：“我没有寻死觅活。”子彤说：“不管你怎么想，我相信江岸肯定会回来。现在他离开你，只是为了让自己清净一下。道理很简单——假如他真想抛弃你，他要做的不是突然失踪，而是与你离婚。”林宇非说：“不一定嘛。”子彤狠狠地剜他一眼，他耸耸肩，说：“我是指乔娜。”

待冷馨的情绪稍稍稳定一些，去上海一事再一次被林宇非提上日程。他对子彤说，假如上海之行能有些收获，那么，他的八百万，近在咫尺。

“千万别这么乐观。”子彤说，“早在四个月以前，我就认为八百万近在咫尺。”

“这次不一样。”林宇非说，“现在咱们只差两件事情：一，我在上海的经历；二，长脸和邱芙蓉到底是谁？我想这两个人肯定都跟我的上海经历有关，跟我的纺织品生意有关。就是说，去上海，也许所有问题都能找到答案。”子彤说：“你确信去上海会有收获？你住了那么久的地下室都找到了，还不是一样几乎一无所获？”林宇非说：“总得去试试才行。”子彤说：“八百万到手，分我四千块钱？”林宇非说：“这得看你表现如何。”子彤说：“表现好呢？”林宇非说：“分你四万块也说不准。”子彤说：“我可是有协议的。”林宇非说：“你再拿协议压我的话，明天就把你送进派出所。”

子彤突然不想去上海了。刚才与林宇非坐在沙发上看电视，新闻里，一个腰缠万贯的年轻富豪背着他的女人，在外面找了十八个情人。国庆节，他将十八个情人请到一起，不仅为她们举办了一个群芳会，还选出最性感佳丽，奖金五万元。十八个情人对他服服帖帖，他就是她们的国王。

而他的太太还是知道了此事。太太没有与他离婚，而是先灌他一杯蒙汗药，再将他绑起来，塞紧嘴巴，然后用一把钝得切不开豆腐的大剪刀，耗时五个小时，将他阉得干干净净。案子闹得很大，躺在病床上的他哭丧着脸说：“都是钱惹的祸啊！”

都是钱惹的祸。林宇非的八百万在富人眼里，也许不过是一点零用钱，但子彤坚信假如找回这笔钱，他的生活马上就会发生天翻地覆的变化。他不仅会重回他富翁的日子，并且，他会从此离开子彤。

子彤再一次有了一种不舍的感觉。

再不舍，林宇非也终会离去——只要他找回他的八百万。

时间问题罢了。

或者，就算能够留住他，又能怎么样呢？他会不会成为孙大圣，她会不会成为乔娜？

不管如何，只要卡和密码被他忆起，一段生活必将结束。林宇非会迎来他的痛苦——被乔娜抛弃的痛苦，被孙大圣打败的痛苦——乔娜宁愿成为孙大圣偷偷摸摸的小三，也不愿意成为他光明正大的女友。她呢？她会不会迎来她的痛苦？她陪了林宇非大半年，或者说，林宇非陪了她大半年，即使小猫小狗，也是有感情的。

况且，很多时候，她真的认为，不是她在帮助林宇非找回他失去的记忆，而是林宇非在帮助她找回失去的纯真。

那么，去上海，绝对是一个错误的选择。

下午，她在小区的广告栏上，看到一则寻狗广告。主人为这条突然失踪的狗悬赏了重金，又说，这是一条失去记忆的叫做“好时光”的狗。狗已经很老，如果将它的寿命折算成人的寿命，它早已经超过百岁。狗老到掉光了所有的牙齿，失去了所有的记忆。换句话说，狗不但不再认识它的主人，更不能逗主人开心。很多时候，当主人回到家中，它迎接主人的不再是欢喜，而是漠然，甚至厌恶。然而当这条百无一用的老狗突然丢失，主人还是悲伤欲绝，然后倾尽全力寻找。主人说，现在，她每天都会梦见这条狗，她不知道，这条狗会不会梦见它。天气一天比一天冷，如果狗流浪在外，肯定熬不了几天。如果有好心人见到它，请一定先让它取暖，然后与她联系。旁边是狗的照片，淡黑色的眼珠，灰黄色的皮肤。——它已经掉光了所有的毛。

这个广告，让子彤唏嘘不已。

只是她不知道，当她与林宇非分离时，她会是那条狗，还是狗的主人？

睡觉以前，子彤对林宇非说，她不打算去上海了，也不打算让他去上海了。林宇非说：“万里长征走到只差一步，你却要放弃？”子彤说：“就算去了，也不会有任何收获。再说我还得陪着冷馨。”林宇非说：“咱们不妨带上冷馨，正好让她去散散心。”子彤说：“谁也别去了。”林宇非说：“找不回那笔钱，就是我的世界末日。”子彤说：“也许找回那笔钱，才是你的世界末日。”林宇非稍稍一怔，盯着子彤的脸，研究了小半天。“你怎么回事？”他说，“你好像突然对我的钱失去兴趣了。”

“等过了这一阵子，再说。”

“嫌少？”

“当然。”

“那就四万？”

“想都别想。”

“四十万？”

“协议上写着四百万。”

“那是不可能的。”

“先别管钱了，你好好开你的网店，说不定一两年，你就看不上那点小钱了。”

“要不，真给你四十万？”林宇非说，“四十万，已经不少了。前提是，你把以前的协议找出来撕掉，咱俩再重新写一份……”

“好啊。”

“撕啊！”

“你先写，我就撕。”

“你先撕，我就写。”

“你先写。”

“你先撕。”

“好！你说的！”

子彤的表情，突然变得如夜叉般狰狞。她从钱包里掏出协议，展开，用手拍着，对林宇非说：“看这里看这里看这里！看清楚了看清楚了看清楚了？当初，你的签名，白纸黑字，没错吧没错吧没错吧？现在我把它撕了！”

子彤竟然真的将协议撕掉。一下，两下，三下，四下……协议转眼之间，成为一把纸屑。

林宇非惊呆了。一切发生得太过突然，他认为子彤疯了。好几次他竟然下意识地去阻止子彤，子彤躲闪着，一边撕一边说“你满意了吧你

满意了吧你满意了吧？！”

林宇非哪里知道，每撕一下，子彤的心脏，都像被刀子割般地疼痛。这也许是她的计谋吧——当四百万不再可能，四十万也许是比较客观、比较现实的选择。她暗自劝说自己这真的是计谋真的是计谋……

只是计谋。与不舍无关。与爱情无关。

她将撕成碎纸屑的协议揉成一团，问林宇非：“现在怎么办？”

“扔进马桶，冲水。”林宇非的话，竟说得哆哆嗦嗦。

子彤大步流星去洗手间，将纸团狠狠地扔进马桶。然后，哗。

子彤的心都碎了。

“接下来呢？”从洗手间返回，子彤挺着小胸脯，问林宇非。

“接下来就结束了啊！”

“接下来咱们得再写一个协议！”子彤使劲瞪着眼睛，试图让眼睛的宽度超过眉毛的宽度，“你刚才说的，四十万！”

“想都别想！”终于轮到林宇非说这句话了，“骗你一次，不行？”

子彤发出一声长达二十秒钟的长嚎，然后冲林宇非直扑过来。林宇非笑着跑回房间，关门，上锁。他侧耳细听，外面没有任何动静。心里有些不安，开门，候在门口的子彤，将他逮了个正着。“写！四十万！”子彤拎着他的耳朵，“知道吗？我最讨厌别人骗我！”

“可是你欺骗了我这么长时间。”林宇非看着子彤，突然安静下来，“我拎过你的耳朵吗？”

“可是现在，我没有骗你。”

“以后呢？”

“以后，也不会。”

“你发誓？”

“我发誓。”

“好了我相信你了。”林宇非说，“不过你能不能先放手？”

林宇非找到纸，找到笔，坐到餐桌前，招手让子彤过来。“你说吧。”他说，“你怎么说，我就怎么写。”

子彤吸一口气，张张嘴，却没有发出声音。稍后，她再吸一口气，再张张嘴，仍然不知该怎么说。林宇非说：“拜托别雷声大雨点小好不好？写完协议，我还得给你做饭呢！对了你的手没事了吧？”他突然说，“刚才拎我耳朵，力气比张飞都大。”

“谁让你骗我？”

“那你倒是说啊！”林宇非用笔尖敲着桌子。

“今天先算了，以后再写。”子彤突然站起来，抢过林宇非面前的纸，揉成一团。“你先去烧饭吧！”

2

陈美莲没有爱情。

这话是林宇非对子彤说的。在陈美莲再一次拜访他们以后。

陈美莲六神无主。六神无主的陈美莲找到子彤，更加六神无主。

她告诉子彤，她的丈夫，再一次开始吸毒。

“之前只是怀疑……哪怕他偷走我的项链，也是怀疑……但是就在昨天，当我去一个朋友家里找他，我发现他的神情惊慌不安。屋子里有一股非常奇怪的气味，然后我就在屋子的一角，找到吸管和冰壶。”陈美莲对子彤说，“老邱仍然不承认，他说只是朋友在吸，他在看。可是你能相信吗？”

“我信。”林宇非插嘴说，“就像我虽然得不到美女，但看看美女的照片，同样有小满足。”

“你是不是觉得挺幽默？”子彤瞪林宇非一眼，林宇非吐吐舌头。

“您打算，怎么办？”子彤问陈美莲。

“我那么爱他，他也那么爱我，可是他还是戒不了毒。”何美莲说，“我不知道我该怎么办。”

“他已经不再爱你。”林宇非说，“如果他真的爱你，他会戒掉的。”

“他爱我。他只是戒不了。他怎么会不爱我呢？这四年来，我为他做了那么多。”

“不。他不爱你。爱情绝不是一个人为另一个人做得多就能够换来的。何况现在，你做得越多，他越恨你……现在他需要的是毒品，而不是你……”

“他怎么会不爱我呢？他又没有别的女人。”

“对他来说，现在，毒品远比女人重要。”林宇非说，“毒品早已取代了你的位置。如果他真的爱你，就不会偷去你的项链，而是会强制自己戒掉毒瘾……”

“你不懂……你只是猜测……你又没有吸过毒，你不知道当毒瘾发作……”

“我虽然不知道吸毒是什么感觉，但我知道爱上一个人是什么感觉。真的爱上一个人，就会为她放弃一切……”

“你指子彤？”

“我指乔娜。”

“乔娜是谁？”

“曾经的子彤。”

“子彤呢？”

“曾经的乔娜。”

“这句话矛盾。”

“是很矛盾。”

“可是现在，你爱子彤吗？”

林宇非扭过头，看着子彤。子彤冲他挤挤眼睛，他便说：“我爱子彤。”

“愿意为她放弃一切？”

“嗯……是吧？”

“能吗？”

“能。”

“如果你吸毒，会为她放弃吸毒？”

“没问题。”

“也能为她放弃你的八百万？”

“嗯……是吧？”

“能吗？”

“能！”子彤替他回答。

他再一次扭回头，瞪着子彤。子彤耸耸肩，笑得比较邪恶。

“还是说说您吧！”林宇非说，“到底打算怎么办？再来个四年计划？”

“哪怕六年，八年……”

“您怎么这么……执著？”林宇非说。其实他在心里说的是：你怎么这么下贱？

“你肯定在心里说我下贱。”陈美莲仿佛看穿了他的心思，“可是我相信，假如你变成老邱，假如子彤变成我，子彤也会像我这样做……或许你说得对，我所做的一切毫无意义，可是我能怎么办呢？离开他？让他一个人受苦受罪？他再不好，再不对，也是我的丈夫啊！”

说着，眼泪“噗嗒噗嗒”地掉。

陈美莲离开以后，林宇非开始收拾东西。去上海的火车票三天以前就买好了，他说就算没有收获，也得亲自去看看。子彤站在旁边，默默地看了一会儿，说：“不去行吗？”林宇非说：“得去。”子彤说：“刚才不是说为了我可以放弃那八百万吗？”林宇非说：“是你说的。”子彤说：“一定要去？”林宇非将毛巾叠整齐，塞进旅行包：“一定去。”子彤就出门，一会儿回来，提着两袋烤鸭和两罐啤酒。“比不上刚烤的，总比没有强。”子彤说，“火车上慢慢吃。”想了想，又掏出钱包，捏出八百块钱，递给林宇非。“穷家富路，”她说，“早点回来……住个干净点的酒店……”

“我怎么觉得你就像我老婆？”林宇非说，“唠唠叨叨个没完。”

“想都别想。”

“可是你的眼神，分明流露出不舍与眷恋。”林宇非笑着，“青山一道同云雨，明月何曾是两乡。”

子彤白他一眼。“在外面不能乱来啊！”

“在哪里我都不乱来。”

“在北京，面对乔娜，你就像一条公狗……”

“不一样嘛。乔娜是我的女朋友，又那么漂亮……我常常怀疑，乔娜的脸，被上帝吻过……”

“呀呀的呢？”

“被上帝舔过。”

“我的呢？”

“被上帝啃过。”

“林宇非！”

“事实嘛！”林宇非说：“不过你比她们都耐看……”

林宇非决定在上海待上五天时间。五天以后，不管有没有收获，都回来。子彤送他去火车站，他长叹一声：“真是虎落平阳啊！记得春天时候，咱们是坐飞机去北京的。”子彤说：“那你就使劲儿回忆。等找回八百万，你就又能坐飞机了。”林宇非看着火车站巨大的挂钟，说：“昨天我梦见两个数字，我确信那是我卡密码的其中两个。”子彤说：“哪两个？”林宇非说：“一个 1，一个 9。”子彤说：“还好你没说从 1 到 9……最大和最小的数字，会这么巧？”林宇非说：“最小的数字是 0。”子彤说：“0 什么也代表不了。”林宇非说：“你好像不相信我？”子彤说：“我相信啊。可是这有用吗？这两个数字在哪两位上？别忘了都是六位密码啊！再说，就算你将六个号码全部找回来又有什么用？你的卡是什么卡？卡号是什么？这些才是最重要的。”林宇非咧咧嘴，说：“这得慢慢来嘛！”

把林宇非送上火车，子彤突然有些后悔。不是后悔几天前一时冲动撕掉那纸协议，而是后悔不该让他独自去上海。似乎，林宇非距离那八百万越近，子彤就会越紧张，越焦躁。她想怎么会这样呢？这么长时间，不就是为了那点钱？怎么事到如今，一切都变得不成样子了呢？

深夜，接到林宇非的短信。林宇非说他已经住下，并且刚刚联系上那个人，此时他们正在南京路喝啤酒呢。问子彤，你在干什么？子彤答，我在寂寞。又问，怎么寂寞？又答，很寂寞。再问，怎样用一句话证明你很寂寞？再答：这句话一共有九十三笔。林宇非愣住了，手指在桌面上划来划去。对方说你干什么呢？林宇非说：“她很寂寞。她总共有九十三笔。”

第三天，打电话回来，问子彤：“这两天可否按时烧饭？”子彤说：“你个没心没肺的终于开始关心我了。”林宇非问：“到底有没有按时烧饭？”子彤说：“按时吃方便面。”林宇非问：“感觉如何？”子彤说：“上街看见烫头的都想吐。”林宇非说：“光吃方便面可不行。晚上记得烧饭。我会电话检查。”到晚上，果然把电话打回来，问：“做饭了吗？”子彤说：“做了。”问：“做了什么？”答：“米饭。”问：“菜呢？”答：“我把米饭分成两份，然后指着稍多的那份说：你就是菜。”

子彤的话是真的。昨晚她的确煮了一锅米饭。现在这锅米饭，少掉不过十粒——六粒菜，四粒饭。子彤变成蚂蚁胃。

林宇非不在的这几天，她毫无胃口。有一次，下班以后，和冷馨去了一家湘菜馆，问冷馨吃什么，冷馨说：“我什么也不想吃。”子彤说就算江岸不回来又能怎么样呢？没有男人，咱们是不是就不用活了？冷馨笑笑，拾起筷子，吃饭像吃药。冷馨说如果过些日子，仍然没有江岸的消息，她也会离开。子彤说你是不是傻了？“不是你让江岸离开的吗？

他真的离开，你又寻死觅活。冷馨，我相信江岸肯定会回来的。你们那么相爱，他绝不会丢下你不管。”冷馨说：“我已经决定了。”子彤说：“那你告诉我，你能去哪里？”冷馨说：“哪里都行。”

哪里都行。曾经，哪里都比不上滨城。现在，哪里都比滨城好。即使走在大街上，冷馨也会感觉每个人都在盯着她，目光里充满怜悯。

得知林宇非去了上海，吕啸再一次蠢蠢欲动。打子彤电话，子彤不接，他就跑到子彤楼下，把自己戳成一根电线杆。

“我知道错了，我是来负荆请罪的。”他两手围成喇叭，冲楼上喊。

“立刻从我眼前消失！”

“你不下来，我就不走！”吕啸执著得很，“我得把你从林宇非手里抢回来。”

“一，我报警；二，我泼盆冷水下去。你自己选择。”

“那你就泼吧！我保证不躲。”吕啸挺挺身子，“要是躲的话，我是孙子。”

子彤真的端来一盆冷水。她打开窗户，哗！一盆水劈头盖脸地浇向吕啸。

吕啸哪管会不会变成孙子？他逃得比孙子都快。

子彤如此绝情，他决定去找呀呀。

3

吕啸打呀呀的电话，呀呀不接，他就跑到呀呀楼下，把自己戳成一根电线杆。

吕啸喊：“呀呀给我开门。”

呀呀说：“被我挠上瘾了？”

吕啸喊："你不下来，我就不走！"

呀呀说："两个选择：一，我马上报警；二，我扔一个花盆下去……"

吕啸说："三，我上去。"

呀呀说："你上来干什么？"

吕啸咬咬牙，脱光衣服。气温已达零下，脱光衣服的吕啸牙齿相碰，"咯咯"作响。他的身体转眼之间变得青一块紫一块，如同被人刚刚暴揍了一顿。

故技重施，负荆请罪——只不过这次，他背了一棵韭菜。

呀呀搬一张凳子，寻一个舒服的姿势坐下，一边喝着香喷喷暖烘烘的奶茶，一边兴趣盎然地欣赏他的表演。

有大娘走过来，说："小伙子啊，你这是在练健美吗？"

吕啸抖着腮帮子，说："得得得，得得得得得得得……"

大娘抬头瞅瞅呀呀，一边冲她挤着眼睛，一边说："可不能这样虐待你男朋友啊！罚他站一会儿可以，千万别超过两个小时啊！"

吕啸流着鼻涕，打着喷嚏："得，得，得，得得得得得得得……"

大娘对呀呀说："快让他进去吧！再这样下去，非冻成带鱼不可。"

呀呀笑了："可是我没关门啊！"

吕啸就狼狈不堪地抱了衣服，冲进屋子。

"去洗个热水澡吧！"呀呀说，"我可不想你冻成标本。"

吕啸就慌忙地洗起热水澡。其间，呀呀两次打开水龙头，所以，吕啸洗的其实是热水凉水混合澡。

洗完澡，坐到呀呀面前，手里还提着那根韭菜。

"你该提一捆过来，"呀呀说，"顺便给你炒个鸡蛋。"

"对不起呀呀，我是真心来向你道歉的。"吕啸说，"现在我明白了，我与子彤一直是一个错误，我真正爱的人是你。"

"哦？"呀呀说，"不怕我挠你？"

“怕。”吕啸说，“可是为了爱情，就算你把我挠成蜘蛛网，我也愿意……”

“为什么爱我？”

“爱一个人，需要理由吗？”

“你发誓？”

“女人为什么总喜欢让男人发誓？”

“不发誓，就是假的。”

“呀呀我发誓。我发誓只爱你一个人。最初我的确奉子彤之命试图把你从林宇非身边拉开，但后来，我就发现，白天黑夜，我的眼前全都是你的影子。你知道吗呀呀？你那粉红的小脸，好像红太阳。你那活泼动人的眼睛，好像晚上明媚的月亮。我愿抛弃了财产跟你去流浪，每天看你粉红的小脸和那美丽金边的衣裳……”

呀呀低下头，似乎被他打动。“那你也不能干傻事啊！”呀呀充满怜爱地将手伸过来，好像要抚摸吕啸的额头，“这么冷的天，会冻坏的。”

吕啸本能地往后一闪。

“怕我挠你？”呀呀有点不高兴了。

“心理阴影。”

“可是我剪了指甲啊！”呀呀把手举给吕啸看，“剪得这么短，怎么挠你？要不我把手背起来？”说着，呀呀果真将手背了起来。

“你得把手坐到屁股底下，我才敢……”吕啸有些得寸进尺了。

呀呀却极其配合。她脱掉她的棉睡衣，仅穿一件小衫。她带吕啸去卧室，她让自己斜倚床头。她将两手坐到屁股底下，她的两条腿修长均匀，白皙迷人。“吕啸，今天，你让我很感动。”她说，“如果一个男人肯为一个女人在大冬天里脱光衣服，还有什么不能相信的呢？”

吕啸开始脱刚刚穿上去的衣服。他脱得很快，似乎他穿的是一件连体衫或者连裤袜。“你得闭上眼睛，”他对呀呀的“天下第一挠”仍然心有余悸，“说好了不准动手啊！”

“嗯嗯。”呀呀闭上眼睛，红唇微启，表情迷离。

吕啸试探一下，呀呀果然没动。吕啸移步向前，前腿弓后腿蹬，仍然是戒备警惕的姿势。然，再戒备，再警惕，在“抓挠天后”呀呀面前，也毫无用处。呀呀突然大叫一声，二目圆瞪，两只脚猛弹出去！——呀呀说得没错，她的确没有动手，她动的是脚。

她的脚那般灵活，那般凌厉，吕啸的两个脸颊上，于是多出两道深刻的挠痕。挠痕在几秒钟以后流出血来，吕啸愣怔很久，终于哭出声来。

“怎么还带用脚的啊！”鼻涕、眼泪和鲜血，被他抹了一脸。

我是带着头盔写下这一段的。尽管如此，呀呀犀利的脚趾还是击中了我的头盔，我听到重机枪子弹划过钢盔的声音。假如不戴头盔，我想我的头骨也许会被呀呀掀开。

下次我再写到呀呀，建议读者您也要注意防范。她的挠脸神技，天下无敌。

给吕啸一个深刻难忘的记忆，其实并非呀呀的初衷。事实上，当吕啸扯起嗓子在楼下号叫的时候，呀呀已经收拾好了行李。她要奔向湿润温暖的南方，那里有一个看似美好的职位在等待着她。那里还有一档叫做“非诚勿搞”的电视相亲节目，呀呀希望她在那里，可以找到一见钟情的真爱。

她相信一见钟情是有真爱的。她相信现在的林宇非和子彤，爱得死去活来。

4

林宇非给子彤打电话，问子彤这几天如何。子彤说：“你再不回来的话，我就饿死了。”林宇非说假如我一辈子不回去呢？子彤说：“那我就派个杀手找到你，乱刀把你剁了。”

五天的上海之行，林宇非至少走访了三十家纺织品商场和床上用品专卖店，除了之前联系的那个人，还有一个叫做铃兰的女人也认识他。铃兰说她与他有过一笔生意，不过成交额只有不足五万。

“这两年纺织品生意不好做，”铃兰说，“两年赚八百万？除非你去抢劫。”

林宇非问你知道一个叫长脸的人吗？铃兰摇摇头。“邱芙蓉呢？”铃兰再摇摇头。林宇非说：“我总觉得这个邱芙蓉与我关系非同一般的密切——我竟然可以随随便便把一百万元借给她。”铃兰冲她羞涩地一笑，说：“如果现在你肯借一百万给我，我也可以与你关系密切——侬想怎么密切，唔就怎么密切。”吓得林宇非掉头就跑，心想果真是国际化大都市，连说话都这样国际化和大都市化。

回去，子彤已经做好满满一桌菜等他。两个人你看看我，我看看你，突然一起笑起来。

“你笑什么？”林宇非问。

“你笑什么？”子彤反问。

“不但白忙活了一趟。”林宇非说，“还搞得你人比黄花瘦。”

“让你别去的，你偏要去。”子彤说，“也许咱们找回你的八百万，得用掉一千万本钱。”

“那就不找了？”

“别找了。是你的，早晚会是你的。”

“你指你？”

“少来。”子彤说，“想都别想！”

其实林宇非并不想。他现在，满脑子仍是乔娜。

子彤却开始另一个计划了。这计划与第一个计划，天壤之别。

——她要阻止林宇非找回他的八百万。换句话说，她要阻止林宇非找回那段丢失的记忆。

“当君离滨日，是妾断肠时。”子彤虽不是妾，但她确信假如林宇非离开她，她也会像旧时女子那般肝肠寸断。

所以她再一次光顾了白万富的“长袍马褂”书店。她让白万富帮她找一本能够阻止一个人回忆的书，白万富问她：“为什么要阻止回忆？”她说：“难道你不认为，人世间很多伤感、分离、痛苦和悲剧都是因回忆造成的吗？”白万富急忙从怀里掏出一个本子，说：“你再说一遍，我得把这句极富哲理的话记下来。”

那几天，陆小朵正在忽悠白万富写一本有关“回忆与爱情”的书。她对白万富说，写作是世界上最容易的事情，也是最艰难的事情；作家是世界上最轻松的职业，也是最辛苦的职业。假如白万富能在他们婚礼以前写完这本书，那么，她会把这本书，当成他送她的最珍贵的礼物。

两个人已经开始筹备婚礼了。这绝对算得上闪婚。

白万富将那本曾经掉进马桶的《失忆治疗大法》从书架上找出来，往子彤怀里塞。吓得子彤连连后退，说：“你听错了。是要阻止回忆，不是要寻找回忆。”白万富说：“没错啊！你反其道而行之就行了。”子彤说：“怎么反其道而行之？”白万富说：“很简单啊！比如驴踢疗法，反过来就是踢驴疗法；铁锤砸头，反过来就是头砸铁锤；惊吓疗法，反过来就是平静疗法；兴奋疗法，反过来就是镇定疗法……”子彤说：“你确定？”白万富说：“我哪敢确定？我只是觉得应该是这么回事罢了。”子彤掉头就走。白万富说：“书不要了？”子彤说：“早倒背如流了。”

尽管子彤认为白万富不过是在信口开河，但她还是决定试一试。决定一试的原因除了因为她心存侥幸，还因为，她觉得林宇非真的应该平静一下了。

——近来的林宇非，表现得很不平静。

因为乔娜。

“阻止回忆”计划首先从“踢驴疗法”开始。找不到驴，子彤顶起长耳朵，亲自披挂上阵。当然她不敢对林宇非说她现在所做的一切是要阻止他找回记忆，她对他说的是，她做这些，是为帮他恢复记忆。

“我怎么觉得你好像另有目的？”林宇非近距离地研究着子彤的小眯缝眼，“我从你的小眼睛里，看到了企图。”

“什么企图？”

“说不清。占有我的企图？”

“想都别想。”子彤弯下腰，催促着林宇非，“快踢吧。冲脑袋踢。有多大劲使多大劲！”

林宇非说：“那我就不客气了。”然后，他斜眼瞅着子彤，开始蹦。就像跆拳道运动员那样蹦。他一边蹦一边从嘴里发出李小龙那般高亢并且尖锐的叫声。突然他猛地踢出一脚，吓得子彤急忙蹲下身子，捂紧眼睛，抱紧脑袋，缩成刺猬般可怜的一团。

“站起来。”林宇非说，“你蹲着我怎么踢？”

子彤就站起来，仍然捂着眼睛，抱着脑袋。

“这次真踢了？”林宇非收回脚。

“踢吧。”子彤咬紧牙。

“那就放开手，站直了。”林宇非的眉毛，转眼间变得一高一低。

子彤就松开手。她的表情无比痛苦，似乎那一脚已经重重地踹上她的脑袋。她抖成一团，吓出眼泪。

“准备好，开始了啊！”林宇非后退两步，喊，“一，二，三！我踢！”

子彤吓得“嗷”一声叫，再一次蹲下身体，两手抱头。过了一会儿，似乎林宇非没有什么动静，抬头看，林宇非早已不见。

此时的林宇非正在厨房里，一把剁骨刀舞成车轮。

子彤抹着眼泪走进厨房：“不踢了？”

“快帮我剥大蒜！”林宇非说，“知不知道今天是什么日子？”

“12 月 31 日。2012 年的最后一天。”

“就是嘛。”林宇非说，“迎接新年，咱俩得烧几个好菜，好好喝点。”

“不踢了？”

“你的脑子真的被驴踢了吧？”林宇非将一头大蒜扔过来，“快剥蒜去！”

5

两个人，六菜两汤，丰盛的迎新年晚宴。

林宇非给自己斟满一杯红酒，又给子彤斟满一杯。

“happy new year（新年快乐）。”他说。

子彤白他一眼：“还没new year（新年）呢。再说我喝不了这么多。”

“是不是感觉对我特别愧疚？”林宇非说，“所以就让我踢你？”

“我只是想帮你恢复记忆……”

“骗鬼去吧！你怎么变得神神道道的？踢你一脚我就能恢复记忆？梁山伯揍英台？你肯定觉得有愧于我，才会采取这种自虐的方式……”

“试试嘛！你轻一点就行……”

“那也不踢。”林宇非啃着排骨，“万一把你踢坏了怎么办？”

“不会是心疼我才不踢吧？”

“差不多吧！”林宇非冲子彤晃晃酒杯，“为咱们认识七个月，干杯。”

“我喝不了这么多……”

“我教你啊。先把杯端起来，放到唇边，抬头，仰脖，杯底朝上，轻轻咽下，看看，多简单……”

“要不咱俩再试试‘头撞铁锤’？”喝下一杯红酒，子彤面颊潮红，“充气锤也行。”

“你去拿来。”

子彤拿来充气锤，摆上桌子，林宇非却并没有用头去撞。他将充气锤攥到手里，说：“咱俩做个游戏？”

“什么游戏？”

“我问你问题，你可以不回答，但是不能说假话。不过，如果你不回答，就要吃我一锤。”

“为什么不回答就要挨一锤？”

“因为你怕说假话。因为你内心有鬼。”

“你呢？”

“我也一样。”

“那来吧！”

“你是不是真的打算放弃那四百万？”

“是的。”

“你肯定？”

“我肯定。”

“你认为有钱是坏事？”

“不见得是坏事。但是，钱让很多不相爱的人睡到了一起……”

“那么，你有没有真正爱过我？”

“……”

林宇非就给了她一锤。

“轮到我了。”子彤从林宇非的手里抢过大锤，“你是不是真的打算找回你的八百万。”

“必须找回。”

子彤就给了他一锤。

“我回答了！”林宇非说，“为什么还要打我？”

“先演习一遍，找找感觉。”子彤醉意朦胧，“现在正式开始。第一个问题：你有没有真正爱过我？”

“好像有吧。”

子彤就给了他一锤。

“我说好像有吧。”林宇非瞪着子彤，“为什么还要打我？”

“对不起我没听见。”子彤说，“第二个问题：你是不是仍然天天想着乔娜？”

“是。”

子彤将大锤抡圆，照他的鼻子结结实实地来了一下。

“你疯了吗？”林宇非站起来，“讲好的规矩不遵守……”

“因为我生气了。”子彤将大锤扔掉，仰脖又是一杯。

两个人喝得都有点多。此时天降大雪，推开窗户，雪花飘进屋子，纷纷扬扬，空中融化成亮晶晶的小雾滴，湿了林宇非的鼻尖又湿了子彤的睫毛。

“出去走走？”林宇非建议。

“好啊！”子彤说。

走出屋子，才感觉到冷。空气吸进肺里，薄荷一般。林宇非撑开风衣一角，对子彤说：“钻进来。”

子彤就钻进去。她抬起脚，在平整的雪地上踩出一个深深的脚印。“沙发。”她说。

林宇非紧靠着她的脚印，踩下自己的脚印。“板凳。”他说。

“我顶。”子彤再踩一个脚印。

“我也顶。”林宇非再踩一个脚印。

“我再顶。”

“我还顶。”

两个人一起笑。

然后，他们一起走进雪地。脚踩上厚厚的积雪，“沙沙”响，“沙沙”响，身后，两排弯弯曲曲的脚印，紧紧相随。

雪让世界变得纯净并且柔软。雪让人心也变得纯净并且柔软。

一个烟花突然在天空绽放，美得令人心碎。子彤仰起脸，发出“哇”的一声赞叹。

林宇非拥着子彤，雪地里走了很久。话不多，似乎这样的雪夜，只适合默默行走。待回来时，已近午夜。子彤乘林宇非不备，突然弯腰捧起一把雪，塞进林宇非的衣领。

林宇非发出一声夸张的惨叫，将早已备好的雪球抹上子彤的额头。

子彤笑着跳开，两手捧满雪，扬向林宇非。

林宇非躲闪着，笑着，一点一点靠近子彤，将雪揣进她的口袋，抹上她的脸颊，填进她的衣领，塞进她的嘴巴……

玩累了，笑累了，两个人跌倒在雪地里，一动不动。

“我想起了我的童年。”沉默很久，林宇非突然说，“每逢下雪，我爹总会带我出来玩雪。每次都是这样，玩到累，躺在雪地里，看天空中飞舞的雪花……那时多好啊！无忧无虑，无拘无束，世界如此干净……”

子彤喘息着，不说话。

“我想我爹和我妈了。”林宇非说，“也许我该回家看看……”

“那就回家看看。”子彤说，“你现在这个样子，也看不出来脑残。”

“其实我很反感‘脑残’这个词。”林宇非认真地说，“知道这个世界为什么会如此复杂吗？就是人人都在学聪明，学圆滑，学复杂。你聪明，我比你还聪明；你圆滑，我比你还圆滑；你复杂，我比你还复杂……其结果，就是你不相信我，我不相信你；你算计我，我算计你；你躲着我，我躲着你……人与人之间的信任，于是越来越少。脑残是什么？脑残就是纯真。如果每个人都能多一点纯真，少一点复杂，这世界起码会比现在美好得多。”

“林老师说得好！”子彤突然蹦起，将一个巨大的雪球拍上林宇非的脸，然后笑着逃离。

回去，才发觉两个人都已经湿透。出门前忘了打开热水器，林宇非和子彤只好先坐到暖气旁边取暖。

“把袜子脱了吧！”林宇非弯下身体，抓起子彤的脚，“冻得跟两个冰棍似的。”

子彤不动，任他笨手笨脚地为她脱掉袜子。

“头发！先擦一擦！”林宇非取来毛巾，一只手扳着子彤的脑袋，一只手在子彤的头顶一顿乱抹。

子彤不动，由他来。

两个人的脸，越来越近，终咫尺之遥。

突然林宇非不再动。他盯着子彤的眼睛，呼吸渐渐变得急促。子彤下巴微仰，眼神迷离，呼吸也变得急促起来。子彤从林宇非的眼睛里看到桃花、风筝、清澈的小河、温暖的春风……林宇非从子彤的眼睛里看到蝴蝶、柳絮、明媚的阳光、明黄的油菜花……

两个人的嘴唇，越来越近。浓郁酒香气息，排山倒海。

林宇非的嘴唇，干涸滚烫。

子彤的嘴唇，娇艳欲滴。

林宇非说：“子彤，我……”

子彤猛然跳起，说：“水热了！快点洗澡睡觉吧！”

她的脸，红得像煮熟的螃蟹壳。

2012年，就这么过去了。

6

林宇非相信他爱上子彤是一种假象。两个人，住在一起，朝夕相处，总会产生感情。然这不是爱情。就像一个人对他的电脑的感情，对他的电话的感情，对他的家具的感情，对他的衣服的感情。甚至，对他自己的感情，对他付出的一切的感情。

这不是爱情。绝不是。尽管有那么两次，他差一点吻她。

昨夜，洗完澡，林宇非回他的房间，子彤回她的房间，再也无事。然后，天亮，他去厨房煎蛋饼，煮牛奶，烤面包，子彤将两个人的衣服——两个人的外套和衬衣——一起塞进洗衣机。洗衣机“哗啦哗啦”地响起来了，两个人的衣服在洗衣机里纠缠撕扯。子彤开始梳洗打扮，只是不管如何，她也掩饰不住两个黑色的眼圈。

昨夜的林宇非也没有睡好。

新年的第一天上午，应该花点钱，快乐一下。子彤和林宇非约上冷馨、何小荷、陆小朵和白万富，去钱柜 KTV 唱歌。

爆米花，奶茶，烤鱼片，巧克力，开心果，瓜子，可乐，啤酒，果盘……茶几上摆得满满。何小荷唱了《套马杆》，陆小朵唱了《青藏高原》，白万富唱了《蒙古人》，子彤唱了《神奇的九寨》，林宇非就有些不耐烦了。“这些地方与你们有什么关系？”他皱皱眉，说，“海边的人，天天草原啊高原啊，烦不烦？冷馨，你给大伙唱个靠谱的。《大海》《踏浪》《浪花一朵朵》《珊瑚海》，都挺好……”

冷馨挤出笑，说：“我听你们唱就行。”

“来一首吧！”子彤说，“新年嘛。唱唱好心情。”

“她不唱就算了。”林宇非看出冷馨的痛，开始为她解围，“还是我来吧！”

陆小朵们一起鼓掌。

“大家好。”林宇非故意变得口齿不清，“我是一名脑残歌者。我不比西施沉鱼落雁，我不比七公主美若天仙，但我的一颦一笑却比世界上任何饕餮都勾人心魄。我不是一位偶像派歌者，我始终在用实力证明着自己；我不是一位普通的歌者，我始终用自己的 Style（方式）告诉我们音乐的真谛。我，就是当今最值得聆听的当红歌手——林宇非。这是我归国后的首次演出，我要把这首我的原创歌曲《掀起你的盖头来》献给亲爱的子彤：掀起了你的盖头来，让我来看看你的眉。你的眉毛细又长呀，好像那树上的弯月亮。你的眉毛细又长呀，好像那树上的弯月亮。”林宇非且歌且舞，眼睛不停地瞟着子彤，子彤于是恨他恨到骨头里。

他的调子跑出很远，嗓子如同破锣。都笑。特别是白万富，一边做呕吐状，一边对陆小朵说：“听他唱歌，可以减肥。”

林宇非继续把自己的快乐建立在别人的痛苦之上：“掀起了你的盖头来，让我来看看你的眼。你的眼睛明又亮呀，好像那秋波一般样。你的眼睛明又亮呀，好像那秋波一般样。掀起了你的盖头来，让我来看看你的脸。你的脸儿红又圆呀，好像那苹果到秋天。你的脸儿红又圆呀，好像那苹果到秋天。”

这次白万富真吐了。不是装的。

除了冷馨，所有人笑成一团。

林宇非也笑。可是笑着笑着，突然停下来。他愣怔片刻，冲出包厢，冲向吧台。他从服务生手里抢过笔，慌慌张张地往手心上记着什么。他一边记一边笑，嘴里流出涎水，牙齿闪闪发光。两个眉毛不仅变得一高一低，并且上下挪位，胡飞乱舞。

都愣住了。

白万富笑：“脑残歌星终于唱回脑残啦。”

林宇非回来时候，兴奋得满脸通红。

“知道吗子彤？”他把子彤拽到一边，偷偷说，“刚才我想起了卡号！”他向子彤扬扬手，手心里，密密麻麻一串数字。

“怎么会突然想到？”

“《掀起你的盖头来》啊！谱子是这样的：111143243，11143243，3232332343211……当初，我看到那个卡号，就觉得跟这个曲子很像。于是我琢磨了一下，虽然没有完全吻合，但可以找到规律。你听，111143243，11143243，3232332343211……听出规律没？”

“没有。”

"你不懂简谱吧？我就能找到规律。反正我回忆起来了，绝对错不了。"林宇非说，"接下来如果能想起那张卡开自哪家银行，我就可以带着身份证去挂失了。到那时，长脸能不能找到，密码能不能想起来，也就无所谓了……"

子彤不知道应该替他高兴，还是应该替自己担忧。那天，她再也没有心情唱歌。后来林宇非硬逼着她唱，她竟把《小二黑结婚》唱成了《李二嫂改嫁》。

晚上，林宇非完全变了个人。他静静地坐在餐桌前，面前放一支笔，两个拇指使劲摁着太阳穴——他试图回忆起他的卡到底开自哪家银行。子彤在他身边不停地走过来走过去，给他冲奶茶，削苹果，剥橘子，又拖他过去看电视。"鸟叔出来啦！"她对林宇非说，"PK凤凰传奇！"林宇非看看她，说："现在我不管鸟叔不鸟叔。我只知道，我马上就要变回八百万富翁了。"

那几天，林宇非的回忆，再一次有了跳跃性的进展。以前，他忆起的，多轮廓，少细节。然现在，他的回忆，逐渐开始清晰起来，并且有了条理和逻辑。

他说他知道那个长脸和那个邱芙蓉有着某种奇怪的联系——彼此认识是肯定的，除了彼此认识，还有着某种关系。兄妹？夫妻？情人？这些需要慢慢去想；他说他还想起了长脸的模样——长脸的脸本来就够长，加上他不苟言笑，于是那张脸便越来越长，越来越长，"长脸"这个外号，生动形象。至于这个长脸到底是干什么的，是白领还是商人，警察还是作家，这些需要他慢慢去想；他说他还想起他送给乔娜的那枚戒指——戒指是他去北京的前几天送给她的，为这枚戒指，他和乔娜将小城的金银首饰店逛了个遍。至于为什么要挑那几天送她戒指，需要他慢慢去想……

林宇非距离他的八百万，一下子近了好几步。

子彤越来越不安。

7

乔娜决定将林宇非送她的戒指还给林宇非。

那枚戒指一直戴在她的手上，每一天，她都会感觉到它的存在。她还感觉到这枚戒指不应该属于她。它应该属于一个叫做子彤的小鼻子小眼的女子。

她坚信他们已经相爱。

决定将戒指寄还林宇非，还因为孙大圣。

孙大圣给乔娜买过戒指。金的，银的，铂金镶钻的，都有。戒指送给乔娜，乔娜就会戴上，然后翘着手指，翻来覆去地看。然第二天，当孙大圣再看到她，戒指便不见了。孙大圣问她哪里去了，她说收起来了。问她为什么要收起来，她说怕丢，怕弄坏，怕磨损，等等。最初孙大圣还能容忍，可是几次以后，孙大圣终冲她发了脾气。

“戒指不戴，叫什么戒指？”

“怎么戴？去你老婆面前戴？”

“见到我的时候戴！”

“我是你的首饰模特？”

“不戴我送你的戒指，没关系啊！我不生气，我尊重你。可是你总戴着这个破戒指是什么意思？”

“没什么意思。以前的男朋友送的，我想留着纪念。”

“然后天天想着他？”

“偶尔会想想……”

“与我上床时也想？”

“偶尔吧。”

“乔娜，你这么说，很伤人。你知道我对你的感情，我爱你……”

“你老婆呢？”

“我也爱她。”

“那怎么办？你隔三岔五过来看我，我除了你不能想别人？你让我远离那个帅哥，好啊，我远离他了。现在你又要求我不能想别的男人，你过分了吧。你控制了我的身体，还要控制我的内心？就算我是你的性玩偶，你也得给我点自由吧？”

“乔娜，你怎么能这样说话呢？我从没有把你当成我的性玩偶，我也相信你不会真的这么想。你这么说，只因为你生我的气。乔娜，你想想，以我的地位和财产，是不是可以每天换十个女人，可是我这样做过吗？没有。除了我妻子，你就是我的唯一。乔娜，我从没有在别人面前这样低声下气过，我这么做，只因为我太在乎你了。乔娜，你在日复一日地践踏着我的尊严……”

“你敢说我是你除了妻子以外的唯一？”

“是。”

“你的意思是我占了你的便宜？你可以每天换十个女人？好啊！你换啊！”

“乔娜，别闹了。”

“我没跟你闹。是你偏要找茬。我戴个戒指，你就教训我……”

“好了我错了。你愿意戴着它，就戴着它吧。明天我有一点时间，陪你逛逛商场。喜欢什么，你提前列个单子。我时间挺紧……”

乔娜就列了一个单子。完全是报复性的单子，什么贵，她列什么。单子列出来，长长的一条，从厨室拖到客厅，就像一截手纸。孙大圣捧它在手，圣旨般读着，“嘿嘿”笑着，说：“乔娜你真是越来越有品位了。”

然后，两个人缠绵。窗外雪花飞舞，雪光将赤裸的乔娜变成一尾悲伤的鳗鱼。床头柜上的戒指闪烁出煜炜的光芒，当孙大圣发出大提琴般的低吟，乔娜流下一滴眼泪。

第二天，咬碎嘴唇，喊来快递，将戒指寄回。地址是林宇非曾经住过的地下室，电话是子彤的电话。她附上一张卡片，她写：祝你们幸福。

快递员问她："你确定这个电话可以？"

乔娜就将电话拨过去。她听到子彤的声音："喂？"

她将电话挂断。

她说："可以了。"

戒指就这样寄走了。一枚代表爱情的戒指，一颗代表忠贞的钻石，从滨城来到京城，又从京城返回滨城。

子彤做梦都想不到有一枚戒指正在找她。所以，当快递员在电话里告诉她，有一个她的快件，她说，送过来吧。

快递员摁响门铃的时候，她与林宇非正在争抢一个鸭头。

她想起身，林宇非却抢先一步。

"我败了。"林宇非说，"鸭头归你了。"

林宇非开门，接过快递，扫一眼，签上名字，说"谢谢"，关门，转身，返回，将信封扔上沙发，餐桌边坐下。

子彤一边拆着鸭头一边对林宇非说："商业广告吧？"

林宇非再起身，走到沙发前，拾起信封。这次他看了很久，眉毛皱成倒八字。"这笔迹怎么这样熟悉？"他自言自语，"北京发过来的。"

子彤心里一惊。她想起两天前那个莫名其妙的电话。

林宇非将信封捏来捏去。"里面好像有个小盒子。好像心形……"

子彤冲过来，说："我的快递，快给我。"她试图从林宇非的手里抢走信封，但林宇非把信封举得很高，又踮起脚，子彤于是在他面前蹦来蹦去，上蹿下跳。

这样的开心游戏，两个人以前，做过多次。不过林宇非举起的多是一只鸭翅，一袋薯条，或者冰淇淋、可乐、巧克力、遥控器……两个人多是笑着，闹着，说成打情骂俏，更恰当一些。而现在，两个人的表情，严肃得可怕。

子彤说："快给我。"

林宇非说："为什么要给你？"

子彤说："是我的快递。"

林宇非说："我怀疑与我有关。"

子彤说："你有病吗？"

林宇非说："你有药吗？"

"你要多少？"

"你有多少？"

……僵持足有十几分钟，两个人终于达成协议。快递要当着林宇非的面打开，子彤得将实情告诉林宇非。

子彤说："但是没有实情。我真的不知道这个快递是怎么回事。"

信封打开，还是信封。信封再打开，露出盒子。盒子再打开，露出戒指。卡片滑落地上，林宇非弯腰拣起。"祝你们幸福。"他念到，"乔娜。"

他抬头，盯着子彤。

"你不是什么都不知道吗？"

"你什么意思？"

"你要求乔娜寄回戒指？"

"我没有。"子彤说，"全世界都看得到咱俩在谈恋爱。"

"可是我看不到。"

"你脑残。"

"乔娜更看不到。"

"她可以感觉得到。"

"可是我感觉不到。"

"林宇非你什么意思？"

"你什么意思？"

“乔娜不是住在咱俩隔壁！乔娜在北京！她为什么要把戒指还给我？你跟她说什么了？”

“你真无聊！”

“好，就算我无聊。乔娜把戒指寄过来，总该提前跟你联系吧？她既不知道我们住在哪里，也不知道我的电话……这么贵重的戒指，说寄过来就寄过来了？”

“你认为贵重，她可不一定认为贵重。”

“她肯定提前跟你联系了……”

“她没有跟我联系！”

“可是这上面有你的电话！”

“她没有跟我联系！”

“肯定是你跟她说什么了。她一气之下，才把戒指还给我……”

“你对她还存有幻想？”

“把她的电话号码给我！”

“我没有她的电话……”

“给我。”

“我没有！”

“子彤，我生气了。”

“你去死吧！”子彤终于爆发，“她奶奶的乔娜犯了哪股神经我怎么知道？她奶奶的乔娜为什么把戒指还给你我怎么知道？你觉得她一边躺在孙大圣怀里被他摸来摸去拱来拱去一边欣赏你的戒指很有趣？你真是下贱到了极点！好啊，你想她，你去找她啊！你这就走，马上从我面前消失，一秒钟都别等！”

林宇非不吱声了。他将戒指捧在手心，翻来覆去地看。后来他试图将戒指戴上他的小指，可是他怎么也戴不上去。

大约半小时以后，林宇非开始敲子彤的房门。“求求你，子彤，把乔娜的电话，给我。”他小声说。

“去死！”子彤抓起枕头，砸向房门。

8

说，有一个女大学生在她的博客里写道：今年谁陪我过11月11日光棍节，我就让他明年过父亲节。

马上有人跟帖，今年的11月11日距明年的父亲节间隔不到八个月，这爹当得有点冤。

有人跟帖总结：这是一个坑爹的年代。

对很多人的很多故事来说，这的确是一个坑爹的年代。但是对子彤们的故事来说，这却是一个玩失踪的年代。

乔娜，突然失踪。江岸，突然失踪。呀呀，突然失踪。现在，轮到了林宇非。

那天夜里，子彤哭得无比伤心。乔娜寄还戒指，无论对她还是对林宇非都应该是一件欢喜的事情，但现在却被这个可恶的可恨的可憎的可恼的可气的该打的该骂的该死的该杀的林宇非搞成了世界末日。如果说，仅仅是吵吵架，也就算了，偏偏这个悲催的林宇非一遍又一遍地敲她的门，追问乔娜的电话号码。

乔娜，这个曾经将林宇非无情地抛弃的女人，到底有什么魔力，能让林宇非对她念念不忘？

只因为她漂亮？还是因为林宇非不舍那段感情？

可是她呢？她陪了他这么长时间，她为他做了那么多，牺牲那么多，他难道一点儿也不感动？

当林宇非第三次小心翼翼地隔门询问乔娜的电话号码，子彤再一次爆发。她赤脚跳下床，踹开门，将手机狠狠地扔到林宇非面前。“自己查！”她冲林宇非大声吼叫。

她认为林宇非不会去查。她认为林宇非不敢动她的手机。她认为，也许当她将手机扔给林宇非，林宇非就怕了，就蔫了，就败了。事实上，自她跟林宇非坦白了她的计划，林宇非就再未翻过她的任何东西。

可是，她猜错了。

林宇非真的翻看了她的手机，然后认认真真地抄下乔娜的电话号码。

一整夜，子彤睡睡醒醒，醒醒睡睡，很不踏实。

即便如此，她还是做了一个梦。梦里林宇非背起行囊，奔向远方。远方有桃园，有小河，有蓝天，有白云，有绿草，有风筝，有美丽性感的乔娜。林宇非牵着乔娜的手，在桃园里嬉笑奔跑。桃花将天空染得粉红，乔娜的脸，比桃花更娇更艳。两个人跑着跑着，便不见了。桃花开始凋零，天空飘起了雪……

然后子彤醒来。醒来，她知道这是一个梦。她还知道，林宇非真的离她而去。

尽管她没有起床。

尽管她没有走出房门。

尽管她连眼睛都没有睁开。

尽管她说服自己，这不过是一个梦。

她在床上至少赖了一个小时，然后，披了睡衣，走进客厅。

茶几上，林宇非为她留下的便条，早已等在那里。

——子彤，我必须离开。林宇非。

便条上，压着林宇非的手机。

子彤强忍泪水，冲向窗户。她将便条撕得粉碎，开窗，天女散花。

纸片纷纷扬扬，非花，似雪。

一个小男孩仰起脸，兴奋地对身边的老人说：“奶奶，那个粽子精又变成雪花姑娘啦！”

第十一章

假恋真爱

没有人把他忘怀。乔娜，子彤，大夫，陈美莲，邱明，呀呀，铃兰，女房东，泡菜店老板冷饮店老板烟酒店老板水果店老板……都没有把他忘怀。这些人等在那里，时刻等待林宇非前去打扰，而乔娜，却无情地将他抛弃——在他失忆不久以后，在她认识孙大圣不久以后。

忘怀不可怕，抛弃最残忍。

一棵树将他抛弃，他失去的不仅是记忆。一个乔娜将他抛弃，他失去的不仅是爱情。

1

白万富与陆小朵为婚礼的事情，争得面红耳赤。

白万富说，婚礼最好去他的老家——胶东半岛的高村镇河西村。按胶东半岛的风俗，在男方家举办婚礼，既热闹，又隆重。况且那里有山有水，有湿地有温泉，还有他可敬可亲的父老乡亲。“胡子里长满故事，憨笑中埋着乡音，一声声喊我乳名，多少亲昵，多少疼爱，多少开心。小米饭把我养大，风雨中教我做人，临别时送我上路，几多叮咛，几多期待，几多深情……”

陆小朵说，婚礼最好去她的老家——齐鲁腹地的济南市历下区。虽然有人调侃济南是中国最大的县城，但那里毕竟是山东的省会，有大城市的模样。况且那里有大明湖，有千佛山，历史悠久，风景秀美。“喜洋洋的泉水喜洋洋的风，喜洋洋的时代喜洋洋的声，喜洋洋的七十二泉咕嘟嘟的冒，喜洋洋的荷花映呀映大明。吃一口那个油漩美滋滋的炫，喝一碗那个甜沫解呀解馋虫，还有那大葱玫瑰草包红玉杏，济南府的好东西谁也数不清……”

白万富说，济南府再好，毕竟与两个人今后的生活无关，所以婚礼还是应该去他的老家——他的爹妈在乡村待了一辈子，就盼着儿子能娶上个漂亮媳妇。如今他不但娶了个漂亮媳妇，并且还是水光光滑溜溜的城里小嫚，这事还不得把村子引炸了？还不得把那些胡子里长满故事憨笑里埋着乡音的父老乡亲们羡慕死？所以，为了能让爹妈在父老乡亲们面前得瑟并骄傲着，还是去高村镇河西村举办婚礼更好。

陆小朵说，胶东再好，咱俩婚后也不可能回到那里生活，所以婚礼还是应该去她的老家——她的父母几年以前离异，至今仍然各自单身。虽然母亲与一个叫做宋力的男人往来密切，虽然父亲与一个叫做念蓉的女人关系暧昧，但是她相信，假如父母能在她和白万富的婚礼上同时出现，两个人也许还能够走到一起。所以，为了能让一个破碎的家庭重新变得圆满，还是去济南府举办婚礼更好。

你来我往，互不相让，实在没有办法，只好拉来子彤当裁判。

子彤说："两个选择。一，你们哪里也不用去，就在滨城举行婚礼。我们都是你们的宾客，为你们祝福，替你们张罗。婚礼上，让你们的父母都过来一趟，双方见见面，吃顿饭，不挺好？二，你们先在河西村举行一次婚礼，让小白的父母和父老乡亲先高兴高兴，然后再去济南府举行一次婚礼，让小朵的父母见见面，聊聊天，也好趁这个机会破镜重圆。"白万富和陆小朵你看看我，我瞅瞅你，又凑到一起嘀咕一番，决定采纳第二个建议。

婚礼的事情暂且解决，却又为婚后的事情争执起来。

白万富的意思是，既然成家，就应该立业。那个超市对于陆小朵来说，不仅浪费青春，简直毫无前途可言。不如早些辞职，找点有前途的事情做。

陆小朵的意思是，白万富虽然经营着一个书店，但那个书店，让她看不到任何希望。不如将书店关门大吉，一边写他的那本书，一边找点能够看到希望的事情来做。

各执己见，谁也不肯让步。实在没有办法，再一次向子彤求救。

子彤说："就像买东西，买家只出五十，卖家非要一百，怎么办？都不让一点的话，这买卖就黄了。所以，最好的解决办法是，五十加一百除以二，七十五元，各自都守住了底线，皆大欢喜。"

白万富问："怎样除以二？"

子彤说："很简单。你的书店其实很不错，但就是地角太偏。假如我当初不是因为迷路，绝不会找到这个地方。找不到这个地方，就不会认识你。不认识你，你也不会认识小朵。明白我的意思吗？如果你的书店能够搬到繁华一点的地方，前景应该会不错。前景不错，就需要一个帮手。于是，小朵辞职帮你，夫唱妇随，夫妻店开得热热闹闹，多好。”

白万富和陆小朵你瞅瞅我，我瞧瞧你，又凑到一起嘀咕一番，然后击掌相庆。

“其实就是各自放弃自己的一半。”子彤说，“但收获的，却是一倍。”

“你呢？”陆小朵问她，“这段时间怎么总是一个人上下班？林宇非呢？”

“死了！”子彤说。

“什么时候的事？”白万富扶扶眼镜，做惊讶状，“好端端的人怎么说死就死了？”

“白万富！”陆小朵冲他大吼一声，“去扫地！”

“遵命！”白万富欢天喜地地扫地去了。

“吵架了？”陆小朵歪起脑袋，问。

“别问了。”

“吵吵架有什么呢？我与小白也经常吵架。你也见到了，我们刚才不是还吵了一架吗？吵架有什么呢？不管谁让一步不就行了吗？比如刚才，假如小白坚持要回乡下，我就随了他……真正相爱，吵架就等于打情骂俏了，是不是？”

“我们没有相爱。”

“还敢嘴硬？”

“我们没有相爱。”

“真没有？”

“呃……真没有。”

“那他走了也好！”陆小朵突然换上另外一副表情，“我看他还真不像个有钱人。上周末咱们一起吃饭，他那副吃相，简直就是饿死鬼投胎。光吃也就罢了，还撑出一个响屁。当着那么多人，放完屁，竟然没有一点羞愧的意思，还说，对不起我忘了调成震动的了。看看，这叫什么素质？真正的百万富翁有这种素质的吗？感觉自己很幽默？小白说了他两句，他还争辩，还顶嘴，还自以为是地继续他的伪幽默，说什么‘屁是吃下去的食物的不屈的灵魂’。子彤你说说，他怎么这样恶心啊！后面还有更恶心的，说什么‘花钱像屙屎一样简单，赚钱像吃屎一样艰难’……子彤，那时候，我们正在吃沙拉啊！敢当着这么多人的面恶心，他以为自己是某些官员还是某些专业作家啊？！懂不懂什么叫做温良恭俭让？”

“不是让你别再说他了吗？”子彤有些生气了，“没什么事的话，我要回家睡觉了。”

“就算他过一阵子回来求你，你也千万不要理他。”陆小朵不识时务，追着子彤，“这样的男人，活该没有人要！穷得叮当响，还整天招摇撞骗……他有什么资格招摇撞骗？他爸是李刚？”

“闭嘴！”子彤猛地转过身来，一点唾沫星子溅上陆小朵的鼻尖。

陆小朵低头擦擦那点唾沫星子：“就算我闭嘴，他也是个穷光蛋。不仅是穷光蛋，还是色狼、骗子、脑残患者……并且我相信，他永远不会再回来了。他把你甩了……”

“甩了”两字说出的时候，子彤至少走出了一百米。

子彤没有回家睡觉。她去找冷馨。门敲了很久，冷馨才开。

冷馨显得疲惫并且憔悴。

子彤问冷馨：“江岸有消息吗？”

冷馨摇摇头，苦笑。

“他永远不会回来了。”冷馨说，“他有这样的选择，我应该开心……”

“别犯傻。他离不开你的……”

“可是他跟着我，会一辈子抬不起头来。”

“你想得太多了。这又不是你的错……”

“林宇非呢？你认为他会不会回来？”

“我不知道。”

“你希望他回来吗？”

“我不想再见到他。”

“说谎了是吧？我知道你喜欢他……”

“谁爱喜欢谁喜欢……”

“你敢说你不喜欢他？”

“我不喜欢他……”

“子彤，别嘴硬了。如果你喜欢他，不妨去北京找他。前些日子，你对我说，他的心里似乎只有乔娜，我想你是误会了。他的心里绝不会只有乔娜。如果他心里真的只有乔娜，他离开你的时间，应该是一个月以前，而不是现在。他之所以在乎乔娜，除了他与乔娜相处好几年，还因为——他被乔娜甩了。你能理解我的话吗？一个男人，突然被一个女人甩了，他就会很伤心，就会对这个女人产生一种刻骨铭心的爱或者恨。当然，这爱或者恨，都是暂时的，或者说，是经过夸张的，是不真实的，是演绎的，甚至是接近虚假的。特别是像林宇非这种自尊心极强的男人……”

“可是他是真的喜欢乔娜。他从没有喜欢过我。”

“怎么会呢？当一个男人爱上一个女人，不需要任何语言，只需要看他的眼神就行。林宇非看你的眼神，温柔，清澈，没有任何杂质……如果这些都不算爱，那什么算呢？听我的，子彤，去一趟北京，找到他。”

“可是他根本没给我找到他的机会！”子彤终于“呜呜”地哭出声来，“和江岸一样，他不但没说他去了哪里，他连手机都扔下了啊！”

两个同病相怜的女人，终于抱头痛哭。

2

林宇非找到那家医院，那个大夫竟然还认识他。

大夫问带锦旗或者感谢信来了？林宇非说带那些干什么？大夫说你不是彻底恢复健康了吗？林宇非说：“我也不知道。”大夫说：“健康的记忆不是让你忆起所有事情，而是让你忆起应该忆起的，忘掉应该忘掉的。”林宇非说：“问题是我不知道哪些应该忆起，哪些应该忘掉。”大夫说：“打个比方，还记得你欠我三百块钱吗？”林宇非说：“不可能。”大夫说：“看来你真的好得差不多了——你并不欠我钱。能知道你并不欠我钱，你是正常人了。”林宇非问：“这样的逻辑就能证明我是正常人了？”大夫说：“还需要怎样证明？”林宇非说：“那我请教你一件事——前些日子，我在一个小商店里遇到两个人正在下象棋，其中一个人自称为全市第一。于是，我就拉着他下了一盘，结果，我输了。请问，我是全市第几？”大夫挠挠头，说：“好像是全市第二吧？”林宇非说：“所以说，如果我是脑残第一，你就是脑残第二。”

林宇非到这里来，既不是来复诊的，也不是来与大夫斗嘴的，他来，只想问问他和子彤离开以后，乔娜有没有再来过。大夫说：“你什么都知道了？”林宇非说：“不但知道了，并且深刻得很。”大夫说：“对不起，我们当初欺骗你实在是没有办法。”他站起来向林宇非深鞠一躬，就像向遗体告别，“如果你对我们没有信心，我可以为你介绍一个更好的医院。我和我爱人生病，都去那里。”

所以，他其实是个好医生。

好医生分为两种：一种是能把病人彻底治好，另一种是把他治不好的病人介绍给更好的医生。

然后，大夫告诉林宇非，乔娜倒是来过一次，不过，她没有留下任何林宇非想要的线索。“我们对病人和病人家属的隐私没有任何兴趣。”

大夫挥掌向下，砍向桌子，“治病救人才是我们的唯一。”

此路不通，林宇非只好给乔娜打电话。

电话只响了一声，就传来乔娜的声音：“喂？”

如此迅速地接起电话，无非三种可能：一，乔娜拿起电话，电话正好响起；二，乔娜正在等一个电话，心急如焚；三，乔娜百无聊赖，正将电话当玩具玩。

此时的乔娜，属于第三种情况。

林宇非正做着深呼吸，乔娜的声音突然响起，把他吓了一跳。

“乔娜吗？”林宇非的身体抖个不停，就像得了半身不遂。

“您是……”乔娜的声音也抖了起来。

“我是林宇非。”

“对不起，我不认识林宇非。”

“啪！”电话挂断了。

再拨，再不接。还拨，还不接。就不敢再拨了。再拨，怕她关机。

换一个公用电话亭再打。果然关机。

街上的公用电话亭非常之少，不过几个电话，竟用去林宇非整整一个下午的时间。

夜里，寻到“如狼似虎大酒店”住下，喝掉一瓶啤酒，啃掉半只烤鸭，躺在床上，不久前的一幕，越来越清晰。他想起乔娜粉红色的睡衣，想起乔娜粉红色的嘴唇，想起乔娜可爱迷人的乳沟，想起乔娜皱着眉头打量他躲避他，然后催促他快点离开自己的房间。他跑到子彤的房间借套子，他尴尬地掩饰，子彤却临危不乱。套子虽然借到了，乔娜仍然没有给他。

似乎，来北京之前，他与乔娜说好了——在北京，他要将乔娜变成他真正的新娘。而第一夜，乔娜就将他无情地拒绝。

他想他绝不是子彤所说的色狼。说好了的事情，怎么能叫色狼呢？充其量，他是依口头协议做事，怎么就成了色狼了呢？至于平时，看到美女就流鼻血，不过是正常的生理反应而已。怎么喜欢看美女就成了色狼了呢？这色狼的定义，也太宽泛些了吧？

乔娜将他拒绝，乔娜有她的理由，他不计较。并且，假如没有那个意外，他们还有第二夜，第三夜，第四夜……

隔壁传来一个女人“哎哟哎哟”的呻吟。呻吟声忽高忽低，忽远忽近，节奏明快并且强烈——那是极度放肆极度兴奋极度快乐极度幸福的呻吟。

女人需要这样的呻吟。男人需要女人这样的呻吟。能够发出这样的呻吟绝非仅仅因为身体的快乐——那是真正的男欢女爱，男耕女织，龙凤呈祥，水乳交融。

从身体，到灵魂。

伤感铺天盖地。伤感的酒嗝一个接着一个。林宇非认为，也许他一辈子都不会再见到乔娜。

睡梦里他重回春日的郊外。他看到桃花和河水、孩子和风筝。他看到自己躺在树丫上，眯起眼，唱起歌。他看到美丽得失真的乔娜翘起她的小指，细细地剥一瓣橘子。他看到小鼻子小眼的子彤用一片小石子在河面上打出一连串漂亮的水漂。他还看到炊烟，草帽，涟漪，荠菜开出白色的花……他看到自己虽然勾起嘴角，却似乎心事重重。突然他像一只受伤的猴子从树上掉落，空中他还憋起假音唱了一句“别把我忘怀”。

没有人把他忘怀。乔娜，子彤，大夫，陈美莲，邱明，呀呀，铃兰，女房东，泡菜店老板冷饮店老板烟酒店老板水果店老板……都没有把他忘怀。这些人等在那里，时刻等待林宇非前去打扰，而乔娜，却无情地将他抛弃——在他失忆不久以后，在她认识孙大圣不久以后。

忘怀不可怕，抛弃最残忍。

一棵树将他抛弃，他失去的不仅是记忆。一个乔娜将他抛弃，他失去的不仅是爱情。

3

陈美莲终将邱明送进了戒毒所。

之前她商量过他，她说："老邱，现在我对你已经无能为力。虽然我仍然爱你，虽然我也相信你仍然爱我，但是爱情已经不能助你戒毒。我想你也许应该去戒毒所试一下，你同意吗？"邱明说："我同意。"陈美莲说："你觉得在家里还能戒得了毒吗？如果你认为可以，我可以再陪着你试一次。"邱明说："不用试了。"陈美莲说："你恨我吗？"邱明说："我恨我自己。"陈美莲说："老邱，不管如何，我都会等你。"邱明说："谢谢。"陈美莲说："我爱你老邱。"邱明说："我也爱你。"说完邱明抓起一个苹果，去门口，蹲下来。他"喀嚓喀嚓"地啃起苹果，两个腮帮子鼓起很高，就像一只悲伤的蛤蟆。然后他被噎住，眼球凸起很高。几滴泪滚下来，顺着脸颊，汇聚到下巴，又和了他的鼻涕，扯成丝，织成网，挂着，晃晃荡荡的，硬是不掉下来。

邱明离开那天，陈美莲找了一个无人的地方，哭得撕心裂肺。待哭完才发现，那个无人的地方已变得人山人海。然后陈美莲擦干眼泪，离开她住了四年的地下室。她要开始她新的生活，她希望自己能够变回邱明吸毒以前的那个风风光光的陈老板。

她找到子彤，她为子彤留下她新的电话号码。"有什么事情的话，一定找我。"她说，"你与我一样，都那么孤独……"子彤说："我不孤独。"陈美莲说："你孤独。"子彤说："我不。"陈美莲说："你相信林宇非还会回来吗？"子彤烦躁地说："为什么每个人都要跟我说这件事？"陈美莲说："也许因为每个人都能看得出来，你喜欢林宇非。"子彤说："可是林宇非看不出来……"陈美莲说："不，他也能够看出来……并且我相信，他是第一个看出来的……只是，他有他的往事，有他刻骨铭心或者自以为是的爱情……"子彤说："就算他有刻骨铭心的爱情，那个令他刻骨铭心的人也应该是呀呀，而不是乔娜。”陈美莲说：“你错了。男人在意的永远是失去，而不是得到。”

男人在意的是失去而不是得到。女人在意的是得到而不是失去。换句话说，男人在意的多是他得不到的或者得到又失去的，女人在意的多是她得到的或者失去又得到的。再换句话说，男人在意的多缥缈虚幻，女人在意的多具体现实。

男人在意的多缥缈虚幻，女人在意的多具体现实。现在的林宇非，就缥缈虚幻得很。

到北京的第二天，他在一个地下通道里买了一个山寨手机。他给乔娜打电话，无法接通。过十分钟后再打，还是无法接通。整整一天，他每隔十分钟就会给乔娜拨一个电话，但提示一直是无法接通。乔娜的手机不可能永远处于关机状态，那么，便只剩下两种可能：一，乔娜将他的电话，设置为黑名单；二，因为林宇非的突然出现，乔娜废掉了这个手机卡。

悲哀、忧伤和愤怒如同利箭，林宇非万箭穿心。乔娜竟然连他的电话都不打算再接，她对他，绝情到了极致。

林宇非去了那个郊外。他不指望郊外能为他带来什么线索，他只想去看一看。

郊外萧瑟一片。桃林还在，小河还在，野地还在，所有的树还在。只是它们全都变了颜色和姿态，灰白的，褐黄的，无精打采的，静默的。林宇非在河边静静地坐了一会儿，他感觉到彻骨寒冷。

远处传来一首老歌，那歌声让林宇非盈满泪水，鸡皮疙瘩，一身一身地起。

“一斜斜乍暖轻寒的夕阳，一双双红掌轻波的鸳鸯，一离离原上寂寞的村庄，一段段断了心肠的流光。两只手捧着黯淡的时光，两个人沿着背影的去向，两句话可以掩饰的慌张，两年后可以忘记的地方。我的心就像西风老树下的人家，池塘边落落野花，雨后的我怎么舞啊舞，舞啊舞啊……”

叶蓓的声音，如同邻家小妹随随便便地在你耳边哼唱，却能够穿透皮肤、肌肉、骨骼和内脏，然后找到灵魂，狠狠地刺过来划过去。

回去的路上，很意外地，竟遇到春天的那个男孩。男孩举着一个纸风车，雪地里兴奋地疯跑。男孩跑过他的身边，看他一眼，却没有停下。风车的轮子被男孩描成红黄蓝三色，当风车转得很慢，三种颜色便会轮番闪现，仔细看，又分明藏了五彩斑斓，万紫千红，世间一切，变得摇曳多姿，万般美好；而当风车转得很快，三种颜色便会纠缠交融，再也扯不清，林宇非见到的，只剩下千篇一律的没有任何质感和想象空间的灰。

人生也是如此吧？节奏太快，什么也看不到了；慢下来，色彩才会为你呈现。林宇非想。

那么，爱情也是如此吧？

林宇非没有打扰男孩。

公共汽车首发站，那个拖着大辫子穿着长袍马褂的算命先生仍然敬业地守着他的小摊。只不过春天时候，他“算命看卦”的四字招牌写在一个印有“糖水罐头”的硬纸壳上，而现在，他的“糖水罐头”变成为“富士苹果”。

林宇非凑上前，蹲下，看算命先生的眼。他只看到了难看的眼白和肮脏的眼眵。

“请大师指点迷津。”林宇非说，“如果一个人对我表现得无比绝情，我还有没有死皮赖脸纠缠下去的必要？”

“你要表现得比她还要绝情。”算命先生抽抽鼻子，说。

“如果另有一个女孩对我很好，只是我仍然不敢确定她到底是为我的钱，还是为她的爱情，我该怎么办？”

“你的话已经把你出卖。”算命先生再抽抽鼻子，说，“说到这个女孩的时候，你的声音，突然变得柔情似水。很明显你已经爱上她了，你说你应该怎么办？”

“可是大师……”

“这位先生，我是占卜算卦的，不是心理医生。”

“那您说，今年，我会不会找到属于自己的爱情？”

“你已经找到了。”

“您是指，刚才我所说的那个女孩？”

“正是她。”

“那么，我今年财运如何？比如我会不会找到属于我的八百万？”

“这个很容易啊！你只需找到七个球，就可以了。”算命先生摇头晃脑地说，“知道是哪七个球吗？”

“双色球。”林宇非说，“此情此景，我梦里梦见过。不过我还梦见我走了以后，你读了一会儿书，是一本畅销书——周胖子的《浅婚》。你两眼圆睁，目光炯炯，手指蘸着口水，快活地翻着书页……拜托以后装盲人装得再像一点！骗人要敬业！”

挤上公共汽车，林宇非突然有一种预感——他永远不可能再见到乔娜。

夜里，继续打电话，无法接通，无法接通，无法接通，无法接通。

林宇非在北京待了十几天。十几天里他只做了三件事情：猫在“如狼似虎大酒店”里伤心焦躁，去大街上胡乱地转，没黑没白地打乔娜的电话。电话自然是永远打不通的，乔娜的手机变成了秤砣，无声无息。

有时候，林宇非想，他去大街上胡乱地转，其实也在为寻找乔娜。他甚至幻想能够在某个街角或者某路公交车站点突然遇见乔娜，乔娜泪水涟涟，向他讲述她的苦衷。这样想，又感觉自己真的很下贱很可怜，一千多万人口的北京，怎么能够邂逅乔娜呢？再说，即使真的遇见乔娜，又能怎么样呢？乔娜厌恶他，就像厌恶一把鼻涕，一坨狗屎。她抛弃他，她寄回他的戒指，她不接他的电话，难道这些还不够吗？他又为何自讨苦吃？

夜里躺在酒店的床上，似睡非睡，似醒非醒。电视机开着，电视剧里的男女主角，既爱得深沉又爱得变态。电视剧里插播了广告，迷迷瞪瞪的林宇非听到一句非常熟悉的广告语：羊羊羊，恒源祥。

睁开眼睛，子彤的身影从他面前一闪而过。他愣了愣，喊：“子彤。”子彤回眸一笑，一嗔，钻进浴室。少顷，他听到“哗哗”的水声和子彤的歌声。“一斜斜乍暖轻寒的夕阳，一双双红掌轻波的鸳鸯，一离离原上寂寞的村庄，一段段断了心肠的流光……”他去浴室，毛玻璃后面，子彤娇小的轮廓如同夜的鬼魅。突然子彤停下歌声，对他说：“帮我递条浴巾。”她沾满泡沫的胳膊从毛玻璃后面探出，林宇非看到她的手指上，戴着一枚很小很差劲的戒指。他将浴巾递给子彤，却并不松手，子彤轻轻一拽，他也站到了篷头下面。子彤看着他，羞涩地笑，又从嘴里，吹出一个绚烂的气泡。赤裸的子彤就像荔枝，就像山药，就像泥鳅，就像一缕拐进屋子的轻巧的阳光。这是梦吗？梦竟然如此真实，他甚至可以感觉到子彤的呼吸和心跳。他掐一下大腿，不痛。再掐一下，还不痛。伤感随即排山倒海，他在梦里知道，这是梦。

这是梦，可是他不愿意醒来。

在北京待到第十六天的时候，他终于想要离开。他几乎一分钟一秒钟都待不下去。他认为再待下去的话，他连最后的一丝尊严也会被自己糟蹋个干干净净。他不知道自己是否要回到滨城，但他知道，北京是那般不欢迎他。他想，假如春天时候没有那个意外，现在会怎样呢？他的公司也许会开起来，他可能会赚下一大笔钱，但乔娜同样可能离开他——北京到处都是帅哥、大款、帅哥并且大款。现在，他甚至庆幸当初回到滨城。

那么，应该感谢子彤了。

他想给乔娜拨最后一个电话。假如这个电话拨通，那么，他仍然要见乔娜。他要当着她的面质问她当初为什么会选择离开——现在，他要的不是破镜重圆，而是一个答案。

但其实，这答案他完全可以猜到。她为什么离开他？因为她不再爱他，因为她找到了比他更好、更值得她去爱的男人。

他不如孙大圣优秀，错在他，不在乔娜。

乔娜有爱与不爱的权利。

电话拨过去，无法接通。林宇非将手机，狠狠地摔到沙发上。他发誓永不再寻找乔娜。他发誓就算乔娜打电话找他，他也不会见她。就算乔娜当着他的面求他，他也不会理她。

绝不会。

“如果做不到，我就是孙子。”他咬牙切齿，面目狰狞。

他起身，收拾行李，准备离开。

就在这时，沙发上的电话，“哇啦哇啦”地叫了起来。

乔娜打过来的。

4

子彤在电视里见到了呀呀。她百无聊赖地摁着遥控器，电视荧幕上，呀呀便冲她笑起来。是那档《非诚勿扰》节目，呀呀将自己打扮成圣诞老人的模样。尽管那时，圣诞节已经过去了很多天。

当呀呀脱下她的圣诞老人服，露出她前挺后凸的骄人身材，所有男嘉宾全都为她亮起了灯。

然后呀呀开始自我介绍。她非常真诚，她并不隐瞒她的恋爱史。她谈到她的大学生活，谈到林宇非，谈到她的第二任男友第三任男友第四任男友。于是，有一半的男嘉宾将灯灭掉。

呀呀谈到吕啸，为她而亮的灯，不足十盏。

当她终于说到西门教授，她的面前，只剩下了三盏灯。

呀呀开始才艺表演。三盏灯，仅剩两盏。

呀呀开始憧憬未来，两盏灯，仅剩一盏。

一盏就足够了。呀呀是来相亲的，不是来修灯泡的。

当那个男嘉宾红着脸说呀呀就是他一直在等待和找寻的梦中女神，当两个人一起手牵着手，唱起《神话》，子彤看到，呀呀竟然哭得稀里哗啦。

明知这样的感情来得太过肤浅，明知这是一档很烂的娱乐节目，子彤还是被呀呀感动。

于是，电视机前的她，也跟着呀呀哭得稀里哗啦。

哭完了，去厨房，煮方便面。方便面煮熟的时候，突然发现自己有些馋烤鸭了。开冰箱，烤鸭没找到，只找出一小袋吃烤鸭专用甜酱。于是那天的晚饭，方便面蘸甜酱。

给冷馨打电话，问她想不想出去走走。冷馨说，她已经睡下了。

子彤说："哦。"

——冷馨不可能睡下。现在的冷馨，将自己包裹成一只密不透风的蛹。

子彤心烦意乱。她将该洗的和不该洗的衣服全都塞进洗衣机，将明亮如镜的餐桌擦了又擦，又抄起墩布，一遍又一遍拖着地面。后来她开始胡乱地翻，她从抽屉里，翻出林宇非送她的那枚戒指。她将戒指戴上小指，戴上无名指，戴上中指，戴上食指，戴上拇指，她让每根手指上，都留下戒指清晰的印痕。突然她毫无理由地认为，此时，她应该出去走走。

戴着那枚戒指，出门。一辆出租车"嘎"一声刹在她的身边，问她："去哪儿？"她上车，说："灯塔。"

灯塔伫立在夜里，忠心耿耿，静默不语。月亮挂在塔顶，淡蓝色的云彩流水一般从塔顶流过。灯光刺穿薄雾，照进海的深处，浩荡的海水，深不可测。海风刺骨，子彤裹紧风衣，一连打了好几个响亮的喷嚏。

突然她发现，灯塔下面，似乎站着一个人。

子彤的心，“咚咚咚”狂跳不已。

她毫无理由地认为，那个人就是林宇非。

尽管她看不清他的模样，看不清他的身材。

子彤盯着他。她认为他也在盯着自己。

她不动，他也不动。

子彤慢慢走过去。她抖着声音问：“是宇非吗？”

那个人说：“宇非是谁？”

子彤“哇”一声哭起来。果然是林宇非！她猜得果然没错！怪不得整个晚上，她一直心神不宁。

尽管这之前，她想象过太多他们再见时的情景，而她就是没有想到再次相见会在深夜的海边，在静默的灯塔下。尽管之前，她想象当他们相见，她会骂他，打他，咬他，掐他，挠他，或者干脆一言不发，将他的行李扔开很远，然后用眼神告诉他：马上从我面前消失。可是当林宇非真的出现在她的面前，她发现，之前的所有努力和誓言，全都变得不堪一击。

包括她的尊严。

5

林宇非从北京带回正宗的烤鸭和正宗的甜酱，子彤又下厨烧了几个菜，两个人的面前，一顿丰盛的晚餐。林宇非打开一瓶红酒，点上两只红烛，子彤的脸颊，红得灿烂。

“就当刚刚认识吧！”林宇非举起杯，说，“干杯。”

子彤就干杯。然后，小薄饼卷烤鸭，蘸上甜酱，大快朵颐，凶态毕露。

“能不能文雅点？”林宇非笑笑，“好歹也是个小家碧玉。”

子彤白他一眼。“你管？”

林宇非耸耸肩。

“见到乔娜了？”子彤起身，去厨房，剥一根大葱，“嘎嘣”一口，将葱腰斩。

“见到了。”林宇非的表情，黯淡下来。

“很受打击？”

“很受打击。”

“她不收留你？”

“她不收留我。”

“所以你回来了？”

“所以我回来了。”

“你肯定我会收留你？”

“赖我也赖在这里。”

“欺负我好脾气？”子彤将吃剩一半的大葱递给林宇非，一只手扇着舌头，“知不知道，我曾经发誓不再理你？”

“我也发誓不再回来。”

“哦？”子彤灌下一杯酒，“你还有理了？”

“少喝点。”林宇非想从她的手里抢下酒杯，“喝多了不怕失身？”

“你个悲催的想都别想。”子彤躲开，挺挺身子，裹紧睡衣，“别以为你回来，我就会饶了你。一会你收拾餐桌……”

“当然。”

“然后刷盘子刷碗。”

“肯定。”

“把洗衣机里的衣服晾出去。”

“这还用说？”

“地板拖干净。”

“遵命。”

“垃圾扔出去。”

“垃圾已经扔出去了。”

“那就从垃圾箱里扒出来再扔一遍！”子彤又喝掉一杯红酒，红酒的绯红颜色，便全都浮上了她的脸。“扔完垃圾，给老娘把床铺好，我要下榻。”

林宇非果真出去了一趟。当然他不是去垃圾箱里扒垃圾，而是出去买了两盒牛奶。子彤喝得有点多，需要牛奶解解酒精。

其实就在刚才，当他站在灯塔下面时，他仍然下不了决心。他为什么要回到滨城？为什么要在下车以后拖着他的箱子，一直走到灯塔下面？又为什么要站在灯塔下面，一根又一根地抽烟？他在等谁吗？他在下什么决心吗？他为什么不提前给子彤打个电话？他为什么不直接“回家”？他爱子彤吗？他真的爱子彤吗？他不知道。尽管在北京的日子里，他想她，牵挂她，甚至梦见过她，但他仍然不知道，他是否真的爱她。

假如乔娜与他重归于好，他相信他会留在北京，永不会回来。可是乔娜没有。乔娜与他相见，不过是想让他永远不要再打扰她。

大栅栏附近的胶东海鲜大酒店，乔娜候在那里。见到乔娜，林宇非就傻了——明知她将他抛弃，明知她已经不再爱他，可是当看到她，林宇非只用一个瞬间便爱上她。她的美令人惊叹，令人窒息——那是无法形容的美——无声无息却足以惊天动地的美。那美足以灭亡一个帝国。

林宇非小心翼翼地坐在她的对面。他看着她的脸，他想失声痛哭。

“是不是特别想哭？”乔娜为他倒一杯茶，“因为我把你甩了。”

“你不是把我甩了，你是把我抛弃了。”

“不是一回事吗？”

“或者说，遗弃……我当时，特别需要你的帮助……”

“现在你彻底恢复记忆了吗？”

“差不多了。”

“差多少？”

“八百万。”

乔娜笑笑。“也许你永远都不可能找回那八百万，”她说，“也许那八百万，根本就不存在。”

“这不可能。”林宇非说，“咱们曾经在一张铺满钞票的大床上睡过一个晚上。”

“可是却那般不真实。”

“不真实是什么意思？”

“就是说，你说的虽然是事实，但是，我突然对我的记忆以及我们的记忆，产生了怀疑。”乔娜说，“我甚至怀疑我是否与你相恋过，甚至，我是否有过从前。”

“你打电话给我，我很感激……”

“我可没想与你破镜重圆……”

“我知道。”

“我们没有未来……”

“我知道。”

“我有了新的男朋友，他现在……很爱我……”

“孙大圣？”

“是他……”

“可是他有家室。”

“你调查我？”

“他爱你吗？”

“当然……我不管他是否有家室……他爱我，足够了……”

“你们，有未来吗？”

乔娜不说话了。她抿一口酒，再抿一口，突然扔了杯子。“我们有没有未来不关你的事！”乔娜像突然变了一个人，“咱们不过分手，你有什么资格调查我？今天，我只想告诉你，我们结束了！我们早已经结束了！从我离开你的那天、从你出事那天、从我们认识那天，就结束了！彻底结束了！你懂我的意思吗？我的意思是，以后，别再来烦我！”

林宇非递她纸巾，她却没有眼泪。她只有哭的表情，却没有眼泪。

“可是你当初，为什么要不声不响……”

“别问了……”

“乔娜，问你最后一个问题，你有没有真正爱过我……”

“别问了……”

“有没有？”

“大圣！”乔娜回头喊。不远处，一个衣冠楚楚的男人很绅士地走来。他冲林宇非微笑，他将乔娜的大衣，轻轻地披到她的身上。他撑起臂弯，乔娜将她的手，顺势插进去。

“对不起，乔娜心情不好，我们得回去了。”孙大圣对林宇非说，“谢谢您陪了乔娜那么长的时间，谢谢您在我之前，将她照顾得那么好。”

那一刻，林宇非有一种强烈的想哭的冲动。这算什么呢？即使他与乔娜相约，乔娜也会带上孙大圣，这算什么呢？谢谢我陪了乔娜那么多的时间？谢谢在他之前，我将乔娜照顾得很好？这算什么呢？用不用谢谢我将乔娜送给了他？用不用谢谢我为乔娜留下了处女之身？这到底算什么呢？

林宇非回到酒店，坐在台阶上抽掉至少半包香烟。拉杆箱被他寄存在前台——也许，见到乔娜之前，他就知道，此行凶多吉少。

他不知道的是，那一天，当他离开以后，乔娜不仅冲孙大圣大发了一顿脾气，还把自己关到屋子里，哭了整整大半个晚上。

6

林宇非拿着两盒牛奶回来，子彤已经躺在沙发上睡着。她睡得无比踏实无比放肆，打着欢畅的鼾，鼓起无所顾忌的鼻泡。而她的睫毛却在轻轻眨动，梦里的子彤，也许被砂子迷了眼睛。

林宇非去她的卧室，帮她铺好床。回来，她还在睡。

林宇非去厨房，将牛奶热好，倒进杯子。回来，她还在睡。

林宇非凑到她的耳边，说："子彤，去床上睡吧，别着凉。"

"你给老娘把床铺好……"即使半睡半醒之间，子彤也不依不饶。

"老娘，床铺好了。"

"我要睡觉……"

"喝掉牛奶再睡。"

"别烦我……"

"听话，先喝了牛奶……"

"我不喝牛奶，我要喝酒。"

"好了不喝牛奶了。子彤你起来，去床上睡……"

"走开啊！"子彤翻一个身，屁股冲向林宇非。

林宇非将牛奶放上餐桌，弯腰将子彤抱起。怀里的子彤软绵绵的，火一样烫。他走向卧室，却被茶几绊了一下。子彤恰在这时醒来。她睁着惺忪的睡眼，看着林宇非，然后，那眼神就一点一点变得清醒，变得慌张，变得恐怯，变得惊悸。她发出一声一百五十分贝的尖叫。

"放下我！"

"你的意思是我把你扔到地板上？"

"你个悲催的林宇非！把我扔到床上！"

"从这里扔，还是到卧室里再扔？"

"到卧室扔……"

“就是这个意思。”

林宇非果真把她扔到床上。离床足有两米，用了扔链球的动作。子彤“嗷”一声叫，坐起来，喊：“你这个混账！”

“再骂？”林宇非凑近她。

“你想干什么？”

“你说呢？”

“千万别乱来啊！”子彤说，“我只穿了睡衣……”

“你提醒我？”

“你要是敢乱来……”

“你怎么样……”

“我……咬掉你的鼻子！”

两个人鼻子对着鼻子，眼睛对着眼睛，下巴对着下巴。僵持十几秒钟以后，子彤突然真的张开了嘴，去咬林宇非的鼻子。林宇非的脑袋往后一撤，又往前一探，子彤的双唇，便被他紧紧挟住。子彤的脸刹那间变得彤红，她近在咫尺地盯着林宇非，直把两只眼睛，看成了斗鸡眼。

她用眼神对林宇非说：走开啊！

林宇非用眼神对她说：我怕你咬我的鼻子。

她用眼神对林宇非说：现在不放下，将来放不下。

林宇非用眼神对她说，放不下就放不下。

起初，子彤的牙齿是紧闭的，密封的，如同铜墙铁壁，可是慢慢的，她的牙齿终被林宇非不屈不挠的舌尖一点一点撬开。当两个年轻滚烫的舌头纠缠一起，子彤发现，她竟然热泪滚滚。

窗外再一次飘起了雪。雪花扑上窗玻璃，“噗噗”有声。

两个人，心跳如鼓。

“宇非……”

“子彤……”

“宇非，你压住我的头发了……”

“子彤，别揪我的头发……”

林宇非轻吻着子彤的眼泪……林宇非轻吻着子彤的眼睛，额头，脸颊，鼻子，下巴……林宇非轻吻着子彤的脖子，锁骨，耳垂……林宇非轻吻着子彤睡衣上的一粒纽扣……

林宇非将子彤箍得喘不过气来。

有人在楼下喊：“下雪啦！”

子彤猛地推开林宇非。她喘息着，说：“宇非，不能。”

林宇非也喘息着。“我知道。”

“你不过把我当成了乔娜……”

“这次没有。”

“宇非，回你房间吧……”

“子彤……”

两个人对视片刻，再一次缠到一起。这一次，子彤警告她的牙齿千万不要被林宇非撬开，然而，最终，林宇非的舌头还是如一缕轻烟般飘进来，然后将她的嘴，填塞得满满当当……

7

林宇非从北京回来，成为陆小朵们的大事。她们既为子彤高兴，又为子彤担忧——这个林宇非，怎么看都不像专一的男人。

但是林宇非回来，至少说明一件事。那就是，假如他将来找回那八百万，那么，从他回来的那一刻，这笔钱就正式成为他和子彤的共同财产。

哪怕子彤欺骗过他。

林宇非回来，吕啸再一次看到“发家致富”的希望。八百万近在咫尺，梦里，他几乎能够看清每一张人民币上的冠号。

他给子彤打电话，子彤不接。再打，子彤干脆将他加进黑名单。他等在子彤楼下，子彤不理他。他只好去到子彤的超市，赖在收银机的旁边，说："别以为咱俩分手，你就可以独吞了那笔钱。"子彤冲他笑笑，说："好好在这里陪着我啊。"然后，一个报警电话打出去。吓得吕啸撒腿就跑。他一边跑一边说："我不会让你有好日子过的。"

他不会让子彤有好日子过，这绝非仅仅只是恐吓。他守在路边，耐心地等待林宇非的到来——最近网店积压了太多订单，林宇非需要去进些货，将它们一单单发出。

吕啸大喊一声："此山是我开，此树是我栽。要从这里过，留下买路财！"

林宇非说："好汉饶命。"

吕啸说："想不到你还会回来。"

林宇非说："对不起让你失望了。"

吕啸说："你让我敬佩。换成是我，就算回来，也不会与子彤住在一起。"

林宇非说："我觉得挺好。"

吕啸说："睡过子彤吗？"

林宇非说："托您的福。"

吕啸说："吹牛了吧？子彤这样的女人，不见兔子绝不会撒鹰。我的意思是，或许你已经喜欢上子彤，但是子彤不可能喜欢你。你是什么？你是她的猎物。你听说过猎人爱上自己的猎物吗？"

林宇非说："好汉还有事吗？要是没事的话，我要去忙了。"

吕啸说："当初你知道这是个骗局，肯定想到过要离开。你之所以选择留下，除了因为你尚未找到乔娜，还因为你对子彤，有那么一点点感情。那时候子彤特别害怕你离开对不对？——你离开，她就会前功尽弃。那时候你的虚荣心还得到了空前的满足对不对？你虎落平阳，仍然有女孩喜欢你。可是林宇非，你忽略了一件事情，那时候，子彤还在与我谈恋爱。一个女孩子，心安理得地脚踏两只船，还做出骗人钱财这样伤天害理的事情，你认为这样的女孩子值得去爱吗？知道她为什么要离开我吗？因为她想独吞那笔钱！因为我再也没有可以利用的价值了！近来你是不是每天都在犹豫，都在煎熬？你是不是每天都在想：我到底爱不爱子彤？当我彻底恢复记忆以后，要不要离开子彤？其实，兄弟，不管你要不要离开她，她都会离开你……她爱的不是你，而是你的钱……”

“可是她撕掉了协议……”

“这正是她的高明之处。”吕啸说，“现在，你不是自投罗网了吗？”

“别以为你能得逞。”林宇非说，“你的挑拨对我们毫无用处。”

“可是如果她爱你，她为什么不给你？别听信她那些‘留到新婚之夜’一类的鬼话，新婚之夜对你们来说，根本是不存在的。之前我们俩在一起的时候，可没少在一张床上打滚……”

“你以为我会相信？”

“不相信就算了。”吕啸说，“我跟你说这些，绝没有别的意思。我知道，你也肯定不会因为我的这几句话而离开子彤。可是我为什么要骗你呢？是不是？既然现在我已经拿不到一分钱，我就没有继续骗你的必要，我说的这些，也就应该比较客观，是不是？前车之鉴吧，你爱听不听。对了，祝你们幸福。”

林宇非跨上自行车，扶正车把，目视前方。“就算你说出一朵花来，我也不会相信。”他用眼睛的余光瞟着吕啸，“好汉可否让开一步，我得去上货了。”

林宇非当然不相信吕啸的话，可是他的心里，别别扭扭，疙疙瘩瘩。昨夜里，最后一刻，他与子彤，再一次及时地将身体刹住。是子彤推开他的。子彤说：“如果你真的爱我，你会有耐心等到我们的新婚之夜。”

两个燃烧的身体突然冷却，林宇非几乎听到铁器淬火的“嗞嗞”声。

林宇非说："可是你说过，我是色狼……"

子彤说："色狼的最高境界是专一。"

站到蓬头下面，林宇非努力让膨胀并且紧张的身体，一点一点变得松弛。

现在，他突然想，子彤不给他，子彤说出那样的话，会不会真像吕啸说的那样，只是为了延续她的骗局？

这可能不大。但有。

这可能很小。但有。

这可能微乎其微。但有。

晚上去接子彤，林宇非一句话也不说，只把自行车骑出高铁的速度。子彤揽着他的腰，说："别超速。"林宇非就慢成蜗牛的速度。子彤说："别闯黄灯。"林宇非就跳下车，扶着车走。子彤说："别遮车牌。"林宇非勉强笑笑，表情比哭都难看。子彤说："能不能摁摁喇叭？"林宇非就摇起车铃。车铃无精打采地响，林宇非的脸，阴得像暴雨前的天。

晚饭时候，林宇非终于忍不住了。他告诉子彤，吕啸今天找过他。子彤说，吕啸今天也找过她。林宇非说，吕啸对他说了很多难听的话。子彤说，吕啸对她说的话更难听。林宇非沉默片刻，突然说："他说你和她……做爱……"

子彤正啃着鸭脖。她的牙齿发出"咯嘣"一声脆响。

"子彤你别多想，是吕啸满口喷粪……"

"他朝你喷粪，你就朝我喷粪？"

"我不是这个意思。"

"你是什么意思？"

"吕啸说的……还说，你不会真正爱我……"

"你觉得呢？"

"吕啸无非是酸葡萄……"

"我问你！别吕啸吕啸的！你认为我还在骗你？"

"我认为没有。"

"那你认为我爱你吗？"

"我哪儿知道？"林宇非耸耸肩膀，说。

子彤盯着林宇非可恶的眉毛，将嘴唇咬出血。自认识林宇非，子彤从未如此伤心——包括林宇非曾经凶狠地让她从窗口跳下去。包括林宇非突然失踪的那段时间。可是今天，当林宇非说出"做爱"，说出"我哪儿知道？"，子彤听到她内心深处的某一种东西轰然倒塌的声音。

子彤推了碗筷，去洗手间，洗脸。

林宇非跟进来。"没事吧？"

"滚出去。"

林宇非就出去。他站在洗手间的门口，陪着小心翼翼的表情。

子彤回卧室，换衣服。

"我只是随便说说。"林宇非又站到了卧室门口，"子彤你别往心里去。"

子彤的眼泪，"哗"地流下来。怎么也擦不干净。

林宇非说："子彤……"冲她做拥抱状，子彤一把推开他，冲出去。她边哭边"噔噔噔"地下楼，林宇非想起毛老人家的词：泪飞顿作倾盆雨。

林宇非喊："子彤你去哪里？"子彤不理他。林宇非冲向阳台，拉开窗户，子彤的身影，已经不见。

急忙拨她的手机，手机却在床上叫了起来。

坐回餐桌前，林宇非突然感觉自己真的有些过分了。现在他相信子彤深爱着他——之前种种尚且不计，就在刚才，当他看到子彤夺眶而出的眼泪，他相信，子彤的一颗心，已经伤成碎片。

他怎么可以这样残忍？

他想，今天，若不把子彤找回来，他和子彤，也许会从此错过一些什么。

换了衣服，出门。本想打车，想了想，终是推起自行车。他知道子彤会去哪里，他想用自行车驮她回来。

骑车到金线礁，子彤果然坐在灯塔下面，缩着身体，抱着肩膀。寒风里，她抖得就像一片枝头的枯叶。

林宇非走到子彤面前，蹲下来，看着子彤，不说话。子彤还在哭泣。

他捧起子彤的手，子彤将手抽回。他捧起子彤的脸，子彤将他的手打开。他张开双臂，抱紧子彤。子彤说："走开啊！"

"子彤，对不起……"

"别烦我……"

"我们回去吧！"

"你走开。"

"你不回去，我就在这里陪着你。"林宇非说，"我穿得可挺少的……"

子彤抬眼瞪他。

他顺势将子彤拥吻。

"走开啊……"子彤挣扎着，挠着林宇非的脸。

——所以说，挠技对任何女人来说，都可无师自通。

子彤的挠技，远在呀呀之上。呀呀一挠一道坎，二挠一道沟，三挠一道渠，不遮不掩，不疾不徐，有板有眼，有声有色，子彤却只有挠的气势，不见挠的效果。挠了二十多下，林宇非的一张脸，甚至不见丝毫红肿。

这才是挠的最高境界吧。

手中无剑，心中亦无剑。

长江后挠推前挠，一挠更比一挠强。

她越挠，林宇非拥她越紧。到最后，终于，子彤失去了最后的可挠的空间。

她不再动，任由林宇非的舌尖一点一点撬开她的牙齿，一点一点探到她的喉咙。此时天寒地冻，唯两个身体，滚烫成两粒炭核……

那夜里，林宇非将自行车，一路推回去。子彤坐在后座，一言不发。世间的一切突然变得静悄悄的，似乎，连风都停下了。

那夜里，子彤睡得很香，林宇非却一秒钟都没有合眼。

他终于相信，子彤是真的爱他。这爱或许会掺杂了一些别的东西，但现在，这爱，与他的八百万，绝没有丝毫关系。

子彤为他付出了那么多，他为子彤付出了什么？

不但什么也没有付出，还一次又一次将她伤害。

子彤说得对。他就是脑残。他不懂爱。他是猪。他是狗。他猪狗不如。

最关键的是，子彤并不计较这些。她原谅他，宽容他，接纳他，并为他哭得死去活来。

什么叫做被爱？

就是连自己都不能接纳和容忍的缺点，却被对方接纳和容忍。

8

如果你认为故事到这里该结束了，那么，你又错了。

故事到这里，其实才刚刚开始。

第十二章

失之我幸

不管如何，他是年轻的富翁，或者是年轻的暴发户，这毫无疑问。那么，当他重新找回这些钱，他会变成什么模样？

开名车，穿名牌，出入高档场所，与各种各样的人说着废话，做些或干净或不干净的事情。钩心斗角，尔虞我诈，这简直是一定的。

否则的话，他就会变成别人案板上的肥肉，任人宰割。

那么，子彤呢？雍容华贵，穿金戴银，虽然经常跑健身房，身体还是像气球那样飞快地膨胀。到时候，也许他想将子彤抱上床，也得分两批抱。

富人的生活，竟也苦不堪言，让人不寒而栗。

1

乔娜并不指望孙大圣在过年的时候可以陪她，为此，她已经做好了一个人看春晚喝闷酒的准备。她只是问孙大圣："过年你会不会很忙？"孙大圣忙说："对不起乔娜，过年那几天，我不能陪你了。"乔娜就有些不快了——也没要求他陪她过年，他紧张什么呢？

乔娜说："那我找个帅哥好了。"话脱口而出，她并未多想。说完，她去浴室洗澡，又在身上喷了孙大圣喜欢的苦艾香水。孙大圣就是皇帝，只要他来，不管乔娜想不想，愿不愿，都得给他。

孙大圣在这件事情上，表现出超乎寻常的狂热。

乔娜知道，他对他的妻子，也是这样。

乔娜常常怀疑他的前世是一只妻妾成群的猴王、一只不知疲倦的蛤蚧、一只占有着海滩上成千上万只母海狗的公海狗，可是今天，直到乔娜披着湿漉漉的头发走出浴室，孙大圣仍然坐在沙发上，若有所思地抽着烟。

乔娜就想起刚才的话。

她冲孙大圣笑笑，说："怎么不洗澡？"

"乔娜，我必须和你谈谈。"孙大圣搓灭烟蒂，目光就像刀子，"我知道我没有权力要求你只属于我一个人，但是，假如你找别的男人，我真的会很伤心……"

"这句话你以前说过。"

"你以前也找过帅哥。"

"这次我是开玩笑的。"

"哦。"孙大圣站起来，走向浴室，"别介意啊，我只是随便说说。"

那一天，乔娜与孙大圣，竟然都有些敷衍。虽然乔娜认真地为他湿润，可是孙大圣的表现，有些不太敬业。后来他们的缠绵被孙大圣的电话打断，尽管乔娜用她雪白迷人的胳膊使劲勾住孙大圣的脖子，孙大圣还是强行推开她，摸到旁边的手机。他的表情在那一刻绽放，他在目光深处开出一朵桃花。"我正在与朋友处理一点事件，"他小声说，"晚一点才能过去。"

他放下电话，重新亲吻乔娜的身体，但乔娜知道，他的心思，已经游离到另一个女人那里。如果那个女人是他的妻子，也就罢了，但很显然，不是。尽管孙大圣与妻子说话的时候也是轻声细语柔情似水，但乔娜仍然能够分辨出两者的区别。与妻子说话时，孙大圣更温顺，就像他是妻子所养的宠物；而对别的女人，孙大圣则会让对方更温顺，就像那女人是他的宠物。

乔娜的身体，开始变得僵硬。孙大圣嘴唇所落之处，霎时爬满细密的鸡皮疙瘩。

孙大圣突然停下。"你冷吗？"

"有一点。"

"我把空调再调高一点。"

"不用了。"乔娜说服自己让身体热起来，"心冷。"

但其实，乔娜不应该心冷。除了孙大圣的妻子，他身边的任何女人都不应该心冷。孙大圣对她们没有任何义务，或者说，她们与孙大圣有了肉体或者情感上的纠葛，本就不是为让孙大圣履行什么义务。

因为她们想要的，不是孙大圣的爱情。

她们还应该明白这样一个道理：假如她们是孙大圣喜欢的金丝雀，那么，孙大圣绝不会只喜欢一只金丝雀。如同一个爱鸟之人，虽然家里有一只美丽乖巧的让他爱得死去活来的金丝雀，但只要他经过花鸟市场，他还是会有再挑选一只更加美丽乖巧的金丝雀的打算和冲动。家里的金丝雀并不需要一个伴侣，但爱鸟者需要。

——任何一只金丝雀对爱鸟者来说，都不是唯一。假如是唯一，那么这个爱鸟者，便不是真正的爱鸟者。

孙大圣是真正的爱鸟者。他喜欢各种各样的娇艳迷人的鸟。他会看它们，留意它们，逗它们，喜欢它们，爱上它们，将它们买回，分养在不同的鸟笼里，然后将自己的时间或公平或不公平地分配。

乔娜或许是最美的一只金丝雀。但她不过是其中一只金丝雀。

孙大圣是有钱人。有钱人对乔娜们有着致命的诱惑力。虽然有时候，乔娜们并非只为钱。但钱至少可以带来一种愉悦感、自豪感和成就感。尽管，那其实是孙大圣们的成就。

但现在，乔娜并没有愉悦感、自豪感和成就感。

孙大圣们是有品味的有钱人。有品位的有钱人绝不会过多地出入娱乐场所，所以他们只会对乔娜们下手。他们深知男人去酒吧歌厅桑拿房寻找刺激，就像狗翻垃圾堆找食吃一样。有钱人就得有有钱人的样子。有钱人的样子是：买来或者勾来漂亮的金丝雀，然后将它们养起来，耳鬓厮磨，卿卿我我。有一天，鸟笼也许会被打开，金丝雀们或自愿或非自愿、或悲伤或快乐地飞走；也许，还会有一只金丝雀在鸟笼里一天天老去，老到掉光羽毛，老到身体僵硬，老成一只难看的母鸡或者鹌鹑，直到孤独地死去。

这不仅是金丝雀们的悲哀，更是孙大圣们的悲哀。

暴殄天物的人是不可原谅的。

孙大圣离开的时候，乔娜仍然躺在床上。她的身上涂满孙大圣的汗水，以往，那些气味，会一直保留到明天早晨。乔娜希望那气味可以伴她入眠，那样的话，她的孤独感，会少一些。

可是今天，乔娜去了浴室，用了半瓶沐浴露，将身体一遍又一遍地清洗。

她想象不出那只勾走孙大圣的金丝雀的样子，但她知道，她应该有着比自己更加漂亮的脸蛋，有着比自己更加年轻的身体，有着比当初的自己更加紧锣密鼓的计划。

临睡前，她瞟一眼床头柜的台历。

快过年了。

她从台历上，看到自己的皱纹。

2

与以前一样，林宇非与子彤仍然各住着一个房间。不同的是，每天临睡以前，两个人都会挤在沙发上，像春蚕一样缠到一起，孜孜不倦地吻个不停。吻完，回各自的房间休息，互不相扰。

真正的互不相扰是不可能的。事实是，常常在夜里，林宇非会爬起来，站到子彤的门前，一遍又一遍地敲门。他灼心烧肺。

但他尊重子彤，他不想逼子彤做她不想做、不愿做或者不敢做的事情。

子彤对他说："只要订婚，我就给你。"林宇非说："那我们就订婚吧。"他撕下台历一页，签上两个人的名字，然后模仿民政局的工作人员，为这页台历盖上一个鲜红的萝卜章。"现在可以了。"他对子彤说，"娘子你看天色已晚，咱们还是早早歇息吧！"

这样的游戏，做到第二次，他突然回忆起一件非常重要的事情。

——当初，他与乔娜也做过这样的游戏。并且，绝不止一次。

……他想得到乔娜……乔娜不给他……乔娜说："咱俩得先订婚才行。"……他从台历上撕下一页，写上两个人的名字，又盖上一个鲜红的萝卜章，然后对乔娜说："这就是咱俩的结婚证。现在可以入洞房了吧。”……乔娜并不认为这个游戏有多可爱有多好玩，她坚守着她的底线……他对乔娜说：“等咱们在北京安排妥当，就回滨城订婚。”……乔娜似乎答应他了……乔娜真的答应他了……乔娜答应的不仅仅是他要去北京发展的计划，还有将她的身子毫无保留地向他打开……于是他们来到北京……

乔娜希望他们订婚。就是说，乔娜希望他们成为夫妻。可是当他失忆以后，乔娜竟然绝情地将他抛弃。这多么不合逻辑。

也许乔娜之所以希望他们早些订婚，只想尽快得到那八百万吧？那他呢？他希望早些与乔娜订婚，只因为他想得到她？

可是，假如两个人真心相爱，订婚与否，得到与否，很重要吗？

再说，去北京之前，乔娜明明答应过他啊。

每想到这里，林宇非就头痛欲裂。

“你们的那些‘结婚证’呢？”子彤问他。

“想不起来了。”林宇非说，“全都扔掉了吧。”

“如果我是你，我想我肯定会至少留下一张作为纪念。”子彤说，“就像现在，你不是将这些‘结婚证’全都保存下来了吗？”

“不一样吧？现在我这么爱你……”

“当初你也这么爱乔娜……”

“不一样的……”

“差不多吧。”

“可是就算我真的留下它们，你想我会藏到哪里？”

“地下室？”子彤挠挠头，说，“我实在想不出来这城市还有哪里属于你。”

“你的意思是，咱俩再去找找？”

“我已经把那里倒过来拍打三遍了。”子彤说，“那里不可能还为你留下什么。”

可是第二天，两个人还是找到了胖房东。房子当然不会租出去，一切仍然保持着他们离开时的模样。“窗帘事件”一直让胖房东耿耿于怀，她对林宇非说：“看房子可以，但必须再交十块钱。”林宇非说：“你跟每一个来看房子的人都收钱？”胖房东说：“不一样。对他们来说，只是来看看房子。但是对你来说，就好像过来看老情人。看老情人，不得破费啊？”林宇非问：“那十块钱能看多长时间？”胖房东说：“从我给你们钥匙开始，到你们交还我钥匙为止——就是一次，一次十块钱。”林宇非看看子彤，两个人偷偷笑。

这个胖房东的智商，看来仍然没有什么改变。

林宇非和子彤在那里待了整整一个上午。他们再一次检查了屋子的所有角落，却没有任何收获。林宇非对子彤说：“要不上午就这样吧，下午接着来。”子彤说：“我看行。反正不把钥匙交给房东就行。”两个人往外走，到门口，林宇非突然站定。“也许咱俩还应该再检查一下墙壁，”他说，“就差那里没有检查过了。”

揭掉墙上所有的“吴倩莲”，一个砖头一个砖头检查，终于，子彤发现一个松动的砖头。将砖头轻轻拆走，一个非常隐蔽的小洞露了出来。子彤盯着那个洞，喊来林宇非。她问林宇非：“这个洞肯定是你弄的。”林宇非说：“应该是。”子彤说：“肯定是。”林宇非说：“肯定是。”子彤说：“猜猜这里面有什么？”林宇非说：“也许有几万块钱。”子彤问：“真希望里面有钱？”林宇非说：“还希望有一只阿拉伯神灯。冲灯芯吹口气，冒出一团烟雾。烟雾散开，魔鬼现身。魔鬼对我说，我能够满足你三个愿望……”子彤说：“你好像并不着急看看里面到底有什么。”林宇非说：“其实我很紧张。”子彤说：“我希望里面什么也没有。”林宇非说：“那咱俩半天的工夫不白费了？”子彤说：“如果现在你要我用砖头重新堵上这个洞，我很愿意去做。”林宇非说：“那就堵上吧。”子彤说：“不怕损失几万块钱？”林宇非说：“不怕。”子彤作势要将砖头往回塞，吓得林宇非急忙抢下砖头。“几万块钱不要的话，咱俩就真是脑残了。”他将手伸进去，笑着说，“也许这里面藏了一窝耗子。”

那里面没有藏了一窝耗子。林宇非掏出来的，是一纸“结婚证”和一张借条。“结婚证”当然是一张撕下的台历，上面不但写了林宇非与乔娜的名字，还盖了一个鲜红的大萝卜章。子彤留意到这张台历的日期是他们去北京之前的一周。当然日期什么也说明不了——谁都可以在年初的时候，撕掉一张年末的日历，但这张台历至少证明一个事实，那就是——林宇非的确与乔娜做过有关“结婚证”的游戏，理由当然是——乔娜不肯给他。

而那张借条，让林宇非的虚荣与自信，再一次空前膨胀。借条上写着：今借林宇非人民币叁佰万元整，一年之内还清。借款人：邱芙蓉。

林宇非手捧借条，对乔娜说：“我到底有多少钱啊！？”

仅从两张借条上分析，林宇非应该有很多钱。一百万元加上三百万元，林宇非竟随随便便将四百万借给了这个叫做邱芙蓉的女人！

“这个邱芙蓉，就是乔娜吧？”子彤的脑袋也开始痛了，“乔娜是不是还有个名字叫邱芙蓉？”

“乔娜姓乔……”

“乔邱芙蓉？”

“你说的是日本人？”

“可是借条怎么解释？”

“很好解释。我分两次借出四百万元给一个叫做邱芙蓉的女人……”

“可是邱芙蓉到底是谁？”

“不管是谁，肯定不会是乔娜。”林宇非收起借条，说，“好像我真的是个登徒子……好像咱俩该回去了……我用我的卡迪拉克驮你回去……”

于是林宇非给房东打电话，让她速来取回钥匙。房东说她现在正忙着，过不来。“要不你们帮送过来？”她说，“反正我住得也不远。”林宇非说：“那不得费力气啊！”房东说：“年纪轻轻的，力气最不值钱。”林宇非看看子彤，子彤说：“好像她说得对，虽然你有一大堆钱，但是看起来，除了力气，你一无所有。”林宇非说：“不是还有你吗？”子彤说：“别贫嘴了。还是快点给她送去吧。万一她一会儿过来取，发现咱们把墙拆了，还不得罚你一千块钱？”林宇非笑道：“就凭她那智商，咱们能把她玩得来来回回。”子彤说：“她不是智商低，她只是单纯。”林宇非耸耸肩，说：“就像我。我也不是智商低，我只是脑残。”

女房东穿着满是窟窿的大汗衫，攥着炒勺出来开门。她雪白的肥肉从汗衫的每一个窟窿里往外挤，所以，与其说她是带着满身肥肉在炒菜，不如说她是挂着满身肥肉在炒菜。她让子彤和林宇非先坐一会儿，她说她得先把锅里的土豆炖排骨弄好。子彤说：“你焖上锅盖，一会儿盛出来不就行了？”女房东说：“那怎么行？现在正在收汁的关键阶段呢！”她指指茶几上的苹果、香蕉、香烟、橘子和瓜子，说：“你们随便啊。”

子彤和林宇非受宠若惊。吝啬并且刻薄的女房东请他们吃苹果嗑瓜子，相当于一个街头的陌生人随便甩给他们两万块钱。林宇非拉起子彤，说：“十块钱给你扔茶几上，我们得先走了。”女房东急忙追出来。“别急走啊！老邱一会儿回来，你陪他喝两杯。”她红着一张大饼脸，说。

怪不得她忙。怪不得节俭并且吝啬的她不但在桌子上摆满苹果香蕉香烟橘子瓜子，还亲自下厨煎炒烹炸。其实之前，她跟子彤说过他的老公，说她老公在外地工作，每年回来的日子加到一起也不足半个月。也告诉过子彤她老公姓邱，只是因为子彤从心里烦她，所以她的话无一例外会从子彤的左耳朵进去，又从右耳朵出来。可是今天，“老邱”两个字，却让子彤和林宇非同时亮了眼睛。

“大叔姓邱？”林宇非问房东。

“是啊。”房东关掉火，转过身，“啪啪啪”地拍起黄瓜。

“丘耳邱？”

“是啊。”

“全名呢？”

“邱玫瑰。”

林宇非看看子彤，无奈地说：“玫瑰与芙蓉，是两种花吧？”

子彤说：“大叔的名字，够香艳。”

女房东说：“谁说不是呢？挺魁梧挺粗糙一老爷们，偏偏取个女人的名字。不但他，他全家都是这样。他哥叫邱海棠，他弟叫邱迎春，他叔叫邱冬梅，他爹叫邱铃兰，他爷叫邱凤仙，他老爷叫邱月季……”

“往上不用再说了。”林宇非笑道，“估计他们全都作古了吧？”

女房东开始剥大蒜，手脚麻利。“他爹是去年去世的……玫瑰那么忙，就连他爹去世，也只请了一天假。从单位直接回乡下，连家也没回……我说你是大禹还是杜甫？你比大禹和杜甫都忙……”

“您家里，平时还有什么人？”子彤从玫瑰、海棠、迎春、冬梅、铃兰、凤仙和月季里，看到了芙蓉的希望。

“就我自己。”

“孩子呢？”

“别提那个兔崽子啦！”女房东剥完大蒜，又开始切姜丝，“自他去了北京，只回来过两次。说生意太忙，走不开。兔崽子说他混得不错，说在北京开了个公司。好像是从阿富汗进口绵羊，又向索马里出口大葱……对了林宇非你不会连他也想不起来吧？有一段时间，他没有工作，常找你喝酒。对了那段时间你还在酒吧上班……”

林宇非开始用两个拇指摁太阳穴。

“他叫什么？”子彤问。

“芙蓉。”房东抬起头，对子彤说，“邱芙蓉。”

子彤“妈啊”一声怪叫，跌倒在地。林宇非却“爹啊”一声怪叫，从沙发上蹦起来。

女房东愣住了。“你们俩这是什么毛病？”她掂着手里的菜刀，说。

3

冷馨终于决定离开滨城。她找到子彤，她说她再也承受不了每天都包围在异样目光之中的生活。换一个谁也不认识她的地方，她的生活，也许会安静很多。

“是你自己在胡思乱想。”子彤劝她，“绝没有人会看不起你。我，林宇非，陆小朵，白万富，何小荷，叶蕊蕊，安小琪，汤霞……所有人，都不会。”

“她们会的。”冷馨说，“连江岸都不能够接纳我，这世上，我不再相信任何人。”

“也包括我？”

冷馨红了眼。

“真的要走？”

“我已经决定了。”

“万一江岸回来找你呢？”

“他不会的。”

“他会。”

“不管你说什么，我也是要走的。”冷馨擦擦眼泪，“再说就算他回来，又能如何呢？我仍然不能给他，他仍然会痛苦一辈子。他不如，不回来……”

“可是你这样做毫无用处！”子彤说，“就算你要离开，也得先找到江岸再说。如果他不打算要你，那你们先把婚离了，各过各的日子，以后互不相扰。你们这样做，算怎么回事呢？还是法律上的夫妻，却谁也不找谁，谁也找不到谁，你告诉我，这到底算怎么回事呢？”

一句话，让冷馨泣不成声。很久后她抬起头，对子彤说：“我后天就走。”

“我不会让你走的。”

“我必须走。”

“为什么不能再等等江岸？相信我，他肯定会回来。”

“也许，我离开正是因为我相信他还会回来。”冷馨说，“为了他的后半生的幸福……”

“没有你，他绝不会幸福。”

“这是我的一些东西。”冷馨从包里掏出一个大信封，“如果他真的回来，你帮我转交给他……”

“你亲自交给他好了。”

“离开以前，我不会再去超市，也不会再见任何人。”冷馨说，“记得替我向陆小朵和何小荷告别。当然，是在我离开以后。”

冷馨再也不理子彤说些什么。她走得很快，接近于奔跑——她怕多待一秒钟，她就会再一次号啕大哭。

晚上，子彤把这件事对林宇非说了，林宇非想了想，说：“咱们应该尊重她的决定。”

“我怕她离开以后，与江岸，从此再不能走到一起……”

“如果你注定要得到什么，那么不管如何，你都会得到；如果你注定要失去什么，那么不管如何，你都会失去。听起来，有点宿命论，但人生大多如此。”林宇非说，“或者可以这样说：很多时候，我们看似得到了什么，但其实，我们失去的，远比得到的多得多，珍贵得多；同样的道理，我们在失去某些的同时，其实也会得到我们已经丢失的或者即将丢失的但是我们却全然不知毫无察觉的某些极其珍贵的东西……”

“什么时候变成‘哲理林’了？”

“一直是。”

“境界如此之高……”

“惭愧惭愧。”

“你的意思是，咱们不找邱芙蓉和长脸了？”

“不找才怪！”林宇非笑着，“八百万，再加四百万，我觉得咱们离一千二百万，就差那么一点点了……”

有钱，谁都会开心。那天晚上，林宇非开心得一晚上没有睡着。

待慢慢冷静下来，又开始担心起来。一千二百万呐！他到底哪来这么多钱？做纺织品生意赚下的？现在，连他都不相信了。买彩票中奖了？好像，这种比遭雷劈的概率都小的事情，不太容易落到他的头上。抢劫银行？抢劫路人？入室盗窃？不想则已，一想，还真有些怕了。起来，去网上搜，两年时间里，上海倒是没发生过抢劫银行和抢劫路人这样的大案，不过骗人钱财和入室盗窃的案件，却有那么几宗。有些线索的那两宗，作案分子的外貌特征，与他竟是那般相像！

把那些钱加起来，正好一千二百万。我的乖乖！

想到自己用一根曲别针或者一张身份证就可以轻而易举地打开一道门，林宇非的手心里，开始冒汗了。

天已经亮了，林宇非重新躺上床，只觉得心脏“咚咚咚”地跳个不停。不会真是他干的吧？

再一想，又觉得有这种想法，真是好笑。——平时打个架都不敢，还敢入室偷盗和抢劫路人？借他一百个胆子，都不敢啊。

不管如何，他是年轻的富翁，或者是年轻的暴发户，这毫无疑问。那么，当他重新找回这些钱，他会变成什么模样？

开名车，穿名牌，出入高档场所，与各种各样的人说着废话，做些或干净或不干净的事情。钩心斗角，尔虞我诈，这简直是一定的。

否则的话，他就会变成别人案板上的肥肉，任人宰割。

那么，子彤呢？雍容华贵，穿金戴银，虽然经常跑健身房，身体还是像气球那样飞快地膨胀。到时候，如果他想将子彤抱上床，得分两批抱。

富人的生活，竟也苦不堪言，让人不寒而栗。

子彤已经在厨房里煎蛋饼了，林宇非仍然赖在床上不肯起来。后来他听到子彤在厨房里打起电话。"邱芙蓉吗？我是宇非的女朋友……"林宇非鱼跃而起，却见子彤正抱着肩膀冲他笑。"就知道你在赖床，"她说，"快吃早饭吧！吃完早饭，再打打邱芙蓉的电话——不过我猜你肯定打不通——然后，继续给你的'亲'们发货去吧！——夜里千条路，白天还得卖豆腐。你再有钱，还不是得十几块钱十几块钱地赚？还不是得守着你的淘宝小店赚你的生活费？生活很残酷，很奇妙，是不是？"

生活很奇妙。奇妙到那个一直让林宇非绞尽脑汁的邱芙蓉竟然突然出现。

当然，出现的仅仅是一个身份和一个电话号码。但对林宇非和子彤来说，这已经足够。

胖房东给了林宇非四个电话号码。她说芙蓉的电话号码，平均三个月一换。"现在的年轻人是不是都这样？"她问林宇非，"没事就喜欢换电话号码。以为换了电话号码，就是换了一个人。"

四个电话号码，两个是空号，一个已经换了主人，另外一个，总是关机。关机是好事情，至少还有希望。再问女房东，知不知道他住在哪里，女房东说，也许她儿子换住处，比换电话号码还要频繁。

"您确信他还在北京？"

"那肯定。"女房东说，"他的公司在北京呢！"

"公司没有固话？"

"这我不清楚。反正他每次给我打电话，都用手机。"女房东说，"你对他怎么这样感兴趣？他借了你的钱？"

子彤给林宇非递个眼色，林宇非急忙说："不是他借了我的钱，是我借了他的钱。"

"多少？"

"三百。"

"给力！"女房东两眼放光，"把钱给我就行了。你不大容易找到他。"

"还是我亲自还给他吧。"林宇非说,"假如他下次再给您打电话,请一定告诉我。还有,万一他从北京回来,您也一定要第一时间通知我。"

这时,女房东的老公邱玫瑰穿着玫瑰色的大衣手捧玫瑰归来。两个人想告辞,女房东却硬将林宇非拽住。"还是留下来陪老邱喝一杯吧!"她说,"老邱喝酒,喜欢有人陪。可是我一口酒都不能喝。"话说到这里,林宇非就不客气地坐下。老邱与女房东很有夫妻相,同样粗短的身体,同样一张大饼脸。林宇非一边吃菜喝酒一边在心里算着小账,他希望他的这顿饭可以将三个月的房租、窗帘的赔偿金以及这次看房的十块钱一起吃回来。

电话不停地打,总是提示关机,林宇非便有些着急了。子彤却不急,她学着林宇非的腔调说:"如果你注定要得到什么,那么不管如何,你都会得到;如果你注定要失去什么,那么不管如何,你都会失去。这听起来有点宿命,但人生大抵如此。"林宇非说可是这些钱是我辛辛苦苦赚来的啊!子彤就盯紧他,直把他盯得心里发毛。"就算没有这些钱,咱们也一样可以幸福,是不是?"

子彤的语气,很轻,很淡。看来她真是这样想的。

吃完饭,子彤将林宇非塞进洗衣机里的衣服洗了。晚上回来,再将它们叠整齐,收进衣橱。以前,林宇非扔到洗衣机上的只有外套,充其量加上衬衣,但现在,他可以大模大样地将他的内衣裤也塞进洗衣机。看着林宇非内裤上的CK商标,想起她曾经上网查过这条内裤1288元的价格,子彤不禁感叹:这能换多少只烤鸭啊!

突然有了将内裤拿到明白人那里鉴定一下的打算。

第二天一早,先给冷馨打个电话,问她在哪里,冷馨说,还在家里。再问她今天是否一定要走,冷馨说傍晚的火车。子彤说那说好了啊!到时我去送你。冷馨笑笑,说好。

然后,子彤真的将林宇非的两条CK内裤拿到一个开服装店的朋友那里。朋友被她吓了一跳，说："你成莱温斯基了？"子彤说："别管这么多。你帮我看看，这是不是真正的 CK？"

隔着很远，朋友扫一眼，说："假的。"

"这一条呢？"

"也是假的。"

"看走眼了吧？你过来看一下，凑近点……"

"我可没有你这么重口味，"朋友笑着，说，"不用走过去我也能看出来是假的……假得彻底，假得离谱，假得令人发指……"

回去的路上，子彤再一次对林宇非是否真的有过那么多钱产生出怀疑。当然有钱人并非一定要穿名牌内裤，可是有钱人绝不会穿假冒的名牌内裤。哪怕他用的是一个世界上最糟糕的牌子，也必须是真的。

可是四百万的借条和曾经铺满一床的人民币到底是怎么回事？那才是真正的证据。而剩下的这些，不过都是她的猜测、推断和理论。

证据压倒理论。这是放之四海皆准的道理。

回来，林宇非正在翻箱倒柜地寻找他的内裤。他递给子彤一个信封。"刚才从门缝里塞进来的。"林宇非指着信封，说，"上面写着，子彤亲啟。尽管他逃得很快，我还是从阳台上看到，他是吕啸。"

4

吕啸在信中说，子彤的电话一直打不进去。他就知道，子彤肯定将他拖进了黑名单。

他说，想不到情侣成陌路，陌路又成仇人。

他还说，本想找子彤谈一谈。可是想来想去，还是不要在这种时候破坏她和林宇非的幸福了。

竟说得人模狗样，儿女情长。

信写了满满六页，大意无非是既然现在这般，为何要当初那般；早知现在那般，不如当初不那般。不过信的最后，他的故事还是让子彤有些心酸。

因为吕啸谈起他的家庭。他说之前他为了达到某些目的而对子彤撒谎，是因为他穷怕了。吕啸的家乡，是省里最穷的县，县里最穷的镇，镇里最穷的村。他们是村子里最穷的一家。

雪上加霜的是，在他很小的时候，父亲就去世了，母亲将他们兄妹三人拉扯大，母亲很不容易。后来母亲告诉他，好几次，她都有了抛弃他们的打算，甚至，有一次，她真的失踪了三天。好心的邻居将他们兄妹三人像小猫一样抱回家，他们才侥幸没有饿死。

吕啸和哥哥都没有念过大学。与这个年龄段的大多年轻人不同，两个人读完高中，便进城打工。哥哥在大连一个建筑工地干小工，半年以后将他介绍过去，两兄弟起早贪黑，当牛做马，却仅仅可以吃饱饭甚至吃个半饱。吕啸说他永远忘不了那个冬天，那个冬天，他们仍然在工地上搬石头、搬砖头、搬钢筋……天很冷，每天中午，他们会到超市买四个包子，每人两个，蹲在超市门口，就着西北风，一口一口吃下。很多人盯住他们看，露出或同情或厌恶的目光。有人问他们，为何不买上一点热菜，为何不打上一杯热水，为何不找个别的地方……

为什么呢？只因为只有这里暖和一些。只因为很多时，饥饿和劳累会让一个人彻底没有尊严。

妹妹考上大学，母亲却拿不出学费。他和哥哥曾经拍着胸脯说两个人会供妹妹读大学，而那时，他们自身难保。开学的前一天，母亲下地回来，见她的女儿，直直地挂在院角的梧桐树上。母亲号叫着将她放下，她的身体，早已变得冰凉。那么矮的梧桐树，那么细的梧桐树，那么娇弱的梧桐树，却将他的妹妹活生生吊死。假如妹妹踮起脚，一直踮起脚，她或许、应该、肯定不会被吊死。妹妹去意已决，死得彻底。

那个夏天，家里悲伤笼罩，母亲老去十年。

所以他发誓要赚很多钱。贫穷不仅让人悲伤，还让人恐惧。他辞去建筑队的工作，在夜市上摆起小摊，卖些头花、发卡、袜子、手机贴画和水杯。他在一年以后来到滨城，他认为小城或许更适合他的发展。他在小城卖过太多山寨的东西，很长一段时间，他被人称为“山大王”。他希望能够赚到第一桶金，然后开始他的大创业计划。可是第一桶金迟迟赚不到，他觉得这是老天在故意考验他和捉弄他。这时候“脑残富翁”林宇非及时出现，吕啸看到了捞到第一桶金的希望。

他很少为子彤讲他的故事。但有时候，他会给子彤描绘他的明天。明天无比美好，子彤想，纵是腰缠万贯的富婆，也会被他打动。可是几年过去，他仍然空有一纸蓝图。也许他的聪明才智，全用到了胡思乱想和贪小便宜上了。

最后，吕啸说，这几天，他要回大连。哥哥在大连开了个装饰材料店，需要他去帮忙。可能一两年以后，他也会在大连最大的装饰材料市场开一家最大的装饰材料店，到那时，打虎亲兄弟，上阵父子兵，两个人也许会将整个大连市的装饰材料垄断。

他仍然在描绘蓝图。只不过这一次，他不是在为子彤描绘，而是为自己描绘。

不管如何，会骗自己开心的人，总还有希望。

子彤将信拿给林宇非看，林宇非只扫一眼，便递回给她。“无非是请你原谅，然后祝咱们幸福，没什么可看的。”他说。

“吃醋了？”

“他与我争，就是拿鸡蛋碰石头，根本不是一个级别的较量……你认为我会吃醋？”林宇非说，“对了，刚才呀呀来电话了。”

“呀呀？她不是在南方吗？”

“是在南方，只是来了个电话。她问咱们还好吗？我说太好了。她问咱俩什么时候结婚，我说这事还没跟你商量。然后她告诉我，她结婚了……”

“闪婚？”子彤吃了一惊，“真是太意外了……”

“更意外的还在后面……又闪离了……”

“不会吧？”子彤的嘴巴张得足以塞下一枚鸡蛋。

“在他们订婚五天以后……他们甚至没有来得及举办婚礼……”

任何人都没有资格责备呀呀。呀呀既有寻找幸福的权利，也有远离不幸福的权利。闪婚对呀呀来说，是为寻找幸福；闪离对呀呀来说，是为远离不幸福。世事变幻，没有人说得清。

正意外着，冷馨的电话打过来。

她在电话里，哭得上气不接下气。

“别哭了冷馨。”子彤安慰她说，“一会儿，我和宇非送你去火车站……”

“可是江岸……”

“不管江岸回不回来，不管你以后能不能再遇到江岸，你都要好好地生活……”

“可是江岸……”

“别江岸了。”

“可是江岸回来了……”

江岸回来了。冷馨约房东过来拿这个月的房租，所以当江岸摁响门铃，冷馨毫无准备。看到风尘仆仆的在门口站得笔直的江岸，冷馨愣怔片刻，就哭了。她不动，也不说话。她只是哭。她不动，江岸也不动。她哭，江岸陪她流眼泪。两个人面对着面，如同两尊哭泣的雕像。

冷馨没有问这段时间江岸到底去了哪里。那天没有，以后也没有。她不问，江岸也不说。似乎他从来没有失踪过，似乎这段时间，他一直陪伴在冷馨身边，只是冷馨看不到他而已。

冷馨说：“你再晚回来一会儿，我就要走了。”

江岸看着她已经收拾好的行李，说：“我知道。”

冷馨说：“其实，无论你回不回来，我都要走的。江岸，我没有生你的气，我只是生我自己的气……”

江岸说：“我知道。我回来，是想带你去一个地方。”

冷馨问：“哪里？”

江岸说：“很美的地方。山清水秀，世外桃源。那里绝没有人认识我们，我们会在那里安静地过日子，男耕女织，直到老去……”

冷馨说：“我知道你在骗我。”

江岸说：“你知道我不会骗你。”

冷馨说：“可是这么长时间，你没有一点音讯。”

江岸说：“对不起。”

冷馨说：“你相信我会跟你走吗？”

江岸说：“我相信。我还相信，从此以后，绝不会再有任何事情将咱俩分开。”

两个人，终是离开了这个城市。子彤和林宇非去送他们，站台上，子彤哭成了泪人。她说：“记得回来看我……记得给我打个电话……”列车开始启动，“咣当咣当，咣当咣当”，一点一点远离城市，一点一点扎进大山。

眼前的一切，模糊不清。子彤将满脸泪水，蹭上林宇非的胸口。

5

邱芙蓉的电话，仍然打不通。林宇非觉得有必要再找女房东问问。

对着电话号码簿看了三遍，每一个数字都对。林宇非对目前这种状况，一筹莫展。

“您认为他为什么总是关机？”子彤问女房东。

"手机多呗。"女房东说，"这个不常用，所以就关着。"

"可是我必须找到他。"林宇非说，"十万火急。"

"不至于吧。"女房东说，"你不过欠他三百块钱罢了。跟你说过，你可以把钱给我……"

"昨天晚上看电视剧，里面有个人，跟我记忆里的他好像有点像。"林宇非说，"高高的个子，人很瘦，戴眼镜，留八字胡……"

"还用这么麻烦？"胖房东走进卧室，捧出一本大影集，"你看看照片不就行了？"

照片上的邱芙蓉，果然又高又瘦。他留着八字胡和板寸头，穿着牛仔裤和中山装，打扮怪异。他的一张脸非常之长，如同在肩膀上顶了一个丝瓜。

怎么看，他都不像女房东和邱玫瑰的儿子。怎么看，他都不像个有自己公司的老板。

子彤探过脑袋，只一眼，就小声叫起来："长脸！"

"什么长脸？"林宇非愣住了。

"邱芙蓉就是长脸！"

"不会吧？"

"是他！我在酒店门口见过他！扒了皮我认识骨头！"

"你的意思是，长脸和邱芙蓉是一个人？"

"绝对是！"

"你的意思是……"话还没有出口，女房东从厨房出来，子彤急忙冲他做出别再说下去的手势。两个人慌慌张张辞别女房东，来到小区花园，接着说。

"你的意思是我把银行卡和二十万现金全都交给了女房东的儿子？"

"我和乔娜亲眼所见！"

"之前，我还将四百万借给了他？"

"借条为证。"

“我为什么这样信任他？”

“刘关张呗。”子彤说，“好兄弟，什么事情做不出来？”

林宇非的眉毛，变得一高一低。

“可是那张三百块钱的借条到底是怎么回事？”子彤说，“他借了你这么多钱，你却只借了他三百块钱。可是，一个千万富翁借三百块钱干什么呢？更奇怪的是，借条还放在你那里，你还许诺在两年之内还清……”

“我哪知道？也许是个玩笑吧。”

“现在，宇非，只要找到邱芙蓉，所有的问题，就全都解决了。”

“全都解决了吗？我怎么有点不敢相信？”林宇非摸摸脑袋说，“这也太戏剧化了吧？一年来，你为了让我能够恢复记忆，又是抡大锤又是下迷药，又是去学校又是回地下室……我为了能够让自己恢复记忆，又是头悬梁又是锥刺股，又是北上北京又是南下上海……到头来，原来这一切，根本就不必去做。咱俩只需要来一趟房东这里，对她说，把影集拿出来看看……”

“怎么能说没有用呢？”子彤白白眼睛，“不回地下室去住，你能想起邱芙蓉这个人？你能找到这几张借条？你能喜欢上我？”

“这倒是。”

“现在你相信你能找到邱芙蓉？”

“当然。他家在这里呢！”

“那他为什么总是关机？说不定，他早携款潜逃……”

“不可能。”林宇非说，“我这么信任他，肯定有信任他的道理。”

“或者，就算你能找到他，你肯定他会把钱给你？他会不会早将那笔二十万的现金挥霍得差不多了？如果他是吕啸，我相信他会……”

“零钱花光了，无妨。”林宇非看看子彤，“不过你什么意思？你到底希不希望咱俩变成有钱人？”

“当然希望啊！我又不脑残。”子彤笑笑说，“我只是担心咱俩变成有钱人以后，还会不会像现在这样快乐？或者说，变成有钱人的不是咱俩，而是你自己。其实这些钱与我无关，因为你赚下这些钱的时候，我还不认识你……”

“那也是咱俩的钱。”林宇非说，“以前，咱俩有一纸书面协议，今天，我想与你达成一个口头协议……”

“口头协议？”

“我林宇非愿意承受接纳子彤做我的妻子，和她生活在一起。无论什么环境，都愿意终生养她、爱惜她、安慰她、尊重她、保护她，不与其他人发生感情。你，子彤，当常温柔端庄，来顺服林宇非，敬爱他、帮助他，唯独与他居住。要尊重他的家族为本身的家族，尽力孝顺，尽你做妻子的本分到终生，并且对他保持贞洁。你愿意这样吗？”

“你疯了？”

“你愿意这样吗？”

“你愿意这样吗？”

“我愿意啊。”

“不会反悔？”

“绝对不会。”

子彤就哭了。这几天她总是哭。她有些讨厌自己了。

林宇非扶着自行车，子彤坐在后座，两个人慢慢往回走。快过年了，天虽然很冷，街上的行人还是很多。很多店铺已经挂起了红灯笼，子彤的脸，于是像灯笼一样红。

她跳下车子，到一个店铺前，买下两个又圆又大的红灯笼和两串大得像红灯笼般的糖葫芦。她提着红灯笼，举着糖葫芦，重新跳上自行车后座。“今天晚上，挂到阳台上。”她对林宇非说，“从小我就喜欢红灯笼。”

两个红灯笼，遮住了她的脸。

所以，她没有注意到，乔娜的身影，从身边一闪而过。

6

乔娜与孙大圣分手了。确切说，她主动向孙大圣提出分手，孙大圣就同意了。再确切说，是孙大圣先与乔娜分手，只不过，他没有说出来而已。

他根本不必说出来。当又有一个女孩子闯入到他的生活，当朱武能再一次怀抱一堆香奈尔跑得气喘吁吁，乔娜便不再重要了。

其实乔娜以前也并不重要。

只是她高估了自己。

她相信孙大圣对她是有爱情的。她相信孙大圣对现在的这个女孩也是有爱情的。她相信孙大圣还会对其他的尚未出现的女孩是有爱情的。她相信现在的这个女孩、尚未出现的那些女孩，都终会变成现在的自己。

半个小时以前，孙大圣给她打来电话。他说他一会儿就到，他说他有半个晚上的时间。放下电话以前，他问她："你还好吧？"

——几乎所有的爱情都是以"你好"开始，以"你好坏"升华，以"你好棒"到高潮，以"你好吗"淡化，以"你还好吗"结束。

他们还没有结束。他们必将结束。

很多时，爱情并不能让两个人终生厮守。能让两个人终生厮守的，除了爱情，还需要名分。

所谓名分并不重要一类的话，都是扯淡。假如没有名分，两个人爱得越深，受到的指责就会越多。

普通人没有佳话。佳话是才子佳人的专属品。

婚姻之外的爱情是什么？就是将一个陌生人变成情侣，又将这个情侣变成陌生人的游戏。

这游戏进行了一年，现在，游戏的女主角，该换了。

乔娜对孙大圣说："我想离开。"

孙大圣说：“去哪儿？”

乔娜说：“滨城。”

“找林宇非？”

“不会。”

“你应该继续住在这里。乔娜，我绝没有烦你。我承诺这里的一切都是你的并且永远属于你，房子，首饰，衣服……”

“那你呢？”

“我有家庭。”

“我能够容忍你有家庭。我不能够容忍的是，你在你的家庭之外，还有很多个家庭……”

孙大圣不说话了，他把一根筷子，咬成了牙签。然后他去浴室洗澡，一会儿出来，问乔娜：“真的要走？”

“我很孤独……”

孙大圣从怀里掏出一张卡。“这里面有五十万。”他说，“如果你愿意的话，这些钱全都是你的。”

那一刻，乔娜终于决定将他放弃，将一年来的所有放弃。假如孙大圣没有掏出这张卡，假如孙大圣掏出的不是一张卡而是一朵玫瑰，假如孙大圣还能像往常那样在她的耳边说几句好听的话，乔娜对他，或许还有一点留恋之情。可是当孙大圣掏出那张卡，乔娜突然认为，自己与小姐没有什么区别。

她的身体，在孙大圣这里，早已被明码标价。

五十万。她一年的时间。

很合算。很不合算。

“乔娜你别误会，我绝没有别的意思。”孙大圣看出她的不快，“我只是觉得，离开我以后，你或许会需要一点钱……这些，算是我对你的补偿……”

“你认为我需要补偿？”

“还可以当成红包。”孙大圣开着玩笑，试图让气氛缓和一些，“马上就过年了。”

那一天，乔娜终于没有给他。她躺在床上，一动不动，任由孙大圣吻遍她的全身。然，她的身体仍然冰冷。

后来孙大圣的手机响起来。孙大圣对着电话，轻声细语地说：“我马上回去。”

片刻后，孙大圣静静地离开。他为乔娜，留下了那张卡。

孙大圣离开以后，乔娜到网上订好回滨城的机票。然后，整整一夜，她将自己泡在浴缸里，将身体深处，洗得干净。

她在浴缸里睡过去。她做了很多梦。关于孙大圣的，关于林宇非的，关于子彤的，关于桃园、关于风筝、关于阳光、关于风……然后她醒来。醒来，天已经亮了。

她离开。她没有带走孙大圣送她的五十万。

尽管她需要五十万。尽管她喜欢钱。可是她认为，假如她拿走这笔钱，她的一生，都不会再变得干净。

她在机场喝掉两杯咖啡。她说服自己不要哭。然后，她打一辆出租车，直奔林宇非曾经租住的地下室。她的确从没有进入过那个地下室，但是，她知道它在哪里。

车子行驶到路口，她对司机说：“就到这里吧。”她从地下室的门缝往里面瞅，她什么也看不到。她重新拐上大街，她拖着皮箱，在那条熟悉的街道上慢慢走，慢慢走。两边的店铺挂满了火红的灯笼，灯笼们在寒风里摇曳，制造出与她毫不相关的喜庆。然后，她便看到了咧着嘴巴扶着自行车的林宇非和抱着两个大灯笼的子彤。看到他们的那一刻，她的心脏几乎要蹦出来。她躲到一棵树的后面，她的眼泪，不争气地流出。

尽管明知林宇非不会等她，尽管明知子彤会爱上林宇非，她仍然心存侥幸。然现在，当最后的一丝侥幸终于不在，她认为，这个世界彻底将她抛弃。

她跟着他们，进入小区。她躲在冬青丛里，看两个人“嘻嘻哈哈”地将红灯笼挂上阳台。

天已经黑了。卧室里散出粉红色的灯光，阳台的窗帘被染出桃花般的颜色。桃红的窗帘与大红的灯笼相互衬托，如梦如幻，很有些洞房花烛的感觉。乔娜轻轻来到楼下，她隐约听到，子彤的房间里，似乎传来快乐的呻吟。

她希望那呻吟是真的。她希望那呻吟，不过是她的幻听。

夜色微蓝。风起，她的头发，开始飘扬。

她跳起舞。在风里，在寒冷的冬夜，在林宇非与子彤的脚底，在桃红色的光影与大红色的光影之下。她的身体被镀上一层橘红色，她有了夜的模样，女人的模样。乔娜从没有告诉林宇非和孙大圣，她其实是学舞蹈的。她的舞跳得特别好，她肢体柔软得就像一条蛇，一条电鳗。她在心里为自己伴奏，那支曲子忧伤并且舒缓，她听到小河潺潺，她看到小雨飘零。灯影开始摇曳，灯影里，她旋转得越来越快，越来越快……

她定格，结束，向并不存在的观众致谢，向头顶的林宇非和子彤致谢。然后她离开，踩着花坛里的残雪，“嘎吱嘎吱，嘎吱嘎吱”，如同踩上一张摇摆不定的大床。泪飞如雨，猛回头，灯影倏然不见，她的眼前，一片桃花飘零……

7

陆小朵找到子彤，问她到底打算什么时候与林宇非办事。林宇非嬉皮笑脸地问：“你说的‘办事’是什么意思？”子彤白他一眼，又在他的肩膀上狠狠砸下一记肉锤。“你们呢？”她问陆小朵，“想什么时候？”

“春节以后，天气转暖吧。”陆小朵说，“咱俩可以同一天。”

“同一天？”

“有什么不可以？”陆小朵说，“两个新郎，两个新娘，厢厢拜拜，吃吃喝喝，各入各的洞房，多热闹。”

子彤看看林宇非，林宇非连连点头。“好啊好啊！”他模仿着赵忠祥的声音说，“冰雪消融，春暖花开，狗熊撒欢，这是一个结婚的季节……”

“前提是你们俩得先订婚啊。”陆小朵“咯咯”地笑，“昨天，我和小白已经登记了。”

“偷偷摸摸把记登啦？”子彤喊起来，“怎么不分糖吃？”

“低调低调。”陆小朵说，“又不是李湘下嫁。”

回去，子彤若有所思。林宇非盯住她看了半天，说：“走！”

“干吗？”

“登记！”

“你神经了？”

“早晚的事情。”林宇非说，“你不愿意？”

“总得商量一下父母吧？”

“那就现在商量！”

林宇非果真把电话打回老家。母亲一听是他，竟激动得说不出话来。待母亲听说他想与一个她从未见过的女孩订婚，先是一惊，转而大喜。

“好啊好啊。”她说，“早盼着你能成家呢。成家立业，是不是？成家永远比立业重要……”

“可是您和爹都没有见过她。”

“这有什么？”开明的母亲说，“你的眼光肯定错不了……当初，我与你爹结婚以前，也没有见过他……”

然后，她开始了对林宇非的血泪控诉。她说他不该这么长时间不与他们联系，更不该换了手机号码也不跟他们说一声。“你不想打电话给我们，我们还想打电话给你呢！”母亲说。

“对了，妈，这一两年以来，我是不是过得比较滋润？”林宇非突然问。

“滋润？”

“就是说，我回家时，您和爹看我，像不像个有钱人？”

“像啊！”母亲说，“你当然是有钱人！”

“您肯定？”

“这还有假？”

“多有钱？”

“三五万没问题！”母亲咬着牙根子说，“你是咱村里最有出息的一个！”

林宇非哭笑不得。然后他告诉母亲，过年时候，他会带子彤回一趟家。母亲说好啊好啊！“这次可该杀掉圈里的那头猪了。”母亲说，“跟你爹说过多次，让他把猪杀了，他却总是说，等你过年回来，等你过年回来……为了等你，我、你爹、猪，都等老啦……特别是猪，都快赶上‘猪坚强’啦……”

林宇非挂断电话，冲子彤眨眨眼睛。“该你了。”他说。

子彤的父母在她很小的时候便离异，所以子彤想了想，先把电话打给了奶奶。她对奶奶说她想和一个男孩订婚，奶奶沉默好久，说：“先把他领回家看看吧。”

“人挺帅的，还挺有钱……”

“那也得领回来看看。”奶奶说，“你是要找男人，又不是要买皮鞋。”

奶奶竟没有在“还挺有钱”上纠缠。

“他很有钱啊！”子彤强调一遍。

“他脾气怎么样？”奶奶似乎没有听到子彤的话，“当你们有分歧，是你听他的还是他听你的？”

子彤看看林宇非，林宇非竟然臊红了脸。——有钱人被别人忽略和藐视特别是被一个足不出户的农村老太太忽略和藐视，毕竟不是一件让人舒服的事情。

“有时候听我的有时候听他的呗。”子彤说。

“那可不行。”奶奶说，“你不一定要嫁给一个王子，但你一定要嫁一个把你当公主的人……”

“好啦好啦。”子彤说，“奶奶，你听我说——奶奶，我说，他很有钱啊！”

“有钱能当日子过？”奶奶说。子彤能够猜到奶奶说这句话时的样子，翻着眼睛，满脸不屑。

有钱能当日子过？这句话说的，充满简单并且纯粹的哲理。

总之，两个人这就算通知了双方父母。剩下的事情，就是去登记，捧回结婚证。

“明天就去。”林宇非说。

“不会吧？”子彤说，“这么着急被判无期徒刑？”

“后天有雪，路不好走。”林宇非说，“再说马上要过年了，怕民政局放假……”

“要不，等春节以后？”

“不。明天就去。”林宇非说，“夜长梦多，好白菜别让猪拱了……”

子彤永远忘不了林宇非接过结婚证时的表情。他的五官挤成一团，眉毛一高一低，嘴唇哆嗦着，看样子，要多难受，有多难受。

“后悔了吧？”子彤问他。

“早死早投胎。”

“说什么呢？大过年的。”子彤白他一眼，牵起他的手。

两个人往回走，穿过一个路口，林宇非突然停下脚步。他的眼睛死死地盯住一家包子铺，他的两条腿，如同被钉在地上。

“过马路呢！”子彤使劲儿拽他，“你干什么？”

"银行！"

"你傻了？那是包子铺！"

"银行！"林宇非说，"我想起了我的卡到底开自哪家银行！"

"这跟包子铺有什么关系？"说完这句话，子彤也愣住了。那个包子铺，叫做"民生包子铺"。

民生包子铺。民生。民生银行。中国民生银行！

"中国民生银行吗？"子彤问林宇非。

"错不了！"林宇非激动得两眼放光。

"肯定是中国民生银行？"

"肯定是！"

"怎么选择这样一家不显山不露水的银行？"

"低调！"

"就是说……"

"就是说，从现在开始，我他妈重回千万富翁啦！"林宇非在马路中央手舞足蹈，满嘴脏话。

一个长得很奶油的交通警察疯狂地冲两个人挥手。"你们俩回去再骂行不行？"警察冲林宇非喊，"你想抢我的饭碗吗？"

两个人没有回去。他们直接打了一辆出租车，找到"中国民生银行"。滨城仅此一家"中国民生银行"，绝对错不了。

挂失，竟然顺利得很。问工作人员能不能查到卡上余额，工作人员说，七天以后——因为中间还有春节，所以最多八九天以后——你就知道了。两个人往外走，身子全都轻飘飘的，如同腾云驾雾。子彤问林宇非："现在什么感觉？"林宇非说："跟做梦似的。"

"还是不敢相信你有那么多钱吧？"

"不敢相信，也有那么多钱。"林宇非说，"我乃人中之龙也。"

再打辆出租车，往回赶，走到刚才那个路口，林宇非摸摸脑袋，说："我又想起来啦！"

“不会吧？”子彤说，“就算你喝多了要吐，刚才也吐得差不多了。”

“密码！”林宇非说，“卡密码！”

“不会吧？”

“怎么不会？”林宇非抓住子彤的胳膊，痛得子彤“嘘嘘”地吸气，“刚才在民政局，你把身份证拿出来，我就觉得你的身份证号码怎么这样熟悉……”

“你以前没见过我的身份证？”

“以前只是瞟过……”

“不会是我的生日吧？”

“就是你的生日！”

“扯！就算你用了谁的生日，也应该用乔娜的……”

“子彤，还记得在北京，乔娜曾经为你叫她一声‘姐’而询问过你的出生年月日吗？你只说了一遍，我就记住了。”

“可是密码……”

“我把密码改啦！”林宇非说，“我也纳闷，我为什么要改密码，又为什么要改成你的生日……”

“我还是不敢相信……”

“这就叫缘分！原来自咱俩认识，我就对你情有独钟……”

“你修改密码，也许是为了防乔娜……”

“要不咱们再去一趟银行？有卡号，有密码，就能取出钱来……”

“可是你已经挂失，取不出来了。”

“跟工作人员说一声也许行……”

“算了，反正七八天时间不长。你告别了这么长的时间的千万富翁的日子，也不差这几天了。”子彤说，“再说，是你的钱，跑不了的……”

“这么多钱，咱俩怎么花？”两个人下了车，林宇非仍然兴奋得鼻尖通红。

子彤看看林宇非。“我还是对你有这么多钱表示怀疑。”子彤说，

"怎么比我还兴奋？"

"八百万啊！"

"那也不过八百万……"

"怎么花？"

"如果你曾经是一位成功的商人，你现在想到的就不应该是怎么花，而是应该怎么投资……"

"咱俩去东来顺吃烤鸭吧！"林宇非说，"别回家做饭了。"

"那可不行。"子彤笑了，"今天是什么日子？今天是咱们领取结婚证的日子，是做夫妻第一天的日子，是值得纪念一辈子的日子。去东来顺吃烤鸭？你捧个大鸭腿啃得凶态毕露？多煞风景。这样吧，你去超市买点菜，咱俩一起烧几个好菜，喝一杯……"

林宇非也不管邻居正好走出来，抱起子彤，冲她的脸蛋子就是一通乱啃。"我的好太太我真是爱死你啦！"他说，"就知道给我省钱。"

吃饭时，林宇非又打了一遍邱芙蓉的电话，对方仍然关机。林宇非嘟嘟囔囔，说年后他的手机还不开的话，他就亲自去一趟北京——坐飞机去——把这个邱芙蓉从地缝里抠出来。

子彤的电话突然响起来。冷馨打过来的。

"我们安顿好了。"冷馨的声音异常平静，"这地方真的不错，依山傍水，空气清新。我和江岸承包了二十亩桃园，天暖的时候，你可以和宇非一起过来看桃花……"

"好啊，到时候一定去。"子彤说，"不过如果你方便，也可以和江岸回来参加我和宇非的婚礼。具体婚期还没有订，不过应该也是桃花开的时候……"

"你们订婚了？"

"刚刚的事情。"

冷馨沉默了很久。子彤可以猜到，她在那边擦起眼泪。

"子彤，昨天晚上，我和江岸，很快乐……"冷馨突然说。

“真的？”子彤的心里，突现一抹阳光。

“真的。”冷馨说，“也许，当这件事情终于发生——我是指，当那个男孩终于出现——我反倒能够承受一切了。当然我得感谢江岸，他为我付出了那么多……”

子彤抓着电话，竟然泪流满面。为冷馨，为江岸，更为她自己。

挂断电话以前，她向冷馨承诺，桃子收获的季节，她和林宇非会全部承包。“反正做做桃子生意也不错，反正林宇非有的是钱，”她问林宇非，“行吗？”

“太行了。”林宇非财大气粗地说，“过几天就打五万订金过去。”

餐桌擦好，盘子刷好，地板拖好，就该休息了。林宇非眉开眼笑地盯着子彤：“晚上怎么睡？”

子彤说：“以前怎么睡，现在还怎么睡。”

林宇非说：“白登记了？”

子彤说：“你登记就为这点事？”

林宇非眨眨眼睛，说：“不行？”

他一个饿虎扑食，将子彤扑倒在沙发上。他用满是胡楂的下巴蹭着子彤的小嫩脸，子彤听到收割机收割麦子的声音。刚想求饶，林宇非的双唇已经堵住了她的嘴。她呼吸困难。

林宇非的电话，不合时宜地响起。

子彤用嘴角说：“电话。”

林宇非用嘴角说：“不管。”

子彤说：“先接。”

林宇非说：“没时间。”

子彤说：“说不定是长脸打来的。”

林宇非说：“美国总统打来的也不接。”

铃声响了一会儿，就不响了。林宇非开始拱子彤的脖子，铃声再一次响起来。林宇非不去管，铃声又不响了。可是，当他开始挠子彤的脚心，铃声再一次响起来。林宇非暗骂一句，起身，抓起电话。只看一眼，他就愣住了。

我的上帝！真是长脸打来的！

8

林宇非见到长脸，是在三天以后。长脸回家过年，穿得像个非洲难民。他在电话里说，他会把林宇非的所有东西全都完璧归赵。

林宇非说："可是这么长时间，你跑哪里去了？"

长脸说："不是我跑哪里去了，是你跑哪里去了？"

"你怎么不想办法找我？"

"你也没有主动跟我联系啊！"

"你的电话总关机是怎么回事？"

"混得不好的人，都喜欢关机。今天想给我妈打个电话，告诉她过几天我要回家过年。我妈说你在找我。看到这个疯狂的电话，就想大概是你。"

"混得不好？"

"没钱啊！"

"没钱跟哥说啊！"林宇非说，"哥的那些钱，你可以随便花的。"

长脸愣了愣："你脑残了吧？"

林宇非说："我只是失去记忆了。还好，现在找到了你，我不但恢复了所有记忆，还把我的钱找了回来。"

长脸说："你不但脑残，还脑残得不轻。"

林宇非说："怎么回事？"

长脸叹一口气，说："回去跟你讲吧！三天以后，滨城见。"

三天时间，林宇非度日如年。听长脸的口气，这里面似乎藏了什么猫腻。会是什么猫腻呢？长脸真把他的钱花光了？长脸把他的卡弄丢了？长脸会不认账？

再想，又似乎不太可能。既然长脸能够主动给他回电话，既然长脸明知他在滨城却仍然敢回来，就说明他的那笔钱，肯定还在。

长脸敲响防盗门的时候，林宇非和子彤正在收拾回老家的东西。见到长脸，林宇非就像见到了亲爹。他紧紧将长脸拥抱，又对他说："兄弟，我前几天才把你对上号。"

"我听我妈说了。说你一直失忆，现在也没有好利索。还说你一直认为我和邱芙蓉是两个人。"长脸问，"到底怎么回事，说来听听？"

林宇非就简明扼要地将他在北京的意外说给长脸听。他一边说一边瞟着长脸手里的小密码箱，现在他看这个密码箱，要怎么熟悉就怎么熟悉，要怎么亲切就怎么亲切。

"就是说，乔娜把你甩了？"长脸长吁一口气，"甩得好！"

"甩得好？"

"甩得好！你犯不上为这样的女人付出代价。"长脸从口袋里摸出一张卡，扔给林宇非，"你的卡！"

林宇非手捧银行卡，眼泪哗啦啦。再瞅瞅旁边的子彤，她的眼珠子，瞪得比山杏都大。

——小眯缝眼的女孩，有时候，也可以瞪成丹凤眼。

中国民生银行。一串他回忆起来的卡号。错不了。

"这些钱，你一分没动？"林宇非几乎从长脸的手里抢过密码箱。

长脸看看子彤。

"没事，我们已经订婚了。"林宇非说，"我的钱，就是她的钱。"

"不好吧？"长脸说，"她至少应该回避一下。"

"你什么意思？"林宇非说，"回避一下？咱俩是警察探案还是后宫谋反？她，我老婆，回避什么？"

“真不用回避？”

“真不用。”

“什么话都可以当她的面说？”

“当然。”

“好。”长脸说，“那你打开箱子吧！”

林宇非就打开箱子。他真的见到了捆成一沓一沓的钞票。只不过，如同电影上的那些经典镜头一样，每一沓钱，只有首尾两张是真正的人民币，中间却都是裁切得整整齐齐的白纸！

林宇非一下子傻掉了。

“你贪了我的钱？”林宁非盯着长脸，“你以为我失去记忆，你就可以糊弄我？我现在就能喊来警察逮捕你……”

“你是真想不起来还是装糊涂？”长脸皱皱眉，“幸好我早有准备。”

他从口袋里拿出一张纸。纸上写着：托长脸保管的二十万人民币，实则只有四千元整，其余均为裁切的白纸。为避免不必要的麻烦，立此为凭。签名：林宇非。林宇非的名字上，盖着一个鲜红的指印。

每沓两张百元钞，二十沓，正好四千元整。

林宇非看看自己的手指，再看看那个指印，抬头，问长脸：“怎么回事？”

“怎么回事？讨好乔娜呗！”长脸说，“你是穷光蛋，却偏偏要装出有钱人的样子，以为这样就可以得到乔娜的芳心，让她嫁给你。”

“可是我分两次借给你四百万！有借条为证！”林宇非说，“这些怎么解释？”

说着，起身，去抽屉里翻找那两张借条。

“不用找了。”长脸说，“那样的借条，我有好几张。”说完，从钱包里捏出五张借条，扔给林宇非。林宇非一张一张地看，脸上冒出冷汗。五张借条，他分别向长脸借了三百万、一百万、五百万和六百万。

“怎么……回事？”林宇非浑身瘫软，舌头却硬了。

“做游戏啊。”长脸说，“你仔细想想，以前，咱俩穷困潦倒，常凑到一起啃鸭头喝闷酒。那时候，你向我借钱，我向你借钱，是不是喜欢做游戏？”

“做什么游戏？”

“把一块说成一万啊！”长脸说，“我借你一百块，借条上就会写借一百万；你借我二百块，借条上就会写借二百万……就像现在，你喜欢把一辆破自行车说成卡迪拉克……兄弟之间，也没什么防范……再说你一百万我一百万的，差不多全都抵了……当然也有例外，有一次，你真的写了借我‘三百元’——你说你手头紧，你说你的全部资金，全都压到了一堆家纺上。你手头再紧，三百块钱拿不出来？也许你是真的紧吧？也许你只想贪我的便宜……我知道，这三百块钱，你压根就没打算还。所以，我也压根就没指望你能还，于是我把它偷偷塞到贴画的后面去了……真想不起来了？”

林宇非的脑袋，开始痛起来。子彤急忙站到他的身后，使劲摁他的两个太阳穴。“好像，真有这么回事，”林宇非说，“现在，我的资产，一下子缩水了四百二十万……不过我还有一张卡，这没错吧？总不会那张卡上，只有八百块……”

“太有可能了。”长脸笑着，“八十块都有可能。”

“你可别吓唬我。”

“那就不吓唬你了。”长脸说，“你这张卡上，应该会有一笔钱。你在上海做纺织品生意，赚下一笔钱，是真的。有一次，咱俩喝酒的时候，你跟我说过……不过我敢肯定不会有八百万……八百万？你可真敢想啊。”

“我把这张卡交给你，又交给你根本不存在的二十万，只是为了俘获乔娜？问题是，我怎么知道我会从树上掉下来，然后失去记忆？后来所发生的一切，都跟我失忆有关啊。”

“你当然不会料到你会从树下掉下来。”长脸说，“那时候，你假装腰缠万贯，让乔娜对你死心塌地，然后瞅个空子，将她占有。你懂‘占有’的意思吗？就是生米煮成熟饭。你会拉乔娜东转西逛，甚至找个人陪着她转，让她不能时时跟着你。不能时时跟着你，你才能假装公司的事情已经办得差不多了，然后与乔娜一起回到滨城，订婚，结婚，举办婚礼。再然后，你们回到北京，或者你继续找借口，比如钱被我弄丢了，比如钱被劫匪抢走了，比如你把钱弄丢了，比如你买股票全都赔光了，等等。总之，你突然失去这笔钱，但早已经‘屈身于你’乔娜再想反悔，已经来不及了。或者，你干脆对乔娜说，之前的一切，都是骗局，你之所以这么做，是因为太爱她。‘不过乔娜你别怕，凭我的聪明才智，肯定会让你生活得很幸福……’”

子彤摁着林宇非的手，突然加了力气。林宇非痛得“嗷”一声叫，高高蹦起。回头，见子彤二目圆瞪，牙关紧咬。

——原来当初约子彤结伴而行，只是为了找个人陪着乔娜，然后得以抽身。多阴暗的计划啊。

“不可能吧。”林宇非摸着脑袋，说，“这么弱智的错误，我绝不会犯。”

“其实，你追求乔娜，是你犯下的最弱智的错误，”长脸说，“你为给她买奢侈品，宁愿自己啃方便面。但是你忘了最重要的一条，乔娜她本身，就是一件昂贵的奢侈品，你根本养不起她的。”

“我还是不敢相信。”林宇非重新坐下来，摁着太阳穴，“近一年来，我回忆起太多事情，却为什么回忆不起这件事情？并且，为什么回忆不起你？”

“因为不美好。”长脸说，“你为什么没有忘记你的童年？因为你的童年是美好的。你为什么没有忘记你大学的生活？因为你的大学生活是美好的。你为什么将大学毕业以后的事情忘个精光？因为残酷，因为伤痛，因为寒冷，因为不美好。你为什么回忆不起这件事情？因为你的潜意识里，一直在拒绝。你的本意并不希望这件事情发生，尽管它发生了，尽管为了得到乔娜，你不择手段。换句话说，因为这件事情，你瞧不起自己，恨自己，你的潜意识里，自然不想回忆起这件事情。最后的一个问题，你为什么没有想起我？因为除了你，我是唯一的一个知情人。你对这件事情排斥，当然也就会对我排斥——最不愿意被找回的，总是最后被忆起。你同意我的观点吗？”

林宇非非常同意他的观点。林宇非非常不愿意面对这个现实。穷光蛋眨眼之间变成千万富翁，千万富翁又在眨眼之间变回穷光蛋，这样的事情，摊给谁，都会崩溃。

回头看看子彤，子彤倒是比他淡定得多。

“看什么看？”子彤说，“你没戏了——你记忆里的贫穷原来都是真实的，你现实里的富有才是虚假的。”

“不一定吧。”林宇非抹一把额头上汗，心存侥幸地说，“咱们不是还有一张可能存有八百万的银行卡么？”

9

不一定？太一定了。那张卡里，没有八百万。

过年，先去林宇非的老家。林宇非的父母对子彤倒是顺心可意，子彤离开时候，父母将她送出很远，很是恋恋不舍。再去子彤的老家，见到子彤的奶奶，奶奶对林宇非，审问得就有些残酷了。子彤说您别再审了行不行？您都审了两遍啦！奶奶说春晚还兴审五遍呢！子彤说您再审也晚了，我们已经登记啦。奶奶就向子彤跷起了大拇指。“彪悍的人生，永远不需要解释。”她嚼着失去牙齿的牙床，说。

几天来，相比子彤的淡定，林宇非却如同热锅上的蚂蚁，心神不宁。八百万或者八百块，哪是天堂，哪是地狱？

好不容易熬到回去，又熬到大年初三，和子彤直奔民生银行。路上，子彤问林宇非：“假如没有那八百万，你会不会很失望？”

“不会吧。”林宇非明显底气不足。

“那就希望有。”子彤看着他，模样就像一个知心大姐姐。

果然没有。

没有八百万。没有八十万。没有八万。没有八千。没有八百。没有八十。甚至，没有八块。

那里面，只有一块钱。

可是，铺满大床的八百万现金是怎么回事？

后来长脸告诉他，八百万现金虽是真的，但那八百万并不属于他林宇非。为了让乔娜相信自己有很多钱，林宇非想出一个异想天开的办法。于是，长脸托一个北京的远房表哥提出八百万，让乔娜和林宇非躺在上面，美美地睡了一觉。为此，林宇非付给长脸的远房表哥三万块钱。

三万块钱，也许是林宇非一年的收入，却只为博得美人的信任——失忆之前的林宇非，才是真正的脑残。

这些，都是长脸后来对他说的。在查出卡上余额的当时，林宇非一下子傻掉了。

他问工作人员：“不会弄错了吧？”工作人员说：“你存了多少钱，自己不知道？”林宇非说：“再少也不能只有一块钱啊！”工作人员说：“错不了。事实上，在一张卡上只存一块钱的人，远比在一张卡上存几万块钱的人多得多。”

林宇非坐在银行门前的台阶上，抄起手，低着头，就像一条无精打采的带鱼。

“备受打击？”子彤笑着拽他起来，“是不是特失望？”

“没有。”

“没有？看你那表情，世界末日终于来了。”子彤笑着说，“可是你想过没有，如果你真是百万富翁变回身无分文，还有失望的理由。问题是你以前就是个穷光蛋，现在还是个穷光蛋，你失望什么？”

“我没失望。”林宇非说，“其实我应该感谢这段时间，感谢这段经历——感谢并不存在的八百万，感谢寻找并不存在的八百万的经历——假如没有这些，也许咱俩永远不会走到一起。”林宇非站起来，说，“所以，现在咱们回家喝粥吧。”

“所以，现在咱们去东来顺吃烤鸭吧！”子彤笑着说，“我请客。你的四千块钱，花得也该差不多了吧？”

“四千块钱是花得差不多了，不过，我又想起一件特别重要的事情。”林宇非眨眨眼睛，“昨天晚上我就想起来了。这应该是我回忆起来的最后一件事情……”

“什么事情？”

“咱们可能，还会有一笔钱……”

“又开始做梦？”

“长脸说过我在上海赚下一笔钱，你还记得吧？他说得没错，我的确赚下一笔钱，不多，几万块吧。我把这笔钱分成了三份：一份一万块钱，用来零花和扮演那‘二十万’——包括现在的这四千块钱；一份我买了些名牌和假名牌来武装自己——包括我的那两条内裤；还有一份，我买了些股票……”

“又开始臆想了？”

“是真的。就在滨城机场。还记得咱俩认识那天，我在登记口用手机看股票吗？从昨天夜里到现在，我一遍一遍地回忆那个场景。那天，我用手机，买下了两万块钱的股票……”

“你指望你的股票会大涨？”

“难说。”

“大跌了呢？”

“跌就跌了。”林宇非耸耸肩，说，“八百万都没有了，还在乎区区两万块？”

看来，他对并不存在的八百万，仍然心有不甘。

回去，匆忙上网查询，两个人抱到一起，开心地大笑。

两万块，变成四十万块！

所以，投资和投机有什么区别？绝不是普通话和广东话的区别。而是心态的区别。

四十万不是一笔大钱，但对现在的林宇非和子彤来说，无异于雪中送炭。

“要不，还这么放着？”林宇非商量子彤，“说不定再过个一年半载的，四十万翻成四百万。”

“别做梦了。”子彤说，“取出来，买房！”

“你怎么这么物质？”

“结婚了，总得有个房子。”

“四十万就买房？”

“首付总够了吧？”

“小房子，应该差不多。”

“所以。”

“房产证上填谁的名字？”

“当然是我的！”

“可是这是用我的钱买的！”

“都结婚了，还你的我的？”子彤有些生气了，“去拖地板！”

第二天，林宇非抛掉了那些股票。第三天，他们开始四处看房。小城的房价贵得离谱，四十万怎么看怎么像四十块。

于是决定，房子暂且不买，钱先存起来。等有了合适的机会，他们甚至可以把这笔钱拿出来创业。

林宇非出去一趟，回来，告诉子彤，钱存好了。

“哪家银行？”

“保密。”

“卡号？”

“保密。”

“你个悲催的林宇非什么意思？”子彤不满地嚷起来，“咱们是夫妻了。你以为我是乔娜？”

“你误会了，子彤，是这样，我想把这笔钱当成新婚礼物送给你。然后永远由你保管，你就是我的妻子、管家、妈、地主婆……”林宇非拥紧子彤的肩膀，轻声说，“所以，其实你一年来对我进行的‘情感疗法’，还是有回报的。我发誓待婚礼那天，不仅会送你一张存有四十万的银行卡，还会送你一枚真正的钻戒……”

两个人站在窗前，静静看着窗外。窗外阳光灿烂，天气开始转暖。冰雪消融，狗儿撒欢，草儿返绿，这是一个结婚的季节……

故事到这里，应该结束了吧？

第十三章

结束或者开始

是林宇非提出这个建议的。林宇非说：『这么长时间，给我鼓励和方向的，一是子彤，一是灯塔。所以，我一定要抱着子彤，从灯塔上跳下去。』

婚礼热闹非凡。白万富与陆小朵咬喜糖，林宇非与子彤就咬苹果；白万富与陆小朵手牵手，林宇非与子彤就嘴对嘴。白万富与陆小朵咬咬牙，干脆跳进游泳池，然后招呼林宇非与子彤也跳进去。林宇非耸耸肩膀，笑着说："我又不傻。"

很多人参加了他们的婚礼。林宇非的父母、子彤的父母、白万富的父母、陆小朵的父母、子彤的奶奶、江岸、冷馨、何小荷、吕啸、邱芙蓉、陈美莲、胖房东……他们说着祝福的话，又胆战心惊地等待着马上就将进行的疯狂的节目。

是林宇非提出这个建议的。林宇非说："这么长时间，给我鼓励和方向的，一是子彤，一是灯塔。所以，我一定要抱着子彤，从灯塔上跳下去。"

说白了，就是他想在婚礼上与子彤玩蹦极。为此他颇费一番周折，灯塔的管理方自不必说，子彤就几乎把头摇成了脑震荡。

"我不敢。"子彤说。

"很简单。"林宇非说。

"这太疯狂。"

"很有意义。"

"跳进游泳池也有意义。"

"那就先蹦极，再跳进游泳池。或者从灯塔上直接跳进游泳池。"

最终，子彤还是同意了。她想站在塔顶眺望远方也许是一件很有趣的事情，她想也许与林宇非紧紧相拥跳下灯塔，是一件很浪漫很刺激的事情。

值得用一生来怀念。

更何况，她不忍拒绝林宇非。

两个人爬上塔顶。往下看，一片黑压压的脑袋。

远处传来那首熟悉的歌曲：暖暖的春风迎面吹，桃花朵朵开，枝头鸟儿成双对，情人心花儿开。啊哟啊哟，你比花还美妙，叫我忘不了。啊哟啊哟秋又去春又来，记得我的爱……啊哟啊哟，你比花还美妙，叫我忘不了。啊哟啊哟，秋又去春又来，别把我忘怀。啊哟啊哟……

桃花盛开的季节，粉红染了天际。

林宇非问："怕？"

子彤说："怕。"

林宇非说："不用怕。跟我把你扔上床一个样。"

子彤说："怕。"

林宇非说："怕也得跳。都爬上来了，就这样下去，会被别人笑话的。"

子彤说："怕。"

林宇非说："跳完还有很多节目呢！宴请宾客，互换戒指，还有你的四十万……四十万啊！想想四十万，你就不怕了吧？"

子彤说："好点了。"

林宇非说："抱紧我，不用怕。我数一二三，咱们就一起跳。"

子彤说："怕。"

林宇非说："现在，闭上眼睛，听我数，一，二，三！"

子彤抱紧林宇非，跌到空中。春风送来桃花的香，子彤白色的婚纱，暖风里飞扬。

"啊哟啊哟，你比花还美妙，叫我忘不了。啊哟啊哟，秋又去春又来，别把我忘怀。啊哟啊哟……"

两个人飞快地坠落，坠落，坠落。

下面的人群，突然发出一声整齐的惊呼。

绳子不会断。然两个人接近塔底的时候，林宇非的脑袋，突然重重地磕上了塔壁。林宇非大叫一声：“啊哟啊哟！”两眼一翻，晕了过去。

空中的子彤吓傻了。不等别人将他们放下，便伸出利指，猛掐林宇非的人中。

谢天谢地，林宇非很快苏醒过来。事实上，他晕过去，尚不足十秒钟。

“你没事吧？”空中的子彤问他。

“没事啊。”空中的林宇非摸摸脑袋，“怎么回事？谁把我吊起来了？”

“不会吧？宇非你别吓唬我啊。”

“你是谁？”

“我是子彤啊！”

“子彤是谁？”

“子彤，你老婆啊！”

“开什么玩笑？”林宇非的嘴角，流出涎水，“现在我还在读大学啊！”

暖暖的春风迎面吹，桃花朵朵开……

似乎故事要从头开始了。